BRENDA NOVAK
Descubriéndote

Editado por Harlequin Ibérica.
Una división de HarperCollins Ibérica, S.A.
Núñez de Balboa, 56
28001 Madrid

© 2016 Brenda Novak, Inc.
© 2018 Harlequin Ibérica, una división de HarperCollins Ibérica, S.A.
Descubriéndote, n.º 149 - 28.3.18
Título original: Discovering You
Publicada originalmente por Mira Books, Ontario, Canadá

Todos los derechos están reservados incluidos los de reproducción, total o parcial. Esta edición ha sido publicada con autorización de Harlequin Books S.A.
Esta es una obra de ficción. Nombres, caracteres, lugares, y situaciones son producto de la imaginación del autor o son utilizados ficticiamente, y cualquier parecido con personas, vivas o muertas, establecimientos de negocios (comerciales), hechos o situaciones son pura coincidencia.
® Harlequin, HQN y logotipo Harlequin son marcas registradas por Harlequin Enterprises Limited.
® y ™ son marcas registradas por Harlequin Enterprises Limited y sus filiales, utilizadas con licencia. Las marcas que lleven ® están registradas en la Oficina Española de Patentes y Marcas y en otros países.
Imagen de cubierta utilizada con permiso de Dreamstime.com.

I.S.B.N.: 978-84-9170-566-6
Depósito legal: M-34935-2017

Para Kay Myers, que leyó mi primer libro antes de que se publicara y me dijo que era bueno.

Queridas lectoras:

Dylan Amos es, probablemente, mi personaje favorito de Whiskey Creek, así que es un gran placer poder regresar junto a su familia para escribir la historia de uno de sus atractivos hermanos.

Hay algo especial en esta familia de hombres fuertes que han conseguido plantar cara a la adversidad. Los Amos son hombres duros, capaces de cargar con el peso del mundo sobre sus hombros. Me gusta que tengan ese rudo perfil porque, por mucho que no quieran admitirlo, son también hombres de corazón blando (al menos en el fondo). Creo que Rodney asume un desafío cuando conoce a su atractiva vecina, una joven que necesita de su amistad y su apoyo con desesperación. No había otro hombre mejor para ella. Espero que estéis de acuerdo conmigo.

Si empezáis ahora la serie, no os preocupéis. Los libros han sido escritos para ser leídos individualmente, así que no os perderéis en ningún momento. Y si os apetece ir al principio y poneros al día, tengo el listado ordenado de los libros en mi web: brendanovak.com.

Capítulo 1

Había un hombre en medio de la carretera.

A India Sommers se le subió el corazón a la garganta en el momento en el que los faros del coche iluminaron a aquella silueta alta y delgada. Si hubiera estado familiarizada con la zona, podría haber acelerado en la curva en su silencioso Prius y habría terminado atropellándolo, pero a él no parecía importarle el peligro. Parecía demasiado furioso como para que le afectara. Y, a juzgar por el estado de su ropa, India podía entender por qué. Aquel tipo había tenido una pelea.

Parecía decidido a detenerla. Pero ella ya había sido testigo de suficiente violencia como para comprender que no era una víctima indefensa, lo cual la hacía menos proclive a mostrar empatía hacia sus necesidades de lo que podría haber sido de otra manera.

Comenzó a aminorar la velocidad; no quería golpearle con el coche. Pero tampoco quería colocarse en una posición vulnerable. Estaba sola en una sinuosa carretera a los pies de las montañas de Sierra Nevada y no llevaba más de una semana en el País del Oro. Apenas había tenido oportunidad de conocer a nadie. Por lo que ella sabía, aquel hombre podía ser un lunático que acabara de cometer un asesinato. Tenía un aspecto amenazador, con los puños cerrados y la mandíbula apretada como si quisiera darle otro puñetazo a alguien.

¿Con quién habría peleado?

Se desvió hacia la derecha para poder adelantarle. Una vez le pareciera seguro, pensaba pisar el acelerador y largarse de allí. Fuera cual fuera el asunto en el que se había visto envuelto aquel hombre, India no quería saber nada. Como había utilizado el GPS para regresar a casa desde la exposición que había ido a ver en otro pueblo de la zona, tenía el teléfono móvil en el asiento de pasajeros. Llamaría a la policía en cuanto se alejara de allí para no dejarle tirado y fin de la historia.

Pero en cuanto redujo la velocidad y él comenzó a caminar hacia ella, le reconoció. ¡Era su vecino! Le había visto jugando al fútbol con sus hermanos el día que se había mudado a su casa. Los tres hermanos, todos ellos igual de altos, morenos y musculosos, la habían ayudado a llevar el torno al porche cerrado de la parte de atrás de su casa nueva, donde había decidido trabajar durante el verano.

Aunque no quería parar, tampoco podía seguir, sabiendo que su vecino necesitaba ayuda. De modo que pisó el freno y Rod, recordaba su nombre porque era la clase de hombre al que ninguna mujer olvidaría fácilmente, se acercó al coche.

Sintió un escalofrío mientras Rod esperaba a que bajara la ventanilla. ¿Estaría haciendo una tontería al confiar en él? Por el mero hecho de que viviera en la casa de al lado no tenía por qué ser un hombre de fiar, sobre todo si había consumido algún tipo de droga.

Maldiciendo aquella tendencia a ofrecer su ayuda y a ser afable que, en algunas ocasiones, se imponía a su sensatez, presionó el botón de la ventanilla.

—Eres tú —dijo Rod en cuanto el cristal dejó de ser una barrera entre ellos.

—Sí —no estaba segura de que recordara su nombre, así que añadió—: India Sommers.

—Sí, mi vecina nueva. Escucha, India, necesito que llames a la policía.

Lo dijo como algo indiscutible. India no tuvo la impresión de que pretendiera arrancarla del asiento del conductor y arrastrarla hasta los bosques, ni robarle el bolso o el Prius. Pero no se había equivocado al pensar que había participado en una pelea. Tenía los nudillos ensangrentados.

—¿Qué ha pasado?

Rod se secó una gota de sangre que le corría por el labio.

—Un imbécil se ha pasado de la raya.

¿Y Rod le había puesto en su lugar?

—¿Y dónde estaba ese imbécil?

Sintió un revoloteo de mariposas en el estómago mientras entrecerraba los ojos para ver la carretera, intentando alcanzar todo lo lejos posible con la mirada en medio de aquella oscuridad.

—Por ahí detrás —señaló con el pulgar por encima del hombro.

¿El otro tipo no se había marchado? ¿Por qué?

—¿Está seriamente herido?

Rod estiró los dedos como si le doliera la mano.

—No creo que sea nada serio, pero está inconsciente.

India todavía no tenía claro qué estaba haciendo él caminando por la carretera. No era fácil llegar a pie a una zona tan alejada.

—Entonces… ¿por qué estás sin coche? ¿Ibais juntos?

—No. Ha aparecido detrás de mí con el coche y ha intentado sacarme de la carretera. Tengo la moto destrozada. Ahora es imposible conducirla. Y en medio de todo el lío he perdido el teléfono. He buscado el suyo, pero parece que no lo lleva encima.

—¡Es un milagro que estés vivo! —exclamó ella, alargando la mano hacia su móvil—. ¿Por qué habrá hecho una cosa así?

Irritado, Rod hizo un gesto con el que parecía estar diciendo que habían pasado demasiadas cosas como para poder explicarlas.

—Todo ha empezado en el bar. Debería haberle dado allí una paliza.

—¡Ay, Dios mío! —la mano le temblaba mientras marcaba el número de la policía.

India no asimilaba bien la violencia; la había padecido en exceso. Aquella era una de las razones por las que había decidido ir a vivir a Whiskey Creek. Quería empezar de nuevo en un lugar que parecía continuar conservando la inocencia. Su pasado estaba plagado de hombres rebeldes, peligrosos y atractivos, de tipos muy parecidos a su nuevo vecino. Aquellos tipos duros y transgresores alimentaban sus emociones en el pasado, nutrían su deseo. La hacían sentirse... viva.

Pero, con los años, había aprendido unas cuantas lecciones acerca de lo que era de verdad importante. Y no lo era la violación temeraria de las normas, ni un rostro atractivo, ni unos fuertes músculos abdominales. Era algo que había comprendido no solo con el intelecto; lo llevaba profundamente grabado en su memoria emocional. Pero tanto si había aprendido la lección como si no, todavía estaba pagando un precio terrible por haberse relacionado con gente con la que debería haber guardado las distancias.

Y mientras esperaba a que descolgaran el teléfono reparó en el tatuaje de una serpiente deslizándose por un árbol que cubría los fibrosos contornos del antebrazo derecho de Rod y desaparecía bajo la manga de su camiseta blanca. Sí, era, exactamente, la clase de tipo que le habría gustado en otra época de su vida. No le habría importado que pudiera ser un hombre inestable. Ni que, con toda probabilidad, no tuviera estudios universitarios o, ni siquiera, un trabajo decente. Físicamente, era todo lo que una mujer deseaba.

Y estaba segura de que sería bueno en la cama, aunque no tenía la menor idea de dónde había surgido aquel pensamiento. De la naturalidad con la que se comportaba, de su desinhibición y de la confianza en sí mismo que irradiaba, supuso. Destacaría entre otros hombres. Pero la intimidad que había compartido con Charlie, que no se parecía en nada a aquel tipo, había sido algo dulce y pleno. Y lo que Charlie le había entregado para el resto de su vida era incluso mejor. Necesitaba encontrar a otro hombre como él. Y lo haría cuando estuviera preparada.

—Novecientos once, ¿cuál es el motivo de su llamada?

Al oír la voz de la operadora, India se puso en alerta.

—Hola, estoy en… —alzó la mirada hacia Rod en busca de ayuda.

Había olvidado el nombre de aquel lugar. Solo conocía los pocos edificios que conformaban el centro del pueblo y Gulliver Lane, la calle que iba desde el pueblo hasta su casa.

—En la carretera de la Antigua Iglesia —dijo.

India había comenzado a repetirlo cuando él le agarró el teléfono y habló.

—Ha habido un accidente un kilómetro y medio antes de llegar al Sexy Sadie's, en Whiskey Creek. Hay un hombre inconsciente, así que envíe una ambulancia.

La operadora debió de preguntar más detalles, porque India le oyó decir a Rod:

—No soy médico. Lo único que puedo decirle es que no se mueve.

—¿Señor? ¿Y qué es lo que ha producido la lesión? ¿Está usted allí todavía? ¿Puede decirme su nombre?

India oyó las preguntas porque Rod estaba tendiéndole el teléfono.

—Por favor, manden a alguien —le suplicó India a la operadora, y colgó.

—¿Te importaría acercarme a mi moto? —le pidió Rod a India.

Ella no estaba segura de que le apeteciera llevarle en su coche. Pero Rod sabía que iba en aquella dirección. Vivían puerta con puerta.

—De acuerdo —dijo, incapaz de negarse.

Cuando Rod rodeó la parte delantera del coche, India advirtió que cargaba el peso en la pierna izquierda y supuso que también tendría alguna lesión, además de los nudillos raspados y el labio hinchado.

—A lo mejor tú también necesitas un médico —le sugirió cuando Rod abrió la puerta.

—Estoy bien —respondió él mientras entraba en el coche.

—Pero la pierna...

Rod estiró la pierna a través de la puerta abierta para echarle un vistazo.

—Cuando me ha dado el golpe, he tenido una caída bastante dura —apartó el vaquero rasgado de la herida—. Solo tengo la piel levantada, eso es todo —le explicó, como si aquello no fuera motivo de preocupación.

—¿Estás seguro de que no te la has roto?

Girando con un movimiento enérgico, Rod consiguió doblar la pierna lo suficiente como para meterla en el coche.

—Si la tuviera rota no habría podido andar.

Ella le dirigió una mirada escéptica.

—Eso no tiene por qué ser cierto. Depende del tipo de rotura. Deberías hacerte una radiografía.

Estaba segura de que eso era lo que habría dicho su marido, un cardiocirujano que habría podido llegar a convertirse en una eminencia.

Rod cerró la puerta del coche.

—No hace falta.

Estar en ese mismo espacio le produjo claustrofobia. O a lo mejor la hizo sentirse incómoda por otras razones. Como, por ejemplo, porque le recordaba a Sam, el hombre con el que se había casado en cuanto había salido del instituto, a las pocas semanas de la muerte de su madre. A diferencia de Charlie, Sam había sido un marido horrible. No contaba con más habilidades de las que tenía ella a aquella edad, así que el matrimonio no había durado ni un año. Pero estar con él había tenido sus cosas buenas, entre ellas, una vertiginosa atracción que le impedía mantener las manos lejos de aquel hombre.

India sintió parte de aquella atracción en aquel momento, al igual que le había ocurrido el día que Rod la había ayudado a sacar el torno del Prius. Y sintió también cierto recelo; sí, era recelo más que ninguna otra cosa. Pero no podía quejarse de la fragancia que emanaba de Rod, olía a calor viril y a tierra fecunda. Vio algunas hojas en su pelo y en su camisa y asumió que se le habían pegado al caer de la moto. O a lo mejor habían terminado revolcándose por el suelo. La mayor parte de las peleas que ella había visto terminaban así.

Se fijó las pulseras de plata en el brazo y pisó el acelerador. Pasaron lentamente por la siguiente curva, pero India no vio señal ni de la moto, ni del coche, ni de nadie más por allí.

–Es más adelante –le informó Rod antes de que ella pudiera preguntarlo.

Por lo visto, había recorrido más distancia con la pierna en aquellas condiciones de la que ella pensaba.

Avanzaron por nuevas curvas, pero ella seguía sin ver dónde podía haber tenido lugar aquel incidente.

–¿Adónde ibas? –le preguntó a Rod confundida.

Rod se volvió hacia ella.

–¿Cuando me ha tirado? Volvía a mi casa.

–No, cuando te he visto. Te estabas alejando del pueblo, ¿lo sabes?

–Claro que lo sé. He pasado en Whiskey Creek toda mi vida. No es fácil que me pierda. Me dirigía al bar para conseguir un teléfono y pedir ayuda.

India había pasado por una taberna estilo salón del Oeste con un enorme letrero de neón en la entrada. Aquel tenía que ser el bar del que estaba hablando.

–¿Están ahí tus hermanos?

Tenía la impresión de que estaban muy unidos, de que hacían muchas cosas juntos.

–Estuvieron hasta que se cansaron y se fueron.

–Deben de estar preguntándose dónde estás.

Rod iba demasiado concentrado en la carretera como para mirarla.

–Lo dudo. Estoy seguro de que estarán durmiendo –señaló hacia delante–. Es ahí.

India se inclinó sobre el volante hasta que vio el reflejo de la luz de la luna sobre una superficie cromada.

–Así que este tipo te tiró de la moto y después volvió a buscarte, ¿para qué? ¿Buscando pelea?

–Creo que planeaba burlarse de mí para celebrar su hazaña. O a lo mejor quería aprovechar para darme una patada mientras estaba en el suelo. Por la forma en la que me caí, supongo que pensaba que estaba peor de lo que estoy.

—Debió de sorprenderle que no fuera así.

—Sí, habría sido más inteligente seguir, aunque al final le habría pillado.

La última frase le dio a India muy mala espina, pero, al menos, el otro tipo había sido el atacante.

—¿Y tienes idea de por qué te ha tirado?

—Supongo que no le gustó lo que le dije en el Sexy Sadie's.

Llegaron a su Harley, una moto negra abandonada en el suelo. India aparcó en la cuneta, entre la moto y un coche blanco todavía con el motor en marcha. El coche tenía la parte trasera colocada hacia la carretera, como si el conductor hubiera frenado de golpe y hubiera salido a toda velocidad. La puerta estaba abierta y la luz del interior se proyectaba como un inquietante triángulo luminoso sobre el asfalto.

India quería preguntarle a Rod qué podía haber dicho en el Sexy Sadie's para despertar en el conductor de aquel coche tamaña violencia, pero no tuvo oportunidad. Rod salió del coche y, a pesar de su pierna herida, avanzó hasta la sombra oscura que yacía entre los arbustos.

India corrió tras él, aunque no sabía si tendría estómago para lo que estaba a punto de ver. Años atrás la visión de la sangre no la perturbaba. Pero, al igual que había pasado con el resto de su vida, todo había cambiado once meses atrás: padecía pesadillas en las que se ahogaba en sangre.

Y no en la sangre de cualquiera...

Apartó aquel recuerdo de su mente y se concentró en el crujido de la grava bajo los tacones hasta que llegó hasta aquel tipo inerte contra el que Rod había luchado. No había farolas, pero la luna estaba llena. El hombre aparentaba unos treinta y cinco años e iba vestido con un polo, unos vaqueros y botas de vaquero. Una mancha oscura sobre el asfalto sugería que alguien, Rod, sin lugar a dudas, le había apartado de la carretera cuando se había desmayado para que no le pillara un coche.

Era un punto a favor de su vecino el que hubiera tenido suficiente presencia de ánimo como para tomar aquella medida. Pero, como él mismo había mencionado, su oponente no estaba consciente. India imaginó que la sangre de la carretera era de la herida que tenía el hombre en la cabeza, pues era donde tenía la mayor parte de la sangre.

¿Estaría vivo siquiera?

Sosteniéndose su vestido largo, se agachó para buscarle la carótida. Después, retrocedió muy despacio. Conservaba el pulso, gracias a Dios. Pero, más allá de para saber que estaba vivo, no quería tocarle. Ya la estaban asaltando los recuerdos, se oía a sí misma gritando el nombre de Charlie...

Se tapó las orejas con un gesto instintivo, pero cuando Rod le dirigió una mirada extraña, bajó las manos.

–¿Le conoces? –le preguntó.

Ella negó con la cabeza y respiró aliviada al ver que Rod no insistía.

Tras dirigirle a aquel hombre una mirada de disgusto, comenzó a caminar nervioso por la carretera.

–¿No deberíamos buscar tu teléfono? –le preguntó ella–. Si me das tu número, puedo llamarte.

–Lo tenía en silencio. Odio quedar con gente a la que le está sonando el teléfono continuamente.

–Pero por lo menos se iluminaría –señaló India.

Lo intentaron. Usaron incluso la linterna del móvil de India para barrer ambos lados de la carretera, pero fue en vano.

–Volveré mañana por la mañana, cuando haya luz – dijo Rod, y siguió caminando.

India se llevó los dedos a la frente mientras le miraba por encima del hombro.

—¿Puedes por favor salir de la carretera? —le pidió al ver que no parecía dispuesto a situarse en una zona más segura.

Rod la recorrió entonces de pies a cabeza con la mirada, como si de pronto estuviera preguntándose por qué iba tan arreglada. Pero no lo preguntó. Tampoco atendió a su petición. Continuó andando mientras ella miraba hacia Whiskey Creek, deseando que llegaran la policía o la ambulancia.

—¿Es que no puedes parar? —musitó por fin—. Me estás poniendo nerviosa.

—No te preocupes tanto —gruñó él.

Era obvio que los dos estaban nerviosos. India podía sentir la ansiedad que bullía en el interior de Rod.

—No puedo evitar preocuparme —replicó—. Supongo que no todo el mundo es tan prudente como yo, pero podría aparecer un coche por esa curva en cualquier momento y...

—¡Vale! —la interrumpió y se acercó a la cuneta, como si no mereciera la pena discutir con ella.

India dominó su genio.

—Gracias.

Pero él no le reconoció el agradecimiento.

—No tendrás un cigarrillo por casualidad, ¿verdad?

India estuvo a punto de volver al Prius para buscar el bolso antes de recordar que, por supuesto, no tenía tabaco. No había vuelto a comprar un paquete de cigarros desde que se había quedado embarazada de Cassia seis años atrás.

—No.

Rod se llevó la mano a la boca y se miró los dedos para comprobar si seguía sangrando.

—Nunca fumo, a menos que esté tomando una copa —le explicó a India—. Y la verdad es que hace un año que fumé por última vez. Pero te aseguro que ahora me vendría muy bien un cigarro.

—Yo lo dejé a los veinticuatro años —no había vuelto a ser la misma persona desde entonces.

Rod se pasó la mano por el pelo, de color castaño claro. Lo tenía demasiado largo, pero a India le gustaba su caída suelta y su forma de rizarse en las puntas.

—¿Puedo utilizar tu teléfono? —le preguntó Rod.

En el momento en el que se lo tendió, él se apartó y le dio una patada a una piedra mientras esperaba a que contestaran a su llamada.

India supo el momento en el que alguien había contestado porque le vio erguir la espalda y olvidarse de seguir jugueteando con la piedra.

—No te lo vas a creer —dijo—. Soy yo. Nuestra vecina... Sí, esa vecina. Espera. Escucha, necesito ayuda. ¿Te acuerdas del tipo que estaba molestando a Natasha? ¿Ese al que le dijimos que se mantuviera alejado? Sí, él. Me ha destrozado la moto.

No explicó que lo había hecho mientras él iba conduciendo la moto, que, para India, era lo fundamental. Podía haberle matado. Pero no quería entrometerse en la conversación.

—No, no es ninguna broma —contestó Rod—. Ajá... No te preocupes, no creo que vuelva a molestarla.

Giró despacio hacia el hombre que continuaba inconsciente en el suelo y le dio un golpe con el pie.

El hombre no se movió.

—Todavía no me puedo ir —dijo, alejándose en dirección contraria—. Estoy esperando a la ambulancia... Sí, a la ambulancia. Ese imbécil ha perdido el conocimiento. ¿Y qué habrías hecho tú? No tenía ningún derecho a golpearme la moto. Tengo suerte de poder caminar siquiera. ¡Claro que estaba en la moto! Iba de camino a casa.

Ya estaba, por fin había salido la información. India tomó aire y se obligó a relajarse.

Normalmente refrescaba por las noches, cuando se levantaba la brisa del delta. Aquello era lo que le gustaba del norte de California. Pero desde que había llegado a Whiskey Creek había pasado un calor insoportable. Parte de su incomodidad se debía al estrés de la situación, pero tenía la sensación de que estaban a más de treinta y ocho grados, como habían estado durante el día.

—Muy bien. ¿Puedes traer el tráiler y llevarte mi moto? —le oyó decir a Rod—. ¿Y cómo quieres que lo sepa? El jefe Bennett va a hacerme pasar un infierno. A lo mejor me lleva a comisaría a declarar o intenta dejarme encerrado esta noche... De verdad. No, no llames ni a Dylan ni a Aaron. Puedo arreglármelas solo.

Colgó. Estaba a punto de devolverle a India el teléfono cuando vio que lo había manchado de sangre. Después de limpiarlo en los pantalones, se lo devolvió.

—Lo siento.

—No te preocupes —sostuvo el teléfono en la mano, puesto que no tenía bolsillos y se había dejado el bolso en el coche—. ¿Has hablado con uno de tus hermanos?

—Sí.

No se veía ningún vehículo llegando desde Whiskey Creek. ¿Por qué estaría tardando tanto la ambulancia? No estaban tan lejos del pueblo.

—¿Con cuál?

—Con Grady. Va a venir a buscar mi moto.

—Es el mayor o...

—Dylan y Aaron son los mayores. Grady y Mack son más pequeños.

—¿Te importa que te pregunte cuántos años tienes?

Ambos eran lo bastante jóvenes como para que aquella pregunta no resultara ofensiva.

–Treinta y uno, ¿y tú?

India consideró la posibilidad de quitarse los tacones, pero tuvo miedo de pisar una piedra o clavarse un cristal.

–Treinta.

–Sí, ya imaginé que tendríamos la misma edad.

–¿Cuándo?

–El otro día.

India decidió ignorar aquel comentario. No quería pensar en lo que implicaba. Se había fijado en más detalles de los que quería admitir; saber que él había hecho lo mismo con ella no la ayudaba a mantener la cabeza fría.

–Así que en tu familia sois cinco hermanos, ¿verdad?

–Exacto. Dylan y Aaron están casados. Viven en el pueblo con sus esposas. A Grady y a Mack ya les conoces.

Al final, llegó hasta sus oídos el débil aullido de una sirena.

–¿Y Natasha? ¿Es tu...?

Sabía que no debería preguntarlo. Que sonaría como si estuviera intentando enterarse de si tenía alguna relación de pareja. Pero, aun así, sentía demasiada curiosidad como para dejarlo pasar.

–Es como una hermana pequeña. En realidad, es mi hermana pequeña, puesto que mi padre se casó con su madre hace unos años.

–Ya veo. Así que tienes una familia numerosa –comentó ella, intentando desviar la atención del hecho de que había querido saber si Natasha era su novia–. Creo que a tu padre y a tu madrastra les he visto. ¿También viven con vosotros?

—De momento. Se suponía que tenía que ser una solución temporal, pero ya llevan un par de años en casa y no parece que tengan muchas ganas de marcharse.

—Tenéis una casa muy grande. Supongo que tenerlos no tiene que ser tan malo si os están ayudando a pagar la hipoteca.

—No nos están ayudando.

—Así que es una imposición.

Rod la recorrió con la mirada, reparando en cada detalle de aquel vestido negro y ajustado, incluyendo la raja de la falda.

—¿Y cuál es la historia de tu vida?

India se aclaró la garganta.

—Soy hija única.

—¿Eres de ciudad?

—¿Qué te hace pensar que soy de ciudad?

—El vestido —contestó—. Las mujeres de esta zona no visten así muy a menudo.

—Viví y crecí en Oakland.

Sin embargo, desde que se había casado con Charlie, había estado viviendo en San Francisco. Una exposición de arte en San Francisco era una cuestión muy sofisticada. Sabía que se había arreglado en exceso para cualquiera de los pueblos de la Autopista 49, pero había sentido la necesidad de arreglarse, de sentirse atractiva otra vez, como solía sentirse cuando salía con Charlie.

—Y ahora vives sola en Whiskey Creek, bueno, con tu hija.

India se irguió sorprendida.

—¿Cómo sabes que tengo una hija?

—Vi una fotografía suya el otro día en el coche.

—¡Ah!

Sonrió al pensar en su hijita de cinco años. Echaba mucho de menos a Cassia.

Rod esperó hasta que India volvió a mirarle a la cara.

–¿Está ahora con su padre o...?

–Está con sus abuelos. Se ofrecieron a cuidarla mientras yo me instalaba –y, consciente de que echaban tanto de menos a Charlie como ella, India se había sentido obligada a aceptar.

Había otras razones por las que también sentía que tenía que permitir que Cassia se quedara con los Sommers, pero pensar en ellas le revolvía el estómago.

Rod hundió las manos en los bolsillos.

–¿Y dónde está tu marido?

India se negó a hacer gesto alguno, a pesar del dolor causado por aquella pregunta.

–No hace falta tener marido para tener un hijo.

Rod arqueó las cejas.

–Pero llevas una alianza.

Había pasado tanto tiempo desde la última vez que se había encontrado frente a un hombre que pudiera molestarse en preguntárselo que ni siquiera se había tomado la molestia de quitársela, probablemente porque la alianza ya no significaba lo que se suponía que debía significar. Ya no. Charlie había muerto. India había vendido la maravillosa casa que compartían porque no soportaba vivir en ella. Tampoco era capaz de desprenderse del anillo. Aquel símbolo del amor de Charlie significaba mucho para ella. Aparte de su madre, Charlie había sido la única persona que la había tratado como si de verdad importara, como si fuera lo suficientemente especial como para merecer algún tipo de atención. Ella había imaginado que aquello era un reflejo de su propia autoestima, pero, de alguna manera, Charlie había sido capaz de mirar más allá y descubrir lo que India podía llegar a ser, de ayudarla a convertirse en lo que era.

–Sí, la alianza... Por supuesto, pero... –clavó la mirada en aquel diamante de un quilate y medio, recordando la noche que Charlie se lo había regalado–, mi marido ha muerto.

Por suerte, en aquel momento llegó una camioneta desde la dirección del bar, interrumpiendo la conversación antes de que Rod pudiera preguntar nada más. Los dos hombres que iban en la cabina conocían a Rod.

El conductor se detuvo y bajó la ventanilla. El pasajero que iba a su lado gritó:

–¿Qué pasa, tío? ¿Estás bien?

Intercambiaron unas cuantas palabras. Los tipos de la camioneta le preguntaron a Rod que si necesitaba ayuda y Rod llamó a su hermano para decirle que podía enviar la moto a casa con Donald y con Sam. Cuando estaban terminando de colocar una plancha de madera para poder subir la moto al lecho de la camioneta, llegó el jefe de policía, Bennett, por lo que decía su tarjeta.

–Atrás –les ordenó, haciéndoles apartarse todavía más de la carretera–. Hablaré con vosotros en cuanto ponga algunas luces de emergencia para que nadie termine herido.

La ambulancia llegó en cuanto los amigos de Rod acababan de marcharse con la moto.

India observaba todo cuanto ocurría a unos tres metros de distancia, mientras dos paramédicos se arrodillaban al lado del hombre inconsciente y el jefe Bennett le hacía pasar a Rod una prueba de alcoholemia que, afortunadamente dio un resultado negativo.

India odiaba interrumpir a los paramédicos, pero estos estaban comenzando a subir al herido a la ambulancia y ella esperaba que le dijeran algo sobre su estado antes de macharse.

–¿Se pondrá bien?

–Es muy probable –contestó uno de ellos–. En la cabeza todas las heridas sangran muchísimo. Creo que se pondrá bien.

–Hace falta ser idiota para pelearse con Rod Amos –comentó el otro.

El primer tipo giró la cabeza hacia la cartera que descansaba sobre el pecho del hombre inconsciente. El jefe Bennett la había utilizado para identificarle.

–Liam Crockett, de Dixon. No me suena su nombre.

India quería preguntarles si Rod era luchador profesional, pero tenían demasiada prisa, así que se apartó y permitió que se marcharan.

Desde el momento en el que Bennett había comprobado que Rod estaba sobrio, había comenzado a someterle a un interrogatorio sobre todo lo ocurrido. Todavía seguían hablando e India no sabía si meterse en el coche y largarse o esperar a ver si Rod necesitaba que le llevara a casa.

–Maldita sea, Rod –oyó decir al policía–. Estás loco. Siempre estás metiéndote en líos.

Fue evidente que a Rod no le gustó aquella reacción.

–Ya se lo he dicho. Empezó él.

–Sí, bueno, ya veremos lo que dice él.

–¡Pero si ha visto mi moto! ¿Cómo cree que ha terminado así?

Como el policía se negaba a comprometerse, Rod continuó:

–Podríamos haber zanjado las diferencias en el bar. Pero no, me ha seguido y ha intentado sacarme de la carretera. ¿Qué clase de cobarde intenta atropellar a alguien en vez de luchar como un hombre?

–Espera. ¿A qué te refieres cuando dices que deberíais haberlo solucionado en el bar? –preguntó Bennett–. Como vuelvas a tener una pelea en el Sexy Sadie's no te permitiré volver.

—¿Pero qué dice? —gritó Rod—. ¡Jamás he tenido una pelea en el Sexy Sadie's! No me puede cargar con lo que han hecho mis hermanos.

—Siempre que está alguno de vosotros termina habiendo problemas —replicó el policía disgustado—. En cualquier caso, puedes estar seguro de que voy a investigar lo que ha pasado.

—Muy bien —replicó Rod—. Eso espero. Cuando ese canalla se despierte, debería ir a la cárcel.

—Si se despierta —refunfuñó el policía—. ¡Dios mío, estoy agotado! ¿Necesitas que te lleve o…? —miró a India, deseando, obviamente, que le librara de aquella obligación.

—Yo le llevaré —se ofreció—. Voy en su dirección.

—A lo mejor debería llevarle antes al hospital —le recomendó Bennett— para ver si se ha roto algo o necesita algún punto. No le llevará mucho tiempo. Seguro que a estas alturas ya le conocen más que de sobra.

Rod le miró con el ceño fruncido.

—Deje de intentar dejarme mal.

—Ni siquiera tengo que intentarlo —respondió Bennett—. Eres tú el que quedas mal al no parar de buscarte problemas.

India se interpuso entre ellos y le tocó el brazo a Rod para llamar su atención antes de que estallara y terminara siendo detenido.

—¿Quieres que vayamos al hospital?

Él negó con la cabeza, como si estuviera sugiriendo que hasta la mera idea era ridícula.

—No te hará ningún daño que te examinen —insistió Bennett, intentando persuadirle.

—No pienso ir —respondió Rod—, quiero irme a la cama.

—Tú mismo.

Con un suspiro, Bennett se ajustó el cinturón y caminó cansado hacia el coche.

Y allí acabó toda la tensión. India se levantó el vestido para evitar arrastrarlo por el suelo mientras regresaba hacia al coche. Pero estaba a medio camino cuando advirtió que Rod no la seguía y se volvió para averiguar por qué.

—No soy capaz ni de empezar a imaginar dónde has estado esta noche —dijo Rod—, pero ese vestido... —terminó la frase con un silbido.

—Gracias —sintió un intenso calor en el rostro y deseó que aquel cumplido no le hubiera resultado tan gratificante.

Sin lugar a dudas, aquel no era el tipo de hombre que necesitaba. Necesitaba a Charlie, pero Charlie se había ido para siempre y no iba a volver. El vacío que había dejado con su muerte, además del motivo de la misma, la habían dejado... hundida. Era terrible estar tan perdida y tan sola como para que la mera atención de un desconocido se le antojara como un salvavidas.

—Lo que ha pasado no ha sido culpa mía —le explicó Rod—. Espero que me creas.

—Por supuesto —respondió ella, a pesar de que había oído decir al policía que siempre se estaba buscando problemas. Aquello confirmaba su primera impresión, ¿no? Pero Rod continuaba sin avanzar hacia ella, así que se cruzó de brazos y le miró—. ¿No quieres que te lleve a tu casa?

Rod comenzó a caminar por fin.

—Sí, pero... a lo mejor deberíamos aclarar antes algunas cosas.

—¿Como cuáles?

—Esa alianza... —dijo Rod, y le dirigió una sensual sonrisa.

India sintió un estremecimiento de deseo que la aterrorizó. ¡No!, se dijo así misma. Aquel tipo no. No podía volver a arruinarse la vida.

Capítulo 2

Rod nunca había tenido una predilección particular por las pelirrojas. Casi siempre había preferido a las rubias. Pero el pelo de India, cayendo en una lisa melena por sus hombros era de un tono intermedio entre el naranja intenso y el caoba oscuro y quedaba muy bien con aquella piel tan clara y unos ojos azules casi traslúcidos. Era una mujer diferente, delicada y única en su aspecto.

Cuanto más la miraba más le gustaba lo que veía. Pero a juzgar por la información que había reunido durante la conversación que habían mantenido desde que habían empezado el trayecto, seguía enamorada de su marido, ya fallecido. Se emocionaba cuando hablaba de él y todavía no le había contado cómo había muerto. Cuando se lo había preguntado, había contestado que no quería hablar sobre ello. Y durante el resto del camino hasta el pueblo, había estado jugueteando con el anillo. Lo único que había conseguido sonsacarle había sido que habían pasado casi once meses desde aquella tragedia que le había arrebatado a Charlie.

—¿Cuándo vendrá tu hija? —le preguntó, esperando que se sintiera más cómoda con aquel cambio de tema.

–Después del Cuatro de Julio –contestó.

Rod cambió de postura, intentando aliviar el terrible dolor de la pierna.

–Eso significa que vas a pasar otras dos semanas sola.

–Sí, demasiado tiempo para mí, pero pienso aprovecharlo bien –giró hacia la zona del río, donde vivían los dos.

–¿Haciendo qué?

–Utilizando ese torno que me ayudaste a meter en mi casa.

–¿Vives de la cerámica?

–Me gustaría. Para serte sincera, hasta ahora no he ganado mucho dinero, pero nunca me he puesto en serio a ello. Me gustaría poder llegar a montar mi propio taller algún día.

Al decirlo, iluminó su rostro una sonrisa, como si aquel hubiera sido siempre su sueño.

–¿Aquí, en Whiskey Creek?

–Sí.

–Y no en tu casa.

–No, imagino una tienda de artesanía y un taller en el centro del pueblo. Pero todavía tengo que crear el inventario.

Rod se alegró de que no esperara que la gente se acercara hasta la casa que tenía al lado del río. No creía que un negocio tan apartado pudiera tener éxito.

–¿No tienes ya piezas para vender? ¿No llevas tiempo dedicándote a la cerámica?

–En realidad, desde que salí del instituto, pero nunca lo he hecho pensando en montar un negocio. Todo lo que he hecho hasta ahora pertenece a otro momento de mi vida. Ahora estoy intentando empezar de nuevo, reinventarme. Me gustaría dar una nueva orientación a mi trabajo.

Su marido debía de haberla dejado en una buena situación económica, decidió Rod. Acababa de decirle, esencialmente, que lo que pensaba hacer no iba a cubrir sus gastos, y él sabía que había pagado una buena cantidad por la casa. Aunque en otro tiempo había sido una casa de alquiler muy barata, la habían comprado unos inversores y la habían arreglado con intención de revenderla. Habían invertido mucho trabajo y habían llevado a cabo numerosas mejoras, así que, para cuando habían terminado, el precio había subido de forma considerable.

Por supuesto, aunque no hubiera sabido lo que había pagado por la casa ni se hubiera fijado en la calidad de los muebles que habían llevado los encargados de la mudanza unas horas después de que sus hermanos y él la hubieran ayudado a cargar el torno, tanto su ropa como el diamante que llevaba en el dedo habrían delatado que no era una mujer que sufriera por falta de dinero.

–¿Y de momento piensas trabajar en casa?

–Durante este año sí, hasta que decida si tengo alguna posibilidad de éxito.

–Seguro que sí. No hay muchas tiendas de artesanía en el País del Oro. Hay una tienda de vidrio en Sutter Creek, no sé si la conoces.

–Sí, es maravillosa –se detuvo en un cruce. Era el último desvío que quedaba antes de tomar la carretera paralela al río–. ¿Y tú? ¿A qué te dedicas? –le preguntó–. Por lo que han comentado los paramédicos he pensado que eras luchador profesional.

–No –contestó riendo para sí–. Mi hermano mayor, Dylan, era un profesional de las artes marciales mixtas. Y ganó mucho dinero con eso. Pero no quiso que nos metiéramos en ese mundo. Necesitaba que trabajáramos en el negocio de la familia, que comenzó a ir bien en cuanto él tomó las riendas.

—¿Quién se encargaba antes?

—Mi padre —Rod no aclaró la razón ni contó nada sobre las circunstancias en las que aquello había ocurrido.

Era consciente de cómo le sonaría su historia a una persona que no la conociera, sobre todo a una persona procedente de una clase social más alta que la suya. Y bastaba ver la ropa de India, conocer su interés por el arte e incluso su manera de hablar para saber que pertenecía a una clase superior.

Ella se colocó la larga melena detrás de la oreja.

—¿Qué clase de negocio?

—Tenemos un taller de chapa y pintura.

—¿Y trabajas ahí?

Rod podía percibir su perfume. Un perfume que también olía a dinero.

—Sí. Y es probable que lo haga durante el resto de mi vida. Pero no me quejo. No hay nada que me guste más. A lo mejor lo has visto, se llama Amos Auto Body. Son un par de edificios situados al final de Sutter Street.

India negó con la cabeza.

—Creo que no.

—He estado arreglando coches, furgonetas y motos destrozados durante la mayor parte de mi vida.

—Teniendo en cuenta cómo ha quedado tu moto, no te vendrá mal tanta experiencia —dijo India con ironía.

Rod abrió los ojos y cerró la mano derecha, que estaba comenzando a hincharse.

—Ya la reconstruí la primera vez. Podré volver a hacerlo.

—¿La tienes asegurada?

—Sí, claro que sí.

—Eso te vendrá bien.

Rod se inclinó para mirar el velocímetro. Él conduciría a mucha más velocidad.

—Supongo que eres consciente de que vas a quince kilómetros menos de la velocidad permitida.

—Estoy un poco nerviosa.

—¿Por qué? He sido yo el que ha tenido la pelea.

India le miró exasperada.

—Lo que demuestra que una no sabe con qué se puede llegar a encontrar.

Rod se echó a reír.

—Esta es una zona muy tranquila. Me atrevo a decir que estarás a salvo durante el resto de la noche. Y me gustaría llegar a casa antes de que amaneciera –añadió, solo para meterse con ella.

India le miró boquiabierta.

—¡No tienes vergüenza! –replicó–. Soy una buena conciudadana que se ha ofrecido a ayudarte y tú te dedicas a criticarme.

—No. Solo estoy sugiriendo que te esfuerces un poco más.

India pisó el acelerador, impulsando el coche hacia delante.

—¿Ya estás contento?

—Sí, más contento.

—Me alegro de haberte complacido.

Rod estudió su perfil.

—India es un nombre muy original. Eres la primera mujer que conozco con ese nombre.

—A mi madre le encantaba *Lo que el viento se llevó*. Me puso el nombre por India Wilkes.

—¿No debería haberte llamado Scarlett o algo así?

—India era un personaje secundario.

—Supongo que me salté ese libro –bromeó.

En realidad, se había saltado muchos libros, puesto que apenas había ido a clase. Era sorprendente que hubiera conseguido graduarse y acabar el instituto. Y no lo hubiera conseguido si su hermano mayor no se hubiera conformado con menos.

–¿Dónde vive tu madre? ¿Sigue en Oakland?

–Murió cuando yo tenía dieciocho años.

¿Había tenido que enfrentarse a la muerte de dos familiares?

–Lo siento. ¿Así que ahora solo estáis tu padre y tú?

–No, mi padre murió antes que ella, pero apenas le conocí. Se divorciaron cuando yo tenía tres años. Era un alcohólico, no formaba parte de mi vida.

Aquel habría sido un buen momento para que Rod le hablara de su familia. Su padre también se había dejado arrastrar por el alcohol.

–Así que tus padres no conocieron a Charlie.

–No, solo llevábamos seis años juntos.

–¿Dónde le conociste?

Esperaba que dijera que en la universidad. Le parecía que aquel habría sido el momento perfecto. Pero no fue aquella la respuesta.

–Yo trabajaba de camarera en un restaurante que estaba cerca del hospital en el que trabajaba Charlie. Él solía ir por allí con otros médicos muy a menudo.

–Médicos.

Ella asintió.

–Tenía diez años más que yo.

–Y era médico –repitió Rod, porque no era una buena noticia.

Aquella información le confirmaba que estaba fuera de su alcance.

–Cirujano cardiovascular.

Mierda. Justo lo que un tipo quería oír cuando ni siquiera había intentado ir a la universidad.

–Si hubiera vivido quince o veinte años más, quién sabe lo que habría llegado a conseguir –dijo con una dulzura casi reverencial–. Creo que habría hecho una gran aportación al mundo.

Rod supo entonces que no importaba que Charlie estuviera seis metros bajo tierra. Un mecánico especialista en chapa y pintura no podía competir con un renombrado cirujano, ni siquiera con su recuerdo.

–¿Murió en un accidente de coche?

Esperaba que no hubiera muerto de un ataque al corazón. Habría sido toda una ironía.

–Por favor, ya te he dicho que prefiero no hablar de su muerte.

Rod no entendía que le dejara con la duda. Le había contado otras cosas, como el tiempo que había pasado desde que su marido había fallecido. ¿Por qué no podía decirle si había muerto por culpa de un accidente, de una enfermedad o de lo que fuera?

–No debería haber vuelto a preguntártelo –le dijo.

Pero no podía extrañarle su curiosidad. No era normal que alguien muriera tan joven.

Se produjo un silencio. Después, Rod volvió a hablar. No quería que la conversación terminara con una pregunta sobre la muerte de su marido.

–No debe de ser fácil trabajar como artesana con una niña en casa. ¿Por eso está ahora con tus suegros? ¿Para que puedas empezar con la cerámica?

–La verdad es que no. Tenerla cerca les ayuda a llenar el vacío que ha dejado Charlie. Tienen una hija, pero se fue a trabajar a Japón hace dos años y no la ven muy a menudo.

–Una familia de triunfadores, ¿eh?

–Sí, pueden llegar a resultar intimidantes.

–¿No encajabas bien en la familia?

India vaciló un instante.

–Siempre me han tratado bien. Y, para que conste, yo habría preferido no quedarme sin Cassia –le sonrió con tristeza–. Cuando se fue, apenas sabía qué hacer con mi vida. No puedo estar trabajando todo el tiempo.

Acababa de perder a su marido y era nueva en el pueblo. Rod entendía los motivos por los que habría preferido quedarse con su hija. Pero, por lo menos, la niña tenía unos abuelos que se preocupaban por ella. Rod no había tenido la suerte de contar con unos padres decentes, y menos aun con más familia. Si no hubiera sido por Dylan, su hermano mayor y la persona que le había criado, le habrían llevado a un hogar de acogida cuando estaba terminando la primaria.

Siendo ya todos ellos adultos y capaces de cuidar de sí mismos, la vida era más fácil. Y Rod se alegraba de ello. También estaba decidido a no hacer nada que pudiera volver a cambiarle la vida. Y, por intrigado que estuviera por su nueva vecina, haría mejor en centrarse en otro objetivo.

–Has tenido muchos cambios en tu vida –le dijo–. Pero estoy seguro de que con el tiempo las cosas mejorarán –era un comentario retórico.

Comenzó a recular, dejando que India conservara sus secretos y mantuviera la distancia. Teniendo en cuenta lo que había hecho su propia madre y cómo había afectado lo sucedido a toda la familia, no tenía ninguna gana de relacionarse con una mujer emocionalmente inaccesible. No iba a intentar forzar la que consideraba una puerta cerrada.

Cuando India le miró, Rod supo que había notado el cambio de tono. Su mirada rebosaba inseguridad y, quizá, un punto de arrepentimiento. Era consciente de que la había descartado, podía verlo en su rostro. Y le sorprendió que no pareciera convencida de querer aquel distanciamiento. ¿Pero qué otra cosa podía hacer? Había sido ella la que había levantado las barreras.

—Estás muy callado —señaló India.

Una vez había desaparecido todo interés sentimental que le distrajera de las heridas, Rod había descubierto que la pierna, la boca, las manos y, prácticamente, todo el cuerpo, le dolían de una manera infernal. Necesitaba darse una ducha, tomar un analgésico y meterse en la cama.

—Es tarde y no estoy en mi mejor momento. Además, no tengo mucho que decir.

—Es posible que todavía no esté abierta a una relación. Todavía sigo enamorada de Charlie, pero espero que podamos ser amigos.

Había sido muy directa, pero también lo había sido él con ella. Le gustaban las cosas claras, no veía ninguna razón para jugar a la ambigüedad.

—Por supuesto.

—Lo digo en serio. No me vendría mal tener un amigo.

Rod se encogió de hombros.

—Claro, seremos amigos y vecinos.

Debió de parecerle una frase trillada, porque frunció el ceño como si no le hubiera gustado su respuesta.

Una cama, se dijo a sí mismo. Necesitaba dormir. Aquella mujer le estaba enviando señales contradictorias. Le decía que seguía enamorada de su marido, pero, aun así, continuaba mirándole como si... bueno, como si le gustara lo que veía. ¿Cómo se suponía que debía reaccionar si no le estaba dando ninguna oportunidad?

En cuanto India aparcó, él alargó la mano hacia la manilla.

—¿Rod?

Cuando se volvió a mirarla, ella parecía a punto de hablar.

—¿Sí? —la urgió.

India clavó las uñas del pulgar en el volante.

—A lo mejor... si no estás muy cansado, podrías pasar un rato por mi casa.

—¿Ahora?

India alzó la mirada. Parecía nerviosa. Pero, aun así, asintió.

—¿Para qué?

Ella dejó de clavar las uñas en el volante.

—Bueno, tengo vendas y algunos ungüentos. Podría ayudarte a quitarte la tierra y la gravilla de la pierna.

Y acababa de decirle que no estaba interesada en una relación. ¿Qué demonios quería?

—No te preocupes, me las arreglaré.

Ella le agarró del brazo.

—Podrías —bajó la voz hasta convertirla en un suspiro— ducharte en mi casa.

Rod bajó la mirada hacia aquella mano pálida posada contra su piel oscura.

—Pensaba que no querías estar conmigo.

India le soltó el brazo y desvió la mirada.

—Yo no he dicho eso.

—Me has cerrado las puertas. En cuanto te he dicho que tenía algún interés, que quería salir contigo, has dejado muy claro que no estabas interesada.

India volvió a hacer incisiones en el volante.

—Porque no estoy dispuesta a iniciar una relación y me ha parecido importante ser honesta desde el principio.

—¿Entonces qué me estás ofreciendo? —la miró con atención—. ¿Sexo?

India clavó la uña con fuerza.

—¡No! Yo pensaba que... quizás podíamos llegar a conocernos algo mejor.

—Entonces esto no tiene nada que ver con el sexo. ¿Quieres que me duche en tu casa... como amigo? ¿Quieres compañía o algo así?

—Algo así. Supongo que podríamos… hablar.

Ya habían estado hablando. Él no creía que fuera eso lo que ella tenía en mente. Pero fuera lo que fuera lo que le estuviera pidiendo, era obvio que no le resultaba fácil expresarlo con palabras.

—Echas de menos a tu marido —aventuró él.

—Por supuesto.

—Su forma de acariciarte…

Ella cerró los ojos un instante.

—Sí.

—Y no has estado con nadie desde entonces.

India se sonrojó. Si hubiera habido suficiente luz como para verle las mejillas, sospechaba que estarían a juego con su pelo.

—Exacto.

Rod soltó la respiración que ni siquiera sabía que había estado conteniendo.

—Entonces quieres que follemos.

Al verla palidecer, se arrepintió de haberlo dicho de forma tan grosera. Pero no quería terminar en su casa y que al final le dejara tirado. Aquella noche ya había sido suficientemente mala.

—No hace falta ir tan lejos —le dijo.

—¿Quieres que nos enrollemos pero sin llegar a acostarnos?

—Estoy… abierta a todo. Supongo que cuando Cassia se fue, pensé que sería una buena oportunidad para… —alzó por fin la mirada y después pareció perder el curso de sus propios pensamientos, porque se interrumpió de nuevo.

—Para estar con un hombre —terminó Rod por ella.

¿Habría sido lo bastante educado?

India deslizó las pulseras por el brazo con un gesto que había repetido mientras conducía.

–Si tú también… estuvieras interesado. Pero… estás herido y yo… soy casi una desconocida para ti, así que… si no estás preparado para un encuentro de ese tipo, lo comprenderé.

–Estoy intentando entenderlo. No me vas a pedir que te invite a cenar, pero me dejarás desnudarte.

India ya no le miraba.

–Lo sé, parece una locura –dijo con una risa incómoda–. No soy capaz de pensar con claridad. Puedes irte.

–Este ir y venir me resulta muy confuso. Has estado enviándome señales contradictorias desde que me he montado en el coche. ¿Por qué no me dices abiertamente lo que quieres?

Ella abrió los ojos como platos.

–El vestido te ha gustado –le dijo ella con impotencia, como si no pudiera ser más clara.

Él rio para sí ante aquel pésimo intento.

–Me gusta lo que hay dentro del vestido y no me importa admitirlo.

India no dijo nada. Fijó la mirada en la casa de Rod y se mordió el labio inferior.

–Mírame –le pidió Rod, y esperó hasta que ella obedeció–. ¿De verdad estás dispuesta a acostarte con un hombre al que acabas de conocer? ¿Has hecho eso alguna vez?

–No. He estado con algunos… tipos desagradables, pero les conocía antes de… bueno, ya sabes.

–Y eso significa…

–Que no sería una buena idea.

–Eso es un no –dijo él–. Muy bien. Me alegro de que hayan quedado las cosas claras. Porque si hubiera tenido que adivinarlo, habría dicho todo lo contrario.

Comenzó a salir del coche, pero ella volvió a agarrarle del brazo. En aquella ocasión, cuando Rod se volvió para mirarla, India se llevó la mano libre a la frente y cerró los ojos con fuerza.

—Sí, es un sí.

De pronto, Rod dejó de sentir los dolores y molestias que hasta entonces habían estado fustigándole. Oportunidades como aquella no se presentaban a menudo. Aunque nunca le habían faltado las mujeres, no había conocido a ninguna como India Sommers. Era una mujer refinada, clásica, educada, no era la clase de mujer que solía intentar ligar con él.

Bajó la mirada hacia sus labios y se inclinó hacia ella para tener una muestra de lo que podía esperarle en su casa. Él podía decir muchas cosas sobre una mujer por su manera de besar... India no le decepcionó. No se mostró demasiado resuelta ni anhelante a pesar de que había sido ella la que había lanzado la invitación. Todavía estaba demasiado enfrentada a su propia decisión como para hacer algo tan imprudente. Podía sentir el tira y afloja que se estaba librando en su interior, cómo se debatía entre aquello que consideraba apropiado y su propio deseo. Pero, a pesar de todo, reaccionó a aquel beso y su boca se fundió de una forma tan agradable con la suya que Rod no tuvo ninguna duda de que iba a disfrutar de algo muy especial.

No le sentaría mal pasar una cuantas horas con una mujer, sobre todo con una mujer que besaba tan bien como aquella.

Cuando posó las manos en su rostro y la lengua de India tanteó con delicadeza el corte que tenía en el labio inferior antes de profundizar el beso, pudo sentir una dulzura innata que disparó su excitación como un cohete. Le había parecido una mujer atractiva y especial desde el primer momento, pero se había comportado de manera tan distante cuando la había ayudado a descargar el Prius que había decidido que se consideraba demasiado buena para él y para sus hermanos.

Jamás había esperado lo que estaba ocurriendo en aquel momento.

—Ha estado bien —susurró ella cuando él suavizó su beso.

Había estado bien. Y su beso le había indicado que no era tan fría e inalcanzable como había pensado.

El corazón no tardó en comenzar a latirle con tanta fuerza como durante la pelea. Pero cuando ella se relajó y comenzó a profundizar el beso, comprendió que India estaba volcando en aquel beso una enorme cantidad de emoción. Era como si... como si le conociera mejor de lo que le conocía.

Retrocedió para mirarla, pero ella no abrió los ojos. Rod estaba convencido de que no quería verle. Quería sentir lo que le estaba haciendo sentir para poder fingir que estaba besando a otro hombre. Un hombre al que amaba y al que echaba de menos. Charlie.

Le golpeó entonces un extraño rechazo que le serenó el pulso. Dos minutos antes no le había importado que le quisiera solo por su cuerpo. Sabía que no le estaba invitando a su casa por su personalidad: ni siquiera se conocían. ¿Pero en aquel momento?

Las entrañas le decían que se detuviera. Había estado con muchas mujeres. Sabía que podía hacerla llegar al orgasmo. Pero ella ya había experimentado lo que era sentir algo más profundo por el hombre que la hacía temblar. Un encuentro rápido, por exitoso que fuera, solo la convencería de que el tiempo que habían pasado juntos había sido un error.

Al final, India abrió los ojos.

—¿Qué pasa?

Rod no estaba seguro de cómo explicar la desilusión

que sentía. Ni siquiera sabía si debería intentarlo. Teniendo en cuenta que apenas se conocían, probablemente no tenía sentido.

–¿Te... te duele? –le preguntó ella–. Tengo ibuprofeno en casa.

–No es eso.

Tenía suficiente testosterona fluyendo por su sangre como para poder sentir las heridas. La deseaba, estaba duro como una piedra. Pero ella no le deseaba a él y Rod nunca había experimentado aquel tipo de desconexión. Sus anteriores aventuras de una noche habían sido con mujeres que le admiraban y estaban locas por estar con él, o con el hombre que imaginaban que era. Y aunque no pudiera contar con que el amor jugaba ningún papel, siempre había la esperanza de que pudiera haber algo más, una cierta apertura que no estaba presente con India. Era casi como si le hubiera elegido porque sabía que jamás sería una amenaza para su corazón. Era un pobre sustituto del hombre con el que había estado casada.

–Lo siento –le dijo.

–¿Lo sientes? –repitió ella–. ¿Qué significa eso?

–No quiero darte esperanzas y decepcionarte después.

Al contrario, aquello era lo único que le incitaba a continuar. Tenía la sensación de que había adquirido un compromiso, aunque apenas la había tocado.

–¿Es eso lo que estás haciendo? –le preguntó.

–Supongo que sí.

–¿Qué ha pasado? ¿No te ha gustado... mi forma de besarte? ¿O mi perfume te recuerda a alguien? O...

–No es nada de eso.

–¿Entonces qué pasa?

¿Debería decirle que había adivinado por qué le había elegido? ¿Decirle que comprendía que le considerara un hombre conflictivo después de lo que había visto aquella noche y de lo que había dicho Bennett?

—Iría contigo a tu casa si de verdad pudiera solucionar algo —se sinceró—. Pero mañana por la mañana te sentirías triste y deprimida. El sentimiento de culpa lo empeoraría todo.

India le miró con los ojos rebosantes de preocupación.

—Si te estás deteniendo por mí, no lo hagas. Para mí serán un par de horas en las que podré dejar de sentir lo que sentiré si no vienes —presionó los labios contra los suyos, intentando animarle de nuevo—. No me importa lo demás —insistió al ver que se resistía—. Asumo la responsabilidad.

Rod tomó sus manos y la alejó de él.

—Pero no puedo competir con el hombre que tienes en la cabeza.

India le miró confundida.

—No tienes por qué competir, no te estoy pidiendo que lo hagas.

—Es inevitable. Ya me has descartado, ¿qué sentido tiene que me acueste contigo?

—Seguramente, un hombre como tú...

—¿Un hombre como yo? Ni siquiera me conoces.

—Supongo que habrás tenido otras aventuras como esta.

—Por supuesto, no voy a fingir que soy un santo.

—¿Entonces, por qué conmigo es diferente? —le preguntó—. No esperaré nada después, te lo prometo. Aunque viva en la puerta de al lado, no te molestaré.

—A lo mejor ese es el problema.

Pudo sentir su sorpresa mientras salía del coche y supo que le estaba siguiendo con la mirada mientras caminaba hacia su casa y se metía dentro. Él mismo estaba estupefacto. ¿No era una locura rechazar lo que aquella mujer le había ofrecido?

Sabía lo que dirían Grady y Mack. Pensarían que había perdido la cabeza. A todos ellos les encantaba India, ¡y le había invitado a acostarse con ella!

Si hubiera tenido unos años menos, habría aceptado un encuentro rápido y turbio como aquel, se dijo a sí mismo. Pero tenía treinta y un años. Ya era hora de que se tomara la vida en serio, de que empezara a hacerse respetar. Si India quería estar con él, tendría que ofrecerle un encuentro sincero, no relegarle a la categoría de «bueno para un polvo de una noche y nada más».

El hecho de que hubiera tenido tan poco a lo largo de su vida no significaba que tuviera que conformarse con menos, aunque fuera un mecánico de coches y no un cardiocirujano.

Si cerraba los ojos, India podía saborear el beso de Rod, podía sentir el movimiento de sus labios y su lengua contra los suyos. No era frecuente que un hombre besara con una presión tan precisa, una presión tan atemperada por el control. Acababa de decidir que había elegido la pareja ideal, un hombre que de verdad podría llegar a cautivarla, cuando él se había apartado y había acabado de forma precipitada con aquella sensación tan agradable.

¿Por qué habría cambiado de opinión? Lo que había dicho la llevaba a creer que no le habían satisfecho las limitaciones que había impuesto a su encuentro. A lo mejor no le había gustado que fuera ella la que pusiera las condiciones. O al ofrecerse había dejado de representar para él un desafío. Los hombres con los que había estado antes de conocer a Charlie disfrutaban de la sensación de conquista. Para ellos, el amor era un juego. Teniendo en cuenta lo que había aprendido de sus anteriores experiencias, era evidente que se había equivocado en su manera de actuar. Pero ya era una mujer adulta y no tenía ningún interés en las falsas poses y los fingimientos que tan a menudo acompañaban la vida de soltero.

Además, ella no pretendía hacerle una proposición. No había planificado nada de lo que había ocurrido aquella noche. Había sido un intento desesperado, nacido al calor del momento, de intentar amortiguar el dolor sordo que reverberaba en su cuerpo con cada latido de su corazón.

—Felicidades, no podías haber caído más bajo —musitó para sí.

Necesitaba que volviera su hija. Cassia era el único asidero al que podía aferrarse. Si su hija hubiera estado con ella, no habría cometido aquel error.

Pero no iba a ser fácil que su hija regresara. Los padres de Charlie no eran muy partidarios de que lo hiciera. Seguramente empezarían a protestar en cuanto lo mencionara.

Las lágrimas le ardían en los ojos mientras entraba en el camino de su casa y aparcaba. Permaneció sentada, con la mirada fija en su casa nueva. Necesitaba colgar todos los cuadros que tenía en el garaje, convertir aquel lugar en un hogar en el pleno sentido de la palabra. Pero algunos pesaban tanto que iba a necesitar ayuda, y no podía contar con nadie a menos que se tomara la molestia de contratar a alguien.

De todas formas, los cuadros solo servirían para recordarle a Charlie, se dijo a sí misma. Había sido él el que los había comprado, y ya pensaba en su marido demasiado a menudo. Si no era capaz de seguir adelante con su vida, nunca lo superaría.

Vio una luz en la puerta de al lado y pensó que era probable que procediera de la habitación de Rod. La ventana que resplandecía en medio de la oscuridad era la del segundo piso, que tenía una pequeña terraza con unas escaleras que bajaban hasta el patio trasero y desde la que se podía ver el río. Agarró el bolso y, justo cuando estaba a punto de abrir su casa, Rod le confirmó que aquella era su habitación al salir a la terraza y mirar hacia su coche.

India deseó haber entrado cuando había tenido oportunidad de hacerlo sin ser observada. ¿Cómo podía estar tan desesperada como para hacerle una proposición a su vecino? Debía de haberle parecido patética.

Parpadeando para apartar las lágrimas que unos segundos antes amenazaban con desbordarla, pues sabía que la situación empeoraría si Rod llegaba a creer que estaba llorando por su rechazo, se obligó a salir del coche. Quería ofrecerle una disculpa por haber sido tan atrevida y prometerle que jamás volvería a abordarle en aquel sentido. Pero Rod estaba demasiado lejos para oírla y ella no quería acercarse.

Lo mejor sería demostrárselo.

De modo que actuó como si no hubiera advertido su presencia y no dijo nada.

En cuanto estuvo a salvo en el interior de la casa, dejó escapar un suspiro de alivio, cerró la puerta y se tumbó en la cama de Cassia, donde se abrazó a uno de sus peluches, esperando la llegada de un nuevo día. Aunque sabía que le costaría quedarse dormida, puesto que había tenido problemas para dormir ocho horas seguidas desde aquella fatídica noche, no se molestó en encender la luz. Se limitó a reposar la mirada en los rayos de luna que se filtraban por la ventana.

Capítulo 3

A la mañana siguiente, Mack entró en la cocina.
–¿Qué pasó anoche?
Rod alzó la mirada del cuenco de cereales. No se encontraba mejor después de haber dormido. De hecho, estaba peor. Ya no sangraba y estaba empezando a formarse la costra en algunas de las heridas que se había hecho al caer de la moto, pero tenía todos los músculos doloridos. Apenas era capaz de moverse sin hacer una mueca de dolor. Estaba comenzando a preguntarse si no debería haber hecho caso a Bennett y haber ido al hospital, no tanto por la pierna como por la mano. Tenía un tamaño que casi duplicaba el habitual y le dolía cada vez que intentaba utilizarla.
–Fue una locura –contestó.
Y, aunque Mack no lo sabía, la pelea no había sido la parte más demencial. Rod se sentía fatal por lo que había pasado entre India y él. Debería haber ido a su casa. ¿Qué más daba que quisiera fingir que estaba con su marido? No lo había hecho para hacerle daño ni por motivaciones egoísta. Solo estaba buscando una manera de escapar al dolor. Él también había tenido momentos bajos a lo largo de su vida, momentos en los que había necesitado estar con alguien.

Además, había cosas peores que ofrecerle a una mujer un poco de placer y consuelo.

—Ayer me despertó Grady y me dijo que habías tenido una pelea con ese idiota que estaba molestando a Natasha —Mack se acercó al armario para sacar un cuenco—. Cuando he abierto los ojos esta mañana he pensado que a lo mejor había sido un sueño. Pero ahora que te veo...

Rod estaba utilizando la mano izquierda para llevarse la cuchara a la boca.

—Ojalá hubiera sido un sueño.

—Dime que el otro está peor.

—Debería. Por lo menos es el único que está en el hospital.

—Bien por ti —contestó Mack—. No me da ninguna pena. Estoy seguro de que se lo merecía.

Rod apoyó los codos en la mesa.

—Se lo mereciera o no, yo no pretendía dejarle tan mal. No es capaz de pelear como es debido, pero, por lo visto, tampoco es consciente de sus propias limitaciones. Cada vez que yo retrocedía pensando que el tipo ya había recibido lo suficiente, intentaba volver a darme un puñetazo.

—Un estúpido cabezota —farfulló Mack—. ¿Y cómo terminó todo? ¿Llamó alguien a la policía?

—Llamé yo. La pelea no fue fuera del bar. Fue en la carretera, cuando venía de camino a casa. El tipo necesitaba una ambulancia.

Mack soltó un silbido.

—¿Y qué policía fue? Espero que fuera Howton. Teniendo en cuenta lo que hay, no está mal.

—Pues vino, nada más y nada menos, que el jefe Bennett. Soy un hombre con suerte, ¿verdad?

—No puede decirse que te tenga mucha simpatía, sobre todo desde que tu ex le dijo que le habías pegado.

Rod esbozó una mueca al recordarlo.

—Jamás le toqué un solo pelo a Melody.

No había sentido nunca la tentación de pegar a una mujer, pero, en el caso de que alguna vez le ocurriera, no tendría tanto miedo de la policía como de su hermano mayor. Dylan le daría una paliza de muerte... y Dylan era una de las pocas personas que estaban en condiciones de hacerlo.

—Estaba enfadada porque la había dejado y quería vengarse.

—Lo sé y lo sabes. Pero, cuando alguien lanza una acusación de ese tipo, el hombre nunca cuenta con el beneficio de la duda. Siempre habrá gente que se preguntará si es cierto y creo que Bennett es uno de esos escépticos.

Rod también lo creía. Todavía le enfurecía lo que Bennett había hecho. Había sido tan injusto. Pero cuanto más protestaba, más culpable parecía. Tenía que intentar olvidarlo. Lo único que podía hacer era esperar a que algún día ella confesara la verdad.

A lo mejor cuando consiguiera olvidarle. Pero hasta entonces...

—Bennett no nos tiene ninguna simpatía a ninguno de nosotros —dijo Rod al tiempo que se llevaba otra cucharada de cereales a la boca—. Pero por lo menos no es tan malo como el jefe de policía anterior.

—Si Stacy continuara de jefe, habrías ido a la cárcel —concordó Mack—. Le encantaba provocar a Dylan y sabía que para hacerlo bastaba con presionarnos a cualquiera de nosotros —se sirvió unos cereales de la caja que Rod había dejado en la mesa—. ¿Natasha sabe que terminaste peleándote con el tipo que andaba tras ella?

—No, a no ser que Grady también la despertara a ella, ¿por qué lo preguntas?

—No creo que le vaya a hacer mucha gracia. Ya la oíste anoche. Está convencida de que puede defenderse sola.

—Sí, bueno, pero se convirtió en un asunto personal cuando el tipo se estrelló contra mi moto.

—Estoy seguro de que Grady no la despertó. Vino a mi habitación para pedirme que le acompañara por si tú no estabas en condiciones de cargar la moto.

—Pues ni siquiera me lo comentó —dijo Rod, pero sabía que sería imposible ocultárselo. No solo vivía con ellos, sino que también iba al instituto y trabajaba en el taller, encargándose de la contabilidad y de otras tareas administrativas. Vería las heridas y los moratones y sabría que había pasado algo.

—¿Y ahora qué? —preguntó Mack—. ¿Qué posibilidades hay de que este incidente pase sin pena ni gloria?

Rod dejó la cuchara en el cuenco vacío.

—No muchas. Si ese tipo, Liam como se llame, decide denunciarme, podría suponer un problema.

Mack levantó la cuchara llena de cereales.

—Empezó él, pero eso podría no importar. Te has metido en demasiadas peleas como para que puedan concederte el beneficio de la duda.

A Rod no le gustó tanta franqueza.

—Tú te has metido en tantas peleas como yo, hermanito.

Mack no lo discutió. Esbozó una sonrisa de oreja a oreja sin mostrar el menor signo de arrepentimiento.

—¿Sabes si ese tipo se pondrá bien?

—Todavía no he llamado al hospital.

—No tiene ningún derecho a intentar abusar de una chica de diecinueve años.

Eso era cierto. Natasha le había pedido que la dejara en paz. Él no había hecho caso y aquella era la razón por la que había decidido intervenir. Pero hablar de Natasha siempre le producía una sensación desagradable. A veces tenía la impresión de que Mack se preocupaba en exceso por la vida sentimental de su hermanastra. O, mejor dicho, que se preocupaba en el mal sentido. Natasha no se parecía nada a su insufrible madre. Rod estaba dispuesto a cuidar de ella como lo haría un hermano mayor, en caso contrario, no habría salido en su defensa la noche anterior. Pero Mack era el niño mimado de la familia. Y seguro que había alguien mejor, por mucho que Rod odiara utilizar aquella expresión, para su hermano pequeño. Natasha era una persona decente, pero cualquiera que hubiera crecido al cuidado de alguien como Anya tenía que tener problemas y decir que Natasha podía llegar a ser intratable era un eufemismo amable.

Afortunadamente, Natasha se iría en otoño a Utah para asistir a la universidad, de manera que solo tendrían que superar el verano. Con un poco de suerte, Mack conocería a alguna chica, ya había estado con unas cuantas, cuando ella estuviera fuera y sus preocupaciones y sus miedos se quedarían en nada. Después, si su padre se divorciaba alguna vez de aquella drogadicta con la que se había casado, Natasha desaparecería para siempre de su vida.

—Necesito ir a buscar mi teléfono —dijo.

—Puedo ayudarte si lo necesitas —se ofreció Mack.

Mack sonrió con ironía.

—Buen intento, pero creo que me serás más útil en el taller. Los sábados siempre tenemos mucho trabajo. Me pasaré por allí en cuanto pueda.

Mack frunció el ceño.

—¿Para qué? No creo que puedas hacer nada con una mano rota.

—No está rota —replicó Rod, y rezó para no equivocarse.

Un crujido de pasos en el pasillo le indicó que alguien se acercaba. Supuso que era Grady. A menos que hubiera algo que lo impidiera, solían ir juntos al taller.

Pero no era su hermano. Era Natasha, llevando todavía la x en el dorso de la mano que le indicaba al camarero que todavía no había cumplido la mayoría de edad y no podía beber alcohol. Llevaba el pelo, rubio oxigenado, muy corto y en punta y también un pendiente en la nariz, pero le resultaba imposible ocultar su belleza natural. Rod comprendía que a Mack le gustara. Les gustaba a muchos. A pesar de su peinado rebelde, de los tatuajes y los piercings, tenía un cierto *sex appeal*. Pero eso no cambiaba las razones por las que sería una estupidez mantener una relación sentimental con ella.

–Me ha parecido oíros.

Miró primero a Mack. Tenía tendencia a hacerlo. Y a volver a mirarle repetidas veces. Cuando por fin desvió la mirada hacia Rod, soltó una exclamación ahogada.

–¿Qué hostias te ha pasado en la cara?

Rod se levantó para dejar el cuenco en el fregadero.

–Cuida tu lenguaje. Ya hemos hablado de eso en otras ocasiones. Eres una chica, no un camionero.

–¡Eh! Déjate de tonterías misóginas. Ya soy adulta y digo, exactamente, lo que quiero –le espetó–. Hostia, hostia, hostia. ¿Qué pasa?

Rod elevó los ojos al cielo.

–Eres un caso perdido.

–¿Eso significa que no vas a contármelo?

–Ya te lo contará Grady. Yo tengo que marcharme.

–¿Y por qué no puede contármelo Mack? –preguntó.

Rod agarró el cuenco de Mack y lo llevó al fregadero.

–¡Eh! –gritó Mack–. ¡Que todavía no he terminado!

–Ya desayunarás más tarde –respondió Rod, revolviéndole el pelo para fastidiarle–. Vamos.

Mack le apartó la mano y, sin mucho convencimiento, intentó peinarse.

–¿Adónde?

—Me has dicho que ibas a ayudarme a encontrar mi teléfono, ¿recuerdas?

Rod pensó que Mack iba a contestar que ya habían decidido que debería ir al taller en vez de a ayudarle a buscar el teléfono, pero no lo hizo. De hecho, no volvió a decir nada hasta que pasaron por delante de la moto destrozada, que Donald y Sam habían dejado a un lado del camino, y se metieron en la camioneta de Rod.

—Primero me dices que no quieres que vaya, después que sí. ¿Qué pasa? —preguntó cuando Rod puso el motor en marcha.

¿Debería intentar explicárselo? Probablemente no. Si mencionaba el tema, su hermano se limitaría a negar cualquier sentimiento de atracción por su hermanastra. Y había que reconocerle a Mack que hacía cuanto podía para evitarla. Rod se había fijado en lo mucho que se esforzaba. Pero... por mucho que su hermano estuviera intentando combatir lo que fuera que sentía, la energía que vibraba cada vez que Natasha y él estaban en la misma habitación era casi tangible.

—Nunca has tocado a Natasha, ¿verdad?

Mack frunció el ceño.

—¿De qué demonios estás hablando? ¿Tocarla en qué sentido?

—Ya sabes a lo que me refiero.

—A no ser que estés buscando una pelea mejor que la de anoche, será mejor que no vuelvas a preguntármelo —le espetó furioso—. No sé cómo puedes decir algo así. Es demasiado repugnante como para poder expresarlo con palabras.

—Sé que es atractiva, pero... está fuera de tu alcance.

No tenían ningún parentesco sanguíneo y ni siquiera habían crecido juntos, de modo que Rod comprendía los motivos que podían llegar a generar aquella confusión.

Dos personas procedentes de familias diferentes que se habían encontrado al acabar de abandonar la adolescencia porque sus padres se habían conocido a través de la web de una prisión podían ignorar la cuestión del parentesco. Pero Rod no soportaba pensar que su hermano podría llegar a atarse a una mujer que convertiría a Anya en una presencia permanente en sus vidas. Había muchas otras mujeres que no tenían una madre adicta, que no tenían que soportar el estigma de haber sido consideradas sus hermanas y que no sufrían los problemas emocionales de Natasha.

–¿Y crees que yo sería capaz de olvidarlo? –replicó Mack.

Rod se sintió como un miserable por haberle preguntado por aquel tema. Debería haber hecho caso de su intuición y haber mantenido la boca cerrada.

–No, claro que no –contestó, y salió del camino de la entrada.

Cuando India oyó el sonido de un motor, miró hacia la calle a través de las persianas. Sabía que tenía que ser alguno de los hermanos Amos. Aparte de los que vivían en un puñado de casas situadas a unos ochocientos metros de allí, eran los únicos vecinos de la zona. Le gustaba vivir en el campo, con aquellos espacios abiertos. Por eso había elegido aquella casa.

En efecto, alguien estaba saliendo de la casa en una enorme camioneta azul.

Reconoció a Rod al instante. Iba sentado en el asiento del conductor, que pudo ver más de cerca cuando el vehículo pasó rodando delante de su casa. Estaba casi segura de que irían Mack o Grady con él, pero era difícil decirlo. De todas formas, lo de menos era saber quién iba en el asiento del conductor. Saber que Rod no andaría por casa aliviaba en parte su ansiedad. Todavía no había comenzado siquiera a superar la vergüenza de lo que había hecho la noche anterior. El hecho de que pudieran encontrarse en cuanto saliera a limpiar las malas hierbas del parterre que tenía delante de su casa le quitaba las ganas de salir.

Dios santo, ¿en qué estaba pensando?

Rod también debía de estar devanándose los sesos, preguntándose qué clase de mujer se había mudado a la puerta de al lado. Cuanto más profundizaba en lo que había hecho, más se horrorizaba. La inquietaba hasta tal punto que, incapaz de dormir, la noche anterior había terminado levantándose para hornear unas galletas. Tenía una receta especial para las galletas de canela que había heredado de su madre. Aparte de unas cuantas joyas, un álbum de fotos y un jersey hecho a mano, era lo único que había dejado su madre tras ella. Charlie solía llevar fuentes de aquellas galletas a enfermeros y médicos del hospital, así que había pensado que a Rod también le gustarían.

En cualquier caso, eran una oferta de paz. Acababa de mudarse de casa, quería comenzar de nuevo. Y no quería que la primera persona a la que había conocido en Whiskey Creek se formara una opinión horrible sobre ella. Podían llevarse bien como vecinos aunque no llegaran a ser amigos, ¿no?

Respiró aliviada al ver desaparecer los faros traseros en una curva. Aquello le brindaba la oportunidad que había estado buscando para llevarle a casa las galletas. Ya solo le faltaba averiguar qué iba a decir en la nota con la que quería acompañarlas y tener la oportunidad de regresar a casa antes de que él volviera. No quería escribir nada que pudiera inducirle a pensar que aquella era otra invitación. Por eso aquella mañana había conducido hasta la gasolinera antes de que abrieran el supermercado más cercano. Había ido a comprar unos platos de papel para no tener que llevar las galletas en un plato que Rod se sintiera en la obligación de devolver. Lo único que pretendía era reconocer que había metido la pata y prometerle que no volvería a ocurrir. Prefería dejar así las cosas.

Se imaginó viéndole en el futuro en el patio de su casa o en la carretera y saludándole de forma educada con un gesto de mano. Aunque no estaba segura de cómo iban a saludarse de forma educada tras su «¿quieres acostarte conmigo?». Y menos aún a partir de un plato de galletas. Pero ya las había hecho. Imaginaba que merecía la pena intentarlo.

Querido Rod, escribió. Pero esbozó una mueca al leerlo. «Querido» sonaba demasiado anticuado y familiar. Pero «Rod» sin el «querido» tampoco le parecía bien.

Después de tirar la nota, comenzó de nuevo, ahorrándose el saludo.

Ayer por la noche no era yo, lo siento. Por favor, acepta estas galletas a modo de disculpa. Te aseguro que no volveré a cruzar esa línea nunca más.

Saludos de tu vecina, que continúa muriéndose de vergüenza por su conducta, pero te promete que no es tan mala como parece.

No se permitió analizar lo que había escrito ni cambiarlo otra vez. Guardó la tarjeta en un sobre, agarró las galletas y un rollo de celo y corrió hacia las escaleras que conducían a la terraza del dormitorio de Rod. No podía ir a la puerta principal y llamar al timbre porque, si lo hacía, sus hermanos sabrían que había ido a llevarle algo. Y temía lo que pudiera llegar a contar Rod en el caso de que tuviera que dar explicaciones.

—Con un poco de suerte, me perdonará y seguiremos como si no hubiera pasado nada —farfulló, y colocó el plato cubierto con plástico en la barandilla.

Cuando estaba decidiendo dónde dejar la nota, reparó en que Rod no había cerrado la puerta antes de salir. No parecía tomarse muchas molestias para proteger su propiedad, pero India entendía que no estuviera muy preocupado. No se cometían muchos delitos en Whiskey Creek; aquella era una de las razones por las que se había mudado a aquella zona. Además, casi todo el mundo se conocía, lo que convertía a Rod en una improbable víctima.

Los paramédicos habían comentado que hacía falta ser idiota para meterse con Rod Amos.

Al ver que era tan fácil acceder al dormitorio, le entraron ganas de dejar las galletas en la cama o en la cómoda para no tener que preocuparse porque las hormigas, los ratones o cualquier otro animal las encontraran antes que él. Pero entrar en su casa no le pareció una opción hasta que no oyó a alguien fuera, cerca de la entrada.

—Tendrás que ir tú sola —oyó decir a un hombre—. Yo ya llego tarde.

¡Maldita fuera! Tuvo miedo de que pudieran verla...

—No tardaré nada en ducharme —respondió una voz de mujer—. Rod tiene la mano herida. Mack dice que no cree que pueda trabajar, pero él estará en el taller dentro de un par de horas.

—Nos las arreglaremos. Nos vemos allí —respondió.

Se oyó el sonido de un motor. India tenía que hacer algo si no quería que cualquiera que estuviera conduciendo aquel coche la viera en el momento en el que retrocediera y, desde luego, no le apetecía que la pillaran en la puerta de Rod.

Agarró las galletas y se metió en el dormitorio.

–¡Eh, bajad la voz! –gritó alguien, en aquella ocasión desde el interior de la casa–. ¿Qué os creéis que es esto? ¡Estoy intentando dormir!

Era una mujer, pero no la que India había oído anteriormente, algo que se hizo más evidente cuando la primera mujer le espetó con idéntica irritación:

–Es que algunos tenemos que trabajar.

Medio esperando que aquello provocara una discusión, India contuvo la respiración. Ninguna de las dos mujeres parecía de muy buen humor. Pero no ocurrió nada. La más joven debió de meterse en la ducha para ir después a trabajar porque todo se quedó en silencio.

–Gracias a Dios –susurró India.

Pensó que podría salir entonces, pero no pudo evitar echar un vistazo a la habitación de Rod mientras estaba allí.

Tenía una cama enorme que, por cierto, no se había hecho. La ropa rota y ensangrentada de la noche anterior estaba en el suelo, junto con las zapatillas de clavos y un balón de fútbol. Por lo demás, estaba bastante limpia. Incluso podía decirse que decorada, algo que la sorprendió. Había más de veinte gorras de béisbol alineadas sobre la cómoda y toda una colección de tapacubos y rejillas de coches antiguos colgadas por las paredes.

India estuvo a punto de tirar la ropa que había dejado en el suelo, puesto que no había nada que pudiera salvarse, y de hacerle la cama. Suponía que era la madre que llevaba dentro.

Aunque, en realidad, si era honesta consigo misma tenía que reconocer que aquello no tenía nada que ver con un sentimiento maternal. Rod le gustaba lo suficiente como para desear tocar sus objetos más personales.

Una puerta se abrió y se cerró en el interior de la casa, recordándole que tenía que salir de allí.

Dejó las galletas en la barandilla, que era donde las había puesto antes, pegó la nota al lado del plato, bajó corriendo las escaleras y cruzó el césped.

Una vez llegó hasta el porche protegido por la mosquitera, supo que estaba a salvo. Pero cuando se volvió para echar un último vistazo a las galletas y a la nota, se dio cuenta de que había dejado la puerta un poco más abierta de lo que la había encontrado. No le gustaba que Rod pudiera pensar que había invadido su espacio privado, sobre todo porque lo había hecho, pero ya no tenía manera de dar marcha atrás. En el futuro, pensaba guardar las distancias con Rod y con cualquier persona relacionada con él.

Su prioridad en aquel momento era encontrar la manera de acercarse a su familia política para conseguir que su hija regresara a casa y así poder recuperar la normalidad en su vida. Porque, si no lo hacía, la soledad que acompañaba cada uno de sus pasos terminaría destrozándola.

Sin embargo, antes de que pudiera ponerse a ello, tenía que llamar al detective que estaba investigando la muerte de su esposo.

Capítulo 4

–¿Vas a ir a hacerte una radiografía? –preguntó Dylan.

Su voz sonaba un poco metálica a través del Bluetooth.

Rod miró su mano hinchada. Había estado conduciendo con la izquierda. La derecha le dolía demasiado para utilizarla. Pero, por lo menos, había conseguido encontrar el teléfono; estaba lejos de la carretera, debajo de un arbusto. El hecho de que hubiera caído a tanta distancia del lugar en el que se había producido el impacto demostraba la fuerza de la colisión, algo que había reavivado su enfado.

–Creo que esperaré unos cuantos días para ver cómo va.

Mack le miró con el ceño fruncido desde el asiento de pasajeros. Él también había estado diciéndole que fuera al hospital y, una vez lo había sugerido Dylan, no sabía si Rod sería capaz de negarse. Quería y respetaba a su hermano mayor más que a nada en el mundo. Dylan había sido más padre para él que su verdadero padre.

–Preferiría que fueras cuanto antes al pueblo –dijo Dylan.

Mack, que podía oírlo todo, puesto que Rod había colocado el Bluetooth en modo manos libres, sonrió con suficiencia. Todos tenían el mismo problema, excepto, quizá, Aaron. Aunque Aaron y Dylan se llevaban bien en aquel momento, habían estado enfrentados durante años, probablemente porque eran más cercanos en edad y se parecían mucho.

–¿Qué daño puede hacerme esperar? –preguntó Rod.

–Te necesito en el taller –contestó Dylan–. Si te has roto la mano, quiero que te la curen para que puedas utilizarla cuanto antes.

Rod elevó los ojos al cielo.

–Vale...

Cuando Mack se echó a reír al ver la facilidad con la que estaba cediendo, Rod le dirigió una mirada que dejaba bien claro que haría bien en no seguir provocándole. Por supuesto, Mack le ignoró y le dio un puñetazo en el brazo.

–¿Quieres que quedemos allí?

La pregunta fue de Dylan y llegó justo a tiempo, antes de que Rod pudiera devolverle el puñetazo. Además, como no podía utilizar la mano derecha, le resultaría difícil llegar hasta él con la izquierda.

–¿Estás de broma? Es sábado –contestó Rod–. Tienes que estar en el taller. Además, ya soy mayorcito. Puedo ir solo al médico. Dejaré antes a Mack para que por lo menos puedas contar con su ayuda.

–Gracias.

–Me acercaré a ver a Liam aprovechando que estoy en el hospital –continuó Rod–. Quiero ver lo mal que está.

Por mucho que le enfureciera que aquel tipo no hubiera sido capaz de dejar a Natasha en paz en el bar, por no mencionar todo lo que aquel canalla había hecho después, no quería sentirse responsable de haber herido gravemente a nadie. No era un hombre que disfrutara con la violencia. Y tampoco quería que aquel incidente se agravara. Sabía que era muy probable que él se llevara la peor parte. Aunque había sido Liam el que había comenzado la pelea, estaba malherido lo que le convertía en el malo de la película.

—No hace falta. Ya sé cómo está. Liam Crockett tiene la mandíbula rota, la nariz rota y una contusión.

—¡Maldita sea, le diste bien! —dijo Mack.

—¿Qué le hiciste? —preguntó Dylan—. ¿Golpearle la cabeza contra el asfalto?

Rod ni siquiera estaba seguro. Todo había sucedido muy rápido y, cuando alguien le presionaba, él peleaba para ganar.

—La verdad es que no me acuerdo. Salí disparado de la moto, me levanté, vi que venía hacia mí y... perdí la cabeza. Pero no habría pasado nada de esto si él no se lo hubiera buscado.

—A lo mejor, dentro de unos días podemos enterarnos de su versión —le informó Dylan—. Esta mañana he hablado con Bennett. Le he llamado en cuanto Grady me lo ha contado todo. Ni siquiera va a tomar declaración a Liam hasta que no salga del hospital.

—¿Y cuándo saldrá? —preguntó Rod.

—El martes o el miércoles —contestó Dylan—. Por lo menos eso es lo que me ha dicho su hermana, que es la que está con él.

—Ese idiota no debería haberme sacado de la carretera.

—No creo que vuelva a cometer ese error —contestó Dylan con ironía—. Llámame cuando te hagas la radiografía.

Dylan tenía sus propias preocupaciones últimamente. Su hijo Kellan tenía ya casi dieciocho meses. Dylan estaba loco por él, pero Rod sospechaba que jamás dejaría de cuidar de sus hermanos. Su padre había salido de prisión y estaba viviendo en la casa familiar junto con su esposa y la hija de esta, pero no había reemplazado a Dylan. Dylan había estado ejerciendo de padre durante demasiados años como para abandonar de un día para otro aquel papel.

De hecho, Rod consideraba que era una suerte que Dylan continuara interesándose por ellos. Su padre, incluso tras salir de prisión, era más una carga que una ayuda.

—De acuerdo —cedió Rod a regañadientes—. Pero a lo mejor tardas en tener noticias mías. Ya sabes cuánto se tarda en el hospital.

—Cheyenne puede ir con Kellan a acompañarte —le ofreció Dylan.

—Kellan no tiene por qué estar en la sala de espera de un hospital —dijo Rod.

—Pueden hacerte compañía y ayudarte a pasar el rato.

Mack le interrumpió y alzó la voz para que Dylan pudiera oírle.

—¡Eh, Dylan, si crees que así la espera se le hará más corta, puedes mandarle un camión de juguete!

Rod le dirigió a Mack otra mirada de advertencia por ser tan imbécil, pero le dijo a Dylan:

—La edad te está ablandando, Dylan. ¿Sabes? Cada vez nos tratas más como si fuéramos unas niñitas.

—Lo único que quiero es asegurarme de que vuelvas pronto al trabajo —le espetó Dylan.

—Eso está mejor —bromeó Rod, y colgó.

—Así que, si Dylan te lo pide, vas al hospital, pero si te lo pido yo, no.

—Si Dylan me lo pidiera, caminaría sobre el fuego, y tú también —respondió.

Por lo que a Rod se refería, Dylan se lo había ganado con creces.

India había intentado llamar al detective Flores tres veces y en las tres ocasiones se había activado el buzón de voz. Quería hablar con él. Pero cuando vio su número en la pantalla, respiró hondo. Eran muchas las cosas que necesitaba que le contara, y muchas las cosas que él parecía incapaz de decirle. La decepción que había supuesto para India el fallo de la Justicia y la falta de información por parte de la policía era devastadora. A veces tardaba días en recuperarse.

–India, soy el detective Flores, ¿cómo estás?

Siempre se mostraba amable y cariñoso con ella. Pero India no confiaba en los ánimos y las esperanzas que su tono sugería. Había empleado el mismo tono el día que le había dicho que los análisis realizados en el escenario del crimen no habían mostrado ningún resto del ADN de Sebastian en su casa, y también el día que le había dicho que la mujer de Sebastian, a pesar de cómo la había tratado, estaba dispuesta a proporcionarle una coartada.

–Estoy bien. Mejor –hasta cierto punto era cierto.

Había momentos muy buenos, normalmente, cuando estaba trabajando, o cuando pensaba agradecida que todavía conservaba a su hija. En otras ocasiones, fluían los recuerdos, o echaba tanto de menos a Charlie que apenas podía respirar. Después comenzaban las preguntas. ¿Se habría salvado si hubiera llamado a la policía? ¿O Sebastian la habría matado, como había dicho que haría?

–Me he mudado a Whiskey Creek y he instalado el taller en un porche cubierto con vistas a un río –le dijo–. Es un lugar muy bonito.

–Parece que no tardarás en abrir tu taller de artesanía.

—Eso espero, en cuanto encuentre un local adecuado.

—No sabes cuánto me alegra saber que estás siguiendo adelante con tu vida.

India se encogió al pensar en el error que había cometido con Rod Amos la noche anterior. ¿Sería una señal de que estaba haciendo progresos o el síntoma de una recaída? El detective Flores se quedaría de piedra si supiera de su conducta; de hecho, le sorprendería a cualquiera que hubiera conocido a la persona en la que se había convertido tras ganar un poco de autoestima y cambiar su vida, y eso incluía a los padres de Charlie.

—Gracias, ¿cómo estás?

—Ocupado, como siempre. Ahora mismo mi mujer y mis hijos están en Disneyland. Se suponía que debería haberles acompañado, pero ha surgido algo en el trabajo. Con un poco de suerte, podré reunirme mañana con ellos.

—Trabajas mucho, afortunadamente para todas las personas que estamos relacionadas con los casos que llevas.

Pero ojalá pudiera hacer algo más. Era un hombre tan amable que a India le dolía pensar en esos términos, pero era cierto. Había visto con sus propios ojos lo difícil que podía llegar a ser demostrar la culpabilidad de alguien, incluso cuando ese alguien había cometido un crimen horroroso y se contaba con un detective inteligente para investigar el caso.

—Te agradezco que me lo digas. Supongo que llamabas para tener noticias del próximo juicio de Sebastian.

—Sí.

Quería saber cuándo se iba a celebrar, aunque no estaba segura de que quisiera asistir. El primer juicio había dominado su vida entera tras la muerte de Charlie, con tantas esperas, dudas y preparativos. Después había tenido que testificar y escuchar los testimonios de todo el mundo, incluyendo el de su irritante esposa, que había sido llamada por la defensa.

Ella tendría que volver a testificar, por supuesto. No había manera de evitarlo y tampoco quería hacerlo. Tenía que cumplir con su obligación, tenía que hacerlo por Charlie. Pero no quería tener que estar sentada en el tribunal un día sí y otro también, contemplando todas aquellas fotografías terribles del hombre al que amaba. La mañana en la que el primer juicio había terminado sin que el jurado hubiera llegado a un acuerdo había sido casi tan dolorosa como el día que habían disparado a Charlie.

La perspectiva de tener que pasar por todo aquello por segunda vez era demasiado sobrecogedora como para considerarla siquiera.

Eso no significaba que no quisiera mantenerse al tanto de todo lo que ocurría. Solo cuando supiera que Sebastian entraba de nuevo en prisión, y en aquella ocasión para pasar allí el resto de sus días, se sentiría a salvo.

–Sí, ¿cuándo se celebrará el juicio? ¿Lo sabes?

En cuanto fijaran una fecha, tendría un motivo real para llamar a sus suegros y podría plantearles la posibilidad de que Cassia volviera con ella antes del mes de julio. India había escapado de San Francisco y de todos aquellos lugares que le recordaban a Charlie. Contaba con un nuevo escenario para empezar desde cero y con la promesa de una nueva vida, pero en aquel momento estaba demasiado sola. Pensó que aquella era la razón por la que estaba tan inquieta y se aferraba a desconocidos como Rod Amos, un hombre que no tenía el menor motivo para preocuparse por lo que pudiera pasarle.

–El fiscal del distrito me llamó hace un par de días –dijo Flores.

India se clavó las uñas en la palma de la mano. Podía sentirlo. Sabía que, una vez más, iba a sufrir una gran decepción

—¿Y?

—No son buenas noticias.

—¡No me digas que ha cambiado de opinión!

—Me temo que sí. Ni siquiera quiere intentar volver a juzgar a Sebastian por miedo a que el Estado pierda el juicio. Ha decidido esperar a que tengamos más pruebas.

Incapaz de continuar de pie, India se dejó caer en una silla.

—¿Y eso qué significa?

—Significa que continuaremos investigando y cuando tengamos más pruebas le llevaremos a juicio.

—Pero no tenemos la seguridad de que vayamos a encontrarlas.

El detective vaciló un instante.

—No.

—Entonces... vas a dejar que salga de prisión.

—Hemos tenido que liberarle, India. No podíamos retenerle una vez se retiraron los cargos.

—¿Está fuera y no me lo dices hasta ahora?

—Quería decírtelo, pero... sabía lo doloroso que iba a resultar para ti.

—¡Es mucho más que doloroso! Puede volver a localizarme. ¿Y Cassia? Él sabe que ella es la razón por la que no me fui con él cuando intentó arrastrarme aquella noche. La próxima vez no correrá ningún riesgo. ¡La matará!

—Comprendo tu dolor y tu miedo —respondió—. Pero, por favor, intenta comprender nuestro dilema. Si volvemos a juicio y Sebastian es declarado inocente, no podremos volver a juzgarle. Hemos hablado sobre ello largo y tendido. Después de lo que ocurrió con el último jurado, pensamos que es más inteligente esperar a construir un caso más sólido.

India se sintió como si acabaran de pegarle un tiro a ella. Por terrible que hubieran sido los últimos once meses, por lenta que hubiera sido la Justicia, siempre había tenido fe en que, al final, Sebastian sería declarado culpable. ¿Cómo era posible que no hubiera sido así? ¡Ella le había visto disparar a Charlie! ¡Sabía quién era el responsable de lo que había ocurrido!

Dejó caer la cabeza entre las manos.

–¿Qué posibilidades hay de que aparezca otra prueba? Las que tenemos son todas muy débiles, siendo generosa. Eso significa que a lo mejor nunca tiene que responder por lo que hizo.

A sus palabras le siguió un largo silencio. Al final, el detective Flores se aclaró la garganta.

–Espero que ese no sea el caso –dijo–. Y tenemos que aferrarnos a la esperanza. Es la única manera de conservar la cordura cuando nos estamos enfrentando a algo tan terrible. Podrían cambiar muchas cosas, India. Esto todavía no ha terminado.

Pero él no había conseguido nada. ¿Cómo iba a confiar en lo que le decía?

–No vas a encontrar más pruebas en la casa –le aseguró–. La registrasteis y no se encontró nada. Ahora ya la he vendido. Conseguisteis un registro de todas sus llamadas. Buscasteis en su casa y en su coche y no encontrasteis nada. ¿Qué posibilidades hay de que en un futuro aparezca una prueba que haga más sólido el caso?

–A lo mejor recibimos información por parte de algún vecino que todavía no ha declarado nada, o alguien encuentra la pistola. Incluso es posible que su esposa le abandone. Si eso ocurriera, ella podría cambiar la historia. Es algo que he visto en muchas ocasiones. Si ella admite que Sebastian salió aquella noche, si admite que no estuvieron juntos, a lo mejor conseguimos que le acusen de asesinato.

—¡Sebastian disparó a Charlie! —insistió India—. ¡Yo estaba allí!

—Te creo. Sin embargo, con tu pasado y con los errores que cometiste en tu juventud...

No terminó la frase. India sabía que no quería sacarlo a relucir en aquel momento, pero la defensa de Sebastian había hundido su reputación. La habían descrito como una mujer en la que no se podía confiar, como alguien capaz de seducir a Charlie y asesinarle después para quedarse con su dinero y con el dinero de su seguro de vida.

Pensar en todas aquellas cosas que habían salido a la luz cuando estaba testificando la hizo sentirse enferma, sobre todo porque sus suegros estaban también en la sala del tribunal, con la mirada clavada en ella. Jamás olvidaría la expresión de su suegra cuando la defensa había declarado que la esposa de Charlie era la persona que más beneficios podía obtener de su muerte.

—No tuve el apoyo de mis padres de pequeña —le explicó—. Mi madre era una mujer con buenas intenciones, pero necesitaba trabajar en dos sitios diferentes para que pudiéramos tener un techo sobre nuestras cabezas. Y mi padre era un alcohólico al que atropelló un coche al salir de un bar cuando yo tenía siete años. Tuve una adolescencia salvaje, y también una primera juventud terrible. Me junté con gente que no debía. Estuve saliendo con el hombre equivocado. Pero cuando conocí a Charlie dejé todo eso atrás y comprendí lo que de verdad quería hacer con mi vida.

—Lo comprendo, la gente cambia. Aun así, tu pasado no queda nada bien sobre el papel. Fuiste la pareja del líder de una banda de moteros y conducías el coche con el que escapó Sebastian tras robar una tienda de licores.

–¡Sebastian no me dijo que iba a robar esa tienda! ¡Yo pensaba que había ido a comprar un paquete de tabaco!

–El dinero puede ser el móvil de un crimen.

Las lágrimas comenzaron a rodar por su rostro y a caer en su regazo.

–Además está obsesionado. ¡Sebastian estaba obsesionado conmigo!

–Eso lo comprendo –se mostró de acuerdo–. Pero lo que necesitamos son pruebas, no motivaciones.

Charlie estaba muerto y, aun así, Sebastian era libre de ir a donde quisiera. ¿Cómo era posible?

–¿Y si Sebastian al final descubre dónde vivo? –preguntó–. ¿Y si se presenta otra vez en mi casa?

–Me gustaría poder tenerle tras las rejas –dijo el detective–, pero no puedo.

India se alegró de que Flores no le recordara que había sido ella la que le había dado a Sebastian su teléfono la noche que había disparado a Charlie. Lo había hecho por compasión, con intención de ayudar a un antiguo amigo que se había sometido a un proceso de rehabilitación. Jamás se le habría ocurrido pensar que interpretaría de otra manera aquel gesto, que intentaría reconciliarse con ella. «Jamás seré feliz sin ti», le había dicho aquella noche.

Así que había decidido que tampoco lo fuera ella.

–¿Has hablado con los Sommers? –le preguntó con un hilo de voz.

–Todavía no. He estado intentando encontrar la mejor manera de darte la noticia. Sabía cómo te ibas a sentir.

Se sentía como si no hubiera justicia en el mundo. Así era como se sentía. Y estaba también la sensación de impotencia. ¿Qué iba a pasar? ¿Cómo iba a poder defenderse, o defender a Cassia, si Sebastian las localizaba?

—No creo que vuelva a molestarte –estaba diciendo el detective–. Sería una locura que volviera a arriesgar su libertad otra vez.

—Lo dices porque esta vez ha conseguido librarse. Pero los delincuentes lo hacen constantemente. Les das una segunda oportunidad y vuelven a delinquir, ¿o no tengo razón?

—Si yo estuviera en tu lugar, contrataría un sistema de seguridad. Y me mantendría vigilante. Pero intenta que esto no arruine tu paz mental.

India no pudo menos que echarse a reír. ¿Lo diría en serio? Podía poner todas las alarmas del mundo, pero si Sebastian estaba decidido a localizarla, eso no se lo impediría. Lo único que tendría que hacer sería seguirla hasta la escuela infantil de Cassia o a cualquier tienda, donde estaría completamente indefensa.

—¿India? –preguntó el detective Flores ante la falta de respuesta.

No podía contestar. ¿Qué podía decir? Habían soltado a Sebastian y la estaba buscando. Había testificado contra él. En el mundo de Sebastian, no había un pecado mayor, no había mayor traición.

—¿Cuándo? –le preguntó mientras se secaba las mejillas.

—¿Cuándo qué? –preguntó el policía.

—¿Cuándo le soltasteis?

Se produjo otro largo silencio tras el que el detective contestó:

—Ayer.

A partir de ese momento, India dejó de desear que Cassia regresara. No quería tenerla a su lado cuando podía estar mucho más segura con sus padres.

Eso significaba que Sebastian no solo le había hecho perder a Charlie. Le estaba costando también perder a Cassia.

Capítulo 5

Rod soltó una maldición al ver la escayola. El médico le había dicho que las peores lesiones no se las había hecho durante la pelea. Se había destrozado la mano al intentar frenar el impacto de la caída de la moto, pero al pegar a Liam después se había hecho una segunda fractura. Una fractura por estrés. El médico no se podía creer que hubiera sido capaz de utilizar los puños, aunque Rod no recordaba ni haber llegado a sentir que tuviera otra opción. Cuando Liam había ido corriendo hacia él, había dado por sentado que tenía que levantarse y defenderse. No iba a permitir que Crockett, ni nadie, por cierto, le pegara.

Y en aquel momento se enfrentaba a seis semanas con la mano inmóvil. Conocía el proceso. Había pasado antes por algo parecido, se había roto un tobillo en un accidente de esquí acuático, y también la muñeca izquierda al ser golpeado con un bate jugando al béisbol, y una apófisis transversal, la parte saliente de una vértebra, cuando iba conduciendo un quad.

Afortunadamente, la pierna no se la había roto. Pero la sentía como si lo estuviera.

«Podría ayudarte a quitarte la tierra y la grava de la herida».

Al pasar por casa de India de camino a la suya, recordó su ofrecimiento y deseó haberlo aceptado. A lo mejor así habría tenido la posibilidad de volver a verla. Estaba ansioso por cualquier distracción capaz de hacerle olvidar el dolor, además de la amenazadora noticia que había recibido minutos atrás, cuando Bennett le había llamado para advertirle de que la hermana de Liam Crockett estaba presionando a su hermano para que denunciara.

Si se veía obligado a pagar sus gastos médicos, tendría otra batalla entre manos, y no sería física, así que no estaba seguro de que fuera a ganarla. Su reputación y la reputación de su familia se volverían en su contra, algo doblemente injusto, puesto que no habían hecho ni la mitad de las cosas de las que les acusaban.

Acababa de aparcar en el camino de su casa cuando le vibró el teléfono. Era un mensaje de Cheyenne, la mujer de Dylan. Estaba pensando en llevarle la cena aquella noche. A Rod le gustaba que Cheyenne cocinara para ellos. Intentaba cuidarles como una madre, al igual que Dylan hacía las veces de padre. Pero no iría hasta las seis y solo eran las dos. Rod suponía que, ya que no podía pasar la tarde con India, por lo menos debería intentar trabajar algo. Dylan le había enviado a casa, no iba a permitirle trabajar en el taller, pero eso no significaba que no pudiera cortar el césped. Por lo menos así también estaría contribuyendo en algo.

Entró en casa para ponerse unos pantalones cortos de baloncesto, que no le darían tanto calor como los vaqueros. Pero entonces vio su ordenador portátil en la mesita del café y decidió invertir unos minutos en intentar averiguar más detalles sobre su vecina. Sentía más que una pequeña curiosidad después de lo que había pasado la noche anterior.

Gimió al sentarse en la butaca y abrió Internet. Mientras tecleaba el nombre de Charlie Sommers en el motor de búsqueda, pensaba que tendría suerte si encontraba un breve obituario que le informara de cómo había muerto el marido de India. Pero consiguió mucho más que eso. En la pantalla fueron apareciendo entrada tras entrada.

Renombrado cirujano cardiovascular muere tras recibir un tiro mientras dormía en la cama.
Su esposa conocía al hombre que asesinó a su marido.
Los padres del doctor Sommers contratan los servicios de un detective privado.
¿Aventura secreta o amor despechado?
Sebastian Young acusado del asesinato de Sommers.
La mujer del médico se declara inocente.
¿Fue el exnovio de su esposa el que mató al cirujano?
El juicio por el asesinato del cirujano finaliza sin un acuerdo del jurado.

–¡Ostras! –exclamó Rod mientras empezaba a leer los artículos.

No le extrañaba que India no quisiera hablar de la muerte de su marido. Su exnovio había irrumpido en su casa a última hora de la noche y le había disparado a bocajarro cuando los dos estaban durmiendo y su hija descansaba en otra habitación. Según el periodista que informaba del juicio, India había declarado bajo juramento que se había despertado al oír a su exnovio gritándole a su marido que se levantara. Cuando había comprendido que aquello no era una pesadilla y había conseguido abrir los ojos, había visto a Sebastian Young a los pies de la cama, sosteniendo una pistola.

Charlie, desorientado y prácticamente desnudo, había alargado la mano hacia el teléfono. Había sido entonces cuando le habían disparado. El asesino había amenazado con matar también a su hija si India no preparaba su equipaje y se marchaba con él. Ella había obedecido en cuanto a lo de hacer la maleta se refería, pero había estado suplicándole durante horas. Cuando al día siguiente había llegado el ama de llaves y los encargados de limpiar la moqueta habían llamado al timbre poco después, Sebastian había arrastrado a India hasta la puerta de atrás. India había declarado que pretendía que abandonara a su hija, algo que ella no estaba dispuesta a hacer. Pensaba que estaba a punto de dispararla cuando el ama de llaves se había encontrado con el sangriento espectáculo del dormitorio y había empezado a gritar. Afortunadamente, Sebastian no había apretado el gatillo. Había salido huyendo, espoleado por el pánico.

¡Menuda historia! Rod se frotó la barbilla mientras seguía buscando información. El juicio había durado tres semanas por lo menos, pero había terminado sin una decisión unánime por parte del jurado. Había incluso quien había insinuado que India podía haber estado involucrada en el crimen, que bien podía haber sido ella la que hubiera matado a su marido sabiendo que podía culpar a Sebastian, o que podía haber manipulado a su ex para que matara a Charlie por ella. Aunque no se habían llegado a presentar cargos contra ella, las sospechas no se habían disipado, algo que se le hizo evidente cuando continuó leyendo.

Rod esperaba llegar a enterarse de cuál había sido la decisión del fiscal, o de si juzgarían a Young otra vez, pero no encontró una sola palabra. Los artículos más recientes tenían más de un mes. ¿Qué habría pasado desde entonces? ¿Seguiría Sebastian en la cárcel a la espera de juicio? ¿Habría sido liberado? Y si le habían soltado, ¿en dónde demonios estaría? ¿Tendría miedo India de que volviera? ¿Sería aquella la razón por la que su hija estaba con sus suegros?

Debía de haber sufrido un duro trauma. No solo había perdido a su marido, sino que había sido maltratada por la prensa y por sus detractores. «Siempre termina siendo la esposa», había dicho uno de sus vecinos.

Al principio, era lógico, la policía se había centrado en India. El dinero que iba a recibir tras su muerte y el valor de la póliza del seguro de Charlie le proporcionaban más de un millón de razones para deshacerse de él. Mencionaban incluso la clase de personas con las que se había relacionado India antes de su matrimonio, como si el hecho de haber tenido aquellos amigos demostrara que no era una buena persona.

No era la clase de amistades que Rod habría esperado. Uno de ellos había sido miembro de una banda de moteros. Había estado con él durante casi un año, hasta que había intentado atropellarla con una furgoneta e India había tenido que pedir una orden de alejamiento contra él. Después había comenzado a salir con Sebastian, que había robado una tienda de licores y había pasado cuatro años en prisión por aquel delito. Todo el mundo señalaba aquel hecho como la prueba de que India debería haber sabido que era un hombre peligroso, de que debería haberle dado la espalda cuando había salido de prisión.

Pero un robo no era un asesinato. Sebastian había amenazado al dependiente de la licorería diciéndole que tenía una pistola en el bolsillo. Pero no era cierto. Nadie había salido herido y él había cumplido condena por aquel crimen. Eran matices importantes, pero los detractores de India no daban tregua. Lo que había dicho el detective que había investigado el caso también era importante. Le había contado a un periodista que India jamás había escrito a Sebastian ni había ido a visitarle tras haber conocido a Charlie. No habían intercambiado mensaje alguno que pudiera sugerir algo sospechoso o cuestionable, apenas habían intercambiado unas cuantas llamadas, algo que resultaba coherente con la declaración de India, que aseguraba que solo estaba intentando ayudarle. Además, Sebastian había pasado un año fuera de prisión antes de buscarla, y lo había hecho a través de Facebook, de modo que existía una prueba de su primer contacto.

Rod no creía que India tuviera nada que ver con la muerte de Charlie y la policía tampoco debía de haber encontrado ninguna prueba de lo contrario, puesto que la habían descartado muy pronto como sospechosa. Sin embargo, mucha gente continuaba dudando de ella. Rod se encontró con varios artículos que la señalaban como culpable. Pero él entendía lo que era que a uno le juzgaran por lo que había hecho en el pasado. Era imposible deshacerse del estigma que acompañaba a ciertos errores.

A lo mejor, India y él no eran tan distintos.

Apartó el ordenador y sacó el móvil del bolsillo. Tenía el teléfono de India de cuando le había llamado la noche anterior, intentando localizar su teléfono. Había estado a punto de añadirla a sus contactos varias veces, pero, al final, no lo había hecho. En aquel momento, se decidió a ello. India no era culpable de la muerte de su marido. Estaba enamorada de Charlie. Él había podido comprobarlo la noche anterior. Ella misma lo había dicho.

También le había dicho que no le vendría mal tener un amigo, pero él la había rechazado.

Se sintió mal por ello.

Y se sintió peor todavía al descubrir sus galletas.

India estaba tan concentrada en su trabajo que tardó varios segundos en darse cuenta de que alguien la estaba observando. Cuando por fin comprendió que tenía compañía, se sobresaltó. La aterrorizaba que Sebastian pudiera aparecer de pronto de la nada, como había hecho la vez anterior. Pero, en aquella ocasión, sabía quién era. Había oído llegar a Rod a su casa menos de una hora atrás.

–Hola –llevaba un palillo en la boca y una escayola en la mano izquierda. Posó la derecha en el saliente de madera del porche mientras la miraba a través de la mosquitera.

Al sobresaltarse, India echó a perder la pieza que había estado torneando, y fue una pena. Ya había tenido que empezarla varias veces. Después de lo que le había contado el detective Flores, estaba demasiado nerviosa como para poder trabajar con manos firmes, pero necesitaba hacer algo. No podía quedarse toda la vida allí sentada, alimentando su preocupación.

Pero no podía empezar otra vez. Tener a Rod tan cerca hacía que le resultara imposible concentrarse, sobre todo porque no estaba preparada para volver a encontrarse con él. No iba maquillada, estaba descalza y ni siquiera se había puesto el sujetador. El calor la había invitado a ponerse unos vaqueros cortados y una vieja camisa de Charlie que se había atado bajo los senos.

–Hola –repitió, después de hacer una bola con el barro y de apagar el torno.

Rod la miró avergonzado.

–Eso no habrá sido culpa mía, ¿verdad? –preguntó, señalando el jarrón destrozado.

–No –mintió. Después, apuntaló su respuesta con una verdad–. Equivocarse y tener que empezar de nuevo es algo normal. En realidad, este es mi cuarto intento de hoy.

–¿De verdad?

–De verdad. No te preocupes.

Rod bajó su brazo bueno para cambiarse el palillo al otro lado de la boca.

—¿Has visto la película *Ghost*?

Sí, la había visto. La tórrida escena entre Demi Moore y Patrick Swayze era una de sus favoritas, pero, después de lo que había pasado la noche anterior, la sorprendió que la sacara a relucir.

—Me has recordado a esa película al verte cubierta de arcilla y con poco más encima.

Ignorando aquel comentario, India se levantó y caminó hacia él.

—Al final tenías la mano rota, ¿eh?

—Sí —bajó la mirada hacia su mano con el ceño fruncido—, por dos partes.

—Lo siento. Pero me alegro de que hayas ido al médico.

—Sí, he hecho bien en ir. Habrían tenido que volver a rompérmela si hubiera dejado que los huesos se soldaran solos, así que es mejor haber seguido esta ruta desde el principio.

—¿Es tu primera escayola?

Rod se echó a reír sin ninguna alegría.

—Me temo que no.

—No son divertidas.

—¿Te han escayolado alguna vez?

—Sí, en una ocasión me rompí el brazo.

—¿Cómo?

—En un accidente de moto.

—¿Quién conducía?

Sebastian. Se había enfadado con un amigo, iba demasiado rápido y se habían caído delante de un camión que había golpeado su rueda trasera. Habían sobrevivido de milagro. Aquel accidente le había dejado a Sebastian una cicatriz en la espalda y a ella dos clavos en el brazo, pero podía haber sido mucho peor.

–Un amigo –dijo, evitando mencionar a Sebastian.

Rod la miró con atención, hasta que India se sintió demasiado incómoda como para permitir que continuara aquel silencio.

–Y… ¿qué puedo hacer por ti? –preguntó.

Rod curvó la boca en una sonrisa ladeada.

–Acabo de encontrar un plato de galletas en mi terraza.

Le resultó casi imposible no devolverle la sonrisa, pero India luchó contra aquel impulso. Tenía que permanecer en guardia en todo momento. Aquel hombre provocaba en ella sentimientos que no podía explicar, probablemente porque no tenían ningún sentido. Apenas le conocía.

–Espero que las hormigas no las hayan encontrado antes que tú.

–No, que yo sepa. Aunque eso no me habría detenido. Estaban riquísimas.

–¿Estaban? ¿Ya te las has comido?

–¿Se suponía que tenía que esperar? Si mis hermanos hubieran llegado a casa y me hubieran descubierto con unas galletas caseras, habrían desaparecido en cuestión de segundos. Y mi padre y su esposa estaban en casa.

–Así que, para no tener que compartirlas, te has comido las doce –dijo India con una risa.

–Eran para mí, ¿no? –respondió, guiñando el ojo.

Aquello la hizo sentirse mejor. Prefería no pensar por qué.

–Sí, eran para ti, y me alegro de que te hayan gustado –se puso seria–. Espero que también hayas encontrado mi nota.

–Sí, la he encontrado.

¿Entonces qué estaba haciendo allí? ¿La nota no lo explicaba todo?

Se acercó al fregadero que tenía en una esquina del porche.

—Siento mucho lo que pasó anoche —dijo mientras se lavaba las manos—. He cometido muchos errores en mi vida, pero jamás había hecho algo así.

—No he venido aquí buscando otra disculpa. Solo quería decirte que no tienes que preocuparte por lo que pasó. Comprendo los motivos por los que querías sentirte bien para variar.

—Gracias, te agradezco que me perdones. Pero de verdad que no soy tan terrible como puede parecer por haberme insinuado.

—Lo sé.

Después de secarse las manos, utilizó la misma toalla para secarse las gotas de sudor que le corrían a ambos lados de la cara.

—En ese caso… ¿podemos fingir que nunca ocurrió?

Rod la recorrió con la mirada, como había hecho la noche anterior, y entonces India comprendió por qué le había propuesto que se acostara con ella. Le bastaba su manera de mirarla, como si estuviera desnudándola con los ojos, aunque no estuvieran hablando de nada ni remotamente sugerente, para hacerla consciente de su sensualidad. Aquel hombre exudaba *sex appeal* y ella era una joven viuda y sola, una mujer vulnerable. Habían pasado meses desde la última vez que había sentido la caricia de un hombre. Echaba de menos las caricias de Charlie.

—Por supuesto. No quiero esgrimirlo en tu contra —le dijo, dándole la impresión de que, sin galletas o con ellas, no le había dado ninguna importancia a lo que había hecho.

A lo mejor era algo que le ocurría constantemente. India era consciente de que ella no era la única mujer que debía de encontrarle atractivo.

Unió las manos delante de ella, en parte para disimular el hecho de que no sabía qué hacer una vez se las había lavado y, en parte, para evitar que Rod viera las manchas de su camisa. Cuando trabajaba no le importaba mancharse. No le importaba nada. Podían pasar horas y horas sin que se diera cuenta. La cerámica era lo único que la había ayudado a enfrentarse a la vida desde que Charlie había muerto.

–Bien. Gracias otra vez –señaló hacia la puerta de atrás de su casa–. Será mejor que entre. Todavía tengo muchas cosas que hacer esta noche.

–¿India?

Rod la detuvo antes de que hubiera tenido oportunidad de alcanzar el santuario de su cocina. Su tono sugería que, lo que quiera que fuera a decir, no era algo intrascendente.

Se volvió.

–¿Sí?

–Déjame invitarte a cenar.

India estuvo a punto de repetir lo que le había dicho la noche anterior, que continuaba enamorada de su marido y no quería salir con nadie. Además, en el caso de que empezara a salir con alguien otra vez, no podría ser con alguien como Rod. Sus suegros le mirarían, verían en él a Sebastian Young y pedirían la custodia de Cassia. Aquella podía llegar a ser la prueba que les convenciera de que habían sido sus pésimas decisiones las culpables de la muerte de su hijo.

Pero, en vez de decir «no», se oyó diciendo a sí misma:

–¿Cuándo?

–¿Mañana por la noche?

Rod bajó la voz de forma significativa, llenando el vientre de India de mariposas. Le miró fijamente, deseando explicarle que no podría ir. Pero no lo hizo. En cambio, asintió.

–Pasaré a buscarte a las seis –le dijo Rod.

El corazón parecía estar latiéndole en las yemas de los dedos. ¿Qué estaba haciendo? Era evidente que se había vuelto loca. Pero, por segunda vez, decidió ignorar la sensatez.

Cuando Rod ensanchó su sonrisa, ella sintió una cierta debilidad en las rodillas.

–Hasta pronto.

Capítulo 6

Rod estaba cortando el césped. India lo veía por la ventana que tenía sobre el fregadero, donde estaba lavando los platos. Tenía serias dificultades para desviar la mirada, sobre todo desde que la camiseta se le había empapado en sudor y se la había quitado. Se la había colocado en la cabeza para protegerse del sol, que no era la forma más favorecedora de llevar una camiseta, de modo que India tenía claro que no pretendía exhibirse.

Pero aquello no le restaba ni un ápice de atractivo. Su pecho desnudo, sus brazos... ¡Santo Dios! Por mucho que hubiera amado a Charlie, y a pesar de que jamás había intentado cambiarle, tenía que admitir que no tenía aquel aspecto. Era imposible. No pasaba tanto tiempo al aire libre ni hacía ningún tipo de esfuerzo físico. Estaba demasiado ocupado, concentrado en sus pacientes y en su trabajo. Incluso tenían jardineros en casa.

India no fue consciente de que ya no estaba lavando los platos y seguía con la mirada fija en él hasta que vibró el teléfono. Entonces desvió la mirada. Había estado intentando localizar a sus suegros para contarles lo que había decidido el fiscal del distrito y en aquel momento le estaban devolviendo la llamada.

Tras secarse las manos, se apartó de la ventana y presionó la tecla para hablar.

—¿Diga?

Se dirigió al cuarto de estar para no seguir expuesta a la tentación de mirar a Rod. Charlie estaba muerto, pero, de alguna manera, las cosas que pensaba y sentía cuando se encontraba con su vecino la hacían sentirse culpable. Sabía que a los Sommers no les haría ninguna gracia que otro hombre tuviera un efecto como aquel en ella. Tendría que permanecer soltera durante mucho tiempo para convencerles de que había estado enamorada de Charlie y jamás le habría hecho ningún daño.

—¿India? Soy Claudia —dijo su suegra—. ¿Cómo estás, cariño?

Las palabras cariñosas de la madre de Charlie podían llamar a engaño. A India le habría gustado que fueran sinceras. Ella nunca había tenido un padre, había perdido a su madre siendo muy joven y desde niña había anhelado el amor de unos buenos padres.

Pero la experiencia le había demostrado que cuando Claudia decía «cariño, querida o cielo» lo hacía con palabras vacías. Claudia intentaba apreciarla porque sabía que había significado mucho para Charlie, pero no podía evitar culpar a India, de la misma forma que India se sentía culpable, de lo que Sebastian había hecho. El abogado de la defensa había destrozado su imagen. India había sentido cómo se había debilitado la lealtad de sus suegros después de que otros testigos hubieran declarado que había hablado con Sebastian varias veces —algo que era cierto, pero solo porque había estado intentando ofrecerle apoyo moral cuando él había amenazado con suicidarse—, que probablemente todavía estaba enamorada de él, dado su pasado, y que habían planeado huir juntos una vez hubiera heredado India el dinero de su esposo.

En consecuencia, la relación entre los padres de Charlie y ella llevaba siendo tensa desde hacía varios meses, aunque todos intentaban fingir que estaban más unidos que nunca.

–Estoy bien –contestó India, a pesar de que se sentía como si estuviera sobreviviendo minuto a minuto–, ¿y tú?

–Muy ocupada. Cassia y yo hemos ido esta mañana a una tienda de segunda mano y hemos comprado un baúl que hemos llenado con todos los juguetes que ha querido llevarse. ¿Y sabes lo que ha elegido?

–¿Un balón o algo parecido?

India sabía que su hija no elegiría nada que pudiera considerarse demasiado femenino. Ella prefería jugar con los niños al aire libre y no tenía ningún interés por las Barbies o los vestidos.

–Sí, hemos comprado un soporte para la pelota de golf y muchos otros artículos deportivos, pero ni una sola muñeca. Le encantan las cosas que se consideran de niños.

Una punzada de celos la hizo apretar los dientes. Cassia era su hija, maldita fuera. India quería que volviera con ella. Pero, estando Sebastian libre, sabía que no debía presionar. Podría ir a buscarla en cualquier momento. No podía decirse que se hubiera ido muy lejos. Sus suegros habían insistido en que no se fuera demasiado lejos para poder continuar participando de la vida de Cassia.

Pero, en aquel momento, India tenía la sensación de que estaban demasiado involucrados. Pasar un mes entero sin su hija estaba empezando a parecerle una eternidad.

–Seguro que le ha encantado –respondió, modulando la voz para sonar agradecida y amable–. Eres una gran abuela.

–Ha sido maravilloso poder estar con ella. No sabes cuánto nos estamos divirtiendo. Y estoy segura de que para ti así todo ha sido más fácil. Una mudanza implica mucho trabajo.

India agarró el teléfono con fuerza.

–Sí, pero ya casi he terminado.

–¿Entonces ya estás instalada?

–Solo me queda colgar los cuadros… Todavía no estoy preparada.

Se produjo un momento de silencio.

–Charlie compró muchas obras de arte.

–Sí. Sabía lo mucho que me gustaba –cerró los ojos–. Le echo mucho de menos.

No pretendía decir la última frase. Pero las palabras habían escapado de sus labios. Nacían de un lugar lleno de dolor y arrepentimiento, pero, por la vacilación de Claudia, supo que su suegra no sabía si confiar en ella.

–Todos le echamos de menos –afirmó con rigidez, como si, en realidad, ella fuera la única que de verdad le echaba de menos.

Después de aquello, India se descubrió acercándose a la ventana para ver si Rod continuaba fuera. El hecho de estar devorando a otro hombre con la mirada la hizo sentirse tan frívola como su suegra sospechaba. Pero contemplarle la ayudó a combatir su enfado, su desilusión y su miedo.

Era una pena que se hubiera ido a una parte de la casa desde la que no podía verle.

–¿Vendrás pronto a conocer mi nueva casa? –le preguntó a Claudia.

–Me temo que no antes de que vayamos para llevar a Claudia. Steve está demasiado ocupado con su nuevo proyecto benéfico. Estamos organizando un torneo de golf y no sabes la de tiempo que nos está llevando.

India contuvo la respiración.

–Si necesitáis concentraros en otras cosas, siempre podéis traer antes a Cassia. Para mí no supondría ningún problema. Ya estoy prácticamente instalada –y ya encontraría la manera de protegerla.

–No, no. Cassia es lo más importante. No dejaremos que nada se interponga en este mes que vamos a pasar con la niña.

India soltó la respiración. Lo había intentado, consciente de que, en cuanto le dijera a Claudia que Sebastian ya no estaba en prisión y que quizá no volviera a estarlo nunca, tendría que batallar en los juzgados para recuperar a Cassia.

–¿Puedo hablar con ella?

–Por supuesto.

India sintió una momentánea chispa de esperanza que Claudia apagó al instante.

–Pero más tarde –añadió–. Ahora mismo está ayudando a papi a preparar la comida. Si tenemos oportunidad, te llamaremos después.

«Si tenemos oportunidad». Eso significaba que no llamarían y, si ella se atrevía a preguntar por qué, se inventaría alguna excusa. Los padres de Charlie se estaban mostrando muy posesivos como abuelos.

En cuanto supo que no iba a poder hablar con su hijita, por lo menos en aquel momento, India abordó el verdadero motivo de la llamada.

–Hace un momento he estado hablando con el detective Flores.

–¿Ah, sí? Pues yo no he dejado de llamarle y siempre me salta el buzón de voz. ¿Qué ha dicho? ¿Cuándo será el próximo juicio?

Vio entonces a Rod, con los músculos del brazo izquierdo en tensión mientras llevaba la hierba recién cortada al cubo. India posó la mano en la ventana como si pudiera tocar su cálida piel o sentir el sólido latido de su corazón. Como si, de alguna manera, aquel hombre tan fuerte pudiera protegerla. Pero aquello era ridículo. Rod era un hombre duro, curtido, más parecido a aquellos exnovios que tantos problemas le habían causado en el pasado que a un hombre de principios como Charlie.

–Están esperando –le explicó a Claudia.

–No te oigo, ¿qué has dicho?

India se obligó a elevar la voz.

–No están convencidos de que tengan pruebas suficientes como para conseguir una condena. Prefieren no arriesgarse a someterle a un segundo juicio hasta que no tengan pruebas más sólidas.

Se produjo otro largo silencio. En aquella ocasión, lleno de sorpresa y enfado.

India podía identificarse con ambos sentimientos.

–Tienes que estar de broma –dijo Claudia cuando volvió a hablar.

–Me temo que no –tragó saliva, intentando humedecerse la lengua para que le resultara más fácil hablar–. Pero Flores tiene la esperanza de poder encontrar algo para llevarle de nuevo a juicio.

–¿Cuándo?

India observó a Rod mientras este volvía a desaparecer por la esquina de su casa.

–Todavía no pueden concretar una fecha.

–¿Y eso qué significa? ¿Que a lo mejor no vuelven a juzgarle nunca? ¿Que ese animal va a salirse de rositas después de lo que le hizo a mi hijo? ¡Acabó con una vida! Y no con la vida de cualquiera, sino con la de una persona importante para el mundo.

India esbozó un gesto de dolor. A menudo sentía que Claudia deseaba que hubiera sido ella la que hubiera muerto aquella noche. Y a veces también ella lo deseaba.

–Es desgarrador –dijo, y rezó para haber sido capaz de haber puesto suficiente sentimiento a aquella frase.

Los Sommers, y todos cuantos habían conocido a Charlie, la observaban e interpretaban todo lo que hacía y decía con recelo. Ella se sentía tan mal como Claudia con el curso que habían tomado los acontecimientos. Pero no podía dolerse con ella de la falta de iniciativa del fiscal, ni mostrar las dudas que albergaba sobre la posibilidad de que Sebastian volviera a ser llevado ante la Justicia porque su suegra comenzaría a pensar en Cassia y en que ya no estaría segura con su madre.

Si quería que su hija regresara a su lado, tenía que ignorar su propia desesperación y convencer a los Sommers de que aquel solo era un contratiempo temporal.

—Es mucho más que desgarrador —replicó Claudia—. No hay palabras para describir lo que hemos sufrido.

Era cierto. Los once meses anteriores habían sido un infierno. Y, sí, por su propio bien y por el de Cassia, India tenía que recuperarse. Estaba luchando para conseguirlo. Charlie no habría querido verlas tan deprimidas, pero aquel nuevo obstáculo…

India no estaba segura de cómo iban a superarlo.

—Encontrarán la pistola —le aseguró—. Eso es lo único que necesitan. Si encuentran la pistola y pueden relacionarla con Sebastian, le tendrán agarrado.

—Tú conocías bien a Sebastian —repuso Claudia—. ¿Qué pudo hacer con ella? ¿Dónde la dejaría?

Aquella noche había sido una noche de confusión y terror para ella, pero podía seguirle la pista a aquella pistola a través de los recuerdos porque Sebastian había estado apuntándola con ella durante mucho tiempo. Había pasado horas creyendo que la mataría y Cassia se quedaría sin padres.

—Ya te lo dije. Se lo dije a todo el mundo. Se la llevó cuando salió huyendo.

—Si no la han encontrado todavía, no la encontrarán

nunca –se lamentó su suegra–. ¿Qué más pueden hacer que no hayan hecho ya? ¿Qué más podemos hacer? De poco nos ha servido el detective que contratamos. No ha conseguido nada. Y la policía no ha hecho las cosas mucho mejor. El detective Flores comenzará a ocuparse de otros casos y nos abandonará con nuestras vidas destrozadas y el asesino de Charlie en libertad.

–Por favor, no hables así –le suplicó India–. Tenemos que conservar la esperanza.

–Tengo que colgar –respondió Claudia con brusquedad.

India tenía miedo a dejar que colgara en aquel momento por temor a lo que podía llegar a decidir.

–Siento todo esto, Claudia. Me gustaría... Me gustaría que el detective Flores nos hubiera dado otra noticia, pero no asumamos lo peor. Seguro que se hará justicia.

–¿De verdad lo crees? Porque es imposible que se haga justicia. Eso lo entiendes, ¿verdad? Incluso en el caso de que Sebastian se pase el resto de su vida en prisión, tendremos que continuar viviendo sin Charlie.

–Y es muy duro aceptarlo, lo sé.

–¿De verdad lo sabes? Porque a veces no puedo evitar sentir...

A India se le encogió el estómago ante la repentina dureza de su tono.

–¿Sí? –la urgió, cuando su suegra enmudeció.

–De que...

Alguien, ¿su suegro quizá?, dijo algo de fondo, pero India no pudo entender lo que era.

–No importa –dijo Claudia, en vez de terminar la frase.

La repentina reserva de Claudia la llevó a creer que Steve había anticipado lo que su mujer estaba a punto de decir y le había advertido que no lo hiciera.

—¿Qué ibas a decir? —presionó India, pero podía imaginárselo.

Los Sommers tenían muchas dudas sobre su relación con Sebastian. No entendían por qué había recuperado el contacto con él. Si no hubiera aceptado que volviera a su vida, nada de aquello habría ocurrido.

A India le habría gustado ser capaz de explicarlo. Lo había intentado en varias ocasiones. Pero, después de lo que Sebastian había hecho, sus argumentos sonaban ridículos. Debería haber sabido mejor que nadie de lo que era capaz aquel hombre. Sí, sabía que podía ser colérico, irracional e incluso impredecible. Ya le había causado problemas serios cuando se le había ocurrido robar aquella licorería. Pero en aquel entonces era joven e impulsivo y había hecho cuanto había podido para que la policía comprendiera que ella no había tenido nada que ver con el robo. Gracias a eso no la habían acusado. Y Sebastian se había disculpado infinitas veces por haberla involucrado en aquel robo.

Pero la prisión y las drogas que había consumido durante años le habían cambiado hasta un punto que India jamás habría imaginado. Ella estaba convencida de que había aprendido la lección y estaba pasando un mal momento. Y también había pensado, ingenua de ella, que podía ayudarle.

¡Cómo deseaba no haber respondido jamás a aquel primer mensaje de Facebook! Se había estado castigando por ello desde entonces. Al principio, tampoco ella comprendía por qué había permitido que Sebastian se pusiera en contacto con ella. Pero, a diferencia de los Sommers, ella no tenía familia. Por eso había dudado a la hora de dejar de lado a un antiguo amigo, aunque en otro tiempo hubieran sido novios.

—Queremos mucho a Cassia —dijo Claudia—. Es lo único que nos queda de Charlie. Gracias por permitir que se quede con nosotros.

En otras palabras, la madre de Charlie se estaba mordiendo la lengua para preservar aquella relación. Pero la serenidad de sus suegros casi preocupaba más a India que el hecho de que dieran rienda suelta a su enfado y a su frustración. Sabía que bajo aquellas aguas serenas se batían otras muy turbulentas, probablemente mucho más de lo que ella jamás sería capaz de superar.

Temía que aquellas fuertes corrientes terminaran arrastrándola.

–Por supuesto. Cassia os quiere mucho. Y yo también –añadió, esperando recuperar parte del terreno perdido.

Pero su suegra no se mostró receptiva a aquellas palabras.

–Buenas noches –fue lo único que dijo.

Cuando Claudia colgó, India apoyó la cabeza contra el frío cristal. Pero hasta que no oyó el sonido del cortacéspedes en su propio jardín, no se acordó otra vez de Rod.

Salió a la puerta principal y le encontró allí, cortando la hierba de su jardín.

–¡Rod! –gritó, intentando detenerle.

Cuando por fin la oyó, se volvió hacia ella.

–No tienes por qué hacer esto –le gritó India por encima del sonido del cortacéspedes–. Ya sé que la hierba está un poco alta, pero pensaba comprar un cortacéspedes el lunes. Ya lo haré yo entonces.

–No me cuesta nada. Y no me llevará mucho tiempo.

A pesar de la mano rota, parecía muy capaz de hacerlo. Y era posible que en Whiskey Creek la gente se hiciera ese tipo de favores. Pero el ser receptora de un gesto tan amable justo después de la llamada de su suegra, le provocó un nudo de emoción en la garganta.

–Gracias –le dijo, y se volvió antes de que pudiera verle las lágrimas.

Aquella noche, Cheyenne les llevó lasaña y pan de ajo. Mientras Natasha ayudaba a servir la cena, Rod y sus hermanos jugaban con Kellan, haciéndole gritar y reír. Cheyenne se quejó de que estaban poniéndole nervioso, pero Rod sabía que le gustaba que el pequeño recibiera tantas atenciones. Desde luego, Kellan parecía estar disfrutando de todo aquel alboroto.

–Más –decía cada vez que se detenía.

Era la única palabra que sabía, además de «mamá» y «papá».

J.T. y Anya o bien oyeron el jaleo u olieron la comida porque entraron en la cocina justo en el momento en el que Cheyenne estaba preguntando por su vecina.

–Ya se ha mudado –le contó Grady.

–Me encantaría ver la casa por dentro ahora que la han arreglado –dijo Cheyenne.

Estaba interesada porque aquella era la casa en la que ella vivía antes de casarse con Dylan.

–Seguro que está dispuesta a enseñártela.

Mack le tendió los tenedores. Era raro que en aquella casa se hicieran cenas formales y que alguien pusiera la mesa por adelantado. Comían cuando tenían hambre, cada uno se cocinaba lo suyo o pedía comida por teléfono. Anya jamás se tomaba la molestia de cocinar o de lavar los platos, a pesar de que no trabajaba.

–Deberías pasarte por allí –le recomendó Grady–, y conseguir su teléfono para dármelo. Está buenísima.

Cheyenne alzó la mirada.

–¿Está soltera?

–No estoy seguro –respondió Mack–. Lleva una alianza de matrimonio, pero su marido todavía no ha aparecido por aquí, así que a lo mejor trabaja fuera.

–Está muerto –anunció Rod.

Todo el mundo le miró.

–¿Te lo ha dicho ella? –preguntó Mack.

–Me lo dijo la otra noche, cuando me trajo a casa.

Rod comprendió que aquel era el momento para revelar que pensaba salir a cenar con India al día siguiente por la noche. Había oído la broma de Grady sobre su número de teléfono y no quería que ni Mack ni él pensaran que India estaba disponible. Pero no dijo nada. No estaba seguro de que su relación con ella pudiera llegar a nada y decidió esperar a ver cómo iba todo antes de hacer ningún comentario. Sus hermanos podían ser implacables y no iba a suministrarles munición.

–¿Por qué te trajo a casa? –preguntó Cheyenne–. ¿Dónde estaba tu camioneta?

–Se cruzó conmigo justo después de la pelea, cuando estaba intentando conseguir ayuda.

–¿Y qué estaba haciendo a esas horas en la carretera? ¿También había estado en el bar?

–No, venía de una galería de arte.

–¡Oh, arte! –se burló Grady.

–¿Qué pasa? ¿Tiene algo de malo? –preguntó Rod.

Grady le miró divertido.

–Claro que no. Solo era una broma. ¿Cuándo murió su marido?

–Hace un año.

–Así que está disponible –señaló Mack.

Y Rod se tensó casi tanto como Natasha.

–Es demasiado vieja para ti, hermanito.

–Pero no para ti –Anya sonrió como el gato de Alicia–. ¿Por eso le has cortado el césped hoy?

Rod no sabía que su madrastra le había visto. Normalmente se pasaba el día encerrada en su cuarto, jugando a videojuegos o viendo la televisión.

–No necesariamente. Todavía no tiene cortacéspedes, así que he pensado que podría cortarle la hierba mientras arreglaba nuestro jardín.

–¿Y te ha demostrado algún tipo de agradecimiento? –bromeó J.T. con una malintencionada sonrisa.

A Rod no le gustaba cómo hablaba su padre de las mujeres desde que había salido de la cárcel.

–Me ha dado las gracias, si es a eso a lo que te refieres.

–¿Es simpática? –preguntó Cheyenne.

–A mí me lo ha parecido.

Cheyenne sacó un frasco de aliño para la ensalada de la caja en la que llevaba la comida.

–Me gustaría conocerla.

Grady se sentó y comenzó a comer antes de que a los demás les hubieran servido.

–¿Por qué no esta noche?

Sin que Mack lo pidiera siquiera, Natasha le puso otro pedazo de pan de ajo en el plato. Rod fingió no notar que Mack siempre recibía la mayor ración cuando era Natasha la que repartía.

–Dylan llegará pronto a casa –contestó Cheyenne–, así que debería marcharme.

–¿Por qué no viene él? –preguntó J.T–. Últimamente apenas se pasa por aquí.

Rod sospechaba que la presencia de Anya tenía mucho que ver con ello. A Dylan le gustaba menos incluso que al resto de sus hermanos.

–No puede. Tiene un partido de béisbol.

–Deberíamos ir a verle jugar –sugirió Anya, pero nadie la animó.

Rod dejó a Kellan en el suelo para agarrar su plato.

–Gracias.

Como quería hablar con Cheyenne en privado antes de que se fuera, esperaba que esta no saliera muy deprisa.

–¿Cómo tienes la mano? –preguntó Cheyenne.

–La verdad es que me da unas punzadas horribles.

–Te he hecho un crujiente de manzana para postre –le guiñó el ojo–. A lo mejor te ayuda a aliviar el dolor.

Rod se inclinó para darle un beso en la frente.

–Dylan ha tenido mucha suerte al casarse contigo.

–Se lo digo constantemente –bromeó.

–¿Aaron también va a ir al partido? –preguntó Mack.

–Debería. Dylan le convenció para que se metiera en el equipo.

Mack se levantó para ir a buscar una cerveza y tomó otra para Rod.

–¿Quieres ir? –le preguntó Cheyenne en un susurro para que ni Anya ni nadie le oyera.

Normalmente, Rod habría disfrutado del partido. Pero después de lo tarde que se había acostado el día anterior y de todas las cosas a las que había tenido que enfrentarse aquella mañana, tenía ganas de meterse en la cama.

–Esta noche no.

Cheyenne dejó el postre en el mostrador y comenzó a limpiar los cucharones de servir.

–Os dejaré lo que ha sobrado –dijo, señalando los restos de ensalada, lasaña y pan–. Pero acordaos de llevarle a Dylan los platos mañana para que vuelvan a mi casa.

–Lo haré –le aseguró Rod.

Cheyenne levantó a Kellan en brazos.

–Será mejor que me vaya. Quiero asegurarme de que Dylan coma algo antes de ir a jugar.

Rod todavía no había terminado, pero se levantó.

–Te acompaño –dijo, para que a los demás no les pareciera raro que saliera de la cocina cuando apenas había empezado a cenar.

Fue con su cuñada hasta la puerta.

—Antes de irte, ¿podrías hacerme un favor?

—Por supuesto

—¿Te importaría subir un segundo y echarle un vistazo a mi armario?

—¿Para qué?

Rod bajó la voz para asegurarse de que nadie pudiera oírle. Afortunadamente, estaban todos tan ocupados con la cena que no creía que nadie le fuera a prestar atención.

—Mañana tengo una cita.

—¿Y quieres que te diga lo que tienes que ponerte? Esa chica debe de ser muy especial. Nunca me habías pedido ayuda para algo así.

Porque nunca se había sentido tan fuera de su elemento.

—Es una mujer... distinta.

—Especial —confirmó Cheyenne con una sonrisa—. ¿La conozco?

Rod se rascó el cuello.

—Es nuestra vecina.

—¡Ah! —Cheyenne ensanchó la sonrisa—. ¿Y por qué no lo has dicho hace unos segundos?

—Solo es una cita —se justificó, encogiéndose de hombros.

—Pero te gustaría impresionarla.

Cheyenne no se tragó su aparente indiferencia.

—Necesito arreglarme un poco, eso es todo —le explicó—. Su marido, el hombre que murió, era un cirujano cardiovascular.

—Ahora lo entiendo. Así que buscas algo elegante y respetable.

Por lo menos ella parecía comprender lo que necesitaba.

—Sí, eso suena bien.

Cheyenne le agarró del brazo.

—No tengo la menor duda de que irás limpio y arreglado. Vamos a echarle un vistazo a ese armario.

Capítulo 7

India permanecía sentada en su silencioso cuarto de estar con una taza en la mano. Había pensado que la manzanilla la ayudaría a relajarse, pero no parecía estar funcionando. Estaba completamente despejada, ansiosa y esperando otra larga noche. Le habría gustado poder leer o ver la televisión. Pero desde que el detective Flores le había comunicado lo de Sebastian había estado comprobando una y otra vez si las puertas y las ventanas estaban cerradas. Quería creer que Sebastian ya había tenido suficientes problemas. Que desaparecería y no volvería a molestarla nunca más. Que, incluso, quizá dejara aquella zona antes de que la policía pudiera encontrar la prueba que ella estaba esperando. La mayor parte de los hombres en su situación huirían si tuvieran oportunidad de hacerlo, ¿no?

Pero, en lo que a Sebastian se refería, no podía dar nada por sentado. Si no le había importado quitarle la vida a Charlie, o incluso perder la suya –y, por lo que habían estado hablando, sabía que no le importaba morir–, tampoco le importaría matarla a ella.

Y Cassia se quedaría huérfana.

Revivió en su cabeza todo lo ocurrido la noche que

Charlie había recibido el impacto. Volvió a ver a su marido boqueando y agarrándose el pecho al recibir el impacto de la bala. India apretó los ojos con fuerza, intentando evitar aquellos recuerdos, pero estaba demasiado cansada como para luchar contra ellos. La bombardeaban imágenes estremecedoras y también el recuerdo de lo que había llegado después, cuando Sebastian la había obligado a decirle que todavía le amaba, que se casaría con él y estaba dispuesta a hacer... todo tipo de cosas. Aquella había sido la única manera de convencerle de que no hiciera ningún daño a Cassia. India jamás había confesado la violación. Ni siquiera estaba segura de que pudiera considerarse una violación, puesto que no se había negado. Había utilizado su cuerpo y cuanto tenía a su disposición para salvar a su hija.

Quizá aquella fuera la razón por la que tanta gente sospechaba que estaba mintiendo. En cierto modo, lo estaba haciendo. Se había guardado para sí los detalles más escabrosos y podría decirse que también los más importantes. Pero no podía admitir los métodos que había utilizado para detener, tranquilizar y distraer a Sebastian. Temía, sabía, que habría gente que aseguraría que había disfrutado, que negaría que había estado dominando las ganas de vomitar durante cada segundo que Sebastian la había tocado.

«Siempre te amaré», le había dicho él. Todavía se le ponía la piel de gallina al recordar sus manos en su rostro, obligándola a mirarle mientras lo decía. Aquel hombre no sabía lo que era el amor. Era imposible que lo supiera si había sido capaz de asesinar a su marido, amenazar a su hija y blandir una pistola contra su rostro. Además, había permitido que su abogado la acusara de la muerte de Charlie. Larry Forgash había dicho que ella debía de haber contratado a un sicario y estaba utilizando a Sebastian como cabeza de turco. Había señalado una serie de retiradas de dinero de su cuenta corriente, que estaba separada de la de Charlie, puesto que era la que tenía antes de casarse con él, para sugerir cómo podía haber pagado al asesino, pero la cantidad de dinero retirada solo sumaba tres mil trescientos dólares en el plazo de dos meses.

Afortunadamente, el propio abogado de Sebastian le había convencido de que no le contara a nadie que se había acostado con ella tras la muerte de Charlie. Como la policía no tenía ninguna prueba, nada, salvo el testimonio de India, ni siquiera podía probar que había estado en su casa aquella noche, puesto que su propia esposa estaba dispuesta a declarar que había pasado toda la noche con ella.

India se estremeció, sintiendo crecer aquella repugnancia hasta provocarle náuseas. «Olvídalo», se ordenó a sí misma. Al igual que el río que podía contemplar desde la ventana, la vida seguiría su curso y algún día sería capaz de dejar el pasado tras ella. Pero dudaba que pudiera llegar a conseguirlo si no podía perdonarse a sí misma. ¿Y cómo se iba a perdonar? La vergüenza de haberse comportado como si de verdad deseara a Sebastian, como si hubiera disfrutado estando con él, era demasiado intensa.

Un delicado golpe de viento hizo tintinear los móviles del porche. Los había hecho ella misma y pensaba tener todo un surtido de móviles de cerámica en el estudio, pero aquel tintineo sonó mucho menos alegre que en otras ocasiones. Echaba de menos a Cassia, le habría gustado poder estar durmiendo al lado de su hija, en vez de tener que preocuparse de que, cuando llegara el momento, sus suegros inventaran alguna excusa para poder retenerla durante más tiempo, o incluso para siempre, a su lado.

En realidad, no tendrían por qué inventar ninguna excusa. Ya tenían una muy buena, teniendo en cuenta lo que les habían comunicado aquel día.

India fijó la mirada en el teléfono. Había recibido una llamada de Ellie Cox a la hora de la cena, pero la había ignorado. Ellie era la mujer del mejor amigo de Charlie. Durante los tres años anteriores, desde que Ellie y Mitchell se habían mudado a su barrio, habían estado muy unidos. Pero, al igual que los Sommers, tras la muerte de Charlie, Ellie y Mitchell habían comenzado a tratarla con frialdad. Era humillante que los amigos le dieran la espalda, pero no era la pérdida de su relación de Ellie lo que la preocupaba tras haber oído su mensaje.

India presionó el botón del contestador, aunque ya había oído varias veces el mensaje.

—*India, soy yo, Ellie. Llámame cuando puedas. He estado pensando en ti, preguntándome qué estarás haciendo. Siento haber tardado tanto en llamarte, pero... hemos estado muy ocupados con la temporada de béisbol de Tyler. Ya sabes cómo son estas cosas.*

Sí, lo sabía porque había acompañado a Ellie a muchos partidos. Ellie podría haber encontrado cualquier momento para hacerle una llamada o, por lo menos, para enviarle un mensaje.

Pero no era aquello lo que la preocupaba.

—*Tenemos partidos casi todas las noches de este mes, ya sea con su equipo de siempre o con el que compite. En cualquier caso, te llamo porque me han comentado en el campo de béisbol que te habías mudado a Whiskey Creek. ¿Es verdad? Sabía que estabas buscando una casa, pero no recordaba que la hubieras encontrado.*

Eso era. Alguien le había dicho en el campo de béisbol que se había mudado a Whiskey Creek. ¿Quién sería?

¿Seguirían hablando de ella sus conocidos? ¿Sabrían que se había ido? India no le había contado a mucha gente a dónde pensaba mudarse, pero tampoco lo había mantenido en secreto, como después le habría gustado haber hecho.

¿Le resultaría fácil localizarla a Sebastian?

Estaba comenzando a preguntarse si debería cambiar de número de teléfono cuando el sonido de la puerta de un coche la hizo estar a punto de derramar la infusión. Dispuesta a pedir ayuda en cuanto la necesitara, se aferró al teléfono, dejó la taza a un lado y se dirigió al cuarto de estar para mirar a través de las ventanas de madera.

Era casi la una de la madrugada, no era una hora para visitas, ni siquiera un sábado.

El día que Sebastian había irrumpido en su casa eran más de la una.

Rezando para que el sonido procediera de casa de sus vecinos y no hubiera sonado tan cerca como le había parecido, estudió el paisaje nocturno, el camino de entrada a su casa y la entrada a la casa de sus vecinos. Había multitud de sombras bailando bajo la luz de la luna y el viento mecía las ramas de los árboles, pero no vio nada que revelara la llegada de nadie.

Decidió que debía de habérselo imaginado. Llevaba toda la noche imaginándose lo peor. Sobresaltándose cada vez que oía un crujido o un golpe. Mirando nerviosa por la ventana. Imaginando a Sebastian afuera, vigilando su casa, esperando a que se fuera a la cama, donde sería más vulnerable, como la vez anterior.

Se frotó los brazos. Estaba comenzando a volverse paranoica y el cansancio no la ayudaba. Estaba sin fuerzas, necesitaba dormir.

Se obligó a apartarse de la ventana, fue al dormitorio y se acurrucó en la cama. Pero, incluso después de tumbarse, estuvo mirando el reloj y pendiente de los ruidos. Cuanto más intentaba dormir, más le costaba.

A las dos y media, le pareció oír otro coche. Pero cuando volvió a levantarse para comprobarlo, no vio nada.

Temiendo terminar perdiendo la cabeza si no hacía algo, consideró la posibilidad de salir a dormir a la orilla del río, pero sabía que allí tampoco se sentiría a salvo. Con la mala suerte que tenía, terminaría devorándola un puma mientras dormía al aire libre para protegerse de Sebastian.

Después de pasar otros quince minutos convencida de que había alguien merodeando alrededor de su casa e intentando mirar por las ventanas, su desesperación era tal que consideró la posibilidad de alquilar una habitación en un hotel. Tenía que descansar.

Pero solo había un hostal cerca de allí, no era un verdadero hotel, y no quería molestar al encargado en medio de la noche. Tampoco quería arrastrar su pasado hasta allí y que la gente de Whiskey Creek pensara que era una mujer extraña. Era muy probable que el hostal estuviera lleno. Estaban en temporada alta y, además, era fin de semana.

Vio entonces la terraza de Rod. Allí, sabiendo que él estaba tan cerca, se sentiría a salvo. Y con lo ligero que era su sueño, se despertaría en cuanto amaneciera y podría marcharse antes de que Rod se hubiera levantado siquiera. Si no hacía ruido, no tenía ni por qué enterarse.

Pero ni siquiera le importaría quedarse dormida o que Rod saliera y la descubriera en su terraza. Suponía que aquella era la prueba de su nivel de desesperación. Si Rod la descubría acurrucada en la puerta de su casa, ella se limitaría a preguntarle cuánto le cobraría por alquilarle aquel espacio hasta que estuviera razonablemente segura de que Sebastian no iba a ir a matarla.

–No tengo nada que perder –farfulló mientras agarraba la almohada y una manta.

Con Rod ya había cometido la peor torpeza que podía llegar a cometer una mujer. Jamás olvidaría el momento en el que había intentado besarle después de que él la hubiera rechazado. Comparado con eso, dormir en su terraza no era nada. Y, por lo menos, podría descansar y volver a sentirse como algo parecido a un ser humano. Una pequeña tregua. Era lo único que necesitaba en aquel momento.

India no se despertó temprano. Cuando al final sintió el sol acariciando su rostro y oyó los pájaros trinando entre los árboles, imaginó que debían de ser cerca de las diez. ¿Cómo podía haber dormido tanto tiempo?

En cuanto abrió los párpados y se dio cuenta de dónde estaba, entró en pánico. Después, se quedó muy quieta, temiendo que cualquier ruido o movimiento pudiera llamar la atención de Rod en el caso de que estuviera despierto y terminara saliendo de su dormitorio.

Por suerte, no se oía nada en el interior. Toda la casa parecía estar durmiendo hasta tarde.

Era domingo, se recordó a sí misma. La mayor parte de la gente no madrugaba los fines de semana. Y en aquella casa no había niños pequeños.

Pero tampoco quería seguir tentando a la suerte. Con sigilo y en silencio, recogió el saco de dormir y la almohada y comenzó a bajar muy lentamente la escalera. Se le paralizaba el corazón cada vez que la madera crujía bajo su peso, pero Rod no se asomó a la puerta. Probablemente, una persona que vivía sin miedo no se sobresaltaba ante el menor ruido, como le pasaba a ella.

Se le mojaron los pies al correr por la hierba. Al parecer, hacía poco que se habían conectado los aspersores, ¡pero ni siquiera eso le resultó molesto! Se había quedado dormida en cuanto se había sentido a salvo. No había vuelto a dormir tan profundamente desde la muerte de Charlie. Se sentía tan bien que no podía arrepentirse de haber subido a escondidas a la terraza. Y, como había podido regresar a casa sin que la vieran, no había tenido que pagar ningún precio por ello, ni siquiera el de la vergüenza.

–Ha merecido la pena correr –musitó mientras entraba en su casa.

A lo mejor ya estaba en condiciones de ponerse a trabajar con el barro. Vaciló un instante al recordar que había aceptado salir con Rod. Pasar algún tiempo a solas con un vecino tan atractivo era arriesgado. Y era una relación que no podía llegar a ninguna parte. Sería más inteligente mantenerse alejada de él.

Pero no se atrevía a cancelar la cita. La idea de salir a cenar, de pasar unas horas sin estar a solas con sus pensamientos y el recuerdo constante de que Sebastian podía entrar en su casa y dispararla era demasiado tentadora.

Podía intentar mantener la relación en un terreno seguro, se dijo a sí misma. ¿Qué tenía de malo salir a cenar con un vecino?

Era la primera vez que Rod había considerado la posibilidad de llevarle flores a una mujer con la que no estaba saliendo. Quería convencer a India de que tenía cierta clase, de que no era tan violento como podría haberle hecho parecer aquella pelea, y había pensado que las flores podían ayudar. Había ido hasta la floristería, pero una vez allí, había dado media vuelta. Tenía miedo de que al presentarse con un ramo de flores pudiera parecer que estaba intentando ser algo que no era, así que se había echado atrás. Si India buscaba a un cardiocirujano o a alguien con un currículum igual de impresionante, un ramo de flores no iba a servir para persuadirla de que considerara la posibilidad de salir con un mecánico en chapa y pintura.

Se dijo que él era lo que era. Y, si eso no le bastaba a India, no podía hacer nada para cambiarlo.

Cuando India abrió la puerta y la vio con un vestido de color crema sin mangas y un par de centímetros por encima de la rodilla, contuvo la respiración. Estaba maravillosa. Espectacular. Y, en aquel momento, agradeció más que nunca que Cheyenne le hubiera ayudado a elegir la ropa. Como al final no tenía el tipo de camisa que su cuñada le había aconsejado ponerse, ella misma le había llevado una aquella mañana que había sacado del armario de Dylan. Después había insistido en que se pusiera los pantalones que ella le había regalado por Navidad, que todavía conservaban la etiqueta, por cierto.

—¡Vaya! —exclamó con una larga exhalación.

Ella pareció sorprendida. Pero, seguramente, estaba acostumbrada a llamar la atención de los hombres allí donde fuera. Seguro que sabía que estaba espectacular.

—Gracias. ¿Entonces te parece que está bien este vestido?

¿Que si le parecía que estaba bien? No podía apartar la mirada de ella.

—Claro que está bien.

—Genial. ¿Adónde vamos ahora?

Rod había contemplado muchas posibilidades, pero, al final, se había decidido por un hotel de Jackson conocido por sus costillas. Los pueblos del País del Oro no eran como el Valle de Napa, famoso por su comida. Los mejores restaurantes de la autopista 49 se las veían y se las deseaban para sobrevivir. Excepto durante la temporada turística, no tenían clientes suficientes como para mantenerse. Pero algunos de sus locales favoritos habían sobrevivido y el restaurante de aquel hotel del XIX llevaba años abierto. Era un lugar de luces tenues y ambiente romántico y a Rod siempre le había gustado lo que había comido allí.

—A por un costillar de primera, a no ser que seas vegetariana.

—No soy vegetariana, como carne —India dejó la puerta abierta mientras iba a buscar el bolso—. ¿Cómo tienes la mano?

Rod le mostró la escayola.

—Ya me están entrando ganas de quitármela. No creo que vaya a aguantar las seis semanas.

—Pues espera a que empiece a picarte.

—Sí, lo estoy deseando.

La sonrisa que India le dirigió al salir de casa hizo que a Rod le entraran ganas de agarrarle la mano. Pero era consciente de que ni siquiera estaba muy convencida de que quisiera salir con él, así que no lo intentó.

—¿Qué has estado haciendo hoy? ¿Más cerámica?

—Sí, esta noche he conseguido dormir de verdad.

—¿«De verdad»? —la interrumpió mientras estaba cerrando la puerta.

India vaciló un instante, como si hubiera hablado de más.

—He estado padeciendo insomnio.

Rod imaginó que el que alguien hubiera entrado en su casa cuando estaba durmiendo, hubiera matado a su marido y hubiera amenazado con matar a su hija podía tener ese efecto.

—¿Y qué haces? ¿Tomas somníferos?

—No, no tomo nada.

—¿Por qué?

—Porque la idea de estar drogada o demasiado adormilada me asusta.

¿Por Sebastian?

—Lo único que tienes que hacer es dormir hasta que se te pasen los efectos de la pastilla.

—Sí, ¿pero quién sabe cuánto tiempo pueden llegar a durar? Y prefiero estar en plenitud de facultades.

Por si volvían a amenazarla otra vez. Se refería a eso, estaba seguro. Se preguntó si tendría más miedo de lo que Sebastian había hecho o de lo que podía llegar a hacer, pero no lo preguntó. Podía esperar.

—En cualquier caso, hoy he trabajado mucho —le contó mientras se dirigían hacia la puerta—. Y eso es bueno.

Cuando llegaron a la camioneta, Rod le abrió la puerta para que entrara. Imaginó que Charlie tendría un coche de alta gama. Él jamás se había planteado la posibilidad de comprar uno. No podría conducirlo por zonas sin asfaltar ni llevar un remolque detrás. Pero habría estado bien conducir un turismo en una noche como aquella. India le parecía la clase de mujer que se sentiría más cómoda en un Mercedes.

—¿Terminaste lo que estabas haciendo ayer?

—¿El jarrón? Sí. Y también he terminado unos cuantos móviles y una fresquera para la mantequilla muy bonita.

Estaba a punto de cerrar la puerta, pero él la retuvo.

—¿Qué es eso?

—Un recipiente para mantener la mantequilla fría y fresca cuando no está en la nevera.

—No lo había oído en mi vida. ¿Lo suele tener la mayoría de la gente?

Ella se echó a reír.

—No, eran más bien típicas de los pioneros.

Rod no estaba seguro de que fuera a vender muchas

de aquellas piezas, puesto que las neveras parecían estar haciendo aquella función. Pero podía parecer un comentario negativo, así que decidió reservarse la opinión. Cerró la puerta y caminó hacia el otro lado de la camioneta.

—¿Cuándo piensas abrir el taller? —le preguntó mientras encendía el motor.

—Todavía me resulta difícil saberlo —India se ató el cinturón de seguridad—. Necesitaré hacer las piezas suficientes como para que la tienda resulte interesante. Necesito piezas de diferentes presupuestos. Es difícil ganarse la vida con lo que hago porque hace falta invertir mucho tiempo en los productos hechos a mano y los productos de fábrica resultan muy baratos en comparación. A mis piezas tengo que ponerles un precio que cubra el tiempo invertido y los gastos generados y, aun así, por buena que sea una pieza, no puedo subirla por encima del precio de mercado.

—Parece que tienes una visión muy pragmática del negocio.

—Estoy intentando mantener los ojos bien abiertos. Tengo que mantener a una hija, construir un futuro para mí y para ella y no perder lo que Charlie nos ha dejado.

Rod dio marcha atrás y puso después la primera marcha.

—A lo mejor deberías abrir la tienda solo en verano, que es cuando vienen los turistas, y, en invierno, trabajar en casa para reponer el inventario.

—Es una posibilidad —India ajustó los conductos del aire acondicionado—. ¿Tu negocio va bien durante todo el año?

—Sí, pero no es una tienda.

—Arreglar el coche es más una necesidad que un capricho.

—No me dedico a salvar vidas, pero... me sirve para ganarme la vida.

En cuanto aquellas palabras salieron de su boca, se arrepintió de haber hecho aquella referencia a la profesión de su marido. Cambió rápidamente de tema y pisó el acelerador.

–Espero que te guste el costillar –le dijo–. Si lo prefieres, podemos ir a un italiano o a cualquier otro sitio.

–No me acuerdo ni de la última vez que comí un costillar. No es algo que suela prepararse uno en casa. Y llevo fuera... una eternidad.

–Este año pasado ha sido terrible para ti. Pero las cosas van a cambiar. Me alegro de que hayas aceptado salir conmigo esta noche.

La inseguridad y la preocupación que habían estado envolviéndola como una capa comenzaron a disiparse.

–Yo también –dijo, y parecía completamente convencida.

Rod supo entonces que iban a disfrutar de la velada, y también se relajó.

Capítulo 8

Hablar con Rod resultaba muy fácil, era un hombre que podía llegar a ser muy divertido, algo que fue una auténtica sorpresa para India. Su humor era más sarcástico que el de Charlie, pero le gustó. Sentada frente a él en un restaurante con luz tenue, frente a una copa de vino y esperando a que les sirvieran la comida, tuvo que disimular una sonrisa al fijarse en cómo se había arreglado para salir aquella noche. Se había tomado la molestia de cortarse el pelo desde la última vez que le había visto, pero los cambios no le sentaban del todo bien. Ella le prefería con los vaqueros gastados y una camiseta sencilla. Incluso echaba de menos los rizos que se había cortado, pero tenía la impresión de que había intentado resultarle atractivo. Aquello la hizo sentirse tan bien que ni siquiera se permitió pensar en las razones por las que no debería estar compartiendo aquella velada con él.

−¿Al final qué le dijiste a Dylan? −le preguntó, retomando la conversación donde la habían dejado.

Habían adelantado a un deportivo cuando estaban aparcando y aquello había dado lugar a una conversación sobre el adinerado propietario de unos viñedos que había llevado un Ferrari rojo a Amos Auto Body cuando Rod apenas tenía quince años. Tenía un pequeño arañazo en el parachoques delantero que el propietario quería arreglar. Pero Rod se había emocionado de tal manera al ver un coche tan rápido y tan caro que había decidido dar una vuelta con él y había terminado destrozándolo.

–Pero no le dije nada a él. No podía. Me habrían detenido por conducir sin carnet –dijo con una risa.

–¡No me puedo creer que no te hicieras nada! –exclamó ella.

–Me hice unas cuantas heridas y algún que otro chichón, pero no fue nada comparado con lo que podría haberme pasado. Si no hubiera chocado con un árbol, si hubiera terminado chocando con un coche, por ejemplo, podía haber sido una de esas estupideces que haces cuando eres joven y de la que terminas arrepintiéndote durante el resto de tu vida.

–Tuviste suerte.

–Creo que nunca he visto a Dylan tan enfadado conmigo.

India acunó la copa en la mano mientras observaba la luz de la vela parpadear sobre su rostro.

–¿Te hizo pagarlo?

–Ese coche costaba cientos de miles de dólares. No podía pagarlo, y tampoco Dylan. En aquella época teníamos muy poco dinero. Por suerte, se hizo cargo el seguro. Pero había gastos que no cubría y, además, por culpa de aquel destrozo nos subieron la póliza –sacudió la cabeza–. Durante los siguientes seis meses, solo pudimos comer burritos de frijoles para cenar. No sé por qué Dylan no me dio una paliza de muerte.

India se echó a reír al imaginar a un Rod tan joven y revoltoso complicándole la vida a su atribulado hermano mayor.

—Debe de quererte mucho.

—Sí —contestó sin dudar—. Pero tuve que trabajar horas extras durante dos años para pagar lo que le había costado al taller.

India bebió un sorbo de vino.

—¿Te enfadaste con Dylan por eso?

—¿Cómo iba a enfadarme? Fui yo el que lo lio todo. Me merecía algo peor.

El hecho de que fuera capaz de responsabilizarse de sus errores demostraba una madurez mayor de la que la primera impresión ofrecía. Aquello le gustó. También le gustaba lo que la hacía sentir cada vez que la miraba. Durante los seis años que había estado saliendo con otros hombres antes de conocer a Charlie, no había conocido a ninguno tan transparente a la hora de mostrar su admiración y le parecía sorprendente que Rod fuera el primero puesto que, posiblemente, el era mucho más guapo que ella. Sin embargo, estaba dispuesto a alimentar su ego, en vez de permitir que fuera ella la que alimentara el suyo, y aquello le convertía en un hombre mucho más parecido a Charlie de lo que jamás habría imaginado. Su marido siempre había sido muy generoso en los cumplidos, siempre estaba dispuesto a ver lo mejor en los demás.

—Cuando hablas de Dylan lo haces con mucho respeto —apuntó.

Rod permaneció durante unos segundos en un pensativo silencio. Después, dijo:

—Le debo mucho.

Por la manera de hablar de su hermano, ella ya imaginaba que Dylan le había criado, pero todavía no le había contado por qué.

—¿Tu padre estaba enfermo o algo parecido? ¿Por eso se hizo Dylan cargo de vosotros? —si aquel era el caso, ya debía de estar recuperado, puesto que se le veía perfectamente.

La camarera llegó corriendo con la comida. Cuando la vio, Rod se echó hacia atrás para que les pusiera los platos y esperó a que se alejara antes de contestar:

—Mi padre estuvo en prisión.

India acababa de agarrar el tenedor. Al oírle, lo dejó de nuevo en el plato.

—Lo siento.

Rod se encogió de hombros, pero ella comprendió que no le importaba tan poco como pretendía.

—¿Durante… cuánto tiempo? —le preguntó.

—Dieciséis años.

¡Casi dos décadas! Fuera lo que fuera lo que había hecho su padre, debía de tratarse de algo serio, pero no preguntó por los detalles. Comprendía lo indiscretas que podían parecerle aquellas preguntas y asumía que Rod se lo contaría si de verdad quisiera hablar de ello.

—¿Y cuándo salió?

—Hace dos años. Todavía se me hace raro que haya vuelto.

—¿Te llevas bien con él?

Rod señaló el plato de India.

—Vamos, empieza. Todo esto ya es agua pasada. Sí, en general, nos llevamos bien. Probablemente porque no tiene ningún control sobre mi vida. A veces nuestra relación puede parecer extraña. Al fin y al cabo, lo que he vivido es muy distinto a lo que han vivido otras personas. Ahora mismo, mi padre es para mí… un compañero de piso más que un padre.

India comenzaba a comprender lo inusual del vínculo que mantenía con su hermano mayor.

—¿Cuántos años tenía Dylan cuando… cuando tuvo que hacerse cargo de vosotros?

—Dieciocho. Estaba en el último año de instituto.

—¡Vaya! Es increíble que consiguiera que no os metierais en líos.

Rod esbozó una sonrisa ladeada.

—Lo intentó, pero no siempre lo consiguió.

La carne, tierna y sabrosa, casi se derretía en la boca.

—¿Y su esposa?

—¿Cheyenne? Es genial. Me alegro mucho de que mi hermano la haya encontrado. No podrían ser más felices.

—Me refiero a la mujer de tu padre.

India no quería juzgar a una mujer a la que no conocía, pero su madrastra solía vestir con ropa sucia, arrugada y, normalmente, demasiado indiscreta. Desde luego, no era una madre al uso. Rara vez se molestaba siquiera en ponerse unos zapatos.

—No la aguanto —admitió—. Intento ser amable con ella, pero, básicamente, eso se reduce a ignorarla siempre que puedo. Sencillamente, no es una persona a la que admire.

India probó el puré de patatas, saboreando el ajo y el queso que habían añadido.

—¿Y por qué dejáis que viva con vosotros?

—Cuando decidió mudarse a nuestra casa, su hija todavía estaba en el instituto. Lo hicimos por Natasha, para que Anya dejara de arrastrarla por el mundo y pudiera terminar el bachillerato —pinchó una zanahoria—. Ahora que Natasha ya se ha graduado y en otoño se irá a estudiar fuera del estado, me gustaría que nos lo replanteáramos. Pero si les echamos, ¿adónde irán? No podemos dejarles en la calle. Tanto si nos gusta como si no, son nuestra familia.

Rod parecía un hombre duro, pero era evidente que tenía un gran corazón.

—¿Tu padre no puede pagarse una casa?

–No. ¿Quién iba a darle trabajo con su historial? Y es demasiado joven para cobrar la jubilación.

–Seguro que hay algo que sabe hacer.

–Si es así, todavía no lo ha descubierto. Sería diferente si hubiera cometido algún delito de guante blanco. Pero disparó a un hombre en un bar.

India dejó de masticar. ¿El padre de Rod había matado a alguien?

–¿Te ha sorprendido mucho? –preguntó Rod.

–No es algo que se oiga todos los días –contestó India cuando consiguió tragar–. ¿Y cómo llegó a hacer algo así?

Rod giró el vino en su copa.

–Fue cosa de ese tipo, Fenley Tolson, que estaba convencido de que mi padre no le había arreglado bien el coche. Mi padre insistía en que ya le había dicho a Fenley que sería imposible encontrar una pintura idéntica, así que se negó a devolverle el dinero. Aquello provocó un conflicto entre ellos que se alargó durante algún tiempo. Hasta que, no sé muy bien cómo, una noche terminaron en el mismo bar. Nosotros pensamos que Fenley debió de ver a mi padre saliendo del pueblo y le siguió para fastidiarle.

Bebió un sorbo de vino.

–Ese bar terminó cerrando –continuó–, cosa que no es de sorprender. Pero ni siquiera estaba en Whiskey Creek. Era un bar de Jackson. A mi padre le gustaba beber fuera del pueblo porque así no tenía que ver demasiadas caras conocidas –alzó la copa, pero, en aquella ocasión, se limitó a quedarse mirando el vino–. En cualquier caso, cuando ya estaban borrachos los dos, Fenley comenzó a provocar a mi padre. Es posible que no hubiera pasado nada si no hubiera mencionado a mi madre. Pero la mencionó.

India agarró la servilleta que tenía en el regazo. Sabía que la historia estaba llegando al momento más desagradable y se sentía enferma. Sabía lo que era ser testigo de un acto violento, ser una de aquellas personas que podían aparecer en un programa de televisión que tratara sobre la delincuencia. El programa *Dateline* se había puesto en contacto con ella para que contara su historia, aunque, por supuesto, ella no estaba en condiciones de hablar con ellos. Por una parte tenía miedo de que cualquiera pudiera verla en televisión y decidir que no estaba tan afectada por la muerte de su esposo como debería. Comenzarían otra vez las sospechas y las acusaciones y ella no podría soportarlo. Aquella había sido una de las cosas más difíciles por las que había pasado, sobre todo teniendo en cuenta que aquella aciaga noche había tenido que hacer concesiones que preferiría no recordar y, mucho menos todavía, mencionar. Ya se había culpado suficientemente a sí misma.

—¿Pero qué dijo Tolson sobre tu madre? —preguntó.

Un músculo se movió en la mejilla de Rod. India tuvo la sensación de que estaba a punto de decir algo que no le resultaba fácil, pero, después de dejar la copa de vino, contestó:

—Que entendía que hubiera preferido suicidarse a vivir con él.

A India se le tensó el estómago. Por lo visto, la tragedia que había vivido la familia de Rod era peor de lo que había imaginado en un primer momento.

—¿Tu madre se suicidó?

Rod elevó y bajó el pecho con una respiración profunda.

—Un año y medio antes de que mi padre disparara a Tolson. Tuvo una depresión y no fue capaz de superarla. El caso es que, a partir de entonces, mi padre comenzó a beber. No era capaz de asimilar que la había perdido, sobre todo de aquella manera. Así que cuando Tolson le dijo eso –su mirada pareció perderse en la distancia–, perdió el control. Fue a la camioneta, agarró la pistola y... ahí acabó todo.

¿Le había disparado a Tolson a sangre fría? India no quería decirlo. Y, por lo visto, tampoco Rod, porque zanjó allí la conversación.

–Me temo que no es un tema de conversación muy agradable para una cena –añadió.

No era agradable en absoluto. India estaba recreando la imagen de Sebastian cerniéndose sobre ella con la pistola. Jamás olvidaría su negra sombra proyectándose sobre la cama que compartía con Charlie.

–Lo siento mucho –musitó–. Todo.

–Ya forma parte del pasado.

India se movió incómoda en la silla.

–Ahora que tu padre ha salido de prisión, ¿a qué se dedica si no trabaja?

–Él está convencido de que trabaja y supongo que, en cierto modo, lo hace. Dylan le dio un coche viejo para que lo arreglara. A lo mejor, cuando termine, consigue venderlo y Anya y él pueden alquilarse un apartamento con ese dinero. Eso es lo que todos esperamos.

India comió otro trozo de carne.

–Pero... ¿cómo va a mantener un apartamento si no consigue trabajo y ella no trabaja? ¿O es que ella tiene alguna clase de discapacidad o algún tipo de ingreso?

–¿Anya? –soltó una dura carcajada–. No tiene nada. Es una adicta. Y no creo que en California te paguen ningún subsidio por eso, aunque, si necesitara algo, encontraría la manera de conseguirlo. Siempre lo ha hecho.

–¿Pero tu padre la quiere?

—Digamos que está lo bastante desesperado como para aguantarla. Le compensa tener una mujer en la cama cada noche y siente que le debe cierta lealtad porque se casó con él cuando todavía estaba en la cárcel.

India había cortado la carne en pedacitos, pero, en vez de comérselos, se estaba dedicando a juguetear con ellos. Al ver que Rod iba a acabar la cena mucho antes que ella, se llevó el tenedor a la boca.

—Pero tu padre estuvo mucho tiempo... fuera de la circulación, ¿cómo se conocieron? ¿Le conocía de antes?

—No. Encontró la fotografía de mi padre en una web para buscar pareja entre presidiarios.

—¿Pero eso existe?

—Claro que sí. Se organizan como si fuera una especie de red de amigos por correspondencia, pero ya puedes imaginarte cómo funciona la cosa. Anya estuvo escribiendo a varios presos, les enviaba fotografías de ella desnuda y textos bastante explícitos –frunció el ceño–. Creo que eso ya dice mucho sobre ella. Estoy seguro de que aceptó casarse con mi padre y dejó a los otros porque mi padre iba a salir pronto de prisión y prometió hacerse cargo de ella, algo, por cierto, muy poco realista. Él pensaba que volvería a casa y se haría cargo del negocio que habíamos levantado, aunque cuando él se fue Amos Auto Body no valía prácticamente nada. Fue Dylan el que le dio la vuelta al taller.

—¿No le dejasteis volver?

—No. Llegamos a un acuerdo sobre lo que pensábamos que podía valer años atrás el negocio, aunque, sin nosotros, lo habría perdido, y se lo vamos pagando en mensualidades. Así tiene dinero para la gasolina y para comprar ropa, comida y ese tipo de cosas. Aun así, no tiene bastante para vivir y no le durará más de cinco años. Pero para entonces ya podrá cobrar la jubilación.

—¿Y por qué no dejáis que trabaje con vosotros? ¿Por qué no le pagáis un sueldo?

—Lo intentamos durante un corto periodo de tiempo. Pero creaba muy mal ambiente. No aceptaba órdenes y nosotros no estábamos dispuestos a dejarle dirigir el taller. Así que tuvimos que hacer algunos cambios. Si quieres que te sea sincero, ninguno de nosotros, excepto, quizá, Mack, quiere que esté allí.

India estaba demasiado llena como para seguir comiendo, así que dejó la servilleta al lado del plato.

—¿A quién se le ocurrió la idea de comprarle el taller a vuestro padre?

—A Dylan, por supuesto.

—Entiendo que admires tanto a tu hermano mayor. Parece todo un hombre de negocios.

Rod terminó de tragar el pedazo de carne que tenía en la boca.

—Es bueno en todo. No sé cómo lo ha conseguido. Porque, desde luego, no le pusimos las cosas fáciles.

—Pero supongo que todos vosotros habéis tenido que trabajar mucho durante todos estos años.

—O trabajábamos o nos separaban y nos llevaban a un hogar de acogida.

Para ser una simple conocida, Rod estaba compartiendo con ella información muy personal. Al principio, estaba tan sorprendida que no había pensado en ello, pero entonces se dio cuenta de que Rod no revelaría aquella información a cualquiera. Tenía la sensación de que era un hombre que no se entregaba a nada que no le resultara relevante, y eso significaba que tenía alguna razón para compartir con ella todo aquello. Y, una vez analizó lo que estaba ocurriendo, India creyó adivinarla.

—Entonces... sabes lo que es estar íntimamente relacionado con una persona que... ha matado a un hombre.

Rod removió las patatas con el tenedor.

–Sí.

Ella esperó a que la mirara a los ojos.

–Y sabes cómo murió Charlie, ¿verdad?

Rod asintió.

–Lo busqué en Internet.

Por supuesto. Había mucha información en la red. Charlie había sido un hombre importante para la comunidad, así que su asesinato había sido una noticia importante, sobre todo cuando la policía había comenzado a sospechar que ella podía tener algo que ver con su muerte.

El hecho de que una mujer matara a su marido por dinero generaba un titular más escabroso que un asesinato al azar.

–¿Por eso me has contado lo de tus padres?

–En parte. Aunque lo que le pasó a mi familia no es precisamente información reservada. Pregunta a cualquiera de por aquí y te lo contará. He pensado que a lo mejor te ayudaba a sentirte más cómoda el saber que no estás sola. Que a la gente le pasan cosas terribles, dolorosas y humillantes.

–Incluso aquí.

–Incluso aquí –repitió–. ¿Pensabas que las cosas serían diferentes en Whiskey Creek?

–Desde luego, lo parece. En cualquier caso, no pretendía mantener mi pasado en secreto –le explicó–. Es solo que... no me apetece arrastrarlo conmigo.

–Y lo comprendo. A la gente le encanta cotillear. De mi familia hablan desde que puedo recordar.

–¿Y no te importa?

–Ya no. Pero no siempre ha sido así. Durante años, mis hermanos y yo nos metíamos en toda clase de peleas, sobre todo por orgullo. Estábamos decididos a impedir que nadie nos humillara. Ahora me pregunto por qué nos tomábamos tantas molestias. ¿Qué más da lo que piensen los demás? Todas esas peleas fueron una pérdida de tiempo y energía. Así que, si lo que he aprendido puede ayudarte...

Ella se reclinó en la silla y le miró con atención. Cuando Rod se dio cuenta de que había dejado de comer, también lo hizo él.

—Gracias. Has sido muy amable al intentar acercarte a mí.

—A la gente buena también le ocurren cosas terribles. A lo mejor no es justo, pero la vida es así de azarosa.

A ella le habría gustado estar de acuerdo. Dios, ¡quería estar de acuerdo! Pero no podía permitir que Rod atribuyera lo ocurrido al azar, que no comprendiera el papel que había jugado en la muerte de Charlie. Ella se merecía la situación en la que se encontraba mucho más de lo que él se merecía la suya. Rod apenas era un niño cuando había ocurrido aquella tragedia; no había hecho nada para provocarla.

Sin embargo, ella...

—Leíste que el hombre que mató a Charlie era... un hombre con el que yo había salido, ¿verdad?

Rod no dejó de mirarla.

—Sí, lo leí.

—Y entonces también leerías que fui yo la que le permitió entrar en nuestras vidas. Fui yo la que le di nuestra dirección —se encogió, sintiéndose culpable.

No estaba del todo segura de por qué estaba presentándole las pruebas que a tantos habían convencido de su culpabilidad, sobre todo después de haber estado profesando su inocencia durante tanto tiempo delante de todos ellos. No quería que el pasado ensuciara su presente. Pero sentía que no estaría siendo sincera si ocultaba todos aquellos detalles.

—Sí —dijo.

—¿Y eso no te hace preguntarte si lo hice a propósito? ¿Si había planeado la muerte de mi marido?

—¿Lo hiciste? —le preguntó.

India pensaba que ya había llorado todo lo que podía llorar. Y lo último que le apetecía era derrumbarse en medio de una cita. Pero tenía un nudo en la garganta y le ardían los ojos.

—No, jamás se me ocurrió pensar que Sebastian podía hacer algo así. Estaba intentando ayudarle —rodó una lágrima por su mejilla y se la secó con brusquedad—. Me llamó contándome todo tipo de locuras, diciéndome que odiaba a su esposa. Que no podía seguir con ella y que no tenía ninguna razón para vivir. Yo le dije que tenía que dejar las drogas para poder pensar con claridad. Que entonces todo lo vería diferente. Y se mostró de acuerdo. Me prometió que reharía su vida, me dijo que su madre, una mujer extremadamente pobre, le dejaría quedarse con ella hasta que pudiera entrar en un buen programa de rehabilitación, pero que tenía que encontrar la manera de llegar hasta donde estaba ella. Por eso le di mi dirección. Quería prestarle dinero para que fuera en autobús a Los Ángeles y se sometiera a rehabilitación. No me pareció nada extraño, ¿sabes? Es evidente que debería haber sospechado algo, pero no lo hice. No se me pasó por la cabeza que pudiera ser peligroso y tampoco pensé que podía enviarle el dinero de otra manera. Vino a buscar el dinero. Pero, en vez de comprarse un billete, se lo gastó en cristal, volvió a mi casa en medio de la noche y... —se aclaró la garganta para evitar que le temblara la voz.

Rod intervino antes de que pudiera continuar.

—Y traicionó tu confianza —le dijo con suavidad.

—Sí —parpadeó con rapidez, intentando evitar las lágrimas—. En una ocasión robó una licorería y le condenaron a prisión, así que supongo que debería haber sabido que no podía confiar en él.

Rod alargó el brazo para tomarle la mano. No dijo nada. Se limitó a juguetear con sus dedos hasta que ella consiguió superar la emoción. Entonces la soltó.

—A toro pasado siempre es más fácil acertar. Ignora a todos aquellos que no te creen. Con el tiempo, superarás lo que pasó.

India asintió, un poco más animada.

—Siento sacar este tema, sobre todo cuando quedamos en que sería mejor olvidarlo, y todavía estoy avergonzada, pero... me alegro de que el viernes por la noche me rechazaras.

Rod detuvo el tenedor que estaba a punto de llevarse a la boca.

—Porque...

Ella agarró el vaso de agua.

—Porque te subestimé. Es mucho mejor tenerte como amigo que para una noche de aventura.

Rod pareció considerar sus palabras. Después, tras una breve pausa, se encogió de hombros.

—Supongo que, para empezar, está bien que seamos amigos.

—¿Para empezar?

—Pienso llegar a acostarme contigo con el tiempo —le advirtió.

Al ver que a sus labios no asomaba ni la sombra de una sonrisa, ella supo que hablaba en serio.

Capítulo 9

Cuanto más se relajaba India, más disfrutaba Rod estando con ella. Había imaginado que estaría tan agobiada por todo lo que estaba pasando que no sería capaz de olvidarlo durante el tiempo suficiente como para poder disfrutar. Pero, para cuando terminaron de cenar, parecía encantada con la distracción que Rod había llevado a su vida. Por lo menos, no volvió a mencionar a su marido. Habló de su futura tienda-taller y de lo que esperaba conseguir con ella, e incluso le enseñó fotografías de algunas de las piezas para pedirle opinión sobre cuáles pensaba que podían llegar a ser más populares.

Rod comprendió que tenía talento, algo que le produjo un alivio inmenso. Si no era buena, allí iba a tener menos oportunidades de éxito que una bola de nieve en el infierno. La situación era dura. Había muchos artesanos en el País del Oro, pero solo los mejores eran capaces de sacar adelante un negocio.

También le enseñó algunas fotografías de su hija. Cassia no había heredado la refinada belleza de su madre, pero, desde luego, era una niña guapa, con el pelo de un naranja intenso y la nariz cubierta de pecas.

India no hablaba mucho de sí misma. Parecía más interesada en la vida de Rod. Le hizo preguntas sobre su familia. Pero no fueron preguntas indiscretas. A Rod no le gustaba hablar de su madre, así que agradeció que no volviera a sacar el tema. Sobre todo quería saber cómo eran sus hermanos, le hizo enseñarle fotografías de Aaron y de Dylan, a los que todavía no había conocido, y también de Natasha.

—Es muy guapa —comentó mientras contemplaba la imagen de su hermanastra en el teléfono.

Habían salido de Jackson y habían ido a Whiskey Creek a tomar el postre, a la heladería. Rod quería que India comenzara a moverse por el pueblo para que le resultara más fácil adaptarse. Teniendo en cuenta la escasa oferta de empleo que había en el pueblo, era estupendo que no necesitara buscar trabajo. Pero, al trabajar por su cuenta, se pasaba el día aislada en su casa, encerrada con sus problemas. Y no creía que fuera bueno para ella. Había sido testigo de cómo había ido desapareciendo la preocupación de su rostro mientras hablaban, reían y disfrutaban de la comida. Por lo que a él concernía, India debería salir más a menudo.

—Natasha es muy guapa —reconoció—. Pero es... como mis hermanos y yo, supongo.

—¿A qué te refieres?

—Ha tenido un pasado difícil y, a veces, se nota.

—¿Lo dices por los tatuajes y los piercings?

—Lo digo por su conducta. A veces rechaza las cosas que de verdad necesita o envía al infierno a las personas a las que más quiere. Cosas así. Pero cualquiera estaría mal habiendo crecido junto a una mujer como Anya —pensó en el duro lenguaje de Natasha, que era peor que el de cualquiera de la familia—. Es una chica muy resentida. Y también muy dogmática. Piensa que no necesita a nadie ni nada.

—¿Qué quieres decir?

—En realidad es todo fachada. Está sola e intenta asegurarse de que nadie lo sepa. También está enfadada y eso la convierte en su peor enemiga. Lo comprendo porque yo también he pasado muchos años enfadado conmigo mismo. Si no eres capaz de admitir que quieres algo de verdad o que necesitas a alguien, puedes llegar a buscarte muchos problemas.

India se limpió la boca con una de las servilletitas de papel que les habían dado junto al helado.

—Me parece maravilloso cómo la habéis aceptado y cómo cuidáis de ella.

Rod pensó en su preocupación por Mack y en su miedo a que los sentimientos de Mack hacia Natasha no fueran tan fraternales como debieran, pero no dijo nada. Lo último que haría jamás sería dañar la imagen de uno de sus hermanos.

—Como ya te he dicho durante la cena, el próximo otoño irá a la universidad, a Utah, así que nosotros ya hemos terminado nuestro trabajo.

India se enderezó en su asiento.

—Me alegro de que os hayáis hecho responsables de ella. Seguro que le habéis cambiado la vida. Pero lo que acabas de decir suena como si la estuvieras echando de la familia.

—¡No, no, en absoluto! —respondió, restando importancia a lo que acababa de decir—. Cambiará la situación, eso es todo.

Esperaba que cambiara para mejor, que encontrara un novio y le permitiera olvidarse de sus preocupaciones. Natasha no había tenido ninguna relación estable en Whiskey Creek, rechazaba todo tipo de relación sentimental. Rod tenía miedo de que se hubiera enamorado de Mack, pero pensaba que le olvidaría en cuanto fuera a la universidad y se le presentaran nuevas posibilidades. Podría salir con chicos que no despertaran la animadversión que generaría el hecho de que Mack y ella comenzaran a salir juntos, sobre todo en un pueblo tan pequeño...

—Quieres decir que está madurando —intentó aclarar India.

Rod aprovechó la salida que le estaba ofreciendo, aunque, en realidad, pretendía decir mucho más que eso.

—Exacto.

Como ya se había terminado el helado e India estaba comiendo el suyo muy despacio, decidió ayudarla.

Ella se lo acercó, invitándole a tomar todo lo que le apeteciera.

—Tengo una pregunta que hacerte —le dijo Rod.

—¿Sobre qué?

—Sobre Sebastian.

India se encogió como si no soportara siquiera oír su nombre.

—Pensaba que ya habíamos terminado de hablar de él.

—Necesito saber un par de cosas.

—¿Como cuáles?

—No he encontrado ninguna noticia sobre cuándo será el próximo juicio.

—Porque no va a haber otro juicio —respondió ella—. Ayer mismo me lo dijeron. El fiscal del distrito teme que no vayamos a tener mejor suerte con un nuevo jurado. Ha decidido esperar a que la policía encuentre más pruebas.

No era una buena noticia, pero Rod ya se lo esperaba.

—¿Y tú cómo te sientes?

La preocupación volvió a apoderarse de su mirada, al igual que había ocurrido en el restaurante, cuando estaban hablando de su situación.

—¿Cómo crees que me siento? Le han soltado. Está fuera, solo Dios sabe dónde.

Rod tomó otra cucharada de su helado.

–¿Tienes miedo de que pueda venir a buscarte?

–Por supuesto. ¿Qué va a detenerle?

–Pero, aun así, te comportas como si nada hubiera cambiado.

–¿Y qué otra cosa puedo hacer? ¿Renunciar a mi vida? ¿Encerrarme en casa? ¿Volver a mudarme? –frunció el ceño–. A lo mejor debería mudarme. No puedo traer a Cassia a un lugar en el que quizá no esté a salvo. Pero, ahora mismo, intentar vender la casa y buscar otro lugar en el que establecerme no es algo que me apetezca mucho.

–Me sorprende que no hayas comentado nada sobre eso. Llevamos toda la noche hablando y no has dicho una sola palabra.

–Tú ya tienes bastante con tus problemas, no creo que necesites oírme hablar de los míos.

Pero alguien tenía que ayudarla. Tenía que proteger a su hija, no podía defenderse ella sola del hombre que había matado a su marido.

–¿La policía no puede hacer nada?

–Nadie puede hacer nada. Ese es el problema.

–¿Y qué puede pasar entonces?

–¿Que venga aquí? No tengo la menor idea de lo que se le puede estar pasando por la cabeza. No sé si se alegra de poder estar en la calle y piensa evitarse más problemas o si está furioso y dispuesto a aprovechar cualquier oportunidad para vengarse. Aquella noche le mentí. Tuve que hacerlo. Hice todo lo que pude para proteger a mi hija. Y después testifiqué contra él, así que es consciente de que le mentí. De lo único que puedo estar segura es de que ahora me odia.

–Supongo que no diste ninguna dirección cuando te fuiste de tu casa.

–Sí, tuve que hacerlo. Tenía que tener alguna dirección, pero de momento es solo un apartado de correos.

–¿Sebastian tiene contacto con alguien que pueda decirle dónde vives?

Porque en cuanto supiera el nombre del pueblo podría encontrarla sin el menor problema.

–En realidad, no. Pero puede preguntar. Cuando compré la casa, el juicio todavía no había terminado y yo estaba convencida de que estaría encerrado durante el resto de sus días. ¡Le vi disparar a mi marido! No me puedo creer que esté en la calle después de una cosa así. Así que no fui todo lo prudente que debería haber sido.

–Quieres decir que tus amigos saben dónde estás.

–Por lo menos aquellos que no me abandonaron antes de que decidiera mi destino. Lo sabe también la mujer que cuidaba a Cassia, un par de vecinos y quizá un puñado de gente a la que haya podido comentárselo sin ser siquiera consciente de ello.

Rod sintió miedo por ella.

–Ahora entiendo por qué te cuesta dormir.

–Ni siquiera dormía bien cuando sabía que estaba en la cárcel. Tenía pesadillas sobre... sobre lo que pasó. A veces me despierto empapada en un sudor frío, convencida de que está a los pies de mi cama, observándome. Mi sensación de seguridad está completamente pulverizada. Y saber que está fuera y que puede hacer lo que le apetezca, solo sirve para empeorar esa sensación.

Y aun así... ¿qué le había dicho cuando había ido a buscarla?

–¿Pero antes no me has dicho que anoche por fin fuiste capaz de dormir? Supongo que te pudo el cansancio o...

A los labios de India asomó una sonrisa de culpabilidad.

—¿Qué pasa? —presionó Rod al ver que no revelaba lo que estaba pensando.

—Ayer por la noche tuve un poco de ayuda.

—Así que tomaste un somnífero.

—No. Dormí en tu terraza.

Rod se irguió en su asiento.

—¿Que dormiste dónde?

India elevó los ojos al cielo.

—Ya lo sé. Es patético ir a escondidas a casa de tu vecino. Pero fue el lugar más seguro que se me ocurrió, y estaba desesperada por descansar.

—Deberías haber llamado a la puerta. Podríamos haber compartido la cama.

—¿Después de lo que había pasado el viernes por la noche? Bueno, no estaba en condiciones de llamar —dijo con una risa—. Además, no quiero meter a nadie más en esto. Ya hay una persona que ha muerto por el mero hecho de formar parte de mi vida.

—A veces, esos bravucones no dejan de atacar hasta que alguien les para los pies.

—Este bravucón es un asesino. No creo que te apetezca tener nada que ver con él.

Rod rebañó el cuenco del helado y lo apartó.

—¿Cuándo estabas saliendo con él también era así?

—No puedo decir que fuera un hombre perfecto, pero nunca fue particularmente violento.

La manera de formular la frase preocupó a Rod.

—¿Particularmente?

—Tuvimos alguna discusión —reconoció—, pero fueron cosas sin importancia. Nada que pudiera llevarme a creer que fuera capaz de matar.

—¿Y qué te llevó a salir con un tipo así? Con un Ángel del Infierno, por decirlo claro. Me cuesta imaginar a una chica como tú sintiéndose atraída por esa clase de hombre.

—Vaya, has hecho un verdadero trabajo de investigación.

—Tenía mucho interés.

Y continuaba teniéndolo, quizá incluso más. Había algo en India que le conmovía y le hacía desear protegerla.

—Lo tenías tú y lo tiene todo el mundo desde que Charlie murió. Ahora mismo me siento como si hubieran puesto mi pasado en un escaparate para que lo critique todo el mundo.

—Estaba buscando razones para creerte.

Ella sonrió.

—Eso me gusta. Y por eso te estoy contando todo esto, por eso estoy confiando en ti después de haberme negado a confiar en nadie. Pero no puedo explicarte por qué me gustaban los chicos malos. Era joven, imprudente, y ellos eran hombres... excitantes.

—Supongo que no pensabas que podían llegar a ser buenos maridos.

—En aquella época no estaba buscando marido. No pensaba en lo que podría ser mejor para mi vida.

—Estabas más interesada en disfrutar del sexo.

—Es posible —contestó con ironía—. Pero fue algo más que eso. Cualquier emoción era algo intenso. Vivir al límite puede llegar a ser muy adictivo.

Rod se reclinó en la silla.

—¿Me estás diciendo que la vida, o el sexo quizá, con Charlie no era tan excitante?

India pareció dolida, como si prefiriera no contestar a aquella pregunta. Aquella renuencia le indicó a Rod, más que ninguna otra cosa, que no había tenido nada que ver con el asesinato de Charlie. No era capaz de decir nada malo sobre su marido. Para poder matarle, o incluso para desear su muerte, tendría que haber sido capaz de cuestionarle.

—No, por supuesto que no. Era muy agradable, pero... diferente.

—¿Mejor? —la presionó.

Sabía que le estaba ocultando algo, ¿pero qué podía ser?

—Lo era en todo lo que de verdad importaba.

Parecía haberse puesto ligeramente a la defensiva, así que él decidió avanzar un poco más.

—Pero no en otros sentidos. ¿Es posible que en el sexo no fuerais tan compatibles como esperabas?

India alzó la barbilla con un actitud repentinamente desafiante.

—Le quería, así que eso no importa.

—A mí me importa —repuso Rod rotundo.

India le dirigió una mirada muy reveladora por su intensidad. Era obvio que sentí algo por él, aunque solo fuera la antigua atracción por hombres que sabía que no le convenían. Estuvo a punto de señalarlo, pero India desvió entonces la mirada y pareció sofocar lo que quiera que estuviera sintiendo, como si le pareciera desleal.

—Creo que lo que buscaba cuando era más joven era una pasión cegadora —dijo—. Pero con el tiempo me di cuenta de que ese tipo de relaciones no funcionan, excepto en los libros y en las películas. Lo que tuve con Charlie fue un matrimonio sólido, sobre todo comparado con las relaciones problemáticas e inestables que había tenido hasta entonces. Él me dio un amor estable, incondicional y en el que podía confiar plenamente, y fue un padre maravilloso.

Rod la había presionado demasiado. En vez de reconocer que, a pesar del amor por su marido, estaba sintiendo en aquel momento la chispa de la atracción, había conseguido que terminara cantando las alabanzas de Charlie. Para evitar que continuara atrincherándose tras una encendida defensa de su matrimonio, decidió replegar. Ya había averiguado lo que necesitaba saber. A pesar de lo magnífico que era en muchos sentidos, Charlie no había sido capaz de satisfacer a India por completo, por lo menos no de una forma íntima y profunda.

A lo mejor tampoco él era capaz de satisfacerla, pero, por lo menos, quería intentarlo. Y suponía que el hecho de que hubiera decidido continuar su relación a pesar de que tenía un exnovio homicida decía mucho sobre el nivel de atracción que sentía por ella.

–¿Qué incluían esas «pequeñas discusiones» con Sebastian?

India pareció relajarse. Era evidente que no sentía la misma necesidad de defender a Sebastian.

–Un empujón de vez en cuando. El que me levantara la mano... Pero, hasta aquella noche, nunca me había puesto la mano encima.

Rod sintió que se le tensaban los músculos.

–¿Te pegó?

–No tan fuerte como me habría gustado –musitó ella.

¿Cómo se suponía que tenía que interpretar eso?

India debió de advertir su confusión, porque le explicó:

–Si me hubiera dado una paliza de muerte, no tendría que haber peleado tanto para que nuestros amigos y la familia de Charlie creyeran que no estaba compinchada con él, y no habría terminado tan marginada.

–¿La familia de Charlie te ha dado la espalda?

–No del todo. Por lo menos todavía. Pero me temo que es lo que va a terminar pasando.

–¿Qué te hace pensar eso?

–Las cosas entre nosotros están… distintas, más tensas.

–Y si Sebastian hubiera estado a punto de matarte, todo el mundo sabría que eras tan víctima de lo ocurrido como lo fue Charlie. ¿Es eso?

–Exactamente. Y entonces…

–¿Y entonces?

La campanilla de la puerta tintineó cuando entró un grupo de turistas en la heladería. Tras alzar la mirada y fijarse en ellos, India bajó la voz.

–Entonces, a lo mejor también yo habría sido capaz de perdonarme por no haber hecho nada más. Si hubiera sido capaz de pedir ayuda, a lo mejor Charlie se habría salvado.

Habían vuelto de nuevo al principio, al sentimiento de culpa de India que era, probablemente, la razón por la que solo estaba dispuesta a recordar cosas buenas de su esposo.

–¿Y por qué no llamaste para pedir ayuda?

–Llegué a agarrar el teléfono, pero Sebastian me dijo que si no lo soltaba mataría a Cassia.

–¿Y pensaste que era capaz de hacerlo?

India se mordió el labio.

–¿Habría sido capaz de matar a una niña? No lo sé. Esa es la cuestión. La amenaza parecía real. Acababa de disparar a mi marido. Pero no puedo evitar pensar una y otra vez en todo lo que ocurrió aquella noche y preguntarme si podría haber hecho algo distinto. Y todo el mundo ha estado haciendo lo mismo, cuestionar todos mis movimientos.

–Tienes que dejar de hacerlo. No tuviste ninguna opción.

–Ojalá fuera tan fácil.

Rod también lo deseó. Las preguntas que se estaba haciendo India a sí misma eran terribles.

Preguntarse por cómo podrían haber sido las cosas siempre era duro, pero debía de ser terrible en una situación tan extrema como aquella.

—Actuaste de la forma que consideraste más segura. Eso es algo que tienes que aceptar.

Ella abrió la boca para contestar, pero no tuvo oportunidad. Alguien la llamó justo en ese momento.

—¡Rod!

Rod alzó la mirada y vio a Theresa Santiago, una chica con la que salía de vez en cuando. No tenían una relación seria y los dos eran conscientes de ello. Pero, como ella a veces se comportaba como si la tuvieran, no era una de las personas con las que le habría gustado encontrarse cuando había llevado a India a tomar un helado.

Solo encontrarse con Melody habría sido peor.

—Hola, Theresa.

Se levantó y recogió las servilletas que habían utilizado, indicando así que estaban a punto de marcharse.

—¿Qué estás haciendo aquí? —Theresa clavó los ojos en India.

—Disfrutar de la noche, ¿y tú?

Theresa no se molestó en volverse hacia él. Era obvio que se estaba preguntando quién era India. Y qué tipo de relación tenían.

—Lo mismo que tú —contestó, pero iba sola, lo que le hizo pensar a Rod que se había parado al ver su camioneta en la calle—. ¿Has recibido mi mensaje? —le preguntó.

—¿El de la barbacoa del sábado? Todavía no he podido mirar qué compromisos tengo. En cuanto lo haga te contestaré.

—Muy bien —señaló a India—. ¿Es... una nueva amiga? Creo que no nos conocemos.

La papelera estaba a solo unos pasos de distancia. Rod

se acercó a tirar las servilletas antes de volver de nuevo a la mesa.

—Es India Sommers, mi vecina.

—¿La mujer que ha comprado la casa de al lado?

—Sí, la misma —India le tendió la mano con una educada sonrisa—. Encantada de conocerte.

—¡Vaya! Pensaba que eras mayor —parecía descorazonada mientras se estrechaban la mano—. Y creo que me sentiría mejor si no fueras tan atractiva.

Rod no esperaba que Theresa expresara de forma tan explícita su interés en él. Hasta entonces, jamás había sido tan atrevida. Estuvo a punto de decir algo sobre que para él siempre sería una gran amiga. Sentía la necesidad de aclarar la naturaleza de su relación porque India parecía un poco confundida. Pero todavía estaba intentando encontrar una frase amable cuando India se le adelantó.

—Esto no es una competición —dijo—. Rod y yo acabamos de conocernos.

Theresa miró a Rod con atención, como si se estuviera fijando en las molestias que se había tomado para arreglarse. Él recordó entonces que se había negado a acompañarla a una boda porque habría tenido que ponerse traje y corbata.

—Bueno, si eres como yo, no tardarás en enamorarte de él —le dijo. Después, señaló a Rod con la cabeza—. Que te diviertas.

India permaneció en silencio hasta que Theresa salió.

—Por favor, dime que esa mujer no es tu novia.

—No es mi novia. Hemos salido unas cuantas veces, eso es todo.

—¿Y sabías que estaba enamorada de ti?

Rod se rascó el cuello.

—Estoy casi convencido de que cuando ha dicho eso estaba de broma.

India inclinó la cabeza y le miró como si le estuviera diciendo «de ningún modo».

–Pues yo estoy convencida de que no.

Bueno, en cualquier caso, había elegido el momento ideal para decírselo.

–Nunca le he prometido nada.

–Pero te has acostado con ella.

–Alguna que otra vez. Y no muy a menudo.

–¿Alguna vez has salido con alguna chica en serio?

–Varias –dijo, pero no quería hablar de su última relación.

Lo que Melody podía decir de él no le haría recomendable para ninguna mujer, pero asustaría de manera especial a una mujer como India, que había sido maltratada en el pasado.

–Vamos –señaló hacia la puerta con la cabeza–. Te llevaré a dar una vuelta en la moto de mi hermano, porque en este momento no está trabajando.

–No te resulta cómodo hablar de ese tema –aventuró ella, observándole de cerca.

–Como te he dicho, jamás le he prometido nada a Theresa.

Ella no dijo nada.

–¿Y qué me dices de lo de la moto? –preguntó Rod.

–Tendría que cambiarme de ropa.

–Por supuesto.

Ella no parecía muy convencida de que fuera una buena idea.

–Las motos son peligrosas, aunque el piloto sea muy bueno.

Rod le pasó el brazo izquierdo por los hombros mientras se dirigían hacia la camioneta.

–Nena, ¿con quién crees que estás hablando? –bromeó, esperando dejar tras ellos la tristeza de su última conversación y el embarazoso encuentro con Theresa.

Pensaba que ya era hora de que India olvidara sus problemas y se divirtiera un poco.

—¿Con quién estoy hablando? —preguntó ella, siguiéndole el juego.

—Con un hombre que lleva toda su vida montando en moto —respondió—. No tienes nada de lo que preocuparte. Yo me ocuparé de ti.

Capítulo 10

El azote del viento y el rugido del motor parecían bloquear cualquier otra sensación, excepto la de la espalda de Rod contra su pecho. Cuando habían comenzado el paseo, India estaba aterrorizada. Había estado a punto de insistir en que se detuviera y la bajara. La última vez que había montado en moto había tenido un accidente y la moto que Grady le había prestado a su hermano era la más grande y potente que había visto ella en toda su vida, por no hablar de que estaba confiando en un piloto que solo tenía una mano en condiciones. Sin embargo, a pesar de la escayola, era capaz de manejar la moto sin el menor esfuerzo. Y cuanto más montaba con él, más confiaba en su habilidad y más se entregaba a la emoción.

Incluso estaba empezando a preguntarse si por su miedo a resultar herida no habría terminado siendo demasiado prudente. ¿Habría renunciado a demasiadas cosas?

Quizá, porque nunca se había sentido tan liberada como mientras iba inclinándose en cada curva de aquella sinuosa carretera de montaña. Ya no se sentía como la esposa que había presenciado el asesinato de su marido. O la esposa sospechosa de haber cometido un acto terrible. O la madre temerosa de tener que enfrentarse a una batalla por la custodia de su hija.

Estaba, sencillamente, viviendo el momento, y no quería que aquel momento terminara. Rod era un hombre muy seguro de sí mismo. Deseó poder continuar abrazada a él toda la noche sin tener que identificar el por qué ni sentirse culpable por sentir tal deseo. Se sentía como si Rod estuviera devolviéndola de nuevo a la vida o, por lo menos, recordándole que la vida era algo que merecía la pena disfrutar, y aquello la hacía desear estar con él cada vez más.

Cuando llegaron a la cumbre, Rod se detuvo y apagó el motor.

—¿Has ido bien? —le preguntó mientras se quitaba el casco.

India bajó de la moto, se quitó el casco y sacudió la cabeza.

—Sí, ha sido divertido —dijo—. Toda una experiencia.

Él pareció ligeramente sorprendido por su entusiasmo.

—Pensaba que estabas aterrorizada.

—Solo al principio. Después me ha encantado —en gran parte, gracias a él, pero no lo confesó—. ¿Me enseñarás a montar en moto?

—Claro.

—¿Esta noche?

Rod se echó a reír.

—No, cuando tengamos acceso a una moto de tu tamaño. Esta ni siquiera podrías sostenerla en pie.

Era muy probable que tuviera razón, así que India no lo discutió.

—Algún día me compraré una moto —musitó.

Hasta entonces, tenía otras muchas cosas por las que preocuparse, pero era divertido soñar con un tiempo en el que se sentiría suficientemente a salvo y segura como para considerar una compra como aquella.

—Cuando creas que estás lista, te ayudaré a buscarla —le ofreció él.

A India le gustó que no la desanimara. Charlie, y Dios bendijera a su prudente corazón, le habría dicho que era una locura, le habría hablado de los peligros de tener una moto y habría intentado convencerla de otras opciones mucho mejores para invertir ese dinero.

Y habría tenido razón. Esa era precisamente la cuestión.

—Qué vista tan bonita —dijo India, contemplando las tonalidades rojizas y anaranjadas de la puesta de sol.

Rod la condujo hacia el borde de la montaña.

—Y todavía no has visto nada.

La vista que India descubrió a sus pies le robó la respiración.

Se subió a una piedra para poder estar tan alto como fuera posible.

—Ten cuidado —le advirtió Rod.

—Estoy harta de tener cuidado —replicó—. Estoy harta de estar preocupada. Cansada de intentar compensar todas las cosas que me han salido mal a lo largo de mi vida.

—Genial. El enfado es un paso adelante en el proceso de sanación. Esto te hará más fuerte.

—¿Este era nuestro destino? —preguntó ella, tras permitirse disfrutar durante varios minutos de aquello que Rod la había llevado a contemplar.

—Si quieres volver ya, sí. Si no, puedo enseñarte un lago muy bonito que descubrí hace meses. No está muy lejos.

—No quiero volver. Creo que no quiero volver nunca.

Sintió que Rod la estudiaba con detenimiento, pero no quiso mirarle. No iba a explicar aquella frase, y tampoco a disculparse por ella. Era evidente que no estaba hablando en serio. Jamás abandonaría a su hija. Pero aquella oportunidad de escapar a todos los malos recuerdos era un bienvenido indulto.

–Vamos –le propuso Rod.

Ella montó en la moto, con más entusiasmo en aquella ocasión, y deslizó los brazos por su cintura.

–¡Más rápido! –gritó en cuanto se pusieron en movimiento.

Rod no pudo oírla hasta que no se levantó la máscara del casco. Entonces, sonrió, asintió y obedeció.

El trayecto fue excitante. India no había sido tan feliz desde la muerte de Charlie. Cada vez que se le ocurría algo que su marido habría dicho o hecho, lo ignoraba y se concentraba estrictamente en la sólida envergadura de aquel hombre al que iba abrazada. Le gustaba tanto estar con Rod que le resultaba sorprendentemente fácil disfrutar de aquella intimidad, algo en lo que, una vez más, se negó a pensar.

Cuando llegaron a la señal que Rod había estado buscando, aparcaron y él la condujo hacia un camino de madera que llegaba hasta un lago. Estaba oscureciendo. Con el sol convertido en un brochazo dorado hacia el oeste y una luna gigante y fantasmal elevándose en el cielo del este, estaban siendo testigos del último aliento del día.

Parecía algo simbólico, como si India estuviera presenciando también el último aliento de su antigua vida antes de despedirse de ella para siempre.

–Qué sitio tan bonito –dijo, y se quitó los zapatos para meterse en el lago.

Rod permaneció en la orilla.

–¿No te vas a meter? –India se volvió para ver por qué no se había unido a ella.

–No, me basta con mirarte.

Ella dejó de caminar y le miró fijamente a los ojos.

–Eres guapísima –la alabó Rod–. Supongo que lo sabes.

–Dios mío, y tú eres...

–¿Qué?

–Toda una tentación.

Su sonrisa traviesa le dio a Rod un aspecto todavía más juvenil.

–Lo dices como si eso fuera un problema.

De pronto, el corazón de India comenzó a latir con tanta fuerza que ella apenas podía respirar.

–¡Y lo es!

–¿Por qué?

–Porque ahora el sexo entre nosotros ya no sería algo sin importancia. No podría serlo. No, ya no.

–Yo no he deseado en ningún momento que lo fuera. No, contigo no quiero algo así.

Ella se colocó el pelo detrás de las orejas.

–¿Y qué tengo yo de distinto?

–No lo sé. Algo. Así que, ¿qué problema tienes con que sea una relación más intensa?

India no estaba preparada para abrirse a aquel tipo de sentimientos. No le parecía justo por Charlie. E, incluso en el caso de que no estuviera luchando para intentar superar su muerte, la aterrorizaba lo que podía llegar a sentir por Rod y a dónde podrían conducirla aquellos sentimientos. No podía arriesgarse a cometer otro error. Ya no le quedaban fuerzas para reconstruir su vida si las cosas volvían a salir mal.

–En este momento no tiene sentido comenzar nada. Es probable que no pueda quedarme en Whiskey Creek.

–Puedes quedarte. No permitiré que ni Sebastian ni nadie te eche de aquí –declaró.

Y, por absurdo que pudiera parecer, ella le creyó.

—No puedes hacer nada. Está dispuesto a llegar muy lejos y, de todas formas, no pienso permitir que nadie más se involucre. No quiero que nadie más salga herido.

—No tienes que preocuparte por mí. Puedo cuidar de mí mismo —avanzó, se metió en el agua y le tomó las manos.

India se dijo a sí misma que debía apartarse. Y le habría resultado fácil hacerlo. Rod no le estaba limitando el movimiento, no la agarraba con fuerza.

Pero ella permanecía paralizada, esperando a que los labios de Rod rozaran los suyos.

Lo hicieron, pero durante un instante tan breve que cuando Rod alzó la cabeza, India sufrió una fuerte frustración sexual.

Rod sabía lo que estaba haciendo, comprendió ella. Sabía, exactamente, cómo minar su resolución.

—Pero si me deseas, vas a tener que darme una auténtica oportunidad.

Ella negó con la cabeza.

—No puedo. ¡Charlie era mi marido! ¡El padre de Cassia!

—El hombre del que me has hablado no querría que estuvieras sola, India. Si quieres volver a ser feliz, tienes que dejar atrás el pasado. Tienes que hacerlo.

India cerró los ojos.

—Es más fácil decirlo que hacerlo.

—Lo sé. Pero él querría que vivieras tu vida. No dejes que el pasado te arruine el futuro.

India quería ignorar la prudencia. Responder tal y como le dictaba su cuerpo y olvidar todo lo demás. Pero estaba en juego su hija. ¿Qué pasaría si los Sommers se enteraban de que estaba saliendo con otro hombre? Jamás creerían que había estado enamorada de Charlie. Que no había tenido nada que ver con su muerte.

Quizá, incluso, la estuviera vigilando la policía. Era posible que el detective Flores hubiera creído al abogado defensor de Sebastian y estuviera buscando pruebas contra ella. Quizá fuera esa la razón por la que habían liberado a Sebastian.

En cualquier caso, comenzar a salir con alguien en aquel momento, sobre todo con un hombre como Rod, no daría muy buena imagen de ella.

–No puedo ofrecerte nada más que una aventura ocasional. Aquí, ahora. Y nadie puede enterarse.

–No me basta –replicó él–. Deja de poner condiciones. Deja de reprimirte. Tenemos que meternos en esto con un mínimo de esperanza de que pueda convertirse en algo más o no llegaremos a nada en absoluto.

Ella estuvo a punto de rodearle el cuello con los brazos y acercar la boca a sus labios. Necesitaba sentirle contra ella, quería que la ayudara a olvidar todos sus miedos. Pero no podía comenzar una relación nueva o no sería capaz de respetarse a sí misma y, menos aún, de pedir ningún respeto a la familia de Charlie o al detective Flores.

–Entonces no tengo alternativa.

Rod retrocedió.

–Ya veremos.

Aquella no era la respuesta que India esperaba.

–¿Perdón?

–Como a partir de ahora vas a dormir en mi cama, puedes avisarme cuando estés preparada.

India le miró boquiabierta.

–¿Quién ha dicho que voy a dormir en tu cama?

–Yo. No puedes quedarte en tu casa. No es seguro. Y no quiero ni oír hablar de que vayas a volver a dormir en mi terraza. De modo que vas a dormir en mi cama –la recorrió de los pies a la cabeza con la mirada–, que es donde quieres estar.

Mack sintió que los músculos se le tensaban bajo las sábanas. Oía a Natasha merodeando por la habitación en la que tenían la televisión y tenía miedo de que llamara a la puerta de su dormitorio. Lo hacía a veces. E incluso llegaba a sentarse en su cama. Y no le haría ninguna gracia, teniendo en cuenta el esfuerzo que había hecho para ignorarla cuando habían estado viendo una película unos minutos antes. Cuanto más crecía Natasha, más difícil le resultaba… La veía cada vez que cerraba los ojos. ¿Cuántas veces había soñado que por fin la tenía desnuda bajo él?

Demasiadas. Debía de estar enfermo para que Natasha le gustara.

Era un pervertido, un hijo de perra, decidió. Y se avergonzaba de sí mismo. Podía imaginar lo que pensarían sus hermanos. Rod ya había sacado el tema, así que era evidente que se notaba.

A lo mejor debería admitirlo y pedir ayuda. Pero no sabía qué podían hacer por él. Había hecho hasta lo imposible para matar aquel sentimiento, había estado intentando controlar sus emociones desde el principio. Pero nada parecía funcionar. La había querido en su cama prácticamente desde el día que la había conocido.

Jamás olvidaría el momento en el que había entrado en aquel restaurante con esa madre tan extraña, tan avergonzada y enfadada por la conducta de Anya que no era capaz de mirar a nadie. Mack la había compadecido. Y también había sentido ganas de protegerla. Pero, que el cielo le ayudara, jamás como un hermano. Había estado luchando desde el primer momento para mantener su relación dentro de los límites que se consideraban apropiados.

Incluso en el caso de que su padre no se hubiera casado con Anya, Natasha era demasiado joven para él, se dijo a sí mismo. Nueve años eran muchos. ¡Ella solo tenía diecinueve!

Pero nada parecía cambiar lo que sentía. La ignoraba. La evitaba. Había intentado distraerse con otras chicas. Había salido, y se había acostado, con prácticamente todas las mujeres disponibles de Whiskey Creek. Había estado a punto de convertirse en una suerte de donjuán para matar el deseo que Natasha despertaba en él.

Pero todo había sido en vano.

Y últimamente Natasha se lo estaba poniendo mucho más difícil. Pasaba con él todo el tiempo que podía. Se presentaba ante él en bikini para proponerle ir a darse un baño al río. Se sentaba a su lado en el sofá, o en la mesa de la cocina, cada vez que él era tan estúpido como para sentarse en un lugar en el que había un sitio vacío a su lado. Le cocinaba. Y si salía a comer, le llevaba a casa las sobras si pensaba que le podían gustar.

En una ocasión, cuando estaban refrescándose en el río, había intentado besarle. Él la había apartado y le había dicho que no volviera a tocarle jamás, pero el rechazo que había provocado con aquella reacción casi le había hecho sentirse peor que si le hubiera dejado besarle. Natasha ya vivía siempre a la defensiva, ya era suficientemente reacia a confiar en nadie. Y él la estaba tratando de una manera que no podía estar ayudándola a sentirse querida. ¿Pero qué podía hacer?

—Mierda —musitó para sí.

Estaba deseando que se fuera a la universidad. Seguramente entonces podría olvidarla, por lo menos en ese sentido, puesto que ya no viviría ni trabajaría con él.

Dio media vuelta en la cama y agarró el teléfono para comprobar la fecha. En dos meses estaría fuera. No era mucho tiempo. Pero cada día le parecía más difícil que el anterior.

Por un instante, valoró la posibilidad de levantarse y acercarse al Sexy Sadie's. Necesitaba desahogarse con una mujer si no quería continuar tumbado indefinidamente en la cama, duro como una piedra, pensando en Natasha.

Estaba a punto de levantarse cuando la puerta se abrió.

–¿Mack?

Oh, Dios. Allí estaba. Mack sabía que llevaba inquieta toda la noche, que tenía algo en la cabeza. Había estado acercándose a él mientras veían una película de acción que él había elegido hasta que él se había levantado con la excusa de que necesitaba una cerveza. Al volver, se había sentado en el otro extremo de la habitación.

–¿Mack? –volvió a decirle ella, puesto que no había contestado.

Mack estuvo a punto de mandarla al infierno con un gruñido. ¿Acaso no se daba cuenta de lo que le estaba haciendo? ¿De que le tenía agobiado todo el maldito tiempo? ¿De que le estaba arruinando la vida?

–¿Qué pasa? –preguntó, haciendo un esfuerzo para controlar la voz y evitar que pensara que le ocurría algo.

–¿Podemos hablar?

Mack vaciló. La respuesta más sensata sería un no. Pero Natasha había conseguido excitar su curiosidad, además de otras cosas.

–Claro –le dijo, y se sentó en la cama para poder ocultarse.

Llevaba solo unos bóxers. Natasha le había visto salir o entrar en el baño en ropa interior en muchas ocasiones. Pero todo había cambiado.

Su forma de mirarle últimamente era…

–¿Qué pasa?

Natasha entró en el dormitorio y cerró la puerta tras ella. La oscuridad le impedía ver cómo iba vestida, pero cuando se acercó a la cama, Mack reconoció una de sus camisetas viejas. Sabía que solía dormir con ellas. Natasha tenía la costumbre de quedarse con algunas camisetas de la colada, pero, hasta entonces, no se había fijado en que siempre eran suyas.

–¿Te pasa algo? –no pudo evitar preguntarse qué llevaría debajo de la camiseta.

Deseaba que fueran unas bragas casi tanto como deseaba todo lo contrario.

–Solo nos quedan dos meses –dijo ella.

¿Nos?

–¿Hasta que te vayas?

–Sí.

Mack se aclaró la garganta.

–¿Estás emocionada?

–No, ¿por qué iba a estarlo?

–Porque la universidad es... la universidad. Se supone que es lo más. Y tú eres la primera persona de la familia que tiene oportunidad de ir.

Natasha jugueteó con el borde de la sábana.

–Me da igual. Tú no estarás allí, y eso es lo único que me importa en este momento, así que no será nada divertido.

Mack sintió que el corazón comenzaba a latirle contra las costillas.

–A lo mejor, al principio te resulta difícil estar fuera de casa, pero te acostumbrarás.

–¿No has oído lo que te he dicho? –le espetó–. No me importa tener que irme de casa. Lo que me importa es tener que dejarte. Tú eres lo único que quiero y lo que siempre he querido.

¿Qué podía responder a eso?

—Natasha, basta. No compliques las cosas entre nosotros. Nuestros padres están casados.

—¿Y qué? Los dos éramos adultos cuando se casaron. Cuando nos conocimos hace dos años y medio éramos dos completos extraños.

—Yo era adulto. Tú tenías dieciséis años.

Aquel era el otro problema. Natasha acababa de cumplir diecinueve, pero la diferencia de edad no se había acortado.

—Casi diecisiete. Sé lo que siento. Y sé a quién quiero. No me trates como si fuera una niña. Nunca lo has hecho.

—Mira, esto solo es un capricho —le dijo—. Ya conocerás a alguien cuando vayas a la universidad.

Durante largo rato, ella permaneció en silencio con la cabeza inclinada y la mirada fija en la alfombra.

—Así que no me quieres.

Aquellas palabras fueron como un puñetazo en las entrañas.

—Natasha, esto no es una cuestión de quererse o no quererse. Es...

—¿Cuál es el problema? ¿Que llevemos dos años viviendo juntos por culpa de dos padres disfuncionales que, casualmente, se conocieron a través de una web y terminaron casándose? ¿Por qué iba a tener que separarnos eso? No somos más parientes de lo que éramos entonces. No puede decirse que tu padre me haya criado. O que mi madre te haya criado a ti.

—Confía en mí, tanto si queremos como si no, importa. Además, eres demasiado joven para mí.

—¿A los diecinueve años?

—¡Los diecinueve están muy cerca de los dieciocho! Seguro que encontrarás a otro.

Natasha se levantó.

—Eso no es cierto. Nunca ha habido otro.

—Pero podría haberlo. He visto cómo te miran algunos hombres. Ha habido muchos que han mostrado interés en ti.

—Pero a mí no me interesan ellos.

A Mack se le encogió el corazón, haciendo que le resultara difícil respirar.

—Bien, espera a que te enamores. El sexo es mucho mejor cuando hay amor de por medio.

—¡Basta! –gritó Natasha–. ¡Déjalo ya! No soporto que no entiendas lo que estoy diciendo.

Mack no dijo nada. Natasha podía tener diecinueve años, pero era la mujer de diecinueve años más madura con la que se había encontrado nunca. Con una madre como Anya, había visto de todo a lo largo de su vida, jamás podría ser considerada una ingenua.

—Tanto si te gusta como si no, estoy enamorada de ti –susurró ella con dureza–. Daría cualquier cosa por estar contigo.

Ya estaba. Ya lo había dicho. Había verbalizado lo que ambos habían estado intentando ignorar durante meses y meses. Y una vez expresado, ¿cómo iba a poder evitarla durante las ocho semanas que le quedaban? ¿Cómo iba a evitar darle lo que ella quería, lo que los dos querían?

—Eres demasiado joven para saber siquiera lo que es el amor.

Sabía que aquello daría lugar a una discusión. Natasha jamás soportaría aquella ridícula condescendencia. Ya le había llamado la atención por aquella actitud. Pero él también sabía que si Natasha no se iba en aquel momento, terminaría metiéndola en su cama y demostrándole que compartía con ella sus sentimientos.

Natasha dio un paso hacia él.

—¿Puedes decirme sinceramente que me ves como a una hermana?

—Claro que sí —mintió.

Porque lo de menos era cómo la veía. Vivían en un pueblo pequeño. No podía avergonzar a sus hermanos saliendo con una chica que había sido su hermanastra. Después de lo que su madre había hecho, y también su padre, ya habían sufrido demasiado. Por fin habían conseguido ganarse algo de respeto en aquella comunidad y él no iba a socavar aquella conquista.

Natasha alargó la mano y encendió la lámpara. Después, se quitó la camiseta y la tiró al suelo.

—Dímelo ahora —le retó, plantándose ante él con solo unas bragas de encaje—. Dime que no quieres ver esto, que no quieres tocarlo.

No podía. Se ordenó desviar la mirada, mirar a cualquier cosa que no fuera lo que acababa de revelarle. Pero fue imposible. Pasaron varios segundos antes de que pudiera sofocar el deseo que le dominaba y amenazaba con atragantarle.

—Ponte la camiseta —le ordenó en cuanto recuperó la voz.

Dios, ¿cuándo se había puesto piercings en los pezones? ¿Y quién demonios se los habría hecho? ¡Era demasiado joven para hacer algo así! Pero siempre había sido una mujer rebelde y, en parte, era aquella dureza lo que le atraía de ella. Quería protegerla, hacerla sentirse completa. Pero no podía ceder a aquel deseo. Aquel no era su papel. Con el tiempo, aparecería algún hombre capaz de verla tal y como él la veía. Y esperaba con todas sus fuerzas ser capaz de tolerarlo cuando eso ocurriera.

La vio tragar saliva y supo, por la forma en la que alzaba la barbilla, que estaba al borde de las lágrimas.

—¿Eso es todo lo que tienes que decir? —le preguntó.

¿Qué otra cosa podía decir? ¿Que era perfecta? ¿Que era tan hermosa como había imaginado? ¿Que estaba en un tris de meterla en su cama?

Se levantó para recoger la camiseta y poder tendérsela. Tenía que taparla antes de que se le ocurriera hacer todo lo contrario y terminara quitándole la diminuta prenda de tela que le quedaba. ¿Sabría aquella mujer lo que acababa de hacer? ¿Lo mucho que le iba a costar dormir con aquella imagen grabada en su mente?

Jamás olvidaría la imagen de Natasha frente a él, prácticamente desnuda y desafiándole con la mirada, como si en el fondo supiera que jamás confesaría lo que sentía.

–Muy bien, si tú no me deseas, encontraré a otro que lo haga –replicó, agarró la camiseta y salió furiosa de la habitación.

Mack sintió náuseas. Rechazarla le había dolido mucho más a él que a ella. O, por lo menos, eso esperaba, porque no soportaba hacerla sufrir.

Estuvo a punto de salir tras ella, pero se detuvo. Aquello solo serviría para empeorar las cosas. Pero deseó haberlo hecho cuando, cinco minutos después, oyó el sonido del motor y el chirrido de unos frenos. Era Natasha arrancando el coche en el camino de la casa.

Capítulo 11

Rod dejó a India en su casa y le dijo que fuera a buscar lo que necesitara y subiera a su habitación por la terraza, puesto que ella no quería que sus hermanos supieran que iba a dormir con él. Dudaba que pudieran mantenerlo en secreto durante mucho tiempo, pero no le importaba darle algunas noches hasta que se acostumbrara.

Él entró por la puerta principal para dar las buenas noches a cualquiera que estuviera despierto. Pero no pudo subir directamente a su habitación porque encontró a Mack sentado en la mesa de la cocina, iluminado por la luz de la entrada y tomando una cerveza. Era evidente que su hermano se había levantado de la cama. Solo llevaba puestos unos bóxers, una razón más para alegrarse de haberle dicho a India que podía subir por la terraza. Pero lo que le preocupó no fue encontrarse a Mack casi desnudo, sino el que estuviera tan agobiado.

–¿Qué te pasa? –le preguntó.

Ni siquiera estaba puesta la televisión en el cuarto de estar. ¿Qué hacía su hermano allí sentado, en medio de la oscuridad?

–Nada.

Algo pasaba. Estudió a Mack buscando alguna pista, pero no la encontró. Tenía el pelo revuelto, como si se hubiera estado mesando los cabellos, y parecía de mal humor, algo impropio de él. ¿Pero por qué?

Como no le dio ninguna explicación, Rod se acercó a la nevera para sacar una cerveza.

–¿No quieres hablar sobre ello?

Mack le dio un sorbo a su cerveza.

–No hay nada que hablar.

–Estás mosqueado.

O, a lo mejor, le habían herido los sentimientos, pero Rod no iba a sugerirlo siquiera. Era la opción menos atractiva para alguien como Mack, para cualquiera de los hermanos, en realidad, tuvo que admitir.

–No, es que no podía dormir.

Rod se sentó enfrente de su hermano.

–Creo que te conozco demasiado como para tragarme una cosa así.

Mack se encogió de hombros.

–Supongo que hace demasiado calor.

¿Calor? Estaba puesto el aire acondicionado. A Rod le parecía incluso que hacía un poco de frío en la casa. Pero no le contradijo. Se abrió su propia cerveza.

–¿Grady todavía está fuera?

–No, volvió hace un par de horas. Está en la cama.

Rod se detuvo antes de llevarse la cerveza a los labios.

–Su camioneta no está en la entrada.

–Se la ha llevado Natasha.

–¿Cuándo?

–Hace unos diez minutos.

–¿Se la ha dejado Grady?

–Lo dudo.

Rod dio un sorbo a su cerveza.

–¿Entonces a dónde ha ido?

—No tengo ni idea.

Aquello sí que era una sorpresa. Normalmente, Mack siempre sabía dónde estaba Natasha. Aquella era una de las cosas que incomodaban a Rod. Su hermano pequeño siempre estaba pendiente de ella, como la otra noche en el Sexy Sadie's. Había sido Mack el que se había dado cuenta de que Liam estaba molestándola. Y en cuanto Natasha decidía irse de algún sitio él no aguantaba mucho más. Era casi como si se aburriera cuando no la tenía cerca.

Rod comprobó la hora en su teléfono.

—Son más de las doce.

—Ya lo sé.

Así que aquel era el problema: Mack estaba preocupado por Natasha. A lo mejor hasta habían discutido.

—No creo que vaya a meterse en ningún lío.

Mack giró la botella con la mirada fija en ella.

—Quién sabe…

—Bueno, no tiene edad para entrar en el bar. Solo permiten entrar a menores de veintiún años los viernes, cuando van algunos grupos a tocar, así que no puede estar en el Sexy Sadie's.

—Si saben que no va a haber problemas, también dejan entrar a menores que estén buenas.

—Pero tendrían que ser de fuera del pueblo. Aquí todo el mundo sabe los años que tiene Natasha. Así que, ¿adónde puede haber ido? ¿A casa de alguna amiga?

—No sé si te has dado cuenta de que no tiene muchas amigas —respondió con un punto de sarcasmo—. Por lo menos ninguna muy íntima. Nunca ha llegado a encajar con ese grupito de adolescentes alocadas con el que ha salido un par de veces, ni con nadie del instituto. Casi siempre sale con nosotros.

Rod lo había notado. Y también creía saber por qué.

—Si acaba de salir, todavía es pronto para dejarse llevar por el pánico. A lo mejor no tarda en volver.

Mack comenzó a arrancar la etiqueta de la cerveza.

—No creo que vuelva pronto.

—Entonces... ¿qué quieres que haga? —Rod sabía que estaba pensando en algo.

—¿Podrías salir a dar una vuelta para ver si encuentras la camioneta de Grady?

Por muy preocupado que estuviera por su hermano, Rod pensó inmediatamente en India y en el hecho de que pronto estaría en su cama.

—¿Y por qué no vas tú?

Cuando alzó la mirada, Rod comprendió que Mack estaba deseando ir a buscarla y se estaba conteniendo por miedo a lo que pudiera pasar si la encontraba.

—¿Debería preguntarte si ha pasado algo entre vosotros?

—No, lo único que puedo decirte es que no la he tocado. Te lo juro.

—De acuerdo —no presionó en busca de una explicación.

—¿Irás a buscarla?

India solo había ido allí a dormir. Rod suponía que podía hacerlo sin él. De hecho, había muchas probabilidades de que prefiriera cierta intimidad. Estar sola en su habitación le permitiría dormir tranquila sin necesidad de recelar de él.

—Claro. Veremos lo que podemos averiguar.

—Mándame un mensaje cuando sepas algo —pidió Mack alzando la mirada cuando Rod se levantó—. Pero no le digas que he sido yo el que... el que quería saber dónde estaba.

Rod dejó la cerveza en la mesa y le apretó el hombro a su hermano. Tal como había imaginado, el pobre tipo estaba tan destrozado emocionalmente que no podía confesar siquiera lo que le pasaba.

–De acuerdo. Termínate esto por mí, ¿vale? –Rod señaló lo que le quedaba de cerveza.

–Sí –Mack inclinó su propia botella–. Pienso beberme todo lo que haya en casa.

Rod se detuvo un segundo. Estuvo a punto de decirle que el tiempo y la distancia le ayudarían. Jamás había conocido a una mujer a la que no se pudiera olvidar. Pero no estaba seguro de haber estado nunca enamorado. Y esperaba que no fuera el amor lo que estaba combatiendo Mack en aquel momento.

Fuera como fuera, no le haría ningún favor expresándolo con palabras. Así que salió a buscar su camioneta. Después, le escribió un mensaje a India para decirle que tenía que salir a hacer un recado que le llevaría cerca de una hora.

India recibió el mensaje de Rod cuando estaba sentada en el borde de su cama. Aunque ya había guardado un par de pijamas y algunos artículos de aseo, se estaba resistiendo a la tentación. Se sentía demasiado vulnerable en su propia casa y la seguridad de la de Rod la atraía. Y también otros aspectos de aquella cercanía. Y era eso lo que la detenía.

No podía fijarse en un hombre como Rod, no podía apoyarse en él sin que aquello abriera la puerta a otros problemas en su vida. No sería justo. Rod no tenía por qué responsabilizarse de ella.

Después recibió un mensaje de Rod en el que le decía que ni siquiera estaría allí cuando ella fuera y aquello tomó la decisión por ella. Rod llegaría a casa más tarde, por supuesto, pero, siempre y cuando la encontrara dormida, eso no importaba. Podría disfrutar de una noche en la que descansar relajadamente, una noche durante la que no tendría que estar pendiente de que alguien pudiera entrar. Luego ya decidiría si quería volver a la cama de Rod la noche siguiente, o la de después.

No te preocupes, tecleó, y le envió un mensaje.

Un tintineo la alertó de su respuesta.

Pero irás a mi casa, ¿verdad? No quiero que te quedes sola ni una noche más.

Rod era uno de aquellos hombres que se sentían cómodos asumiendo cualquier tipo de carga. Y a India no le importaba. Le gustaba la rapidez con la que se había lanzado a ayudarla. Aquello, además de la confianza que tenía Rod en sí mismo tras haberse demostrado de lo que era capaz durante todos aquellos años, era parte de lo que la atraía de él. A lo mejor no tenía una gran formación ni podía hacer una contribución como la que Charlie había dejado al mundo, pero, aparte del que había recibido de Dylan, apenas había contado con apoyo alguno en su vida. Rod era un hombre que se había hecho a sí mismo, un chico de la calle que no tenía miedo de nada porque se había abierto paso enfrentándose a todo. India imaginaba que había cosas peores que caer bajo la protección de un hombre como él.

Se colgó el bolso al hombro y se levantó.

Voy para allí.

Genial. Intenta dormir. No tardaré.

India oyó el motor de la camioneta y deseó preguntarle a dónde iba, pero si Rod hubiera querido que lo supiera, lo habría mencionado.

Esperaba que no hubiera ido a comprar preservativos.

Intentando ignorar aquella posibilidad, revisó todas las puertas y ventanas con intención de asegurarse de que estuvieran bien cerradas. Después, salió por la puerta de atrás y cruzó el jardín.

Natasha permanecía apoyada en el muro de ladrillo del gimnasio del instituto con las rodillas encogidas contra el pecho mientras fijaba la mirada en la hierba que había entre los dos edificios. Ya no estudiaba allí y, de hecho, no había encajado nunca en el instituto, de modo que a ella misma le resultaba irónico que aquel fuera el único refugio que se le había ocurrido. ¿Pero adónde ir sino? No tenía edad para entrar en el Sexy Sadie's y el resto de bares de Whiskey Creek no abría hasta tan tarde. Tampoco podía decir que tuviera amigas a las que acudir. Ni amigos. Además, los chicos que había conocido en el instituto nunca le habían parecido atractivos.

¿Cómo iban a parecérselo? Eran demasiado jóvenes e inmaduros comparados con Mack.

Arrancó algunas briznas de hierba. Había conseguido una gran nota en su último año de instituto, algo con lo que jamás había soñado. A lo mejor aquella era la razón por la que había ido allí aquella noche. Para rendir tributo a lo conseguido. Para recordar que había alcanzado un pequeño éxito sobre el que comenzar a construir su vida. Y, como resultado, iba a poder ir a la universidad. Había ganado una beca, además de una subvención estatal. La verdad era que jamás se le había ocurrido pensar que iría a la universidad, no después de todo lo que había sufrido en el pasado.

Pero el pensar en lo bien que le había ido en el instituto la condujo a pensar en los hermanos Amos. Sin ellos y sin la estabilidad que habían aportado a su vida no lo habría conseguido. Habían aparecido en su vida y le habían proporcionado un frente unido que la había protegido de todo cuanto su madre utilizaba para someterla. Natasha había sabido, casi desde el primer momento, que, aunque su madre se divorciara del padre de los Amos, ella tendría un hogar en el que vivir hasta que se graduara.

Y lo agradecía. Les quería a todos como si fueran sus verdaderos hermanos, excepto a Mack. Su forma de quererle era distinta. Jamás en su vida había sentido algo tan intenso.

Pero casi todas las mujeres querían a Mack. Mientras ella esperaba la mayoría de edad, él había estado divirtiéndose con una mujer tras otra. No había sido fácil ser testigo de ello. Le bastaba mirarle para desear tocarle, y no como él la había acariciado siempre, con platónicos y delicados abrazos en las únicas ocasiones en las que se había permitido abrazarla. Sabía que Mack sentía mucho más de lo que nunca admitiría. Le veía tensarse cada vez que se acercaba demasiado a él, veía cómo la recorría con la mirada cuando creía que no le estaba mirando, incluso cuando estaba con otra mujer. Era entonces cuando la trataba con más cariño, como si la otra mujer le proporcionara una defensa contra sus propios sentimientos.

Era una pena que nada de aquello importara. La habían etiquetado como hermanastra de Mack por culpa del pedazo de papel que había unido a su madre y a su padre en matrimonio menos de tres años atrás, y allí iba a acabar todo. Mack pensaba que tenía que dejarla en paz. Le daría demasiada vergüenza hacer cualquier otra cosa.

Vio unos faros en el aparcamiento. Natasha escrutó la oscuridad. Una parte de ella esperaba que fuera Mack, deseaba que hubiera ido a buscarla.

Pero no era él. Reconoció la camioneta azul de Rod mientras este aparcaba. Seguramente había visto la camioneta de Grady en el aparcamiento.

Con un suspiro, se levantó y se sacudió el trasero, que tenía húmedo por culpa del rocío. Solo llevaba encima la camiseta de Mack y las bragas. Había salido de casa a toda velocidad, sin pensar en nada, salvo en escapar, y ni siquiera le había pedido a Grady la camioneta. Pero siempre y cuando no tuviera un accidente, no creía que le importara. Y la camiseta era lo bastante grande como para taparla hasta medio muslo, así que iba igual de cubierta que si llevara una falda.

–Estoy aquí –dijo cuando Rod bajó y comenzó a llamarla.

Rod se detuvo sobre el asfalto y apoyó la mano en la cadera mientras esperaba a que saliera Natasha de entre las sombras.

–¿Estás bien? –le preguntó, mirándola con atención desde el momento en el que Natasha apareció bajo la luz de la luna y pudo verla con claridad.

–Sí, estoy bien –mintió ella.

–¿Y qué estás haciendo aquí? –señaló el instituto con la escayola.

–Solo estaba pensando.

–¿En…?

–Estoy pensando en dejar Whiskey Creek antes de lo que pensaba –le explicó–. Si me voy antes a Utah, será más fácil encontrar trabajo. Me adelantaré a los estudiantes que lleguen para el semestre de otoño. Y también será más fácil encontrar alojamiento.

Al ver que Rod no respondía argumentando que ya tenía trabajo en Whiskey Creek, comprendió que estaba al tanto de lo que pasaba. Se preguntó qué le habría dicho Mack. Estaba segura de que le había contado algo. En caso contrario, Rod se habría metido en la cama sin pensar ni una sola vez dónde podía estar la camioneta de Grady. Los hermanos entraban y salían de casa sin que ninguno se preocupara de adónde iba el otro e intentaban ignorar las andanzas de J.T. y Anya.

—Quizá sea lo mejor —se mostró de acuerdo.

Al oírle, Natasha se sintió como si acabara de clavarle un tenedor en el corazón. Tragó con fuerza y parpadeó rápidamente, pero no fue capaz de dominar las lágrimas que anegaron sus ojos.

Pensó que Rod las ignoraría. Y quería que lo hiciera. Deseó poder ser tan estoica como los hermanos Amos, siempre duros y fuertes. Nadie se atrevía a meterse con ellos. Eran capaces de cuidar de sí mismos en cualquier situación. Además, no eran muy partidarios de las exhibiciones sentimentales y esa era, en parte, la razón por la que ella nunca había dejado que la vieran llorar.

En aquel sentido, Rod no era distinto a sus hermanos, pero no ignoró sus lágrimas. Tiró de ella y le dio un beso en la frente.

—Jamás me he sentido peor —admitió Natasha mientras él la abrazaba.

Rod no le pidió ninguna explicación.

—Todo se pasará —se limitó a decir.

Después, la soltó para que pudiera volver a casa.

Rod solo necesitó unos minutos para darse cuenta de que había subestimado su capacidad para compartir la cama con India. Había estado fuera durante el tiempo suficiente como para que ella estuviera completamente dormida y ajena al mundo cuando se metiera él en la cama. Y había albergado la esperanza de que aquello pusiera punto final a la noche y pudiera conformarse con estar cerca de ella.

Y se conformaba, pero eso no significaba que pudiera dormir. Por mucho que intentara relajarse y concentrarse en otras cosas, como en asuntos relacionados con el trabajo, en las reparaciones que necesitaba su moto o en las noticias que temía recibir de Liam Crockett, era incapaz de dejarse arrastrar por el sueño. Y pasó toda una hora combatiendo la necesidad de acariciarla.

Mantener las manos quietas ya le resultó bastante difícil cuando solo podía limitarse a oler su perfume. Pero a medida que fue avanzando la noche, India fue acercándose cada vez más. Y no tardó mucho en terminar estrechándose contra él.

Sentir la suavidad de sus piernas contra él le excitó de tal manera que comprendió que era absurdo intentar dormir. Tendría que acostarse en el sofá.

Estaba comenzando a salir sigiloso de la cama cuando se dio cuenta de que, a pesar del cuidado que había tenido, la había despertado. India no dijo nada, pero Rod advirtió que su respiración había cambiado, y pudo sentirla observando lo poco que podía ver de él en la oscuridad.

–¿Te he despertado? –susurró.

–No.

–Puedo ir a dormir a otro sitio.

–No te vayas.

Rod se detuvo cuando estaba casi en el borde de la cama.

–De acuerdo, me quedaré aquí. Vuelve a dormir.

Permanecieron así, el uno al lado del otro sin tocarse durante varios minutos. Pero en vez de relajarse y terminar durmiéndose, cada vez estaban más rígidos, más tensos. Él sentía que India era consciente de su cercanía. De repente, estar en la misma cama se había convertido en algo tan incómodo para ella como para él.

Estaba a punto de decir que quedándose en la cama no iba a ayudarla a descansar cuando sintió su mano en el brazo.

–India...

–Por favor, no digas nada...

Todavía estaba vacilando, intentando decidir si debía dejar que su cuerpo le condujera a una emboscada emocional, cuando la mano de India se trasladó desde su brazo hasta su pecho. Rod aspiró con fuerza y cerró los ojos al sentir las frías yemas de sus dedos deslizándose bajo la camiseta y acariciándole el estómago y los pezones.

–Te deseo –susurró ella–. Te he deseado desde el momento en el que te vi con los nudillos ensangrentados después de la pelea. Jamás me había pasado algo así con nadie.

Con aquella declaración estaba diferenciándole de cualquier otro hombre. Incluso de su marido. Y lo único que él le había pedido era que le tomara en serio. No sabía si lo que sentían podía ser algo duradero. Nunca había tenido una novia que le durara más de unos meses. De alguna manera, lo que había hecho su madre le había dejado herido, le había costado la capacidad para confiar en nadie y, a veces, temía que sin confianza resultaría imposible llegar a amar. Pero, al igual que le había pasado a ella, se había sentido atraído por India desde el primer momento y quería darle a lo que ambos sentían una oportunidad sincera.

–¿Rod? ¿Eso es un no? –preguntó.

–Es un sí –contestó él, y la tumbó de espaldas.

Capítulo 12

India alzó la mirada hacia Rod mientras este le quitaba los pantalones de seda y la camiseta de tirantes del pijama. Aquella repentina exposición al fresco de la noche y, particularmente, a su mirada, hizo que se le irguieran los pezones y se le pusiera la piel de gallina. Pensó que Rod aplacaría ambas reacciones estrechándola contra él, pero, en cambio, se echó hacia atrás para poder mirarla.

–Maravilloso –dijo satisfecho.

India deseó que aquellas palabras no la halagaran tanto como lo habían hecho, deseó que Rod dijera o hiciera algo que apagara su deseo. Necesitaba encontrar algo que la ayudara a erigir una barrera sentimental entre ellos. Aquel vertiginoso enamoramiento la estaba dejando sin defensas.

¿Estaría sucumbiendo una vez más a su propia estupidez? ¿Dando de nuevo cabida en su vida a un hombre que no debía?

Quizá. Pero la tentación jamás se le había presentado con un envoltorio tan atractivo.

–Entonces acaríciame.

Rod deslizó su mano buena por el muslo, ascendió hasta la cadera y desde allí hacia el seno izquierdo, donde le acarició el pezón con suavidad antes de inclinar la cabeza.

India hundió las manos en el pelo recién cortado de Rod y jadeó al sentir su boca alrededor del pezón.

—Me gustaría no llevar la escayola —susurró Rod mientras su boca viajaba por el cuello de India—. Es frustrante, sobre todo porque no puedo utilizar las dos manos para acariciarte.

—Lo estás haciendo muy bien con una sola mano.

Estaba tan excitada que apenas podía respirar, aunque lo que estaba haciendo Rod no era muy distinto de lo que habían hecho otros hombres con los que había estado. Su caricia parecía encerrar cierta magia. No había sentido una atracción física como aquella por nadie desde que estaba en el instituto. Hasta aquel momento pensaba que aquel deseo abrasador era cosa del primer amor y que, tras haber roto con Sam, no volvería a experimentarlo nunca más. De hecho, después de su relación con Sam, aquel sentimiento había desaparecido. Pero aquel encuentro estaba haciendo añicos su teoría.

—Además, tengo el resto de tu cuerpo. A mí me parece que eso es mucho.

—Te daré todo lo que tengo —le prometió Rod, y buscó sus labios.

A India le encantó su manera de besar. Por ansiosa que estuviera por experimentar lo que iba a pasar a continuación, se negaba a precipitarse y se alegró de que tampoco él pareciera tener ninguna prisa. Rod prestaba atención a cada detalle, a cada una de sus reacciones, y aprovechaba al máximo todo lo que aprendía. A ella le gustó su manera de ir alejándola de sus vacilaciones y sus miedos hasta conseguir que se relajara por completo, que confiara y olvidara. Parecía preocuparle lo que pensaba y sentía y quería que se comprometiera mentalmente en lo que estaba haciendo antes de cualquier otra cosa. La ternura con la que le acarició la cara cuando sus lenguas se encontraron por primera vez fue un ejemplo perfecto. India llegó a pensar que quizá le bastara con aquellos besos y caricias para sentirse satisfecha.

—Cuando uno es tan bueno con los labios no necesita las manos —susurró.

Rod alzó la cabeza y sonrió.

—Tendremos que conformarnos con lo que tengamos —deslizó la mano entre sus senos para demostrarle que también con ella podía causarle placer.

Después, se sentó y se quitó la camiseta. Cuando su pecho desnudo entró en contacto con el de India, esta bloqueó cualquier posible duda que estuviera flotando todavía en su cerebro. Lo único que quería era que la besara una y otra vez.

—Jamás me había latido con tanta fuerza el corazón —admitió Rod con voz ronca.

¿Sería cierto? Se preguntó ella mientras Rod comenzaba a explorar el resto de su cuerpo. Se comportaba como si estar con ella fuera algo especial. ¿Trataría a todas las mujeres de la misma manera? No tenía respuesta, pero, por un breve instante, estuvo a punto de apartarse y salir corriendo. De pronto, regresar a su casa le pareció mucho más seguro que quedarse allí, a pesar de Sebastian, algo bastante significativo.

Pero había sido ella la que había comenzado todo aquello. No podía echarse atrás en aquel momento.

Además, sabía que si se marchaba lo sentiría. Fuera lo que fuera lo que Rod tenía que ofrecerle, lo quería.

—Yo puedo hacerlo latir con más fuerza —le aseguró, y deslizó la mano en los pantalones de baloncesto con los que Rod se había metido en la cama.

Cuando le rodeó con la mano, Rod gimió y aquello la

hizo sentirse deseada y tan bella como el propio Rod le había dicho que era.

—¿Qué te parece? ¿Te gusta?

—Me gustas tú —respondió él.

Se estaban dejando llevar, pero cualquier pensamiento sobre la posibilidad de ponerle freno a aquello, incluso a un nivel emocional, había desaparecido de la mente de India junto al resto de su ropa.

—Dime que tienes preservativos —susurró India, maldiciéndose a sí misma por haber deseado que Rod no hubiera ido a comprarlos cuando le había oído salir.

—Sí, y pienso utilizar uno. Pero todavía no estamos preparados para eso.

—¿Por qué no?

Rod le sostuvo la barbilla mientras la miraba a los ojos.

—Porque tenemos toda la noche. Y pienso disfrutar contigo de otras muchas formas antes. Y como no puedo utilizar la mano, vamos a seguir el plan B.

A India no le importó. Probablemente el plan B fuera mejor para las mujeres que el plan A. Así que cerró los ojos mientras él la besaba e iba descendiendo por su vientre. Y tuvo que morderse los labios para no gritar cuando Rod le abrió las piernas.

A Rod siempre le habían gustado las mujeres, probablemente hasta en exceso. Imaginaba que el motivo era el haber crecido en una casa llena de hombres. Los cinco eran iguales, demasiado aficionados al sexo. Y aquella era una de las razones por las que tenían la fama que tenían. Él siempre había disfrutado de aquellos encuentros, pero aquel... estaba siendo el mejor.

A Rod le encantó la forma en la que India intentó, al

principio, sofocar su propia reacción, mostrándose reservada y sumisa. Luchaba para mantener el control como si el hecho de reprimirse pudiera generar alguna distancia. Pero no fue capaz de controlarse y no hubo nada más divertido que verla sucumbir a sus avances. Fue casi como si estuvieran peleándose en una piscina. Ella consiguió zafarse y comenzó a nadar hacia el borde, pero él la agarró y volvió a colocarla debajo de él. La diferencia con la piscina era que a India le gustaba estar debajo, aunque no supiera cómo enfrentarse a sentimientos tan intensos.

Había momentos en los que la culpa se instalaba entre ellos, en los que India parecía a punto de marcharse. Pero Rod no podía esgrimirlo contra ella. Si pudiera relegarle a la categoría de una simple aventura, como había intentado hacer cuando se habían conocido, no tendría ningún motivo para sentirse culpable. Era la culpa la que le indicaba a Rod que aquello no sería lo mismo con cualquier otro hombre.

Él quería alejarla de Charlie y estaba utilizando el sexo para hacerlo. Charlie no podía darle lo que él le estaba dando. Rod sentía lo que le había pasado a aquel pobre tipo, pero incluso en el caso de que se apartara de India, nada podría cambiar el hecho de que Charlie había desaparecido para siempre. Además, en lo que a India se refería, Charlie tenía todas las ventajas. El sexo podía funcionar entre ellos tal y como Rod pretendía si de verdad había un sentimiento más profundo, y era aquel elemento de profundidad el que estaba convirtiendo aquel encuentro en algo espectacular.

Cuando a India comenzaron a temblarle los muslos y gimió a pesar de sí misma, Rod estuvo a punto de incorporarse para hundirse en ella y poder experimentar más íntimamente su orgasmo. Pero no quería asustarla mostrándose de pronto tan asertivo. Quería ir muy despacio, intentando ganarse su confianza y provocándole un inmenso placer.

Pero todo aquello quedó de lado después del clímax. Muy pronto, volvieron a estar entrelazados, acariciándose y palpando cada centímetro de sus cuerpos. Y ella parecía tan entregada como él. Ya ni siquiera intentaba resistirse a aquel vínculo poderoso que los unía.

—Estoy deseando sentirte dentro de mí —le dijo India—. ¿Dónde están los preservativos?

Había estado controlándose por ella, no por él, así que Rod estaba dispuesto a darle todo cuanto necesitaba en el aspecto físico. No estaba demasiado convencido de que pudiera durar mucho una vez se hundiera en ella. Se sentía peligrosamente cerca del final, con la piel desnuda de India contra él. Y sus manos... ¡Dios, qué talento tenía con las manos!

Se alegraba de que estuviera ansiosa por tenerle allí donde él tenía tantas ganas de estar. Y era particularmente gratificante que le hubiera pedido dar el paso último y definitivo aunque ya se hubiera corrido.

Cuando se colocó entre sus muslos, India se aferró a su trasero como si unirse a él fuera el momento supremo y, en cuestión de minutos, él también estaba temblando.

—Dame un segundo —jadeó, deteniéndose por completo para que aquello no terminara demasiado pronto—. Quiero que te corras otra vez —le dijo.

Pero ella no necesitó que hiciera ningún esfuerzo. Estaban los dos tan excitados que provocarle un segundo orgasmo no le costó nada en absoluto. Sus cuerpos se movían como por instinto, a un ritmo perfecto, anhelando estar más cerca, más conectados. Hasta que la oyó contener la respiración y la sintió estremecerse bajo él. Supo entonces que había alcanzado su objetivo, enterró el rostro en su cuello y abandonó toda contención, dejando que el placer que había mantenido a raya hasta entonces fluyera por todo su cuerpo.

Después de aquello, no le costó nada quedarse profundamente dormido.

El despertador sonó pocos minutos después. En realidad, le parecieron minutos, pero fueron horas. Le pareció un castigo el tener que levantarse. Quería quedarse y hacer el amor con India otra vez. Estaban los dos abrazados, todavía desnudos, así que sentía que estaba desperdiciando una oportunidad perfecta.

Pero eso supondría levantarse tarde para ir al trabajo y sus hermanos terminarían aporreando la puerta. Y, aunque no hubiera sido consciente de que debía proteger la intimidad de India, quería evitar las bromas a las que daría lugar el hecho de encontrar a su vecina en su cama. Si pudiera…

Con un suspiro de pesar, le dio un beso en el hombro y se levantó para meterse en la ducha. Normalmente no se duchaba antes de ir al taller. Prefería dejarlo para cuando salía, que era cuando más lo necesitaba. Pero temía oler al perfume de India.

–¿Estás bien? –preguntó ella con un somnoliento bostezo.

–Sí, estoy bien, tengo que ir al trabajo. Pero aquí estás a salvo. Quédate durmiendo todo lo que quieras.

–Tú no eres el único que tiene cosas que hacer –replicó ella.

Pero Rod comprendió que estaba bromeando porque ni tan siquiera se tomó la molestia de demostrárselo obligándose a levantarse de la cama. Dio media vuelta y se arropó. Rod rio para sí mientras entraba en el cuarto de baño.

Se duchó a toda velocidad y se puso los vaqueros y una camiseta limpia. Estaba a punto de bajar a desayunar cuando oyó que llamaban a la puerta de la terraza. No podía imaginar quién podía estar yendo a visitarle tan temprano.

Pensó en Sebastian. Aunque el ex de India no tenía manera de saber que estaba con él, recordar al hombre que había matado a Charlie le obligó a acercarse a la puerta. Y entonces deseó no haberlo hecho, aunque habría sido peor que hubiera abierto India.

—Hola, Theresa.

No elevó la voz y permaneció junto a la puerta entreabierta para que no pudiera ver que había alguien en su cama. Theresa era peluquera. Normalmente no empezaba a trabajar hasta las diez, pero ya estaba arreglada.

—¿Qué estás haciendo aquí?

Theresa levantó la cesta que llevaba entre las manos.

—Se me ha ocurrido traerte el desayuno para que puedas enfrentarte con fuerzas a una larga jornada de trabajo.

Rod vaciló un instante. No sabía cómo responder. No quería que entrara, pero tampoco quería ser grosero ni hacerle daño.

—En realidad...

—¿Qué? Te encantan los huevos revueltos y el beicon. También traigo unas magdalenas recién hechas. Si no tendrías que tomar cereales con leche fría, ¿no?

Era cierto. Solía desayunar cereales o, como mucho, unas gachas de avena por las mañanas y no había nada que le gustara más que la comida casera. No había tenido el privilegio de crecer con unos padres que cocinaran... ni siquiera con unos padres. Se había alimentado a base de comida de microondas, aunque, por lo menos, Dylan era partidario de la comida sana. Comían verduras y carne blanca, prescindiendo de la sal y el azúcar, pero nada ni remotamente parecido a la comida casera. A lo mejor por eso a todos les encantaba Just Like Mom's. Allí podían disfrutar del pastel de pollo, la carne asada con patatas, el filete de pollo frito con patatas y salsa de carne y las mejores tartas del mundo para los postres, todos los platos que Rod imaginaba habría cocinado su madre si hubiera decidido quedarse junto a ellos.

–Me encantan los huevos revueltos con beicon y has sido muy amable al tomarte tantas molestias, pero, después de lo que dijiste ayer, no sé si estoy seguro de que me sienta cómodo al aceptarlo.

Theresa bajó la cesta.

–Entiendo que te sorprendiera. Para serte sincera, también me sorprendió a mí. No tenía intención de decirte lo que sentía delante de otra mujer. Pero es verdad, Rod. Llevo mucho tiempo enamorada de ti y creo que nuestra relación ya ha durado lo suficiente como para sentirme con el derecho de luchar por ti –le tendió la cesta por segunda vez–. Así que, por favor, acepta esto. Y no te preocupes, no me vas a deber nada por comerte lo que te traigo. Solo quiero demostrarte lo que puedo ofrecerte. Lo que me gustaría ofrecerte. Si te quedas conmigo, seré tu más ferviente admiradora y apoyo. Piensa en lo que es llegar a casa y encontrarte con una comida caliente y una mujer dispuesta.

Rod se sintió halagado, pero aquello le resultó mucho más embarazoso que si Theresa hubiera llegado enfadada. Era muy probable que aquella conversación hubiera despertado a India. Estaba seguro de que estaba oyéndola.

–Tienes mucho que ofrecer a un hombre, pero no estoy seguro de que yo sea ese hombre.

–Puede haber mujeres más guapas y más excitantes. Entiendo que te guste tu vecina. Pero no vas a encontrar a nadie más dispuesta a entregarse a ti.

Desde luego, no andaba muy descaminada. Rod se aclaró la garganta.

—Te lo agradezco.

—Por favor, acepta esto y disfrútalo. Me ha gustado cocinar para ti. Es posible que un hombre con tu pasado crea que no puede haber una mujer capaz de aguantar a su lado cuando las cosas se ponen difíciles, pero yo he venido a decirte que no soy así. Jamás te haría ningún daño.

Rod no tuvo valor para permitir que continuara con la cesta en la mano, así que la agarró él.

—Theresa, lo siento. Yo... ni siquiera sé qué decir. No quiero hacerte daño.

—Pues no me lo hagas. Dame una oportunidad.

—Pero...

—No tienes por qué contestar ahora. Solo... piensa en ello. Piensa en mí —y, con una esperanzada sonrisa, se marchó.

—¿Estoy interponiéndome en vuestro camino? —preguntó India cuando Theresa se fue.

Rod suspiró y cerró la puerta con llave.

—No, no te preocupes. ¿Tienes hambre?

—¿Vas a compartir el desayuno que te ha preparado Theresa conmigo?

—¿Qué otra cosa puedo hacer? ¿Dejar que pases hambre mientras yo como?

—Me parece raro, eso es todo.

—Lo sé, y lo siento. No sabía que iba a presentarse aquí. Ni que iba a decirme lo que me dijo anoche. Hasta ahora, había dejado que fuera yo el que fuera tomando la iniciativa.

—Porque pensaba que te tenía, o que, a la larga, llegarías a dónde ella quería. Se ha asustado al verte conmigo.

—Supongo, pero... no puedo hacer nada para evitarlo.

—Escucha, no quiero causarte problemas.

A Rod no le hizo gracia oírselo decir. India había vuelto a levantar la guardia. Estuvo a punto de meterse en la cama con ella para que ambos tuvieran la certeza de que lo que habían compartido había sido real, de que el hecho de que hubiera salido el sol no había cambiado nada. Pero entonces alguien intentó abrir la puerta del dormitorio y llamó al encontrarla cerrada.

—¿Rod? —gritó Grady—. ¿Estás despierto? ¿Qué hace cerrada esta maldita puerta? ¿Crees que a alguien le importa verte el trasero?

India se había sobresaltado al oírle y se había cubierto con la sábana. Pero cuando Grady hizo mención al trasero de Rod, curvó los labios como si estuviera a punto de sonreír.

—¡Ahora voy!

—Date prisa o tendrás que ir por tu cuenta. Estamos a punto de salir. No podemos pasarnos el día esperándote.

—Vale. Id saliendo. No tardaré.

—De acuerdo. Hasta ahora.

Rod esperó a que los pasos de su hermano se alejaran para dirigirse a India bajando la voz:

—Tranquilízate. Nada ha cambiado.

Ella continuaba cubriéndose con la sábana como si estuviera demasiado cohibida.

—No estoy segura de que debamos tomarnos demasiado en serio lo que ha pasado esta noche.

—¿Lo que ha pasado? Lo dices como si nosotros no hubiéramos jugado un papel activo en todo ello.

—Muy bien. Lo que hemos hecho... Los dos tenemos ya una vida demasiado complicada.

Rod la miró con el ceño fruncido.

—Ya estamos.

Ella le miró más detenidamente.

–¿Qué se supone que significa eso?

–¿Ya estás huyendo asustada?

–Lo de esta noche ha sido un poco... sobrecogedor.

–Ha sido la mejor noche de sexo de mi vida –admitió Rod.

Ella se sonrojó.

–A mí también me ha gustado. Eres increíble en la cama, pero...

–¿Pero?

Acababa de hacerle un generoso cumplido y casi le daba miedo oír lo que le esperaba a continuación. ¿Pensaría plantarle? ¿Sacaría a relucir a su marido para dejarle?

Afortunadamente, no lo hizo. Irguió la espalda e infló ligeramente las aletas de la nariz mientras decía:

–Sí, estoy huyendo asustada. Me asustas porque... porque me has hecho sentir muchas cosas para las que todavía no estoy preparada.

–Por Charlie.

–Sí, por Charlie...

Él se relajó.

–Bien.

Ella parpadeó.

–¿Me has oído? He dicho que no estoy preparada.

Rod dejó la cesta en la mesilla de noche para que India pudiera desayunar algo cuando él se fuera. Era demasiado tarde, no tenía tiempo para quedarse.

–Pero, tanto si quieres como si no, estás interesada en mí. Y eso es lo que importa.

–¿Perdón?

–No puedo prometerte nada, India. No voy a fingir que soy el hombre más fiable del mundo. Por lo menos en lo que se refiere al amor. Así que tampoco voy a pedirte que me hagas ninguna promesa. Yo siempre vivo al día.

Y ahora mismo lo único que sé es que te deseo. Me estoy acercando a lo que está pasando entre nosotros segundo a segundo. ¿Serás capaz de hacer lo mismo?

India miró hacia la cesta con el desayuno, acordándose, era obvio, de la mujer que la había llevado.

—No te preocupes por Theresa —Rod hizo un gesto con el que parecía querer borrar el pasado reciente—. No es como tú.

—¿Por qué? ¿En qué sentido?

—¿Cómo se puede explicar una atracción?

—Deberías quedarte con ella.

—¿Qué? —ninguna mujer le había dicho nada parecido—. ¿Lo dices en serio?

—¡No estoy en posición de arriesgarme, Rod!

—¡Deja de pensar en el mañana! ¿Cómo te sientes ahora mismo?

—No es tan fácil. Todo lo que hacemos tiene consecuencias. Tenemos que mirar hacia el futuro.

—No, no tenemos por qué —no podía seguir hablando; tenía que marcharse—. Con esta mano no le soy muy útil a Dylan en el taller. Quiere que me pase para hacer un listado de partes y después que vaya a Bakersfield. ¿Podemos hablar de esto más tarde?

Ella asintió.

—Claro. Vete —pero él todavía no había terminado.

Agarró la sábana y arqueó la ceja para ver si ella estaba dispuesta a soltarla. India vaciló, pero al final la soltó y Rod tiró de ella.

—Volveré tarde a casa —la recorrió con la mirada y sintió que su cuerpo reaccionaba—, pero espero que estés aquí, así, esperándome.

Capítulo 13

Después de que Rod se marchara, India se levantó y se metió en el cuarto de baño. Mientras se lavaba las manos, reparó en la alianza de matrimonio y fijó la mirada en ella. ¿Qué estaba haciendo? ¿En dónde se estaba metiendo?

Rod acababa de admitir que no era un hombre en el que se pudiera confiar en lo que al amor se refería. También le había oído decir a Theresa algo sobre Rod que tenía mucho sentido: su pasado le haría difícil confiar en cualquier mujer. No había podido apoyarse en su madre cuando más la necesitaba, cuando él era joven y vulnerable y ella la única mujer de su vida. Era lógico pensar que no sería capaz de depender de otras mujeres cuando, en el fondo, pensaba que podrían abandonarle por cualquier razón.

¿Pero quién sabía lo que podía llegar a sentir en una semana, en un mes, o más adelante? Apenas se conocían. Hasta ese momento, había sido sincero con ella. No podía acusarle de ser superficial ni de querer solamente una aventura de una noche. El viernes anterior podía haberse acostado con ella y no había querido.

En cualquier caso, tampoco ella le estaba pidiendo ninguna clase de compromiso. No podía estar con nadie en aquel momento de su vida y menos aún con un hombre que sus suegros no aprobarían.

Vivir al día.

Durante años, ella también lo había hecho. Hasta que había conocido a Charlie. Charlie lo había cambiado todo. Le había dado paz mental, seguridad, estabilidad económica e incluso respetabilidad. Sería una estúpida si retomara el estilo de vida que había tenido antes de conocerle. Eso significaba que tendría que tomar una decisión y olvidarse de lo que sentía por Rod… mientras estuviera a tiempo.

Pero no iba a ser fácil.

Presionó la cara contra la toalla que él había utilizado y aspiró con fuerza para atrapar su esencia. Le encantaba su olor, su aspecto, el tacto de su piel, su manera de acariciarla. El mero hecho de estar en su habitación le resultaba gratificante. Se recordó deseando acariciar su ropa y las sábanas de su cama cuando le había llevado las galletas, cuando apenas sabía nada de él.

Era una lástima que la clase de hombre que su corazón deseaba no fuera la que ella necesitaba. Siempre había sido así, excepto con Charlie. Y, probablemente, no le habría dado a Charlie ninguna oportunidad si no hubiera ido conociéndole poco a poco. Para cuando le había pedido una cita, ya no tenía ninguna reserva sobre él.

—¿Rod?

India se quedó paralizada. Cuando Rod se había marchado, a ella no se le había ocurrido cerrar la puerta del dormitorio y acababa de entrar alguien. Era una voz de mujer, pero no era Theresa.

—¿Rod? —llamaron a la puerta del baño—. ¿Puedes llevarme tú al taller?

India estaba atrapada. Ni siquiera tenía la ropa. El pijama y la bolsa seguían en el dormitorio.

Deseó poder fingir que no estaba allí, pero acababa de descargar la cisterna y abrir el grifo. Quienquiera que hubiera entrado debía de haberlo oído, por eso pensaba que Rod estaba en casa. A India no le quedó más remedio que contestar.

–Rod ya se ha ido –le dijo.

Se produjo un largo silencio. Y después...

–¡Ay! Lo siento. No sabía que tenía... compañía.

–No importa.

India contuvo la respiración y escuchó con atención, pero ya no oyó a Natasha, a esas alturas, ya estaba convencida de que era ella, e imaginó que la hermanastra de Rod ya se habría marchado.

–Theresa, ¿eres tú? –preguntó Natasha insegura.

India agarró la toalla de Rod y se envolvió en ella a pesar de que sabía que ella era la única que podía abrir el cerrojo de la puerta. Se sentía estúpida y el estar desnuda la hacía sentirse peor, aunque hubiera una plancha de madera entre ellas.

–No, soy... India.

–¿India?

Mierda.

–Sí, India Sommers. Vivo en la casa de al lado.

Estuvo a punto de inventar alguna excusa que justificara su presencia en la habitación de Rod, como que le habían cortado el agua y Rod le había dejado ducharse en su casa, pero su pijama estaba a los pies de la cama. Y el envoltorio del preservativo en el suelo. Cualquier excusa resultaría patética.

–¡Ah! –exclamó Natasha–. Estaba deseando conocerte. Debería haberme pasado por tu casa.

En aquel momento, una visita de presentación les resultaría embarazosa a las dos.

–En cualquier caso, bienvenida al barrio –continuó

Natasha–. No es que esto sea un verdadero barrio, pero ya sabes lo que quiero decir.

India tomó aire.

–Sí, gracias.

Pensó que allí quedaría la cosa, que podría vestirse y salir de una vez por todas de aquel infierno. Pero Natasha seguía sin marcharse.

–Escucha… ¿Te importaría llevarme al trabajo? Ayer por la noche no estaba bien así que supongo que han pensado que no iba a ir.

India tensó la toalla. Le resultó un poco extraño que aquella chica le pidiera un favor a alguien a quien acababa de conocer. Sin embargo, según Rod, había tenido que buscarse la vida en el pasado, así que quizá no fuera tan raro. Además, estaban en Whiskey Creek, y eran vecinas.

–Claro –contestó–, claro que puedo –pero no podía ir a ninguna parte tal y como estaba–. ¿Te importaría pasarme la bolsa que tengo en el dormitorio?

–No, claro que no –respondió Natasha–. ¿Quieres también el pijama?

La ropa interior estaba junto a su pijama y aquello era lo último que India quería que viera, aparte del envoltorio del preservativo, claro. Deseó que a Rod se le hubiera ocurrido tirarlo.

–¡No! Quiero decir que no te preocupes, que ya me encargaré yo cuando salga.

–Vale, ya la veo –se oyó ruido antes de que Natasha dijera–: Toma.

Cuando entreabrió la puerta, India vio a una chica de pelo corto y rubio peinado con mucha espuma, tenía unos ojos castaños enormes y una boca muy expresiva. Era la chica de la fotografía que Rod le había enseñado en la heladería. Se había puesto una minifalda negra y estrecha y un top, un conjunto que revelaba su esbelta figura y dejaba al descubierto los tatuajes de sus delgados y largos brazos. También tenía algunos en los pies, visibles gracias a las sandalias.

Se miraron a los ojos y ambas sonrieron educadamente.

–Gracias.

Natasha retrocedió.

–Voy a buscar el bolso a mi habitación y te espero abajo.

–Ahora mismo voy.

En cuanto la hermanastra de Rod se marchó, India cerró la puerta del cuarto de baño y se apoyó contra ella.

–¡Qué vergüenza! –susurró para sí.

Después, se vistió a toda velocidad, se cepilló el pelo y los dientes y se lavó la cara. No era así como pretendía conocer a la familia de Rod, ¿pero qué podía hacer?

En cuanto estuvo lista, agarró la comida que Theresa había llevado para no desperdiciarla y salió por la terraza hasta la entrada para evitar encontrarse con el padre de Rod o con su madrastra. Con el encuentro con Natasha ya había tenido más que suficiente.

Cuando India llegó al camino de la entrada, Natasha ya estaba allí, tal y como había prometido.

–¿Estás lista?

Con un rápido asentimiento, la hermanastra de Rod la siguió hasta el Prius. India había cerrado la casa la noche anterior y no necesitaba entrar. Dejó la bolsa y la cesta en el asiento de atrás, pensando que ya las metería en casa cuando volviera. Cuanto antes dejara a Natasha, mejor. Después, intentaría que su mundo volviera a la normalidad.

–Rod me ha contado que al final del verano irás a la universidad –dijo India al tiempo que se ponía el cinturón de seguridad.

Natasha clavó la mirada en la ventanilla mientras India ponía el coche en marcha.

–En realidad, estoy intentando irme lo antes posible.

–¿Antes de que empiece la universidad?

–Es posible.

–¿Por qué? ¿Te está esperando algún trabajo?

–No.

En ese caso, ¿no sería más sensato quedarse allí y seguir trabajando mientras pudiera? India así lo creía, pero no le correspondía a ella dar ningún consejo.

–Seguro que estás emocionada.

–Desde luego. Estoy encantada.

El sarcasmo de su respuesta fue tan inconfundible como inesperado. India desvió la mirada hacia ella, pero Natasha no la miró, así que no dijo nada.

Hablaron poco durante el trayecto, y siempre a instancias de India. Si Natasha decía algo, era solo para dar una dirección o contestar alguna pregunta, cosa que hacía con la mayor brevedad posible.

–Gracias por traerme –dijo cuando llegaron a Amos Auto Body.

El taller parecía un negocio respetable. El edificio era grande y era evidente que Rod y sus hermanos lo cuidaban. Había un buen número de coches esperando a ser arreglados.

India había dado por sentado que Rod estaría de camino a Bakersfield, sin embargo, todavía no había salido. Se sobresaltó al verle en el aparcamiento con la camioneta al ralentí y la puerta abierta, hablando con alguien que se parecía mucho a él, pero que no era ni Grady ni Mack. Alzó la mirada al verla aparcar, y se quedó boquiabierto.

–¿No te has olvidado algo esta mañana? –le espetó Natasha en cuanto bajó del coche.

Comenzó a caminar furiosa hacia la oficina.

Rod no respondió a su hermanastra. El hombre con el que estaba hablando y él se acercaron al coche de India y esperaron a que esta bajara la ventanilla.

Sin necesidad de que les presentaran, India supo que estaba a punto de conocer a Dylan Amos. Había algo en la seguridad que de él emanaba que indicaba que estaba a cargo del negocio.

—Dylan, esta es India, nuestra vecina —les presentó Rod.

Dylan la saludó con un asentimiento de cabeza. Habría resultado difícil estrecharle la mano mientras estaban en el coche.

—Me alegro de conocerte.

—Lo mismo digo —contestó ella.

—¿Sabes que mi mujer vivía en tu casa? —le preguntó Dylan, protegiéndose los ojos del sol con la mano.

—No, no lo sabía.

Dylan ensanchó su sonrisa.

—Tengo muy buenos recuerdos de esa casa.

—¿Has entrado después de que la arreglaran?

—No, suelo ver a mis hermanos en el trabajo. Ya no voy por allí muy a menudo.

—Puedes pasarte cuando quieras.

—Lo haré. Y, si no te importa, llevaré también a Cheyenne.

—Por supuesto.

Dylan señaló hacia la oficina.

—¿Cómo es que has traído a Natasha? No me digas que ha tenido el valor de aporrear tu puerta cuando podía habernos llamado a cualquiera de nosotros.

—No.

Dylan le dirigió una mirada interrogante, puesto que, obviamente, aquello no explicaba cómo había terminado llevado a su hermanastra.

Rod parecía estar a la expectativa y disfrutando mientras la veía intentar salir de aquel aprieto sin delatarse. Así que India decidió no intentarlo siquiera.

—He dormido con tu hermano —anunció—, así que lo único que ha tenido que hacer ha sido entrar en su dormitorio.

Rod tosió mientras Dylan le miraba arqueando las cejas.

—Sin ningún remordimiento y sin la menor vergüenza —señaló Dylan con cierto grado de sorpresa—. Eso me gusta.

—No es así como me habría gustado conocerla —le aclaró India—. Pero a veces las cosas van como van.

—Es cierto. Todos sabemos que Rod es irresistible —le palmeó la espalda a su hermano entre risas—. ¡Eh, hermanito! Me da a mí que esta vez vas a estar muy entretenido —y volvió a su oficina.

Rod se inclinó hacia la ventanilla del coche, apoyando la mano en el techo.

—Parece que no se te da muy bien guardar secretos, ¿eh? ¿Por qué estás intentando arruinar mi reputación?

—Estás encantado con esto —le acusó ella.

—¡No me eches la culpa a mí! —contestó con burlona indignación—. Has sido tú la que has contado que has dormido conmigo.

—¡Tu hermana ha entrado en tu habitación en cuanto te has ido!

—Mi hermanastra.

—¿De verdad importa ese matiz?

Rod alzó la mirada justo en el momento en el que Mack salía de la oficina, se metía en la camioneta y cerraba la puerta de un portazo.

—Podría importarle a alguien —respondió mientras observaba alejarse a su hermano.

India frunció el ceño.

—¿A ti?

—No, claro que a mí no —respondió, volviendo a fijar en ella su atención.

India arrugó la nariz.

—No lo entiendo.

—No importa. No es nada.

—Muy bien. Sigue haciéndote el misterioso. En cualquier caso, no creo que hubiera podido guardar el secreto después de que Natasha me confundiera contigo y me pidiera que la trajera.

Rod se echó a reír mientras le daba una patadita a una piedrecita del aparcamiento.

—Así que nos han descubierto. ¿Eso significa que esta noche vas a entrar por la puerta principal?

India se puso repentinamente seria.

—Rod...

La sonrisa de Rod también desapareció.

—No lo digas.

—Tengo que decirlo. No puedo permitirme lo que está pasando entre nosotros.

—¿Por qué no? ¿Porque no soy cirujano?

India no podía decirle que eso era lo que pensarían sus suegros, aunque ella no estuviera de acuerdo.

—No, claro que no. Es solo que todavía no estoy preparada, como ya te expliqué.

—Tonterías. Ayer por la noche estabas perfectamente preparada.

India cerró los ojos.

—No hagas eso.

—¿Por qué? ¿Porque no quieres enfrentarte a la verdad?

—¡Porque desearte y poder estar contigo son dos cosas completamente diferentes!

–No le estás haciendo ningún favor a Charlie negándote a ti misma, India. ¡Deja de escapar!

–Lo siento, pero no puedo volver a verte –respondió.

Y dio media vuelta en el aparcamiento antes de que Rod pudiera darse cuenta de lo difícil que había sido para ella pronunciar aquellas palabras.

Capítulo 14

India entró en su casa nerviosa; sabía que Sebastian podía estar esperándola a cualquier hora del día o la noche. Durante el trayecto desde el taller, había estado pendiente de cualquier coche que no pareciera de la zona y antes de aventurarse a entrar en casa la había rodeado con un gato de hierro en la mano.

Se encerró después en casa. Hacía mucho más calor dentro que fuera, sobre todo a aquella hora de la mañana, pero, en cualquier caso, la ola de calor parecía estar alejándose. Gracias a Dios. A lo mejor aquel día no sudaba tanto trabajando.

Dejó las llaves y se inclinó sobre el mostrador para mirar por la ventana hacia la casa de Rod. Pero obsesionarse con él no iba a ayudarla. Había hecho bien al decirle lo que le había dicho minutos atrás, aunque no fuera aquello lo que de verdad quería.

Pensó que podría fortalecer su resolución hablando con Cassia, pero sus suegros se comportaban de manera muy extraña cuando les pedía que pusiera a su hija al teléfono. Normalmente ponían alguna excusa, como que estaba en el jardín con el abuelo o lavando los platos con «mimi», que era como llamaba a su abuela. India sospechaba que también su hija intentaba hablar con ella y le ponían excusas similares. Claudia tenía miedo de que Cassia se diera cuenta de lo mucho que echaba de menos a su madre y pidiera volver a casa. Le gustaba fingir que ella era todo lo que Cassia necesitaba y que la niña nunca se quejaba ni preguntaba por su madre, aunque aquella sería una conducta completamente anormal en una niña de cinco años.

India valoró la posibilidad de llamar e insistir si fuera necesario. Sin embargo, decidió que aquello solo empeoraría la situación. No podía llevar a Cassia a Whiskey Creek, no podía ponerla en peligro, así que no había ninguna necesidad de presionar. Todavía.

Primero tenía que asegurarse de que su casa fuera un lugar seguro.

Después de calentar el café, comió parte del desayuno que Theresa había preparado para Rod. Después encendió el ordenador y comenzó a buscar las empresas de seguridad más cercanas. Dudaba de que pudiera conseguir que le instalaran una alarma ese mismo día. Era imposible en el lugar en el que vivía. Pero, con un poco de suerte, podría conseguir que fueran la semana siguiente.

Después llamaría a Cassia y hablaría con ella.

Al recibir la tercera llamada de Dylan, Mack decidió contestar a través del Bluetooth.

—¿Dónde demonios estás? —preguntó su hermano.

Deslizando una mano en el volante, Mack se hundió todavía más en su asiento y miró a su alrededor.

—En Jackson, ¿por qué? —dijo, fijándose en lo que le rodeaba por primera vez desde que había salido del taller.

–¿Que por qué? –preguntó Dylan–. Se supone que deberías estar pintando el coche de Sandra Morton. Va a venir mañana a buscarlo.

Mack dejó escapar un suspiro. Todavía llevaba puesto el mono y no tenía ninguna excusa para su ausencia, al menos, ninguna que quisiera compartir con su hermano.

–Tenía... algo que hacer.

–¿El qué?

–No es asunto tuyo –le espetó.

Dylan permaneció en silencio. No estaba acostumbrado a que Mack le respondiera de aquella manera. Ni entonces ni nunca. A diferencia de Aaron, Mack siempre había idolatrado a su hermano mayor, y siempre había sido uno de sus favoritos.

–¿Estás bien? –pregunto Dylan al final.

Mack no podía decir que lo estuviera. Tenía la sensación de estar perdiendo la cabeza. Solo era capaz de pensar en Natasha y sus pensamientos cada vez tenían un carácter más sexual. Cuando ella era más pequeña, conseguía olvidarse de la atracción que sentía ayudándola a hacer los deberes o asegurándose de que Natasha tuviera algo que hacer durante el fin de semana para que así no se sintiera rechazada por los compañeros de clase que no la aceptaban, enseñándola, por ejemplo, a lanzar la pelota. Anya no había hecho nada para transmitirle a Natasha ninguna habilidad. Había sido él el que la había enseñado a cocinar. Aunque Mack era capaz de entregarse a la barbacoa como si no hubiera un mañana, no era particularmente aficionado a la cocina. Pero había comprado algunos libros de cocina y se las había arreglado para intentar impartirle los conocimientos básicos. Natasha había mostrado más interés en cocinar que en ninguna de las otras aficiones que había intentado inculcarle. En una ocasión la había convencido de que se apuntara a clases de baile y la había llevado varias veces al estudio de baile. Pero Natasha se había borrado casi de inmediato. Sin embargo, sí le había gustado el ajedrez. Habían jugado mucho durante el año anterior y había conseguido enseñarle a jugar tan bien que ya no estaba seguro de poder ganarla siempre. De vez en cuando, le daba una buena paliza, y Natasha disfrutaba a lo grande cuando lo conseguía.

Pero aquellos días en los que le resultaba tan fácil sentirse satisfecho con su relación habían terminado. Natasha ya no le necesitaba. Era una mujer adulta y capaz de hacer casi todo por sí misma; incluso le había enseñado alguna que otra cosa en el ordenador. Y, en aquel momento, Mack ya solo era capaz de pensar en las ganas locas que tenía de acariciarla. Y, después de lo que había hecho ella la noche anterior, en desgarrarle la camiseta para poder ver sus senos desnudos. De hecho, le bastaba recordar aquella imagen para excitarse.

—¿Has discutido con Natasha? —preguntó Dylan—. Porque si es así, a lo mejor deberías ir a hablar con ella. ¿Te ha dicho algo desagradable? Tiene una lengua muy larga. Eso no te lo voy a discutir. Pero ya sabes cómo ha sido su vida.

¿Y sabía Dylan cómo era su vida en aquel momento por culpa de ella?

—Natasha y yo nos llevamos muy bien —replicó.

Lo último que quería era que Dylan supiera cómo se sentía, que conociera los sentimientos contra los que estaba batallando. Su obsesión era demasiado vergonzante como para admitirla, sobre todo cuando podía estar con cualquier otra mujer. ¿Por qué teniendo tanto donde elegir tenía que fijarse en Natasha?

Afortunadamente, desde que Natasha había ido a vivir a su casa, Dylan había estado muy preocupado con

Cheyenne, con Kellan y con el negocio. Aaron también estaba totalmente volcado en su familia. De otro modo, cualquiera de ellos lo habría notado, como lo había notado Rod. Por supuesto, Grady era ajeno a cualquier cosa que no le concerniera de manera directa, así que Mack no estaba preocupado por él. A veces se preguntaba si Anya lo sabría, pero, en ese caso, se lo habría contado a T.J., que nunca había comentado nada. Y Mack imaginaba que lo más sensato era mantener a todo el mundo al margen de lo que estaba pasando.

El problema era que Natasha no iba a renunciar sin pelear. Sabía que no era inmune a ella, sabía que sentía más de lo que debería y estaba presionándole, poniendo a prueba sus límites. Él no se habría marchado del trabajo aquella mañana si Natasha no le hubiera pillado en el cuarto de atrás cuando estaba vistiéndose y le hubiera agarrado los genitales.

—Pienso montarme aquí por lo menos una vez antes de irme —había susurrado.

Mack deseaba haberse horrorizado o, mejor aún, que le hubiera repugnado. Sin embargo, lo único que le habían producido sus caricias y el susurro de su voz había sido placer. Aquella era la razón por la que la había apartado y había salido furioso. No le había quedado otro remedio. Si se hubiera quedado, habría terminado llevándola al cuarto de baño y haciendo el amor con ella.

—¿Estáis bien los dos? Porque ella tampoco cuenta mucho —dijo Dylan—. Y lo que dice no tiene mucho sentido.

Mierda, ¿habría reconocido la verdad? Se le subió el corazón a la garganta.

—¿Qué quieres decir?

—Está pensando en mudarse a Utah la semana que viene, aunque las clases no empiezan hasta dentro de un par de meses. Dice que necesita conseguir trabajo antes del próximo semestre. Pero no tiene ninguna garantía de que vaya a resultarle más fácil encontrar trabajo en junio que en agosto. Y aquí ya está trabajando. Y haciendo un buen trabajo. Preferiría no perderla antes de tiempo.

La perspectiva de que se marchara tan pronto del pueblo le produjo a Mack un profundo alivio. Reducir los dos meses que quedaban a solo unos días o una semana ayudaría. Pero también sintió un cierto pánico al pensar que estaría tan lejos.

Aparcó. No tenía ningún sentido continuar conduciendo sin rumbo. No, cuando tenía que regresar al taller para pintar un coche.

–¿A qué viene tanta prisa? –preguntó.

Pero solo porque sabía que su hermano esperaba aquella pregunta. Natasha también estaba batallando contra sus deseos y necesidades. Vivir en la misma casa se había convertido en un problema para ambos, había ido haciéndose más difícil a medida que habían ido avanzando los meses.

Y en aquel momento estaban en un punto crucial.

–Cree que le resultará más fácil adaptarse o algo así. Si quieres saber mi opinión, ya se adaptará cuando esté allí. ¿Cuál es la diferencia? ¿Qué más da ahora que después?

–Si eso sirve para que el cambio le resulte más fácil, deberíamos apoyar su decisión –dijo Mack, pero se sentía físicamente enfermo mientras hablaba–. Es una mujer adulta, está intentando reivindicar su autonomía. Deberíamos dejarla.

–¿Quieres que se vaya antes? –preguntó Dylan.

Mack apoyó la cabeza en el respaldo del asiento.

–Si eso es lo que quiere…

Dylan permaneció en silencio durante varios segundos. Después dijo:

—De acuerdo. A la hora del almuerzo buscaré en Internet para ver si puede alquilar algo en el complejo de apartamentos al que pensaba ir para que no tenga que mudarse dos veces.

—Seguro que te lo agradecerá.

—Le fastidiará que lo haga yo, se enfadará, como cuando le alquilé la casa. Pero eso me hace sentirme mejor. A lo mejor puedes ayudarla a comprar un billete de avión esta noche. Aaron, Grady, Rod y yo vamos a pagar el primer y el último mes y la fianza del apartamento, así que tú puedes hacerte cargo del avión.

Mack tamborileó con los dedos en el volante.

—Claro, sin problema.

—Ella dice que quiere pagárselo todo, que tiene dinero ahorrado. Pero apenas tiene lo bastante como para cubrir sus gastos y no quiero que le falte dinero para comida, para la lavandería o para cualquier otra cosa. No quiero que se quede sin dinero. ¿Quién sabe lo que puede tardar en encontrar trabajo? Y aunque lo encontrara pronto, tardarían semanas en pagarle.

—Gracias —dijo Mack. Se dio cuenta entonces de que era una respuesta extraña, puesto que Dylan no estaba haciendo nada por él—. Lo que quiero decir es que me sentiré mejor sabiendo que vas a cuidar de ella.

—A Natasha no le gusta aceptar ninguna clase de ayuda. Es demasiado independiente.

Sí, lo era. Pero también quería que Mack la viera como a una igual. Y él lo comprendía.

—Podrá devolvernos el dinero cuando se convierta en una investigadora espacial, o en médica, o en política, con todo lo que va a estudiar en la universidad, ¿no crees? —bromeó Dylan.

Mack jamás había estado tan orgulloso de nada como de las notas que llevaba Natasha a casa. Había algo en el hecho de que fuera a salir de Whiskey Creek y disfrutar de nuevas oportunidades, a pesar de su pasado, que le provocaba un nudo en la garganta y le llenaba los ojos de lágrimas. Necesitaba que Natasha explorara aquellas posibilidades. Necesitaba dejar que volara.

–Sí, suena bien –contestó, y giró la camioneta.

Una semana más. Sería capaz de resistir una semana más. ¿O no?

Rod se alegró de no tener que trabajar aquel día en el taller. Sabía que sus hermanos no le darían tregua bromeando sobre lo que había pasado con su vecina. Y no tenía ganas de oírlo. Sobre todo después de que India hubiera puesto freno a lo que había comenzado la noche anterior. Rod se dijo a sí mismo que no le importaba. Lo que a él le costaba era enamorarse, no olvidar. Y a India la conocía desde hacía solo unos días.

Pasó todo el trayecto hasta Bakersfield intentando convencerse de que había roto con él porque estaba buscando a alguien con más dinero en el bolsillo, más respetable y más capacidad de compromiso. Pero continuaba teniendo ganas de verla. Y aquello le indicaba que sus sentimientos podían ser más profundos de lo que pensaba.

Además, no podía enfadarse con ella. No, después de lo que había pasado. Uno de sus exnovios había vuelto a su vida y había matado a su marido delante de ella. Y aquello había sucedido menos de un año atrás. Era lógico que conservara cicatrices. Podía comprender los motivos por los que, después de algo así, le daba tanto miedo estar con un hombre. Pero no podía permitir que se enfrentara sola a lo que tenía por delante. Si Sebastian iba a regresar con sed de venganza, probablemente lo haría pronto, cuando todavía le empujara la furia, antes de asentarse en cualquiera que fuera la vida que decidiera vivir.

Cuando se detuvo para comer algo, dejó de pelear consigo mismo y le envió un mensaje:

Dime que lo de esta mañana no iba en serio.

No hagas esto más difícil de lo que es, fue la respuesta de India.

Quédate esta noche por lo menos. Llegaré tarde a casa y dormiré en el sofá.

Él pretendía dormir en el sofá la noche anterior; había sido ella la que se lo había impedido. Y se lo habría señalado si no hubiera sido porque India no había tenido que hacer gran cosa para convencerle. No quería que India se arrepintiera todavía más de lo que había hecho.

Para cuando India respondió, él estaba llenando el depósito de gasolina.

Estaré bien.

Rod miró el teléfono con el ceño fruncido. ¿Cómo podía convencerla?

Tienes que pensar antes en tu seguridad que en la lealtad hacia Charlie. Piensa en lo que él querría.

Es posible que nos estemos preocupando por nada. A lo mejor la policía está vigilando a Sebastian, respondió India.

¿No sabes si lo están haciendo?

No. A mí no me lo dirían. No pueden. ¿Y si yo fuera también culpable?

No creo que le estén vigilando. Y, en cualquier caso, ¿estás dispuesta a sacrificar tu vida por eso?, preguntó Rod.

Hoy mismo me he comprado una alarma. No servirá de mucho si me sigue hasta dentro de casa. Pero por lo menos podré dormir por las noches. Solo por eso ya merece la pena.

A menos que Sebastian demostrara ser un criminal de métodos sofisticados, se enteraría de que había entrado alguien en casa antes de que llegara a los pies de su cama.

Muy bien, ¿cuándo la van a instalar?

Vendrán el sábado.

¿Y hasta entonces?

Me las arreglaré.

Quédate en mi casa, India.

Si no dejo ya el teléfono y termino este cuenco, voy a destrozarlo.

¿Eso significa que esta noche estarás a salvo en mi cama?

Pensaré en ello.

Puedo ir yo a tu casa si lo prefieres.

¡No! Si no es un lugar seguro para mí, ¿cómo va a serlo para ti?

Entonces deja de poner tantas pegas y duerme en mi casa, espérame allí.

Pensó que no iba a contestarle. Dio por sentado que se pondría de nuevo a trabajar. Pero cuando paró en el semáforo antes de salir a la autopista, vio que se iluminaba a su lado la pantalla del teléfono.

De acuerdo. Pero déjame dormir en el sofá. Me sentiría mal quitándote la cama.

Confía en mí, seguro que prefieres la intimidad del dormitorio. Tú quédate a dormir donde dormiste anoche. De todas formas, no sé cuándo volveré.

¿Estás seguro?

Completamente. Así no tendré que preocuparme por ti.

Lo siento.

¿Qué sientes?

Todo.

Todo va a salir bien, tecleó Rod. Y esperaba que fuera cierto.

Capítulo 15

Después de intercambiar aquellos mensajes con Rod, India consiguió terminar una vasija y la metió en el horno junto a los móviles que había hecho la semana anterior. Encender el horno consumía tanta electricidad que tenía que esperar a tener suficientes piezas como para llenarlo. La cerámica era un proceso complicado. Y, aunque algunos esmaltes reaccionaban de forma inesperada en el horno, aquellos salieron magníficos. Le gustó el resultado conseguido. Estaba mejorando como artista. Lo veía reflejado en su trabajo.

Después de trabajar, llamó a sus suegros para ver cómo estaba Cassia. Claudia, que fue la que contestó, la trató con frialdad. Y, al final de la conversación, cuando India pidió por fin hablar con su hija, volvió a contestar con una evasiva. Le dijo que estaba en la piscina con papá, su abuelo, en realidad, y que sería mejor que llamara al día siguiente.

La frustración de India fue tal que le resultó difícil morderse la lengua. Colgó el teléfono rápidamente, pero tenía miedo de quedarse en casa, terminar llamándola otra vez y reiniciar la discusión que había estado macerando desde el día del juicio. Pero quedarse en casa sentada, dando vueltas a todas las quejas que tenía contra ellos no iba a contribuir a mejorar su humor. Así que se duchó, se puso un vestido de verano y salió a disfrutar del lugar idílico en el que había decidido vivir.

Afortunadamente, el calor había disminuido. Un viento fresco agitaba los árboles mientras el sol descendía tras los característicos edificios de Sutter Street. Le bastó caminar por el centro del pueblo contemplando aquellas pintorescas tiendecitas y la arquitectura victoriana para relajarse. Le gustaba imaginar qué local podría alquilar para su taller, o dónde podría construirlo, puesto que, en realidad, no había demasiadas opciones.

Pasó toda una hora familiarizándose con Whiskey Creek, pero, cuando se decidió a comer algo, no encontró mucho donde elegir. Había una hamburguesería al lado de la calle principal, una sandwichería no lejos del parque y una cafetería llamada Just Like Mom's. Era una cafetería casi insufriblemente hortera, pero estaba llena, lo que sugería que la comida era buena. India tuvo la impresión de que la pintura morada y el «como en casa de la abuela» formaban parte de su encanto, o quizá el propietario hacía tan buen negocio que no necesitaba modernizarlo.

Entró y se acercó a la encargada sintiéndose mucho mejor de lo que estaba en casa y se alegró de aquel cambio de ambiente.

–¿Una sola persona? –la encargada miró tras ella como si esperara ver a alguien más.

–Sí, solo yo –repitió India.

Al haber vivido en pareja y después haber formado parte de una familia de tres miembros durante tanto tiempo, le costaba estar sola. Pero los Sommers parecían pensar que no merecía ninguna consideración.

–Vamos a despejar una mesa –le dijo la encargada–. Dame un minuto.

India miró disimuladamente a su alrededor mientras esperaba. ¿Llegaría a encajar en Whiskey Creek? ¿Tendría siquiera la oportunidad de hacerlo? Una alarma conseguiría alertarla si Sebastian intentaba meterse en su casa, pero a él no le detendría. Sería ella la que tendría que hacerlo.

—Por aquí —con una amable sonrisa, la encargada cruzó el restaurante para conducirla hasta una de las mesitas.

India estaba tan concentrada en sentarse que casi no reconoció al hombre que estaba en la mesa de al lado. Si no hubiera sido por el protector que llevaba en la nariz ni siquiera se habría fijado en él. Pero no era normal ver a alguien con la nariz rota. Aquel protector le llamó la atención cuando se estaba sentando. ¡Y entonces se dio cuenta de que aquel era el hombre al que había visto inconsciente en la carretera el viernes por la noche!

Había salido del hospital...

—Tenemos que hacer algo —la mujer que estaba con él se inclinó hacia adelante. Era obvio que estaba intentando convencerle de algo—. No podemos dejar que se vaya de rositas después de lo que hizo.

¿A quién se referían? India debería haberse concentrado en la carta y haberles dejado comer en paz. Pero aquel fragmento de conversación capturó su atención.

—No estamos dejando que se vaya de rositas. Le voy a denunciar, ¿no?

Estaban hablando de Rod. Tenían que estar hablando de él.

—Debería ir a prisión, Liam.

—No irá a prisión, Sharon. Hay violadores y asesinos que van a juicio y salen sin que les hagan nada. ¿Por qué van a encarcelar a Rod Amos?

—¡Porque es peligroso!

Se produjo una breve pausa durante la que India contuvo la respiración. Rod no era peligroso. ¿Cómo podían estar hablando de él como si fuera un criminal? Había reaccionado como lo haría cualquiera, en el caso que fuera capaz, en una situación como aquella.

–¿A qué te refieres? –preguntó Liam.

Sharon bajó la voz hasta tal punto que India tuvo que aguzar el oído.

–Estoy diciendo que seguro que llevaba un arma. ¡Mira cómo te dejó la nariz y la mandíbula!

¿Un arma? India apretó los dientes, tan sorprendida como indignada.

–Por lo menos no tuvieron que ponerme puntos en la barbilla –Liam habló con la boca llena, algo que, seguro, no habría sido capaz de hacer si le hubieran puesto puntos en la mandíbula.

–¿Y eso significa que deberíamos darle las gracias? –preguntó ella–. Piensa en la cuenta del hospital, si es que no te basta con las heridas. ¡Debes tres mil quinientos dólares! ¿Cómo vas a pagarlos?

India no oyó lo que susurraba Liam a continuación. Sharon siguió hablando otra vez.

–Sus hermanos y él tienen un negocio en Whiskey Creek. Rod tiene dinero. Yo misma lo he investigado.

Aunque le costó, India se obligó a no levantarse y decirles algo.

–Voy a intentar que me indemnice –respondió Liam–. Pero eso no depende de mí…

–¡Claro que sí! –le interrumpió ella–. Dependerá de lo que le digas a Bennett cuando declares mañana por la mañana. Si Rod Amos llevaba un arma, eso lo cambiaría todo. Y tuvo que utilizar algo más que los puños para darte tamaña paliza. Tienes que pensar detenidamente en ello y montarte una historia creíble antes de entrar.

El tono de Liam cambió, se tornó más pensativo.

—¿Qué clase de arma crees que pudo ser?

India estaba convencida de que Liam sabía que no había habido ningún arma. Estaba preguntándolo para causarle problemas a Rod. Pero Sharon se fijó en India y debió de darse cuenta de que les estaba oyendo porque bajó la voz y después, en vez de contestar a la pregunta, le preguntó a Liam su opinión sobre la cena.

India continuó comiendo, intentando fingir que no les había estado escuchando y que no tenía la menor idea de lo que estaban hablando. Esperaba que se relajaran y volvieran a abordar el tema para así poder conocer sus planes. Pero no lo hicieron. Se dedicaron a hablar de otras cosas, pagaron la cuenta y se marcharon, dejándola con un mal presentimiento.

Escuchar a dos personas planeando mentir sobre alguien ya la habría afectado. Pero, sobre todo, no quería que le hicieran ningún daño a Rod.

Cuando terminó, condujo hasta la comisaría. Le daba miedo llamar la atención, prefería mantener un perfil bajo para poder acostumbrarse a su nueva vida y salir adelante. Pero no podía permitir que Liam y Sharon mintieran sobre lo que había pasado el viernes por la noche.

Al principio se alegró de haber reunido valor para ir a ver al jefe de la policía local. Bennett la reconoció y la trató con amabilidad... hasta que apuntó su nombre. Aunque India ya lo había mencionado la noche del accidente, en aquella segunda ocasión, el policía lo relacionó con toda la cobertura que había dado la prensa a la muerte de su marido. Una vez confirmado que era ella, cuando supo que se trataba de la mujer cuyo marido había sido asesinado, su actitud cambió. A partir de aquel momento, se comportó como si no pudiera tomarse en serio lo que decía tras saber que se había visto involucrada en dos situaciones problemáticas en tan poco tiempo.

—Gracias por venir —le dijo tras tomar unas cuantas cosas—. Archivaré su declaración por si esto va a alguna parte y me pondré en contacto con usted si necesito que volvamos a hablar.

—De acuerdo —se levantó y se alisó el vestido—. Le agradezco que me haya escuchado. Solo... he pensado que debería saber que Rod no tenía ningún arma.

—¿Está segura? —le preguntó él antes de que pudiera salir de su despacho.

Al reconocer el tono desafiante de su voz, India cuadró los hombros.

—Sí.

—¿Estaba allí cuando se produjo la pelea? ¿Vio lo que ocurrió?

—No, como ya le he dicho, llegué mucho después. Pero Rod no llevaba ningún arma en la mano. Y no tengo ningún motivo para mentir.

—¿Y por qué sabe que no tiró el arma que podría haber usado justo antes de que usted llegara, señora Sommers?

India le miró parpadeando.

—Porque jamás tuvo un arma. Le estoy diciendo que la conversación que acabo de oír en el Just Like Mom's era preocupante. Sharon, la mujer que estaba con Liam, le estaba sugiriendo que mintiera.

El policía revisó sus notas.

—Se refiere a cuando ha dicho que él no podía recordar lo que había pasado correctamente. Y que las lesiones de la cara sugerían que Rod debió de utilizar un arma.

—¡Sí!

—Para serle sincera, no estoy seguro de que algo así suene razonable, señora Sommers. Rod tiene todo un historial en este pueblo.

—¿Por haber utilizado armas?

—No necesariamente, pero sí por haberse buscado problemas.

—El problema no es tanto lo que ha dicho Sharon como el tono en el que lo ha dicho —le explicó India.

—Lo entiendo. Bueno, yo ya lo tengo todo aquí —palmeó el archivador que tenía en el escritorio—. Gracias por venir.

La estaba echando. India no tuvo más remedio que asentir y marcharse.

Mientras regresaba al coche, temió no haber ayudado a Rod nada en absoluto. Y supo que tendría menos credibilidad todavía si alguna vez llegaba a saberse que se había acostado con él.

Natasha apenas hablaba mientras Mack le buscaba un billete de avión. Él le hizo algunas preguntas. Quería saber cómo iba a ir desde el aeropuerto hasta el apartamento. O si había estudiado la zona para saber si había tiendas cerca. O si de verdad quería irse tan pronto. Pero ella permanecía sentada en su cama en silencio mientras él utilizaba el portátil que solía prestarle a Natasha y le miraba con el ceño fruncido cada vez que él la miraba.

—¿De verdad quieres que nuestra última semana sea tan triste?

—¿Lo quieres tú?

—No tienes por qué estar tan enfadada. Te esperan muchas cosas buenas.

—¿Y? No quiero ninguna de ellas.

—Porque no sabes lo que te estás perdiendo —replicó él, y volvió a concentrarse en la pantalla del ordenador.

—Porque lo que quiero es estar aquí. Y no me da miedo decirlo.

Mack le dirigió una intensa mirada. Había elevado

mucho la voz. La puerta estaba abierta y Grady estaba en la habitación de al lado viendo la televisión. Aquella era la única razón por la que a Mack no le había importado dejarla entrar. No podía ocurrir nada entre ellos; no tenían ninguna intimidad.

–Tienes que dejar de hablar así –le dijo con suavidad–. Y también tienes que dejar de pensar de ese modo.

Ella le fulminó con la mirada.

–¿Preferirías que me mintiera a mí misma como haces tú?

Mack tomó aire.

–Yo no me estoy mintiendo a mí mismo. Estoy intentando respetar los límites. Deberías intentarlo alguna vez. Lo que has hecho esta mañana... no puede volver a pasar.

Natasha curvó los labios en una sonrisa traviesa.

–Te ha gustado.

–No –mintió él.

–Sí, te ha gustado. Y te gustaría hacérmelo a mí ahora. Te encantaría hacerme muchas cosas.

–¡Ya basta! –le ordenó–. Lo estás haciendo más difícil de lo que es.

–Estás haciendo que se interponga entre nosotros algo que solo existe en tu cabeza.

–¡Y en la cabeza de todos los miembros de esta familia y de este pueblo!

Ella se cruzó de brazos.

–Me importa muy poco lo que digan los demás.

–Pues debería preocuparte.

Grady apagó la televisión. Mack alzó la mano en aquel repentino silencio para pedirle a Natasha que no dijera nada. Asumió que Grady subiría al piso de arriba y se metería en la cama. Durante la cena había comentado que no se encontraba bien. Pero asomó la cabeza en el dormitorio.

–¿Qué estáis haciendo?

–Nada. Solo le estoy comprando un billete a Natasha –respondió Mack.

Grady desvió la mirada hacia ella.

–No me puedo creer que nuestra niñita haya crecido tanto.

–¿Nuestra niñita? No era ninguna niña cuando te conocí. ¡Deja de ser tan paternalista conmigo! –le dijo, le empujó y salió furiosa, pasando por delante de él.

–¡Jo! –exclamó Grady–. ¿Qué le pasa últimamente?

Mack se frotó la cara.

–Está en un momento de cambio.

–Sí, supongo que será eso. Pero, vaya, no se le puede decir nada sin que se enfade.

Mack recordó a Natasha apretándole los genitales en el taller y se volvió hacia el ordenador.

–Acuérdate de lo que es tener esos años. Quieres muchas cosas que no puedes tener.

–Pero ella está a punto de conseguir lo que quiere. ¡Todos nos hemos encargado de que lo consiga!

–Y nos está agradecida. Es solo que... le cuesta marcharse. Debe de estar nerviosa.

Grady se agarró a la puerta.

–¿Entonces por qué se va a ir tan pronto?

–A veces es más fácil enfrentarte a algo que temes y terminar cuanto antes con ello.

–Supongo –contestó Grady, pero sacudió la cabeza como si no lo comprendiera–. Cada vez es más difícil tratar con ella.

–Se tranquilizará en cuanto salga de aquí.

–Voy a hablar con ella. No debería perder los estribos cada dos por tres –dejó caer las manos, dispuesto a ir a buscarla, pero Mack le detuvo.

–Déjala en paz –le pidió, y, hasta que no fue demasiado tarde, no se dio cuenta de que su tono había sonado un poco a la defensiva.

—¿Lo dices en serio? —replicó Grady—. Yo no he hecho nada y te pones de su parte.

—Lo que haga Natasha no es problema tuyo. Está pasando por los problemas típicos de la adolescencia. Dale la oportunidad de enfrentarse a ellos. Para cuando vuelva a casa por Acción de Gracias, ya estará bien.

—¿Desde cuándo eres tú el que tiene que decirme lo que tengo que hacer con Natasha? —preguntó Grady.

Mack se levantó.

—Desde ahora. Déjala en paz, como te acabo de decir.

Grady le miró boquiabierto.

—¡Dios! Los dos os estáis comportando como unos estúpidos. Me voy a la cama.

Capítulo 16

Cuando Rod llegó a casa, vio el coche de India delante de la suya, pero no la encontró en su cama. Ni siquiera estaba en su dormitorio. Y se preocupó al ver que tampoco estaba en su casa. Las luces estaban encendidas, pero las puertas estaban cerradas y ella no respondió ni cuando llamó a la puerta ni cuando intentó localizarla por teléfono. Estaba rodeando la casa para ver por dónde podría entrar para asegurarse de que estaba bien cuando oyó una voz tras él.

–Rod, estoy aquí.

Rod dejó escapar un suspiro de alivio al verla sana y salva.

–Me has dado un susto de muerte –le dijo–. ¿Por qué no has contestado al teléfono?

–No me funciona el teléfono. Se me ha caído al fregadero esta mañana y desde entonces ha estado haciendo cosas raras.

–Tendrás que llevarlo a arreglar.

Estando Sebastian suelto, un teléfono podía ser vital para conseguir ayuda. India no podía estar sin él si alguna vez llegaba a necesitarlo.

–Lo haré si sigue así. Ahora lo tengo metido en arroz. Se supone que eso ayuda a quitar la humedad.

Rod la miró con atención, reparando en su sencilla camiseta y en los pantalones vaqueros cortados. India estaba espectacular cuando se arreglaba. Pero a él le gustaba más así, con el pelo recogido y la cara limpia de maquillaje.

—¿Dónde estabas?

—Paseando por el río.

—¿Tan tarde?

—Ya sabes que me cuesta dormir.

Aunque no podía verla en la oscuridad, se adivinaba que estaba pálida y cansada.

—¿Qué tal ha ido el viaje? —le preguntó ella.

—He conseguido lo que Dylan necesitaba —se apoyó en uno de los muros de la casa para evitar alargar las manos hacia ella y estrecharla contra él. El impulso de hacerlo era tan fuerte que le sorprendió—. ¿Cómo te ha ido a ti?

Un destello blanco le indicó que acababa de sonreír.

—¿Te refieres a después de que Natasha me pillara durmiendo contigo?

Él le devolvió la sonrisa.

—No me puedo creer que se lo hayas contado a Dylan.

Su hermano debía de haberle enviado por lo menos cinco mensajes diciendo: «he dormido con tu hermano». Aquella cita se había convertido en una broma entre ellos.

India tiró del dobladillo deshilachado de los vaqueros.

—Supongo que te habrá advertido que te mantengas alejado de mí.

—Qué va, le caes bien.

Como ella no dijo nada, él inclinó la cabeza para estudiar su rostro.

—No estás preocupada porque lo sepan Natasha y Dylan, ¿verdad?

—No.

—¿Entonces qué te pasa? ¿Por qué estás tan nerviosa? ¿Es por Sebastian? ¿Has sabido algo de él?

—No, nada. Pero no es por él. Por lo menos, no más que anoche o que anteanoche.

—Pero hay algo que te inquieta —¿sería simplemente que todavía no había decidido si quería volver a su cama o no?

—La lista es muy larga —bromeó—. ¿Por dónde quieres que empiece?

—Por el primer punto.

India dejó escapar un suspiro.

—De acuerdo. Para empezar, cuando he llamado a Cassia, mi suegra ha vuelto a darme largas. Una vez más.

Rod acortó la distancia que les separaba, pero no la tocó.

—¿Y por qué no te deja hablar con tu hija?

—Nunca me dice que no. En realidad, no es que se niegue. Pero intentan que no hable conmigo muy a menudo. Siempre se inventan alguna excusa.

Rod admiró la cremosa suavidad de su piel.

—¿Y por qué van a hacer una cosa así?

—Estoy convencida de que no quieren que se ponga a llorar y me pida que la traiga a casa. Porque entonces no podrían decirme que está tan contenta con ellos como conmigo.

Rod deslizó el dedo por la mandíbula de India. Pensó que ella iba a apartarse, pero no lo hizo.

—¿Qué clase de abuelos querrían hacerte sentir menos importante de lo que eres para tu hija?

Ella le miró fijamente. Pareció perderse en su mirada hasta tal punto que Rod pensó que podría besarla. Pero entonces dijo:

—Supongo que cuando tienes una nuera sospechosa de

haber ayudado a matar a tu hijo, no crees que sea una buena madre para tu nieta.

Rod sacudió la cabeza.

—Es absurdo que no sepan la clase de persona que eres.

Rod comenzó a acariciarle el labio inferior con el pulgar, pero ella le agarró la muñeca.

—¿Por qué tú no tienes dudas? ¿Por qué estás tan seguro de que soy inocente?

—Por muchas razones.

—Como, por ejemplo…

—Sobre todo, porque no has intentado convencerme de lo contrario.

—¿Y…?

—Y es evidente que jamás harías ningún daño a nadie, India.

Recordó cómo se había acercado al hombre al que había noqueado. Estaba tan afectada que, por un momento, Rod había temido que fuera a desmayarse. No podía imaginar que una mujer que había demostrado tanta sensibilidad al ver a un herido pudiera organizar el asesinato de su marido.

—Lo único que se me ocurre es que tus suegros están cegados por la pérdida de su hijo.

—A lo mejor para ti es más fácil aceptar mi versión porque no tenías ningún vínculo emocional con Charlie. Pero yo pensaba que me había ganado cierta credibilidad con mis suegros. Ellos me conocen mucho mejor que tú. ¿No deberían haber sido ellos los que insistieran en que no soy capaz de hacer algo así?

La habían herido profundamente. Y él se sintió mal por ello. Lo que India había pasado ya era bastante duro sin aquel abandono.

—La tragedia hace que la gente se comporte de manera extraña. A veces resulta tentador culpar a alguien que no se lo merece. Al final no han podido castigar a Sebastian y te castigan a ti por el mero hecho de tener algún tipo de conexión con él.

—Supongo... Pero tú no estuviste en el juicio.

Rod entrelazó los dedos con los suyos y comenzó a caminar de nuevo hacia el río.

—¿Qué diferencia habría habido?

—Tú no oíste todas las cosas que dijeron de mí —contestó con una risa carente de humor—. A lo mejor tú también habrías cambiado de opinión.

—Lo dudo.

Ella se volvió para mirarle y posó la palma de la mano en su pecho, como si estuviera intentando sentir su corazón, conectar con una parte íntima de él. Pero fueron sus palabras las que le dejaron estupefacto.

—Tú no sabes lo que tuve que hacer para salvar a mi hija —susurró.

Por lo que podía ver bajo la luz de la luna, los ojos de India rebosaban sufrimiento. Rod cubrió su mano y bajó la voz.

—Supongo que puedo imaginármelo.

El silencio se alargó entre ellos. Después, con una voz carente de toda emoción, ella dijo:

—Discutimos. Nos peleamos. Todo eso es verdad, pero...

—Hay algo más.

Ella asintió.

Rod sintió que se le tensaban los músculos al imaginar lo que podía haber pasado.

—¿Qué te obligó a hacer, India?

La mera pregunta la hizo temblar. Intentó apartar la mano, pero él se la retuvo.

—No te apartes —musitó—. No tienes por qué esconderte de mí.

—Pero... no es lo que me obligó a hacer —tuvo que tragar saliva para poder hablar porque las lágrimas habían comenzado a empaparle las mejillas.

–A lo mejor ya es hora de que se lo cuentes a alguien.

–Yo... no puedo.

Rod comprendió entonces que India no esperaba aquella conversación y no estaba preparada para mantenerla. Tampoco él. A los dos les había pillado por sorpresa. Había algo que India necesitaba decir, pero todavía no lo había dicho. Rod estaba comenzando a creer que no sería capaz de dejar el pasado tras ella hasta que no se enfrentara a lo que estaba silenciando. Pero, al mismo tiempo, no quería obligarla a pasar por el horror de revelarlo.

–Entonces no lo cuentes –susurró. Le pasó el brazo por los hombros y apoyó la barbilla en su cabeza–. Siempre podrás contármelo más adelante si quieres.

–Si lo supieras, me odiarías.

¿Como se odiaba ella misma?

–No, no te odiaría. Y, es más, si Sebastian regresara y tuvieras que enfrentarte a ese mismo peligro, me gustaría que volvieras a hacerlo otra vez si esa es la única manera de sobrevivir.

India enterró el rostro en su cuello y permitió que la abrazara hasta que dejó de temblar. Después, fue a buscar el teléfono a su casa y se fueron los dos a dormir a la habitación de Rod.

Rod se quedó dormido en cuanto se metieron en la cama e India se alegró. No quería hacer el amor con él. Sabía que al día siguiente se sentiría decepcionada consigo misma, puesto que se había prometido alejarse de él, ser prudente, no volver a meterse en otra situación dolorosa. Tampoco quería hablar de ella. Mientras estaba paseando por el río, había decidido no preocuparle con la conversación que habían mantenido Liam y Sharon en el Just Like Mom's. Era mejor guardar la información hasta el día siguiente. Así que, ¿qué había hecho entonces? ¡Hablar de sus propios problemas y estar a punto de revelar un secreto que podría destrozarla!

¿En qué demonios estaba pensando? ¿Qué sabía de él? ¿Podía confiar en Rod? Porque, por muy fiable que le pareciera, tenía que recordar que no podía apoyarse ni en él ni en nadie. Si sus mejores amigos, si, incluso la familia de Charlie, le habían dado la espalda, también Rod podría hacerlo. Lo que sentían Rod y ella podría desaparecer en un par de semanas. Tenía que tener en cuenta la rapidez con la que podían cambiar los sentimientos y las circunstancias, sobre todo porque no podía permitirse que aquella relación se convirtiera en algo más serio.

Tenía que mantener la boca cerrada.

Cuando Rod dio media vuelta en medio del sueño, alejándose de ella, echó de menos aquel contacto físico, un sentimiento preocupante. Intentó convencerse a sí misma de que era un problema de soledad y permaneció en su lado de la cama. Pero aquello solo sirvió para que le deseara todavía más.

Después de permanecer inmóvil durante varios minutos, decidió que por qué no disfrutar del confort de su cuerpo. En cuanto la policía encontrara la pistola que Sebastian había utilizado para matar a Charlie o ella pudiera enderezar su vida de otra manera, volvería a la normalidad y tendría que pasar muchas noches sin él. Para entonces ya no tendría ningún miedo, Cassia estaría en casa y le resultaría más fácil alejarse de él.

Se acercó a Rod y deslizó tentativamente la mano por su cintura. Al ver que se movía, se estrechó contra él. Fuera Rod como fuera o lo que resultara ser cuando pudiera conocerle mejor, había que reconocer que era un gran compañero de cama. Le encantaba que fuera tan receptivo... En realidad, le gustaba todo de él.

—¿Estás bien? —susurró Rod.

—Sí, estoy bien. Vuelve a dormir —respondió ella.

Lo dijo como si también ella fuera a hacerlo. Pero en cuanto la respiración de Rod volvió a hacerse regular, ella se quitó la parte de arriba del pijama y le subió a Rod la camiseta para poder presionar su pecho desnudo contra su espalda. Solo entonces se sintió suficientemente segura y a salvo como para dejarse llevar por el sueño.

Cuando Rod se despertó, sintió la suavidad de los senos de India contra el brazo. La consecuente avalancha de testosterona le golpeó el cerebro, despertándole de golpe y sin la modorra habitual. India no llevaba la parte de arriba del pijama, pero él recordaba que se había acostado con ella.

¿Se la habría quitado él? ¿O se la habría quitado ella misma?

Se volvió despacio para poder verla bajo la luz de las primeras horas de la mañana que se filtraba a través de las persianas y apartó un poco las sábanas en el proceso.

Estaba disfrutando de aquella imagen cuando se dio cuenta de que ella también estaba despierta.

—Buenos días —musitó India.

—Buenos días.

No se dijeron nada más. Se limitaron a mirarse el uno al otro durante varios segundos hasta que Rod alargó la mano para acariciarla.

India cerró los ojos cuando él posó la mano en el tierno montículo de su seno. Rod sintió su propia excitación. No le quedaba mucho tiempo antes de ir al trabajo, pero en aquel momento no le importaba llegar tarde. India se había estado esforzando de tal manera por alejarle física y emocionalmente que había asumido que no volvería a permitir que la acariciara de aquella manera. Pero no solo estaba permitiéndoselo, sino que incluso estaba respondiendo a sus caricias.

—¿Qué ha pasado con la parte de arriba de tu pijama? —le preguntó.

—Me la he quitado.

—Porque...

—Porque quería sentirte contra mí.

Aquella era una buena señal.

—¿Y si nos acercamos más?

Asomó al rostro de India cierta reluctancia, pero no le detuvo cuando deslizó la mano entre sus piernas.

—No quiero que te sientas engañado, ni decepcionado —le advirtió.

—Y yo tampoco quiero que lo sientas tú.

La satisfacción que sintió cuando por fin pudo entrar dentro de ella le hizo sonreír. Jamás había experimentado tanta ternura. Durante un par de minutos aquello le preocupó. Porque aquel sentimiento sugería que podía terminar con el corazón roto. Sería la primera vez desde la muerte de su madre.

Pero no quería profundizar en aquella posibilidad. No cuando estaba teniendo lo que quería. En el momento en el que sintió las piernas de India alrededor de su cintura y su boca abierta bajo la suya, se perdió en el placer de estar con ella. Y no volvió a salir a la superficie hasta que no la oyó gemir y él mismo se precipitó al orgasmo.

—Siento que haya sido tan rápido —se disculpó mientras se separaba de ella—. Te recompensaré en otro momento. Ahora tengo que ir al trabajo.

India le agarró la mano cuando estaba punto de salir de la cama.

–Tengo que contarte algo.

Rod vaciló. A juzgar por su tono de voz, no eran buenas noticias.

–¿Y tienes que contármelo ahora? Porque ahora mismo estoy muy contento.

Su intención había sido hacerla sonreír, pero ella continuaba muy preocupada.

–Lo he retrasado porque quería que pudieras descansar, pero... creo que deberías saberlo.

Rod suspiró mientras volvía a sentarse.

–¿Qué es?

–El hombre con el que tuviste la pelea...

–¿Liam Crockett? –por lo menos no iba a decirle otra vez que no podía seguir viéndole.

–Sí. Le vi en el restaurante en el que cené anoche.

Distraído por su desnudez, Rod deslizó la mano sobre ella mientras se inclinaba para besarle el cuello.

–¿Me estás oyendo? –le preguntó ella.

–Mm –le mordisqueó el lóbulo de la oreja–. Viste a Liam en el restaurante.

–No solo le vi, le oí.

Rod alzó la cabeza.

–¿Y?

–Va a denunciarte.

Rod elevó los ojos al cielo y se levantó.

–Ya me lo esperaba.

–Y no solo eso. La persona que estaba con él le dijo que debería decir que utilizaste un arma.

–¿Qué?

Ella se mordió el labio.

–Lo sé, es una locura. Pero su objetivo es que tengas que indemnizarle y un asalto con un arma mortal podría desembocar en un arresto. A lo mejor incluso tienes que pasar algún tiempo en prisión.

—¡Pero eso es ridículo! ¡Yo no llevaba ningún arma!

—Yo te creo, pero no estoy segura de que vaya a creerte Bennett. Cuando fui a la comisaría para contarle lo que había oído, no se mostró muy receptivo.

Rod la miró boquiabierto.

—¿Fuiste a la comisaría?

—Sí. Quería que Bennett supiera que pensaban mentir antes de que lo hicieran. No podían salirse de rositas. Pero no creo que te haya servido de mucha ayuda.

Aunque la idea de que Liam estuviera dispuesto a causar problemas era tan inquietante como India había imaginado, también se sintió halagado por el hecho de que ella hubiera salido en su defensa. Estaba intentando mantener un perfil bajo para protegerse, pero tenía un gran corazón. Sobre eso no cabía la menor duda.

—¿Por qué? ¿Qué te dijo Bennett?

—Básicamente, que mi palabra no significaba nada. Que yo no estaba allí cuando se produjo la pelea.

—Pero él sabe que yo nunca utilizaría un arma.

—Yo no creo que puedas contar con que vaya a tener ninguna fe en ello.

Rod miró el reloj. Se estaba haciendo tarde.

—No tiene pruebas.

—Será tu palabra contra la suya.

—Qué hijo de...

—¿Te refieres a Bennett o a Liam?

—Ninguno de los dos me gusta.

—Lo siento.

Rod se dirigió al cuarto de baño.

—No te preocupes por eso. Ya tienes bastante con lo tuyo.

Pero antes de que hubiera abierto la ducha, oyó vibrar el teléfono de India en la mesilla. Esperó en la puerta para ver si el teléfono funcionaba y saber quién estaba llamando. Esperaba que pudiera hablar con su hija. Sabía lo mucho que echaba de menos a Cassia y una conversación con ella podría levantarle el ánimo. Pero cuando vio que el color abandonaba su rostro supo que el agua no había estropeado el teléfono. Y también que no era alguien con quien quisiera hablar.

—¿Qué pasa? —preguntó Rod, saliendo al dormitorio.

Ella, aterrada, le hizo un gesto con la mano para que se apartara, como si temiera que alguien pudiera reconocer su voz. Después, sin haber dicho nada, aparte del «hola» inicial, intentó poner fin a la llamada, pero la mano le temblaba de tal manera que se le cayó el teléfono.

Rod lo agarró y se lo llevó al oído.

—¿Quién es? —preguntó.

—¿Quién demonios eres tú? —fue la cortante respuesta.

—¡No hables con él!

India se levantó con dificultad para poder agarrar el teléfono y, en aquella ocasión, consiguió colgar.

Rod la miró con el ceño fruncido.

—Supongo que no era tu suegro.

India arrojó el teléfono a la cama, como si no soportara tenerlo encima, y se abrazó a sí misma.

—¿India? —Rod la agarró por los hombros y la hizo girar hacia él.

Y por fin le miró.

—Era Sebastian.

Capítulo 17

India permanecía frente a la ventana de Rod, mirando alternativamente el número de teléfono de su historial de llamadas y la casa. Aunque Rod le había dicho que se quedara allí y que él iría periódicamente a su casa para revisarla, sabía que no podía esconderse allí, ni en ningún otro lugar, indefinidamente. Tenía que liberarse del pasado para recuperar a su hija. ¿Pero cómo?

¿India? ¿Sabes quién soy?

El alegre saludo de Sebastian se repetía una y otra vez en su cabeza. ¿Cómo se había atrevido a llamarla? ¿Cómo podía pensar que podía causarle alegría alguna oírle? Se estaba burlando de ella, regodeándose por su escapada.

Y haría cosas peores si pudiera.

¿Sabría dónde vivía?

Era posible, pero no estaba segura. Había podido llamarla porque no había cambiado de número de teléfono. El mundo le parecía diferente, un lugar más seguro, cuando pensaba que Sebastian iba a pasar en prisión el resto de sus días. Así que se había arriesgado a conservarlo. Sabía que si cambiaba de número, muchos de sus amigos y conocidos no podrían ponerse en contacto con ella. Si desaparecía con la esperanza de retomar aquellas relaciones más adelante, cuando se supiera la verdad, no tendría nada, salvo los recuerdos, para conectar su existencia con la que había conocido con Charlie. Aunque muchas de aquellas personas no eran la clase de amigos que llamarían buscando información reciente. No en aquel momento.

Pero sabía que si no quería volver a tener noticias de Sebastian, tendría que cambiar de número. Y quizá no se perdiera nada. Si sus antiguos amigos y conocidos habían pensado, aunque fuera solo por un segundo, que era capaz de hacer algo tan atroz, debería sacarlos de su vida para siempre. Pero le costaba dar aquel paso antes de haber hecho nuevas amistades. Ya había sufrido demasiadas pérdidas.

—Maldita sea —susurró, y llamó al detective Flores.

Esperaba dejarle un mensaje. Eran raras las ocasiones en las que le localizaba al primer intento. Pero aquel día contestó.

—Me ha llamado —dijo sin respiración y sin preámbulo alguno.

Se produjo un largo silencio.

—¿Quién es?

India tomó aire y se esforzó en tranquilizarse.

—India Sommers. Acaba de llamarme Sebastian Young.

—¿Y qué ha dicho?

—No le he dado la posibilidad de decir nada. He colgado.

—Es lo más sensato que podías haber hecho. No tienes que provocarle.

—Pero tampoco quiero ser amable con él. Mató a mi marido. Por favor, dime que le estáis vigilando.

No hubo respuesta.

—¿Detective?

–India, no tenemos efectivos suficientes como para vigilar a todos los sospechosos de asesinato. Tenemos coches patrullando por las noches por la casa en la que vivía con su esposa. Estoy seguro de que está allí. No creo que tenga ningún otro lugar al que ir. Estamos haciendo lo que podemos, pero yo no confiaría en que eso sea suficiente.

–¿Me estás diciendo que estoy sola en esto?

–Yo te sugeriría que pidieras una orden de alejamiento.

Ella comenzó a reír.

–¿Eso es lo único que tienes que decir?

Ya había pasado por aquello con uno de sus antiguos novios, el de la banda de moteros, y no había servido de nada. Solo cuando había muerto la madre de aquel hombre y este se había mudado a Maryland tras heredar su casa, había disminuido el peligro. India no había vuelto a verle desde entonces.

–Por difícil que sea, es lo único que puedes hacer – dijo Flores–. Es un hombre libre e inocente, hasta que se demuestre lo contrario.

Con un sonido de impotencia y frustración, ella se dejó caer en la cama y se frotó la frente.

–¿Estás ahí? –preguntó el detective.

–Estaba a punto de colgar –respondió, y presionó el botón para poner fin a la llamada.

Todavía estaba sentada en la cama, preguntándose qué iba a hacer, cuando volvió a sonar el teléfono. El identificador de llamadas anunció que eran sus suegros. Sintió una punzada de anhelo al pensar en Cassia. Tenía que enderezar de nuevo su vida y tenía que hacerlo antes del Cuatro de Julio, el día que tenía que regresar Cassia a su vida, Si no lo conseguía, debería renunciar a sus planes de reconstruir su vida en Whiskey Creek y buscar un nuevo destino.

Más decepciones. Un nuevo desarraigo. Otra discusión con sus suegros por alejarles de Cassia.

Cerró los ojos y contestó.

—¿Diga?

—¿India?

Era Claudia, por supuesto. Steve nunca llamaba.

—¿Sí?

—¿Has sabido algo más del detective Flores?

¡Acababa de hablar con él! Aquella coincidencia la aterró. ¿Sería una prueba? ¿Habría llamado Flores a Claudia en cuanto había colgado el teléfono y les habría dicho que había tenido noticias de Sebastian?

Habría tenido tiempo suficiente, pero, si había alguna posibilidad de que el detective no hubiera llamado, sería una estupidez compartir aquella información. Sabía lo que ocurriría si Claudia se enteraba de que el asesino de Charlie no iba a desaparecer de sus vidas.

—No, ¿por qué?

—¿No te ha contado lo que están haciendo para encontrar más pruebas? Si no presionamos, pasarán a ocuparse de otros delitos.

—¿Habéis intentado llamarle? —India contuvo la respiración.

—Varias veces.

—¿Y?

—Ni siquiera hemos podido hablar con él. Ayer me dejó un mensaje diciéndome que esperaban que apareciera la pistola. ¿Es eso lo que te está diciendo a ti?

—Más o menos.

—Son palabras vacías —se quejó ella—. Flores no está haciendo nada. Ha renunciado.

—Intentaré presionar —prometió India, pero ella compartía la misma opinión.

Pensaba que Flores dejaría el caso para ocuparse

de otros delincuentes hasta que Sebastian hiciera algo más, algo por lo que pudieran procesarlo con más seguridad.

Lo único que esperaba era que no se tratara de su propia muerte.

Cuando Rod llegó a casa, India no estaba. Y, en aquella ocasión, tampoco su coche. Frunció el ceño mientras conducía lentamente por delante de su casa. Después, corrió al interior de la suya para buscar en su dormitorio. A lo mejor le había dejado una nota, puesto que no le había dicho nada por teléfono.

No encontró nada. ¿Qué estaba pasando? ¿Por qué no se habría puesto en contacto con él?

Cuando marcó su número, saltó el buzón de voz.

—Dime que estás bien, ¿de acuerdo? —le pidió, y le escribió después un mensaje.

¿Dónde estás?

Estaba en la terraza, mirando hacia su casa a oscuras, esperando su respuesta, cuando entró Mack.

Al oír a su hermano, Rod renunció a seguir vigilando y se acercó a la cama.

—¿Qué pasa?

—Iba a acercarme al bar, ¿quieres venir?

Mack llevaba una temporada comportándose de manera extraña. Normalmente, era la alegría de la casa, siempre estaba contento. Pero se había convertido en un chico malhumorado e irritable.

—¿Un día de entre semana?

—No tenemos por qué quedarnos mucho tiempo.

—No puedo —le enseñó el teléfono—. Estoy esperando noticias de India —y estaba preocupado por ella—. Pídele a Grady que te acompañe.

—Ya lo he hecho, pero está muy cansado —Mack comenzó a dirigirse hacia la puerta—. Iré solo.

—¿Mack?

Cuando su hermano se volvió, Rod le miró con atención.

—¿Qué te pasa?

—Me está volviendo loco —se quejó.

Rod no necesitaba que especificara a quién se refería. Podía imaginárselo, aunque no estaba seguro de que le apeteciera oír los detalles. Continuaba conservando la esperanza de que todo aquello acabara cuando Natasha se mudara a Utah.

—A lo mejor te viene bien salir.

—Me vendrá bien tomar unas cuantas copas. Eso es lo que me vendrá bien.

—¿Por lo menos está hablando contigo?

—No.

Y eso le estaba matando. Rod se sentía mal, pero no podía decir que le comprendiera. Nunca había sentido nada tan fuerte por una mujer. A lo mejor India era diferente, pero todavía no la conocía suficientemente bien como para decirlo. Seguramente, con el tiempo y la distancia, Mack conseguiría superarlo.

—Estará fuera dentro de una semana más o menos, así que el final ya está a la vista.

—Me gustaría que todo fuera más fácil —farfulló Mack, y se marchó.

Rod le oyó marcharse y después volvió a mirar el teléfono.

India, la urgió, *no me hagas temer lo peor.*

Por fin sonó su teléfono, anunciando una respuesta.

Estoy bien.

¿Dónde estás?

Ocupándome de algo. No tardaré en volver.

Rod no presionó. No quería que India pensara que por el hecho de que hubiera transigido y hubieran hecho el amor aquella mañana iba a convertirse en un posesivo controlador. Pero, aun así, estaba en una situación excepcional que le daba motivos para temer por su seguridad.

¿Qué pasa? ¿Has ido a ver a Cassia?

Se produjo una larga pausa, pero, cuando recibió la respuesta, respiró aliviado.

Sí. Volveré tarde.

De acuerdo, escribió él. Después, corrió escaleras abajo y salió a la puerta. Si su hermano iba a beber, necesitaría que alguien condujera por él.

—¡Espera un momento! —gritó antes de que se alejara—. Voy contigo.

¡Mack había llevado a una mujer a casa! En cuanto Natasha oyó su voz y aquella risita femenina, salió de la cama para mirar. Pero no podía ver la puerta de la entrada desde su dormitorio. Tuvo que salir y mirar por encima de la barandilla del porche. Solo entonces pudo verles a los dos. Mack apenas se sostenía en pie, pero una rubia voluptuosa le estaba ofreciendo toda la ayuda que necesitaba.

Por suerte, Natasha no la reconoció. Pero no por ello el dolor fue menos agudo. Se sintió como si Mack acabara de darle un fuerte puñetazo en el pecho.

Al cabo de unos diez minutos, cuando estuvo segura de que Rod se había acostado y de que no corría peligro de encontrarse con nadie, bajó hasta el sótano y escuchó tras la puerta de Mack. Le oyó hablar y reír y escuchó después unos cuantos suspiros. A partir de entonces todo quedó en silencio y la mujer comenzó a jadear y a gemir. Fue entonces cuando sintió que las piernas se le transformaban en gelatina y comenzó a deslizarse hasta el suelo, apoyada en la pared. Se dijo a sí misma que era una estupidez seguir allí, torturándose de aquella manera. A Mack no le importaba hacerle daño, si no, no le estaría haciendo algo así. ¿Por qué permitirse entonces sufrir?

No tenía respuesta para eso. Pero no fue capaz de marcharse.

India tenía que encontrar alguna manera de atrapar a Sebastian. Desde que había disparado a Charlie y ella había conseguido sobrevivir, había estado esperando, creyendo que un proceso legal resolvería a la larga sus problemas. Siempre había pensado que aquello era cosa de la policía, o del detective que habían contratado, o de… o de cualquier otro.

Pero había llegado a la conclusión de que no podía contar con nadie. De que estaba sola. Ni siquiera sus suegros estaban de su lado. Si quería recuperar a su hija, si quería recuperar su vida, tenía que encontrar la manera de neutralizar a Sebastian.

Averiguar dónde vivía sería una buena forma de comenzar y el primer lugar en el que debía buscarle era la casa en la que había estado viviendo antes de matar a Charlie. El detective Flores había sugerido que era probable que hubiera vuelto con su esposa.

De modo que allí estaba, a dos horas de su casa, en Hayward. No quería quedarse en Whiskey Creek, temblando bajo las sábanas por las noches, preguntándose en qué momento entraría Sebastian. ¡La había llamado aquella mañana! Aunque no le había dado ninguna oportunidad de hablar, el hecho de que se hubiera puesto en contacto con ella ya le había dicho todo lo que necesitaba saber. Pretendía vengarse, tal y como ella temía. Había visto sus miradas de odio durante el juicio, sabía que no seguía engañándose pensando que eran amigos. Había intentado asustarla con aquella llamada, restregarle que había conseguido escapar al castigo a pesar del terror y el daño que había infligido.

Pero aquello no era lo único que Sebastian había conseguido. Había conseguido enfurecerla y el enfado la había puesto en acción. A lo mejor era una temeridad. Podía imaginar lo que diría Flores sobre el hecho de que hubiera decidido tomarse la justicia por su mano. ¿Pero qué clase de vida tendría si se pasaba el resto de sus días sufriendo por sí misma y por su hija, mirando siempre con miedo por encima del hombro? Flores había sugerido una alarma y una orden de alejamiento. Sebastian no respetaría ninguna de las dos cosas.

Aferrándose al volante con fuerza, condujo hasta la dirección que Sebastian le había dado cuando se había puesto en contacto con ella once meses atrás. Era allí donde habían acordado que enviaría el dinero que necesitaba para ir a Los Ángeles. Si aquella noche la clase de ballet de Cassia no hubiera terminado tan tarde, lo que la había obligado a darle su dirección, quizá todo habría sido diferente.

Teniendo cuidado de evitar la luz de la farola más cercana, aparcó a varias casas de distancia y utilizó el espejo retrovisor para vigilar la casa.

Parecía estar ocupada. A pesar de lo tenue que era, la luz del porche resplandecía en medio de la noche y distinguió un Camaro antiguo y varios ladrillos. India imaginó que el coche era del hermano de Sebastian. Le había comentado que Eddie estaba viviendo con él y con su esposa, Sheila, la mujer a la que decía odiar, pero que había sido capaz de mentir por él bajo juramento. Eddie era el que le suministraba drogas a Sebastian, y aquella era la razón por la que India había intentado sacarle de Bay Area.

Para ayudarle. Llamándose a sí misma idiota por haberse dejado engañar con tanta facilidad, recorrió la calle con la mirada para asegurarse de que no llamaba la atención. En un intento de simplificar su vida y consolidar su economía, había vendido el carísimo Mercedes de Charlie, pero había conservado el Prius, así que siempre había alguna posibilidad de que Sebastian reconociera el coche. Estaba aparcado en la entrada de su casa aquella fatídica noche.

Pero, gracias a Dios, no había nadie fuera.

Aparte del Camaro, había otros dos coches delante de la casa. Eran tan viejos y estaban tan baqueteados como el Camaro, aunque, probablemente, todavía funcionaban. No había mucho más que ver, excepto un par de butacas baratas en el porche al lado de un viejo cajón colocado boca abajo para hacer de mesa y algunos juguetes esparcidos por un jardín infestado de malas hierbas.

Los juguetes la entristecieron porque sugerían la presencia de niños pequeños.

Sheila tenía tres hijos. ¿Serían ellos los propietarios de aquellos juguetes?

India imaginó que así era, pero no tenía forma de estar segura. Al igual que no tenía manera de saber si Sebastian seguía viviendo en aquel vertedero.

¿Y cómo iba a averiguarlo?

Miró las casas vecinas. No parecían estar en mucho mejor estado. Aquel vecindario no parecía ser el más seguro del mundo. Pero a lo mejor alguien podía decirle algo. Tenía que preguntar, tenía que empezar por alguna parte.

—Mañana —se dijo, y disimuló un bostezo mientras se ponía en marcha.

El sol estaba a punto de salir. Necesitaba encontrar un hotel. Sacó el teléfono para utilizar una aplicación y encontró un mensaje de Rod.

Se está haciendo tarde. ¿No vas a volver?

Dios, ya le echaba de menos. Pero no podía continuar viéndole. Tenía que conservar el control sobre su vida, especialmente sobre sus propios sentimientos y sobre las percepciones que tenía de los otros si no quería enfrentarse a nuevas dificultades. Y cuando Rod andaba cerca, no era capaz de controlarse. La hacía desear cosas que no podía tener en aquel momento. La hacía desearle, así que tenía que dejar de verle. Aquella era la única ruta segura a seguir.

Sería mucho más fácil si él no viviera en la puerta de al lado, pero eso no podía cambiarlo.

No me esperes esta noche. Es posible que esté fuera unos días. Cuando vuelva te avisaré, escribió, y presionó la tecla para enviar el mensaje.

Cuando Rod oyó el mensaje, se despertó durante el tiempo suficiente como para mirar el teléfono. India no había vuelto a casa todavía. Aquella era una buena noticia, puesto que llevaba toda la noche despertándose cada poco tiempo para comprobarlo. Sintió alivio, hasta que vio la hora: las cinco y media. ¿Qué estaba haciendo despierta a aquella hora? Sabía que le costaba dormir, que sufría insomnio, pero le resultaba extraño que hubiera decidido quedarse hasta la madrugada. ¿Por qué había esperado hasta el amanecer?

¿Habría estado levantada durante toda la noche, peleando con sus suegros?

Volvió a enviarle un mensaje.

¿Estás bien?

Sí.

¿Si no estuvieras bien me lo dirías?

No te preocupes. Sé cuidar de mí misma.

Aquello era un no.

Sé que tienes un problema, ¿cuál es? ¿Te has ido por Sebastian? ¿Crees que sabe dónde vives?

Como no contestó, la llamó, pero ella no contestó.

India, si me lo permites, te ayudaré. ¿Podemos hablar?

No puedo hablar contigo, Rod.

¿Por qué no, por Dios?

Porque oír tu voz me haría sentir cosas que ahora mismo no puedo sentir. Tengo que ser fuerte.

¿De qué estaba hablando? Algo había cambiado...

¡Dime qué te pasa, maldita sea! ¿Dónde estás? ¿Dónde viven tus suegros?

No hubo respuesta.

¿No me vas a decir nada?

Lo siento. No debería tener ninguna relación contigo.

–Mierda –dijo Rod para sí, y arrojó el teléfono a la mesilla de noche antes de tumbarse de nuevo en la cama.

Le estaba sacando de su vida. Otra vez.

Capítulo 18

Mack se encontraba fatal. La noche anterior había bebido demasiado y se le había ocurrido la brillante idea de que la mejor manera de evitar cometer un error con Natasha sería arrojarse a los brazos de cualquier otra mujer. Seguramente ella aliviaría la frustración sexual y el anhelo que Natasha le provocaba. De modo que en cuanto una mujer pasablemente atractiva había comenzado a insinuársele, había ido a por ella.

Sin embargo, una vez sobrio otra vez, comprendió que había sido inútil. No podía recordar lo que había pasado la noche anterior, ni siquiera si le había gustado, pero aquello era, sobre todo, porque no quería recordar. Había cometido un terrible error y, como resultado, tenía que enfrentarse a una enorme dosis de arrepentimiento, además de a la peor resaca que había tenido en años.

A lo mejor habría merecido la pena si hubiera conseguido cambiar algo, pensó, pero acostarse con otra mujer solo había servido para azuzar su deseo. Quería llevar a Natasha a su habitación en ese mismo instante y hacer el amor con ella durante horas. Pero, por supuesto, no podía. Por las mismas razones por las que no había podido hacerlo desde el principio. Incluso en el caso de que decidiera ignorar al resto del mundo para estar con ella, la mujer que había conocido en el Sexy Sadie's no se había ido cuando habían terminado la noche anterior. Aunque tenía coche, había pasado toda la noche con él y todavía estaba allí. Incluso se había levantado al mismo tiempo que él y le había dado un beso tan profundo que a Mack había estado a punto de darle un arcada. Después le había seguido al piso de arriba para desayunar.

—Puedo hacer unos huevos revueltos si quieres —le ofreció.

Antes de que Mack hubiera podido contestar, Natasha entró en la cocina. A Mack se le revolvió el estómago al verla. Sus ojos rojos e hinchados dejaban pocas dudas sobre el hecho de que estaba enterada de que había estado con otra mujer. Parecía... destrozada.

Desde luego, verla así no le hizo sentirse mejor.

En cuanto se dio cuenta de que no estaban solos, la invitada de Mack se volvió y sonrió.

—¡Hola, soy Bella! —se presentó, tendiéndole la mano—. ¿Tú quién eres?

—Soy tu peor pesadilla —replicó Natasha—. Si me tocas, te vas a llevar un puñetazo.

Bella abrió los ojos como platos y se volvió hacia Mack, así que Mack forzó una risa, como si fuera una broma.

—No le hagas caso. Solo es mi hermana pequeña.

Natasha le fulminó con una mirada con la que podría haber fundido el acero.

—No digas eso —le dijo en voz baja y con un tono casi amenazador—. ¡No se te ocurra decir eso! No tengo ningún tipo de parentesco contigo. Pero ya no tienes que preocuparte por eso, ¿me has oído? Por fin has conseguido lo que querías. Te odio. Siento haber pensado que eras especial. Me basta verte para sentir asco —le dijo.

Giró sobre sus talones y se marchó.

Mack nunca había visto tanto desprecio en el rostro de Natasha. Se sintió como si le estuvieran destripando y esparciendo todos sus órganos por el suelo. No podía moverse, no podía hablar. Y no le ayudó el saber que se merecía su desprecio. En aquel momento sentía tanto desprecio por sí mismo como ella.

–¿Qué problema tiene? –preguntó Barbie. No, era Bella.

Intentó pensar en algo que decir para suavizar la situación, pero no se le ocurrió nada. No podía decir que Natasha estaba loca, o que tenía demasiado genio, porque no era justo culparla. Aquello era culpa suya. La noche anterior había justificado sus actos diciéndose a sí mismo que había salido con otras mujeres muchas veces. Pero, después de haberse declarado, las expectativas de Natasha habían cambiado. Lo que había hecho era egoísta y cruel, sobre todo porque ella no tenía ninguna experiencia sobre aquella clase de celos, sobre aquel dolor y, seguramente, no sabía cómo enfrentarse a ellos.

Bella chasqueó la lengua.

–Tus padres deberían controlarla un poco más, porque es un monstruito.

–Solo está... –se tragó la palabra «dolida» y terminó con un–: confundida.

–Si tú lo dices... pero no había visto a nadie tan maleducado en toda mi vida. No creo que esa perra pueda tener amigas.

–No –lo dijo con suavidad, pero cuando alzó la mirada comprendió que Bella había entendido lo que pretendía decirle–. No hables mal de ella.

–¿Te estás poniendo de su parte? –gritó–. ¿Después de lo que ha dicho del puñetazo?

–Siempre me pongo de su lado.

Bella sacudió la cabeza con una risa de sorpresa.

–Vaya. Y por lo visto te importa muy poco el haber

ligado conmigo. El resto de vosotros debéis de ser tan horribles como ella. ¡Menuda forma de terminar la noche! –le espetó, y salió furiosa.

Mack esperaba que hubiera ido a buscar su bolso para así no tener que molestarse en despedirse de ella. Por suerte, así fue. Un par de minutos después Bella se marchó dando un portazo.

Mack suspiró aliviado tras su marcha, bajó al piso de abajo y buscó su teléfono. Ponerle un mensaje a Natasha no iba a servir de nada, pero, de todas formas, lo intentó.

Lo siento.

–¿Qué haces? –preguntó Dylan–. Pensaba que te habías ido a comer.

Rod cerró la pantalla del ordenador de la oficina.

–No. Estaba aprovechando para buscar algo ahora que tengo unos minutos.

Dylan inclinó la cabeza.

–¿Puedo ayudarte?

Rod entendía el motivo de aquella pregunta. Normalmente, utilizaba el teléfono cuando necesitaba buscar algo en Internet en el trabajo, pero para aquella búsqueda tan exhaustiva prefería una pantalla más grande y poder navegar a mayor velocidad.

–No, ya lo tengo.

Dylan se sentó en una silla vacía, se apoyó contra el respaldo y entrelazó las manos detrás de la cabeza.

–Tú también, ¿eh?

–¿Yo también qué?

–A lo mejor es cosa mía, pero últimamente parece que todos estáis muy reservados.

–No estoy reservado –replicó Rod–. Eso solo que... estoy ocupándome de mis propios asuntos.

—¿Y Mack?

—¡Él si qué está muy reservado! —Rod decidió aprovechar aquella distracción, pero sonrió para demostrar que estaba bromeando.

—La pregunta es por qué —presionó Dylan.

Rod se encogió de hombros y desvió la mirada. Sabía contra lo que estaba luchando Mack, pero no creía que le correspondiera a él contarlo.

—No tengo ni idea.

—Pero estás de acuerdo en que últimamente está raro.

—¿A qué te refieres?

Rod decidió que la mejor manera de manejar la situación era hacerse el tonto.

—Parece triste. Sobre todo hoy. ¿No lo has notado? Apenas ha dicho una palabra.

Fuera lo que fuera lo que estuviera pasando entre Natasha y Mack, era obvio que estaba empeorando. A Rod no le había pasado desapercibido. Durante la mayor parte de la mañana, Mack había estado pendiente del reloj, obviamente, esperando a que apareciera Natasha. El propio Rod había enviado un mensaje a la chica, puesto que no la había visto en casa cuando había ido a buscarla para llevarla al trabajo. Pero ella ni había contestado ni había aparecido por el taller.

Dylan había terminado llamándola y ella había contestado diciendo que iba a pasar el día haciendo compras y preparando el equipaje y que se acercaría para ponerlo todo al día fuera del horario de trabajo.

Rod sabía que a aquellas horas estaría sola y no tendría que ver a Mack.

—Anoche bebió, tiene jaqueca —dijo Rod, intentando justificar la conducta de Mack.

—Mack nunca ha sido un gran bebedor. Odia sentir que pierde el control, y también odia lo que el alcohol hizo en nuestra familia. Así que el hecho de que esté bebiendo puede ser un síntoma, no la causa.

Rod no dijo nada.

—¿Crees que debería hablar con él? —preguntó Dylan.

—Yo no lo haría —contestó—. Seguro que se le pasará.

Creía sinceramente que se le pasaría con el tiempo. En cuanto Natasha fuera a la universidad.

—De acuerdo. De momento, lo dejaré pasar —Dylan se levantó y comenzó a marcharse, pero se detuvo en la puerta del despacho—. ¿Cómo tienes la mano?

—Me estoy acostumbrando a la escayola.

—Genial. ¿Y has tenido noticias de Bennett?

—Todavía no, pero India me contó ayer algo un poco preocupante.

Dylan se acercó de nuevo a su hermano.

—¿Y es?

Después de que Rod le contara la conversación que había oído India entre Liam y Sharon, Dylan sacudió la cabeza.

—Es increíble.

—A lo mejor necesita que le recuerde lo que es una buena paliza —gruñó Rod.

—No te acerques a él —le advirtió Dylan.

—No pienso tocarle, pero eso no significa que no esté tentado.

—Lo más divertido de toda esta historia es la parte en la que India se presenta en la comisaría para dar la cara por ti.

—¿Qué tiene de divertido?

—Demuestra hasta qué punto está dispuesta a defenderte.

—Sabe que no llevaba ningún arma.

—¿Cómo puede saberlo?

—Porque... yo nunca juego sucio en una pelea.

—Llegó después de que hubiera terminado la pelea. Lo único que sabe es que le gustas. Eso es lo único que puede saber. Y, como parece que a ti también te gusta ella, estoy encantado de que se haya entregado de esa manera. A lo mejor es la mujer de tu vida.

Rod estudió a su hermano mayor durante varios segundos. Después, dijo:

—¿Aunque su exnovio haya matado a su marido y todavía este causando problemas?

La sonrisa desapareció del rostro de Dylan.

—No lo estás diciendo en serio.

—Me temo que sí. Un hombre llamado Sebastian Young le pegó un tiro a su marido hace casi un año.

—¡Maldita sea! Eso es algo muy duro.

—Y la cosa no acaba ahí. El juicio terminó sin que el jurado tomara una decisión y el fiscal del distrito decidió no repetir el juicio. Le soltaron la semana pasada.

Dylan soltó un silbido.

—¿Lo dices en serio?

—No es ninguna broma.

—Lo siento mucho por ella. ¿Y por qué mató Sebastian a su marido?

—Porque está obsesionado con India.

Dylan se sentó en el borde de la mesa.

—Lo dices en presente.

—Por lo que yo sé, sigue siendo cierto. Ayer la llamó cuando estaba conmigo.

La preocupación sustituyó a la sorpresa en el rostro de Dylan.

—Entonces retiro lo que he dicho antes. No creo que te convenga una mujer así.

—Muy gracioso.

—Lo digo en serio —insistió Dylan—. No te metas en líos.

—Pero alguien tendrá que ayudarla —replicó Rod.

—Ese alguien no tienes por qué ser tú.

—¡La policía no está haciendo nada!

—No pretendo parecer un cobarde —dijo Dylan—. No quiero que os hagan ningún daño ni a ti ni a ella, pero apenas conoces a esa mujer. ¿Cuánto tiempo lleva viviendo aquí? ¿Dos semanas? Y ya tienes bastantes problemas a los que enfrentarte. Es posible que este asunto de Liam no se resuelva tan fácilmente como esperábamos.

—Lo de Liam no es nada comparado con lo que está pasando ella. Tiene una hija, Dylan. No puedo dejarlas a merced de un asesino. Ese tipo no ha mostrado el menor remordimiento.

Rod le enseñó a Dylan varios vínculos que había encontrado mientras estaba buscando información sobre el domicilio de los padres de Charlie.

—¿Entiendes lo que quiero decir? —preguntó cuando Dylan terminó de leer los artículos.

—¿Cómo sabes que no te está engañando? —le preguntó a su vez su hermano—. ¿Cómo sabes que no mató a su marido e intentó culpar a su ex?

—¿Intentaría ponerse en contacto con ella si eso fuera cierto?

—Si le mintió, es posible que quiera vengarse.

—No es eso lo que está pasando.

—No puedes estar seguro —dijo Dylan—. Es posible que ella haya intentado tenderle una trampa y ahora que ha salido de prisión, no sepa cómo enfrentarse a él.

—¿Estás insinuando que pretende que libre sus batallas por ella? ¿Que está utilizándome?

—Estoy diciendo que es posible. Vio que sabes pelear. Pero, incluso en el caso de que yo no tenga razón y la situación sea exactamente como ella la cuenta, podrías estar arriesgando tu vida y, aun así, no terminar con ella. Estaba casada con un cirujano. Llevaba una vida muy distinta a la que tendría contigo. Nosotros no recibimos muchas atenciones ni premios por arreglar coches, Rod. Ni tampoco ganamos millones, ni nos invitan a fiestas pijas. Vivimos en un pueblo pequeño, tenemos camionetas porque son los vehículos más prácticos y nos manchamos las manos todos los días.

Rod sintió que se le tensaban los músculos. Dylan había tocado una fibra sensible.

—Crees que no puedo hacerla feliz.

—Ni siquiera estoy seguro de que ella vaya a darte la posibilidad de hacerlo.

—En cualquier caso, no mató a su marido, ni encargó que lo matara nadie. Ha perdido a la mayor parte de sus amigos y ni siquiera tiene una familia en la que apoyarse. No tiene a nadie. Y, tanto si terminamos juntos como si no, quiero estar a su lado. No voy a ayudarla para que se case conmigo. Nunca he conseguido tener una relación estable. Es posible que me pase el resto de mi vida soltero. Así que el que funcionemos o no como pareja es otra historia.

—Solo estaba diciendo...

—Sé lo que estabas diciendo. Podría ser peligroso y no me va a beneficiar en nada. Pero no quiero ser un tipo que mire solo por sus intereses. Y no creo que tú quieras que sea esa clase de hombre.

—Por supuesto que no. Pero preferiría que no te hicieran daño, eso es todo.

—Alguien tiene que dar un paso adelante.

—¿Y estás seguro de que tienes que ser tú?

—¿No has oído lo que te he dicho?

—Si te afecta a ti, también me afecta a mí.

—Y si tú estuvieras en mi lugar, harías lo mismo.

Su hermano no contestó.

—¿No crees que tengo razón? —preguntó Rod—. Piensa en Cheyenne.

Al cabo de un largo silencio, Rod le sonrió esperanzado a su hermano y este le devolvió la sonrisa.

—Mierda —dijo—. De acuerdo, me has pillado. Entonces, ¿qué le dijo ese tipo a India cuando llamó?

—Nada —contestó Rod—. Se quedó blanca como el papel y dejó caer el teléfono. Y se fue del pueblo casi inmediatamente. Ahora no responde ni a mis llamadas ni a mis mensajes.

Dylan se echó hacia atrás.

—¿No tienes ni idea de dónde está?

—Me dijo que iba a ver a su hija y a sus suegros, pero no me lo creo.

—¿Por qué?

—Hace unos días me contó que apenas le permiten hablar con Cassia por miedo a que la niña quiera volver con ella. Así que, aunque veo normal que haya ido hasta allí porque echa de menos a su hija, no me parece muy probable que se haya quedado. No creo que sea bien recibida en esa casa.

—¿Y dónde podría estar?

Rod se volvió hacia el ordenador.

—Eso es lo que estoy intentando averiguar. No creo que me esté utilizando para librar sus batallas, puesto que ni siquiera quiere decirme dónde está. Cuando se lo pregunté, contestó que no le parece bien que me involucre.

Dylan se frotó la barbilla.

—Sabía que me caía bien.

Rod le miró con el ceño fruncido.

—Ya te lo he dicho. No puedo dejar que se enfrente sola a esto. Sebastian se merece encontrarse con alguien que pueda hacerle frente.

—Pensar que ese alguien puedas ser tú me aterra —respondió Dylan—. Porque no anticipo un final feliz. No puedes ponerle la mano encima a no ser que él vaya a por ti o a por India cuando ella esté contigo. Y si se acerca será porque lleve un arma. En cualquier caso, no hay ninguna garantía de que vaya a ir a prisión. Mató al marido de India y ha conseguido librarse de la cárcel, ¿no?

—Tengo un rifle. Si tengo que utilizarlo, lo haré.

—¡Eso es lo que quiero decir! No quiero que tengas que matar a nadie, Rod. Ni siquiera a un hombre como él. Pase lo que pase, esto va a ser complicado.

—Estoy de acuerdo. ¿Pero qué oportunidades tiene India si la dejamos sola?

—A mí me preocupas tú —susurró Dylan—. A ella apenas la conozco.

—Tengo que ayudarla, Dylan. Me enferma pensar que podría no estar a salvo.

—¿En este momento? —Dylan soltó una maldición, pero después señaló hacia el ordenador—. Muy bien, déjame utilizar el ordenador. Hay unas cuantas páginas que podrían proporcionarnos la información que necesitamos. Anya me contó que las había utilizado en una ocasión para localizar a una compañera de piso que le había robado sus cosas y se había largado.

—Espera un momento —dijo Rod—. ¿Has dicho «necesitamos»?

—Si piensas meterte en esto, yo también.

Rod negó con la cabeza.

—Diablos, no. Tú ahora tienes familia. Me encargaré yo solo.

La casa situada en el número 211 de Birch Street, en Hayward, estaba tranquila. Aunque eran casi las tres de la tarde, no había niños jugando en el jardín. Pero era una tarde muy calurosa. Y había alguien en casa. Los coches no se habían movido. Había otras señales también. Si observaba con atención, India podía ver el resplandor de la televisión reflejado en el cristal de la ventana, bajo unas cortinas que no se ajustaban del todo al cristal.

Sudaba nerviosa al saber que Sebastian podía estar tan cerca. Pero había hecho todo lo posible para prepararse y estar en condiciones de acercarse a sus vecinos. Estaba en las escaleras de entrada a la casa que había enfrente de la de Sebastian, vestida con una falda sin el menor estilo y una camiseta suelta que se había comprado en una tienda de segunda mano. Había pasado por otras tiendas y se había llevado un maletín, una peluca de pelo corto y un par de gafas de leer. Su objetivo era mostrar el aspecto de una mujer de mediana edad un tanto desaliñada, de manera que, si por casualidad Eddie, Sheila o Sebastian se fijaban en ella, no pudieran reconocerla nada más verla.

Su disfraz no era del todo fiable, pero estaba decidida a dar un paso adelante, a hacer algo para luchar. Ya no tenía ninguna duda sobre la clase de hombre que era Sebastian. No se sentía en la obligación de ser amable con él ni de ayudarle. Por lo menos sabía con quién y a qué se estaba enfrentando.

Iba a permanecer tranquila e intentar ser más astuta que él. Sebastian jamás esperaría una ofensiva como aquella. India suponía que por lo menos tenía eso a su favor.

Se llevó una mano al pecho, como si quisiera apaciguar los latidos de su corazón, y levantó la otra para llamar a la puerta. No sabía quién iba a abrir, ni si esa persona sería amiga de Sebastian, ni cómo reaccionaría a sus preguntas, incluso en el caso de que no hubiera ningún tipo de amistad entre ellos.

El pomo de la puerta giró y un hombre gigantesco, calvo, con ojos legañosos y una descuidada barba canosa, se la quedó mirando fijamente.

–Hola.

Consiguió esbozar la que esperaba fuera una encantadora sonrisa, pero la interrumpieron antes de que pudiera decir una sola palabra.

—No sé lo que vende, pero no me interesa —dijo él, y cerró la puerta.

India estuvo tentada de dejar las cosas ahí. No tenía valor para seguir presionando. Los tatuajes que llevaba el hombre en el cuello y los brazos le hacían parecer peligroso a pesar de la edad. Pero su casa estaba enfrente de la de Sebastian, de modo que era probable que supieran mucho más sobre lo que allí ocurría que cualquier otro vecino de la calle. Les bastaba mirar por la ventana para saberlo todo sobre las idas y venidas a casa de Sebastian.

«Hazlo por Cassia». Se obligó a vencer el miedo y volvió a llamar.

Le abrió la puerta el mismo hombre que la primera vez.

—¿Qué quiere?

Una mujer gritó por encima del sonido del televisor:

—¿Quién es, Frank?

—Si cierras la boca, a lo mejor consigo averiguarlo —gritó él en respuesta.

Con toda la profesionalidad y la confianza de la que fue capaz, India le tendió una de las tarjetas que había impreso en una copistería.

—¿Es usted detective? —preguntó él tras leer el nombre falso, el falso negocio y la información falsa que le había dado.

Los únicos datos reales eran el teléfono y el correo electrónico. El número era el de un número de Google vinculado a una mensajería de voz y a una dirección de correo electrónico.

—No suelo hacer trabajo de campo —dijo, como si estuviera admitiendo una debilidad—. Soy una loca de la informática, trabajo para una firma de detectives y no me siento muy cómoda llamando a las puertas de la gente. Supongo que es obvio –se abanicó como si estuviera un poco nerviosa, esperando parecer convincente, puesto que realmente lo estaba–. Pero hay un caso en particular que me interesa de forma especial, así que he pensado que a lo mejor merecía la pena venir a hacerle unas cuantas preguntas.

Él la miró con los ojos entrecerrados.

–¿Qué caso? ¿De qué está hablando?

–¿Conoce bien a sus vecinos de enfrente?

–¿A qué vecinos?

India señaló la casa esperando que no la estuvieran viendo desde allí. Lo último que quería era llamar la atención.

–En esa casa viven tres adultos y varios niños –dijo el hombre.

Tal y como ella imaginaba.

–¿Este hombre es uno de ellos?

Sacó una fotografía de Sebastian que había encontrado en la biblioteca, en uno de los muchos artículos que habían publicado sobre el asesinato de Charlie.

Frank la miró, pero no agarró la fotografía. Volvió a mirar a India y frunció el ceño.

–¿Por qué lo pregunta?

–Aunque todavía no tengo pruebas, creo que es culpable de… –se interrumpió un instante, como si no quisiera revelar demasiada información–, de algunos delitos contra la infancia y estoy buscando pruebas para demostrarlo.

La actitud del hombre cambió de inmediato. En realidad, aquella era la razón por la que ella había inventado aquella mentira: hasta los peores camellos, adictos, expresidiarios y delincuentes estaban dispuestos a proteger a los niños.

–¿Qué clase de delitos?

Una vez más, India fingió estar haciendo un esfuerzo consciente para no decirlo, todo con la intención de que fuera él el que rellenara aquel silencio con su imaginación.

–Preferiría no decirlo. Ese hombre es inocente hasta que se demuestre lo contrario, como bien sabe, y no he venido con intención de despertar ningún sentimiento negativo hacia él.

–Esto debe de ser algo serio –la miró con atención–. ¿Me está diciendo que es pedófilo?

Ella levantó su mano libre.

–No tenemos pruebas suficientes para presentar cargos.

–Pero sospechan de él, ¿verdad? Por lo que he oído, le detuvieron por haber matado a un médico. La policía estuvo haciendo preguntas sobre él.

–No pudieron mantener la acusación y por eso ha vuelto al barrio. Pero ahora hay razones para pensar que hizo algo más que matar a un médico –India esperaba que aquel hombre no hubiera seguido muy de cerca la cobertura del caso. No estaba segura de hasta qué punto era eficaz su disfraz. También habían aparecido fotografías suyas en la prensa–. Es evidente que no es un ciudadano amante de la ley. Yo no estoy dispuesta a perdonar ninguna clase de asesinato, pero, mucho menos, cualquier delito contra los niños.

–¡Claro que no! Mi mujer y yo tenemos nietos que vienen mucho por aquí. ¡Más le vale no tocarles un pelo!

–¿Frank? –volvió a llamar la mujer de antes.

–¡Espera un momento, June!

India esperaba que June no decidiera acercarse. Cuanta menos gente la viera por allí, mejor.

–Si pudiera ayudarme, podríamos encerrarle para siempre. Ese hombre tiene que estar tras las rejas.

–Sí, desde luego. Como le he dicho, hay varios niños en esa casa. ¿Qué quiere saber?

—En primer lugar, me gustaría asegurarme de que es el hombre que busco. ¿Puede mirar la fotografía?

—Ese es el tipo que vive ahí enfrente —le confirmó sin vacilar—. Le he reconocido inmediatamente.

—¿Y le conoce bien?

—No mucho. En este barrio la gente viene y va. Cuando vivía aquí, me lo crucé unas cuantas veces. Después desapareció, supongo que porque estaba detenido. Y ahora ha vuelto.

—¿Cuándo regresó?

—No tengo ni idea.

—¿Cuándo volvió a fijarse en que estaba aquí?

—¿Hace un par de noches?

—Así que no puede decirme si tiene trabajo.

—No, no creo que trabaje. En esa casa son aves nocturnas. Se pasan la mayor parte del día durmiendo.

—¿Ha hablado alguna vez con él?

—No.

—¿Alguno de sus vecinos podría contarme algo más?

—Lo dudo. Como ya le he dicho, la gente viene y se va constantemente de este barrio. La mayoría de las casas son alquiladas. No es un barrio en el que la gente se dedique a organizar fiestas para sus vecinos.

India no estaba obteniendo mucha información, pero al menos había confirmado que Sebastian estaba viviendo de nuevo con su esposa.

—Lo comprendo. Bueno, si ve algo que le parezca extraño, ¿le importaría llamarme a este número?

Frank alzó de nuevo la tarjeta.

—Por supuesto que la llamaré.

—Frank, ¿por qué estás tardando tanto?

El hombre se volvió cuando la mujer que había estado llamándole comenzó a caminar hacia él.

India se quedó helada. Esperaba poder salir de allí

antes de tener que hablar con nadie más, pero no lo consiguió.

—Esta chica trabaja para una agencia de detectives —le explicó Frank—. El tipo que vive en la casa de enfrente es un pervertido.

—¿Ah, sí?

June que, obviamente, era la esposa de Frank, se hizo un sitio en el hueco que quedaba entre su marido y la puerta.

India contuvo la respiración mientras se miraban a los ojos.

No la reconoció. Gracias a Dios. A lo mejor ella tampoco había seguido la noticia.

—¿Qué clase de pervertido? —le preguntó.

—En realidad no puedo... —comenzó a decir India, pero Frank contestó por ella.

—Un delincuente sexual.

June negó con la cabeza.

—Cada vez hay más. Deberían cortarles los huevos.

India dejó escapar un suspiro de alivio. No solo no hubo señal alguna de reconocimiento en los ojos de June, sino que se tragó la historia de la pedofilia.

—Me encantaría que pudiéramos encerrarle —dijo—, así que, si ve algo que cree que debería saber, cualquier cosa por la que podrían arrestarle —señaló la tarjeta que le había dado a Frank—, por favor, llámeme o póngame un correo electrónico si prefiere no ponerse en contacto con la policía.

—De acuerdo, pero, ¿en qué deberíamos fijarnos?

—En la matrícula de su coche, la gente con la que va, en si lleva o no una pistola encima. Ese tipo de cosas.

—La policía estuvo buscando la pistola con la que mató a ese médico —recordó Frank—. ¿La encontraron?

—Me temo que no —respondió India.

—Estaremos pendientes —le prometió June—. Su esposa se sienta delante de la casa con los niños de vez en cuando. No puede decirse que los atienda muy bien. Pero la próxima vez que la vea, intentaré sacarle información.

India alargó la mano para estrechársela. Había llegado a aquel barrio temiendo a sus vecinos, les había juzgado por el estado deprimente de sus casas y sus jardines descuidados, pero aquella pareja le había caído muy bien.

—Tenga cuidado con lo que dice —le advirtió—. Es peligroso.

—No se preocupe por mí. Soy una mujer fuerte. La llamaré si averiguo algo.

India se volvió para marcharse y se dirigió hacia el coche. Pero se sintió culpable por haberles mentido y tuvo tanto miedo de que lo que les había contado pudiera llevarles a exponerse en exceso que volvió y llamó de nuevo a la puerta.

En aquella ocasión, fue June la que abrió.

—¿Hay algo más? —preguntó.

India miró vacilante por encima del hombro. Quería mantenerse y mantener a salvo a su hija, pero no quería poner a otros en peligro.

—Me temo que no estoy trabajando para una agencia de detectives sobre un caso de pedofilia.

June parpadeó varias veces.

—¿Ah, no?

—No —unió las manos delante de ella—. Y la tarjeta que le he entregado a su marido es falsa. Y la peluca y… y la ropa que llevo… Todo es un disfraz.

India se encogió al ver la incredulidad que reflejaba el rostro de June.

—¿Pero por qué?

—¿Sabe? ¿Se acuerda de médico que ha mencionado, el médico al que mataron?

Frank apareció detrás de su esposa.

—Sí.

—Soy su viuda.

India les contó la verdad. Explicó que Sebastian había salido a la calle y había vuelto a ponerse en contacto con ella. Y que ella había cambiado su residencia, pero temía que fuera a buscarla. Les habló de lo desesperada que estaba por proteger a su hija. Y de que la policía no estaba haciendo nada para cambiar la situación.

—Creo que... creo que encontrar una prueba o cualquier cosa que permita encarcelar a Sebastian es mi única opción —terminó—. Siento haberme inventado toda esta historia. Si no estuviera tan desesperada, jamás habría mentido.

En vez de enfadarse, como India esperaba, June la abrazó.

—Cariño, no tienes por qué disculparte. Yo mentiría, robaría y haría cualquier cosa para proteger a mi familia.

India apretó los ojos con fuerza. Aquella completa desconocida estaba siendo más amable con ella que su suegra.

—¿Entonces no le contará que he preguntado por él?

—¡Claro que no! —exclamó Frank—. No le debemos ninguna lealtad. El barrio estaría más seguro sin él.

—Nos aseguraremos de que vaya a prisión, que es donde tiene que estar.

—De acuerdo —India sonrió mientras se secaba las lágrimas que habían comenzado a rodar por su rostro—. Gracias. No saben cuánto se lo agradezco.

—Vamos a encontrar esa pistola —le prometió Frank—. Contra los tres no tendrá ninguna oportunidad.

Capítulo 19

India acababa de llegar a la habitación del motel y de quitarse la peluca cuando recibió una llamada de Rod. Estuvo a punto de contestar, pero se detuvo en el último segundo. Odiaba tener que mentirle otra vez, pero no podía decirle la verdad. A Rod no le iba a gustar lo que estaba haciendo. Intentaría convencerla de que desistiera, cualquier persona en su sano juicio lo haría, incluso en el caso de que no tuviera otra opción. Sebastian la tenía contra la pared: o defendía la vida que se merecía vivir o permitía que Sebastian volviera a destrozársela, y aquella no era una opción.

La promesa de June y Frank Siddell la animó. Se había quedado con su número de teléfono y ni siquiera se había acercado a otros vecinos. Frank y June le habían dicho que eso se lo dejara a ellos. Tener a gente de la zona haciendo alguna que otra pregunta no resultaría tan intrusivo como si lo hiciera una desconocida que se presentara de pronto ante su puerta y, a cuanta menos gente se acercara, menos probabilidades tendría Sebastian de descubrirla. No quería asustarle. Quería que continuara con su actitud arrogante, confiada y satisfecha, creyendo que había escapado al largo brazo de la ley, quería que no tuviera ningún miedo.

Mientras se sentaba en la cama, se activó el buzón de voz. Como había tenido que hacer tantas cosas aquel día, como prepararse un disfraz, imprimir una tarjeta de trabajo falsa o buscar e imprimir una fotografía de Sebastian... no había podido dormir mucho. Necesitaba una siesta y pensaba echársela en cuanto comprobara si Rod había dejado o no un mensaje.

No había dejado un mensaje en el buzón de voz, pero, en cambio, le había enviado un mensaje de texto.

Sé que no estás con tus suegros.

¿Cómo lo sabes? No les habrás llamado, ¿verdad?

No, pero podría haberlo hecho. Tengo su número.

India se olvidó al instante del cansancio, se sentó en la cama y clavó la mirada en el teléfono. Tenía que ser un farol. No podía haber averiguado dónde vivían. Ella ni siquiera le había dado su nombre completo.

Pero podía haberlo encontrado en los artículos que se habían publicado sobre el asesinato de Charlie.

No te creo, escribió, y contuvo la respiración mientras esperaba.

Unos segundos después, Rod envió el número de teléfono y la dirección de sus suegros.

¿De dónde habría sacado aquella información? Ya no figuraban en la guía. Pero no se habían mudado tras la muerte de Charlie. Supuso que en el ciberespacio todavía quedaba información suficiente como para encontrarlos.

¡No llames!

¿Por qué no?

Porque tienes razón. No estoy con ellos.

Por fin avanzamos algo. ¿Dónde estás?

En Oakland, visitando a una amiga.

Tonterías. Esto tiene que ver con Sebastian.

Su respuesta no incluía ningún símbolo de interrogación. Era una afirmación.

India se mordió el labio mientras intentaba buscar una respuesta. Jamás había imaginado que Rod intentaría localizarla en casa de sus suegros.

Estoy ocupándome de unos asuntos.

¿De cuáles?

No te preocupes, ya lo tengo todo resuelto.

¿Por qué no me lo cuentas?

Porque no es problema tuyo.

Si me dejas ayudarte, India, no tendrás que pasar por esto sola.

No lo comprendía, probablemente ni siquiera entendía el peligro que Sebastian representaba. Ella misma no habría sido capaz de imaginarlo si no hubiera vivido lo que había vivido. La facilidad con la que algunas personas eran capaces de matar no se había convertido en algo real hasta que no había sido testigo del asesinato de Charlie y después había visto a Sebastian mentir y no tener que pagar siquiera por ello.

¿Por qué voy a poner a otros en peligro?

Porque no quiero que estés sola haciendo lo que quiera que estés haciendo.

Ya tengo algo de ayuda.

Al menos en teoría, era cierto. Los Siddell estaban dispuestos a investigar por ella.

No me deberás nada, India. No es una oferta basada en el sexo o en el matrimonio ni nada parecido. Solo te estoy ofreciendo mi amistad. Estoy seguro de que te vendría bien tener un amigo. ¿No fue eso lo que me dijiste la noche que nos conocimos? Estoy aquí. Solo tienes que contar conmigo.

India tardó tanto tiempo en contestar que al final Rod la llamó. Y, en aquella ocasión, ella respondió a la llamada.

—¡Por fin!

—Lo siento. No pretendía hacerme la misteriosa. No quería dejarte esperando.

—Entonces cuéntame qué te pasa.

India jugueteó con las hebras de la peluca que se había comprado.

—¿Tengo que llamar a tus suegros? —la amenazó Rod al no recibir respuesta—. ¿Tengo que contarles que Sebastian te está acosando?

—No.

—Entonces...

Ella dudaba de que fuera a cumplir su amenaza. Pero también sabía que continuaría presionándola, que no se rendiría.

—Rod, he descubierto dónde está viviendo.

—¿Eso qué significa? No habrás ido hasta allí.

—Bueno, no he llamado a su puerta.

Le contó lo que había hecho aquella tarde y Rod permaneció en silencio mucho después de que hubiera terminado de hablar.

—¿Rod?

—No estoy seguro de cómo reaccionar.

—Podrías decirme que lo comprendes.

—Eso solo serviría para alentarte. Pero admito que no hay mucha gente que tenga tu valor.

—Es más desesperación que valor. No tengo otra opción. Pero... te agradezco que me hayas llamado y todo lo que has hecho para ayudarme. Volveré a casa en cuanto pueda.

—¡Eh! Espera un momento. Todavía no hemos terminado, preciosa.

India no pudo menos que sonreír. Rod nunca había utilizado con ella una palabra cariñosa.

—¿Preciosa?

Rod la ignoró. Era evidente que estaba más interesado en hablar sobre lo que de verdad importaba.

—No puedes dejar todo en manos de que un vecino descubra o no lo que hizo Sebastian con la pistola.

—Tiene que estar en alguna parte. No puede haberse esfumado en el aire. Solo espero que no la haya tirado a la bahía. En ese caso, no creo que podamos recuperarla.

—¿Y qué posibilidades hay de que confiese la verdad? A menos que sea un estúpido, no va a contar voluntariamente lo que hizo con el arma del delito, y menos a una pareja de ancianos que viven enfrente de él.

—Es un charlatán, se pasa la vida fanfarroneando. Es posible que lo cuente. Yo solo esperaba... No sé. Esperaba poder descansar. Ya va siendo hora de que cambie mi suerte.

—¿Qué le gusta hacer? —preguntó Rod—. ¿Adónde suele ir? ¿Frecuenta algún club de *striptease* o algún bar en especial? ¿Alguna tienda, algún gimnasio? Seguro que puedo encontrármelo en algún lugar. A lo mejor los Siddell pueden decirnos dónde puedo coincidir con él.

—¿Tú? No, jamás —respondió—. Mantente alejado de él.

—¿Por qué? A no ser que se dedique a matar a gente al azar, no tiene por qué pasarme nada. No nos conocemos, así que no me reconocerá, y tampoco tendrá ninguna razón para sospechar de mí. Incluso puedo llegar a hacerme amigo suyo. Seguro que estaría dispuesto a hablar con un tipo que no vive en su barrio. Piensa en todos los soplones que se presentan en la policía con información sobre sus compañeros de celda. Esto no sería lo mismo, pero a lo mejor le apetece hablar con alguien, intentar impresionarme...

La posibilidad de que Rod estuviera cerca de Sebastian la inquietaba.

—¿Y si presionas demasiado y termina sospechando algo?

—Tendré cuidado.

—No quiero que te acerques a él. Debería de hacerlo otro.

—¿Quién?

—¡Cualquier otro!

—No me crees capaz de hacerlo.

No era eso. Con aquella envergadura y los tatuajes, incluso con su pasado, no tenía la menor duda de que podría acercarse a él. Al principio, ella también le había considerado un tipo conflictivo, ¿no? Emanaba un cierto peligro. Pero el hecho de que pudiera ser creíble representado el papel de delincuente no la hizo cambiar de opinión.

—Me da mucho miedo dejar que lo intentes.

—Cuidado —bromeó Rod—. Se supone que no tengo que importarte. Estás invirtiendo demasiada energía en intentar evitarlo, ¿recuerdas?

—¿Cómo voy a olvidarlo?

Rod rio para sí.

—Dame tu dirección. Voy para allí.

India quería verle. La idea de poder acariciarle, de poder besarle, le produjo un revoloteo de mariposas en el estómago. «Soy patética». Si no tenía cuidado, uno de ellos, quizá los dos, saldría herido, y si permitía que Rod participara en su estrategia para vencer a Sebastian, podrían terminar rompiéndole otra vez el corazón.

—¿Y tu trabajo?

—Ni siquiera me acuerdo de la última vez que tuve una semana de vacaciones. Serán mis vacaciones de verano.

—¿A Dylan no le importará?

—Eso es lo bueno de trabajar para la familia. Mis hermanos me sustituirán. De todas formas, la escayola me estaba haciendo trabajar mucho más despacio. Será mejor que me tome unas vacaciones ahora que estoy un poco limitado a que lo haga cuando no lo esté.

En realidad, se las arreglaba tan bien con la escayola que India no pensaba que supusiera ningún obstáculo.

–Aunque te cubran tus hermanos, se me ocurren otras muchas cosas mucho más divertidas para unas vacaciones.

–Sí, bueno, supongo que el viaje a Europa lo dejaré para el año que viene.

–De acuerdo –respondió ella con una risa, y le dio el nombre y la dirección del motel.

Rod supo que India se había alegrado de verle. No había intentado disimular su emoción. Recién levantada de la siesta, le había dirigido una sonrisa somnolienta y se había fundido entusiasmada en un abrazo. Después le había invitado a entrar y se había puesto a arreglarse el pelo y a maquillarse porque habían pensado en salir a comer algo.

Rod estaba hambriento, pero también tan ansioso por acariciarla que la había besado en cuanto ella había terminado en el baño. Y, al final, ni siquiera habían llegado a la puerta. Tras hacer el amor por primera vez, habían pedido una pizza, habían hablado de cómo recrear una situación creíble que le permitiera entablar amistad con Sebastian y habían vuelto a hacer el amor.

Su primer encuentro había sido apasionado, casi frenético, como si hubieran estado separados durante mucho tiempo, aunque, en realidad, apenas habían pasado unas horas sin verse. Pero, después de la pizza, el sexo fue algo diferente. Algo más serio, más significativo. Y Rod no conseguía sacarse lo ocurrido de la cabeza.

Estaba comenzando a sentir algo por ella. India tenía algo que encajaba con su personalidad. Le gustaba cómo le acariciaba y le gustaba cómo respondía a sus caricias.

Por lo menos estaba comenzando a comprender lo que Dylan y Aaron habían experimentado antes de sentar cabeza. Él habría aceptado encantado que no era incapaz de sentir aquella clase de afecto si no fuera porque le preocupaba hacia dónde se encaminaba aquella relación. Él estaba dispuesto a perder el corazón, ¿pero India estaría dispuesta a aceptarlo?

Todavía llevaba la alianza de matrimonio.

–Estás un poco tenso –susurró ella cuando Rod pensaba que ya se había quedado dormida–. ¿Estás bien?

No podía verle la cara porque le estaba abrazando por detrás y, de todas maneras, la habitación estaba a oscuras.

–Estoy bien. ¿Te cuesta dormirte estando conmigo?

–No.

–¿Entonces por qué estás despierta?

–Son solo las diez.

–¿No tienes sueño?

–Sí. He dormido tan poco durante los últimos once meses que podría dormir durante semanas y todavía no habría recuperado todo el sueño perdido. Solo estoy... pensando.

–¿En qué?

–En ti.

Rod esperaba que explicara aquella frase, que dijera algo para alejar sus temores, pero no lo hizo.

–¿Tienes miedo de conocer a Sebastian? –le preguntó en cambio.

Tenía más miedo de ella. Con otros tipos podría arreglárselas, incluso con los más peligrosos. ¿Pero enfrentarse al amor? Aquel era un territorio desconocido.

–La verdad es que no.

–Pues deberías.

Rod colocó la almohada.

–¿Por qué? Por lo que a él concierne, entre tú y yo

no hay ningún tipo de conexión. No tiene ningún motivo para enfrentarse a mí.

—Pero vas a intentar hacerle preguntas delicadas. Si se asusta...

—Tranquilízate. A lo mejor mañana me atropella un coche. En esta vida puede pasarnos cualquier cosa, pero no podemos vivir permanentemente asustados. Como te he dicho, tendré cuidado.

Ella se acurrucó contra él y deslizó la mano por su pecho con un gesto que sugería que le gustaba acariciarle. Iba mostrándose cada vez más confiada a la hora de acercarse a su cuerpo.

—De todas formas, no estoy convencida de que sea una buena idea el que tengas un contacto tan cercano con él. Si te pasara algo, no sería capaz de soportarlo. Ya cargo con la culpa de la muerte de Charlie. Daría cualquier cosa por dar marcha atrás en el tiempo y cambiar lo que pasó.

¿Lo haría? Porque, en ese caso, no estarían juntos.

—Charlie sufrió una emboscada. No tuvo ninguna oportunidad. Yo voy a ser completamente consciente de lo que hago.

Se colocó la mano de India bajo la barbilla, disfrutando al sentir sus senos desnudos contra su espalda.

—Además, yo tomo mis propias decisiones. Soy yo el que ha elegido esto. Así que no serás responsable de nada.

—A lo mejor debería contratar a un detective privado.

—La mayor parte de los detectives privados no hacen este tipo de cosas. Por lo menos ninguno que yo conozca. Nos movemos en un terreno policial y la policía tampoco va a hacer nada.

—Podríamos tantear el terreno, ver si es posible encontrar un detective que esté dispuesto a trabajar con nosotros.

Rod le giró el anillo en el dedo para no cortarse con el diamante. Estaban desnudos. Nada les separaba. Excepto lo que ella sentía por Charlie.

–Nos llevaría algún tiempo. ¿Y si al final encontramos a alguien que acepta y después no resulta convincente? Si Sebastian se da cuenta de que estás intentando atraparle, recelará de cualquier desconocido que se encuentre. Y en ese momento se acabará el juego. Solo tenemos una oportunidad, así que hay que aprovecharla. Y confío mucho más en mí mismo que en cualquiera cuyo único interés sea ganar dinero.

India le besó el cuello y después el hombro, pero parecía tan inquieta y preocupada como él.

–Tienes que confiar en mí, India –le pidió–. Sé cuidar de mí mismo.

–Te creo. Ese es el problema. Solo espero no estar cometiendo un grave error al dejarte hacer esto.

Rod entrelazó los dedos con los suyos y sintió, una vez más, la alianza de matrimonio. En ese momento, no pudo evitar preguntarse si no sería él el que estaba cometiendo un error.

–Habrá que arriesgarse.

Capítulo 20

Natasha seguía en el taller. Cuando Mack había llegado a casa para cenar, ella ya se había marchado. Pero eso había sido horas atrás. Se estaba haciendo tarde y todavía no había regresado. Aquella era la razón por la que no se había acostado. Estaba esperándola, viendo la televisión en el salón, para asegurarse de que llegaba a casa sana y salva.

Mientras un analista deportivo hablaba del último partido de los Giants, releyó los mensajes que le había enviado a lo largo del día. Natasha los había ignorado todos.

¿No piensas contestar? Te he dicho que lo siento, y lo digo en serio.

Por favor, Tash, perdóname, ¿vale?

¿Hola?

¡No tienes ningún derecho a enfadarte!

De acuerdo, sí, tienes todo el derecho del mundo a estar enfadada. Pero tienes que comprender lo difícil que es para mí todo esto.

Se sentía como un pordiosero intentando ganarse la compasión de Natasha con un letrero que decía «para mí esto también es muy duro». Pero la verdad era que tenía nueve años más que ella y mucha más experiencia. No debería quejarse. Pero su desesperación era cada vez mayor. No podía soportar la idea de que Natasha le odiara. ¿Por qué no podían encontrar un terreno neutral entre el amor y el odio?

−¿Qué estás viendo?

Estuvo a punto de esbozar una mueca de desagrado cuando Anya entró en la habitación. J.T. se había acostado una hora atrás y él había dado por sentado que se había acostado con él.

−*SportsCenter* −contestó.

−Muy divertido.

Al advertir su sarcasmo estuvo a punto de decirle que se fuera a ver su televisión. Tenía una en el dormitorio. Pero se mordió la lengua. Hacía ya tiempo había decidido que lo mejor era ignorarla. Una vez Natasha se había graduado, ya no tenían por qué esforzarse tanto para mantener un ambiente sereno y estable por su bien, así que a lo mejor podían decirles a J.T. y a Anya que ya iba siendo hora de que se largaran. Su padre no le molestaba particularmente. La verdad era que J.T. le caía mucho mejor que al resto de sus hermanos. Pero Anya le irritaba como nadie en el mundo. Algunas de las estupideces que les decía a Rod y a Grady eran tan explícitamente sexuales que daba vergüenza oírla. En una ocasión, Grady le había confiado que Anya le había sorprendido cuando estaba saliendo de la ducha y estaba seguro de que lo había hecho a propósito.

−Así que Natasha pronto se irá a la universidad, ¿eh? −le dijo.

A Mack le sorprendió que lo supiera. Natasha rara vez hablaba con ella, no estaban demasiado unidas. Y él no le había dado aquella información.

−¿Quién te lo ha dicho?

—Mi hija, por supuesto. Es posible que tú la cuides como si fueras una mamá gallina, pero fui yo la que la parió. ¿Por qué lo preguntas? ¿Era un secreto?

—No, pero es algo relativamente nuevo.

—Así que se va.

—Sí, dentro de una semana —para conseguir un billete a un precio razonable, habían tenido que esperar ese plazo de tiempo.

—¿Y tienes idea de por qué?

—¿No se lo preguntaste cuando te lo dijo?

—Sí, pero no me contestó.

Mack se encogió de hombros.

—Supongo que tiene ganas de vivir sola.

—¿Esto no tiene nada que ver contigo?

En el momento en el que Anya dio aquel giro a la conversación, Mack sintió un nudo en el estómago.

—¿Por qué va a tener que ver conmigo el que quiera marcharse?

Anya se dejó caer en una butaca cerca de él.

—¿Lo estás diciendo en serio? ¿De verdad piensas hacerte el tonto?

—No sé de qué estás hablando.

—¡Eh! Deja de fingir —entornó la mirada—. Mi hija te ha gustado desde el momento que la traje a esta casa.

Mack agarró el mando a distancia con tanta fuerza que pensó que iba a romperlo.

—Anya, si quieres seguir viviendo aquí, te sugiero que cierres el pico. No he hecho nada que pueda considerarse cuestionable con Natasha. He intentado ser bueno con ella. La he cuidado.

Podría haber continuado, podría haber dicho que había tenido que llenar aquel vacío porque su propia madre había hecho un pésimo trabajo, pero no tenía nada que ganar convirtiendo aquella conversación en una pelea a gritos. Rod no estaba en casa, pero Grady sí. Mack esperaba superar aquella noche y el resto de los días que Natasha pasara en casa sin llamar la atención sobre su problema.

Se preparó para lo que Anya podría llegar a decir, pero ella le sorprendió diciendo:

–¿Crees que no lo he notado? Mi hija es una de las pocas afortunadas que tiene la suerte de ser amada de verdad por un hombre. Has sido mejor con ella de lo que lo ha sido nunca nadie conmigo, eso te lo aseguro.

Mack dudaba de que Natasha pudiera considerarse afortunada. Pero él la quería. Y mucho.

–En ese caso, dejemos las cosas ahí.

–Por supuesto, si es eso lo que quieres, aunque yo tengo algo que decir sobre el tema.

–Pero yo no quiero oírlo –la interrumpió–. Gracias.

Anya se levantó para marcharse, pero en el último momento se volvió.

–Sé que no sientes el menor cariño o respeto hacia mí. A lo mejor me lo he ganado. Pero voy a hacerte un favor de todas formas. Natasha ya no es una niña, Mack. Si quieres, puedes estar con ella.

La puerta se abrió antes de que hubiera podido contestar y entró Natasha. Miró a su madre, desvió la mirada hacia él y abandonó la habitación sin decir nada.

–Continuaré haciendo lo que considere mejor para ella –le susurró Mack a Anya.

–¿Aunque no sea lo mejor para ti? –alzó las manos–. Tú mismo.

Se comportaba como si Mack estuviera haciéndole a Natasha un daño innecesario. Pero si Anya consentía que estuvieran juntos, tenía que haber algo malo en ello. Mack no quería estar nunca de su lado.

Sin embargo, en algo tenía razón: quería a su hija.

Permaneció allí durante media hora más, esperando que Natasha saliera a hablar con él. Pero supo que eso no iba a suceder cuando oyó la ducha del cuarto de baño que había al final del pasillo. Se estaba preparando para acostarse.

Después de apagar la televisión, se dirigió también él a su dormitorio. Al día siguiente tenía que trabajar y el día iba a ser largo. Como Rod se había tomado unos días de vacaciones, tendrían que soportar una mayor carga de trabajo. Pero, al final, ni siquiera llegó hasta las escaleras que conducían al sótano. Se dirigió hacia el dormitorio de Natasha con la esperanza de cruzar algunas palabras con ella cuando saliera de la ducha, solo para asegurarse de que estaba bien.

El ordenador de Mack estaba sobre la mesa, pues era el que Natasha solía utilizar. Mack se sentó para ponerse a navegar por Internet, pero en cuanto el salvapantallas desapareció, vio que Natasha había estado mirando en Facebook las fotografías que habían subido sus compañeros de clase, que habían ido de viaje de fin de curso a San Diego.

Ella nunca había mencionado aquel viaje. Probablemente porque no había querido pedir dinero.

O a lo mejor era una actividad pagada por el instituto y no había querido participar en ella.

Fue viendo las diferentes fotografías, hasta que descubrió un mensaje que le llamó la atención:

«Mira de dónde venimos», que se vinculaba a una página en la que aparecían todos los estudiantes del último curso como bebés. Toda la clase había colgado las fotografías en las que aparecían con apenas unos meses al lado de las del último año. Excepto ella. Había enviado una fotografía de uno de los cachorros de Dylan.

Mack recordaba haberle oído pedirle a su madre una fotografía de cuando era bebé unas semanas atrás. Y también a Anya diciéndole que no tenía ninguna. Anya le había asegurado que se habían perdido todas en un incendio, pero Mack jamás había oído nada de ningún incendio y Natasha tampoco lo recordaba. Era más probable que Anya hubiera perdido todas las fotografías de Natasha en algún momento, puesto que lo único que de verdad le importaban eran las drogas y en el pasado su adicción había sido mucho peor de lo que era entonces.

¿Pero por qué habría elegido Natasha un cachorro?

Estuvo leyendo los comentarios. Un tipo llamado Teto decía que era una cachorra muy mona y que le gustaría hacerlo con ella al estilo perro. A Mack le entraron ganas de dar un puñetazo a aquel rostro infantil, pero la insinuación sexual no le afectó tanto como otros comentarios hechos por las chicas. *Sigue siendo una perra* o *Ahora sabemos que siempre ha sido una perra*.

—¿Qué estás haciendo en mi habitación?

Mack estaba tan absorto en lo que estaba viendo que se había olvidado de estar pendiente de la ducha. Natasha estaba en la puerta. No llevaba ninguna de sus camisetas. Se había puesto un pijama que Rod le había regalado por Navidad. El hecho de que hubiera renunciado a sus camisetas era significativo, pero en vez de hacer ningún comentario al respecto, Mack señaló su ordenador.

—¿Por qué una fotografía de un perro?

—¿Qué se suponía que tenía que hacer? Era una tarea obligatoria. Tenía que poner algo si no quería que me bajaran la nota.

—¿Y lo mejor que se te ocurrió fue el perro de Dylan?

—¿Preferirías que hubiera elegido una fotografía de un niño al azar? ¿Que fingiera que soy otra persona? No estoy tan desesperada —hizo un gesto con la mano—. En cualquier caso, no importa. Conseguí los puntos y la nota que necesitaba.

Seguro que estaba dolida por los comentarios que habían hecho algunos de sus compañeros, pero, típico de Natasha, prefería fingir que era demasiado dura como para que le importaran.

—¿Qué estás haciendo aquí de todas formas? ¿Has venido para llevarte el ordenador?

—No, he venido para decirte que puedes quedártelo.

—No lo necesito —respondió ella—. Pensaba comprarme uno.

—No tienes ni dinero ni tiempo y vas a necesitar un ordenador. Yo apenas lo uso. Si necesito poner un mensaje, utilizo el teléfono. Quédatelo.

—No, es tuyo. Yo puedo alquilar uno.

—¡Quédatelo! —insistió Mack.

Natasha se encogió de hombros, pero Mack no sabía si era porque estaba de acuerdo o porque se negaba a seguir discutiendo.

—¿Eso es todo? Porque estoy bastante cansada.

Mack se frotó el cuello.

—¿No quieres que hablemos de lo de anoche?

Ella ni siquiera le miró.

—Preferiría olvidarlo, pero tengo todos los detalles grabados a fuego en mi cerebro. ¡Ahh! ¡Ohhh! —jadeó, imitando a Bella—. ¡Sí! ¡Sí! Eso me ha gustado.

Mack se encogió por dentro.

—Gracias por recordármelo.

—De nada. Me alegro de que te divirtieras.

—Natasha...

—No, no pasa nada —respondió ella—. No me debes nada, lo comprendo. He sido yo la que ha estado fuera de lugar.

—Traer a Bella a casa fue un error y lo siento. Lo siento mucho. Me gustaría no haberlo hecho. Pero no tengo la cabeza donde debería.

–¿No podrías haber esperado a que me fuera? Pero... No importa.

Comenzó a ordenar su habitación, que siempre estaba impoluta. Siempre había estado obsesionada con la limpieza. A veces hasta le limpiaba a él el dormitorio.

–Me siento fatal por lo que hice.

Natasha vaciló un instante. Después, para alivio de Mack, comenzó a ablandarse.

–No te sientas mal. Para empezar, era yo la que estaba equivocada.

Un momento. Aquello no era lo que quería oír. ¿En qué se había equivocado? ¿Al juzgar su supuesto interés y al responder a él? En aquel momento parecía convencida de que había sido una locura creer incluso que Mack podía desearla. Estaba tan acostumbrada a las decepciones que ya estaba intentando aceptar su rechazo, a pesar de las señales confusas que había estado recibiendo y de lo furiosa que estaba aquella mañana.

–¿Lo dices en serio?

–Claro que sí. Puedes llamar a la tía con la que te acostaste anoche y volver a traerla. Al fin y al cabo, esta casa es tuya y yo soy tu invitada. Me mantendré fuera de tu camino.

Mack no tenía el menor interés en Bella. De hecho, deseaba no haberla tocado jamás.

–Tú no eres ninguna invitada en esta casa. Ese es el problema. ¿Por qué lo dices? ¿Grady te ha dicho algo?

Eso de la invitada sonaba como si alguien le hubiera llamado la atención por no comportarse como era debido.

–No, es solo que acabo de comprender lo que has estado intentando decirme. Es evidente, ¿verdad?

Mack descruzó las piernas y se inclinó hacia delante.

–¿Y es?

–He pasado mucho tiempo pensando que cuando creciera, que cuando tuviera suficientes años, podríamos estar juntos. Pero estaba equivocada. No soy demasiado joven para ti. Soy demasiado vieja.

Mack frunció el ceño.

—¿Puedes explicarme eso?

—Para encajar en tu vida. Ahora que soy una mujer estoy en lo que llaman «tierra de nadie»: quieres acostarte conmigo, pero sientes que no puedes, así que no sabes qué hacer conmigo.

Era cierto. Como siempre, Natasha le entendía perfectamente. Demasiado bien, de hecho. Quería tenerla debajo de él, hundirse en ella. Pero no podía tocarla de aquella manera. Se negaba a ser la clase de sátiro en lo que eso le convertiría.

—Así que estoy apartándome de ti, como tú querías —dijo—. Y espero estar haciéndolo lo suficientemente pronto como para que no te arrepientas de haberme conocido —movía la garganta como si estuviera luchando contra las lágrimas—. Has estado cerca de mí muchas veces, cuando no tenía a nadie. Gracias.

La silla crujió cuando Mack volvió a inclinarse hacia delante. Le estaba resultando muy difícil no levantarse para acercarse a ella.

—Natasha, jamás podría arrepentirme de haberte conocido.

Ella le dirigió una sonrisa triste.

—Mejor. Por lo menos podremos separarnos como amigos.

Terminó de ordenar las pocas cosas que podía ordenar en su habitación, se tumbó en la cama y se metió bajo las sábanas.

Había puesto fin a la conversación, pero él todavía tenía muchas cosas que decir. Deseaba poder decirle lo guapa que era a pesar de lo que aquellas miserables habían escrito en Facebook. O lo difícil que le resultaba dejarla marchar y lo mucho que la echaría de menos. Natasha había sido una parte importante de su vida durante los dos últimos años, una parte que siempre había anhelado. Había llegado a un punto en el que apenas podía esperar el momento de llegar a casa después del trabajo cuando ella estaba en el instituto y no en el taller con él.

Pero admitirlo les enfrentaría de nuevo a aquello que no podían tener y no le parecía justo darle falsas esperanzas. Tenía la sensación de que la tensión sexual que había ido creciendo entre ellos era culpa suya por no haber sido capaz de ocultar su interés.

—Buenas noches —susurró, pero no se marchó.

Esperó a que se quedara dormida. Después, con un suspiro, salió y cerró la puerta tras él.

India estaba sentada enfrente de Frank y de June Siddell en un café que estaba a varias manzanas de su casa. La habían llamado a primera hora de la mañana para decirle que tenían alguna información, así que habían quedado con ella a la hora del almuerzo.

Rod no estaba incluido en la reunión. Le había pedido ir, pero, por mucho que confiara en los Siddell y por bien que le cayeran, no veía ninguna razón por la que tuvieran que conocer a Rod. Si no sabían quién era y desconocían que estaba involucrado en aquel asunto, no podrían delatarle ni siquiera de forma involuntaria.

Rod le dijo que estaba siendo demasiado prudente al mantenerles en la ignorancia, pero él era capaz de tolerar un nivel de riesgo más alto que ella. Así que India le había pedido que fuera a comer solo y había conducido hasta el café sin él.

—Sois muy amables al intentar ayudarme —les dijo a

los vecinos de Sebastian–. La peor parte de todo lo que he vivido ha sido la impotencia. Tener que esperar a que la policía encontrara a Sebastian y le detuviera. Me sentía como si todo el mundo me culpara a mí, aunque yo estuviera diciendo la verdad. Después, al ver cómo fracasaba la Justicia…

–No me puedo creer que esté en la calle –intervino Frank muy disgustado.

–Si tuviera otra manera de hacer las cosas, no me estaría ocupando yo de todo esto –dijo ella.

June alargó la mano sobre la mesa para tomar la de Natasha.

–Lo sabemos. Lo que estás haciendo es peligroso, pero nosotros también lucharíamos si estuviéramos en tu situación, así que estamos encantados de colaborar.

–Gracias.

Llegó la camarera con los cafés que habían pedido al sentarse y pidieron la comida. Después, June abrió el bolso, sacó las gafas y alisó una hoja de papel que había llevado.

–Te he apuntado unas cuantas cosas. A lo mejor te sirven de algo.

–¿Qué tipo de cosas? –preguntó India.

–Una lista de todos los vecinos, las direcciones y los números de teléfono.

–Ayer por la noche fui a ver a unos cuantos vecinos de nuestra calle –intervino Frank–. Para ver si podía encontrar a alguien que conociera a Sebastian mejor que yo.

–¿Y encontraste a alguien?

–Un tipo que vive a mi derecha me dijo que había salido de fiesta con él bastantes veces y que siempre estaba pidiéndole drogas.

–¿Y por qué iba a hacer una cosa así? ¿Su hermano Eddie no vende cristal?

—«Vender» es la palabra clave. Eddie es muy estricto a la hora de cobrar y Sebastian no suele tener dinero. Ese tipo, Mike, me comentó que Sebastian siempre está intentando gorronear.

—¿Y comentó por dónde solía salir?

—Me dijo un par de sitios. After Hours, que no está lejos de aquí, y Solids and Stripes.

—¿Es un billar?

Frank asintió.

—¿Su esposa suele ir con él?

—Casi nunca. La deja en casa con los niños —contestó Frank—. Tengo la impresión de que no la quiere mucho. Solo la utiliza. Mike me dijo que cuando se enfada le da unas palizas de muerte.

Inquieta por aquella noticia, India dejó la taza en la mesa sin ser capaz de beber un solo trago.

—¿Y los niños?

—Digamos que Sheila no tiene muchas posibilidades de salir nominada para la Madre del Año —dijo June—. Esta mañana le he llevado unas magdalenas. He pensado que sería un gesto amable y que me daría la oportunidad de ver si Sebastian andaba por allí. Pero no me ha invitado a entrar. Y desde la puerta no se veía si Sebastian estaba en casa. Los niños sí estaban. Correteando medio desnudos y sucios, como siempre.

—¿Podría Sheila abrirse a tu amistad? ¿Crees que podrías ganarte su confianza?

—No parece muy interesada en mí. Ni en nadie, por cierto. Me apostaría cualquier cosa a que también se droga. Las señales son evidentes.

India bebió por fin un sorbo de café. La vida de Sebastian era un desastre y, al parecer, la de su esposa también.

—Si pudieras conseguir que admitiera que Sebastian no estaba en casa la noche que mató a mi marido, eso ayudaría mucho. Fue ella la que le proporcionó una coartada.

—He intentado hablar del juicio –dijo June–. Le he dicho que me alegraba de que su marido no hubiera ido a la cárcel. Y entonces me ha cerrado la puerta.

—Ojalá hubiéramos prestado más atención aquella noche –se lamentó Frank–. Pero a lo mejor ahora podemos arreglarlo. En la parte de atrás de la casa hay un viejo cobertizo. Intentaré echarle un vistazo cuando estén fuera. A lo mejor encuentro la pistola con la que mataron a tu marido.

—La policía registró la casa. Seguro que miraron también en el cobertizo.

—Eso fue hace tiempo. A lo mejor merece la pena volver a mirar.

—Tengo miedo de que asumas un riesgo excesivo. A lo mejor, si ves que sale una noche, podrías llamarme para que vaya a registrarlo yo.

—Olvídalo –respondió Frank–. ¿Y si vuelve de pronto? Yo puedo manejarle. Nos debemos, y le debemos a su esposa, a sus hijos, y al resto del barrio, deshacernos de ese canalla. Tenemos que impedir que siga haciendo daño a la gente.

Cuando hablaba de aquella manera, como si encerrar a Sebastian no fuera solo responsabilidad suya, India se sentía mejor por haberle involucrado en sus pesquisas.

—De acuerdo, te agradezco el apoyo.

—Esta noche pasaré por el bar y por el billar para ver si anda por allí.

Si Frank estaba dispuesto a llegar tan lejos, India no podía permitir que pensara que era su única esperanza. De modo que, sin utilizar el nombre de Rod, le explicó que tenía un amigo que pensaba ponerse en contacto con Sebastian.

—Un tipo de su edad tendrá más posibilidades de acercarse a él que yo —reflexionó Frank—. Me parece una idea brillante.

—Ya veremos. Contar con dos personas nos permitirá cubrir un terreno más amplio. Con que vayas esta noche y veas si está Sebastian, es suficiente. Mi amigo irá al billar.

—Por supuesto —dijo satisfecho, y se echó hacia atrás mientras la camarera llevaba la comida.

—Vamos a ver a Cassia.

India alzó la mirada sorprendida. Rod y ella estaban en la habitación del hotel, sentados en la cama. Habían estado trabajando en el ordenador, reuniendo toda la información disponible sobre Sebastian. Rod pensaba que haría un mejor trabajo a la hora de entablar amistad con él si sabía algo más sobre Sebastian, que podría encontrar la manera de despertar su interés y de acercarse a él. Pero, después de varias horas de búsqueda que incluyeron la lectura de la transcripción del juicio y una conversación para que India contara todo lo que recordaba de su antiguo novio, aquella sugerencia llegó de manera totalmente inesperada.

—¿A mi hija?

—¿Conoces a otra Cassia?

—No, es solo que...

—¿Qué?

Le resultaba extraño oír el nombre de su hija en boca de Rod. No habían hablado mucho de ella. India sentía que debía mantener al margen aquella parte de su vida.

—Ya sabes lo posesivos que son mis suegros con ella.

—Lo sé. Pero también sé que la echas de menos y que tienes derecho a hablar con tu hija. A lo mejor nos resulta más fácil presionar si vamos a verla.

–No tenemos tiempo para ir a hacerle una visita.

–¿Por qué no? Viven en San Francisco. Podemos estar allí en veinte minutos, quedarnos media hora y volver a tiempo de que me pase por Solids and Stripes. Seguro que ese billar no abre hasta mucho después de que Cassia esté en la cama.

–Lo sé, pero… no puedo presentarme en casa de mis suegros con un hombre. Rod, mis suegros nunca creerán que estaba enamorada de Charlie si me ven tan pronto con otro hombre.

Rod se levantó de la cama.

–¿Qué pasa? –preguntó ella.

–Once meses no me parece poco tiempo.

–Han sido unos meses muy complicados y me ha parecido una eternidad. En eso te doy la razón. Pero te aseguro que para ellos once meses no van a ser tiempo suficiente.

–¿No debería preocuparles más si estás recuperándote o no? ¿O si eres feliz?

–Para serte sincera, no creo que les importe mucho. La verdad es que estoy empezando a preguntarme si me han querido alguna vez.

–¿Entonces por qué tienen que decidir ellos cuándo puedes ver a tu hija?

India apartó el ordenador.

–Estoy intentando respetar su voluntad.

–Porque te importa mucho lo que piensen de ti.

Le había importado en otro tiempo. Ya no estaba tan segura. Haberlos visto dudar de ella y juzgarla la había dolido profundamente. Pero eran los abuelos de Cassia. Y sabía lo triste que se pondría Charlie si pudiera ver lo que estaba ocurriendo. Siempre había querido que sus padres la acogieran, puesto que ella no tenía familia.

–Por eso y porque… tengo miedo de que intenten quitarme la custodia de Cassia.

Rod la miró con el ceño fruncido.

—Ningún juez en su sano juicio apartaría a Cassia de tu lado.

—Siempre y cuando la policía me haya tachado definitivamente de la lista de sospechosos. E, incluso en el caso de que así sea, eso no significa que los Sommers me consideren inocente, Rod. Es posible que sigan viéndome como la mujer que mató al padre de su nieta. Y, en cuanto convenzan al juez de que soy una mujer que ha conseguido librarse de una acusación de asesinato, le mostrarán el hogar tan estable y acogedor que pueden proporcionarle y... ¿quién sabe lo que puede pasar? Al fin y al cabo, ellos criaron a Charlie y mira lo bien que les salió.

—Eso no tiene por qué...

—Podría —le interrumpió—. En cuanto vayamos a juicio, no habrá garantías. Los jueces tienen mucho poder. Nunca se sabe hacia dónde se puede inclinar la persona que preside un juicio. A lo mejor es un hombre que odia a su exesposa, una mujer, que, casualmente, se parece a mí. O un juez que fue rescatado por sus abuelos del abandono y la pobreza. O un juez que siguió el juicio de Sebastian y piensa que soy culpable. Créeme, en cuanto Claudia y Steve decidan ir a por mí, nada los detendrá. Sacarán a la luz todas las estupideces que he hecho en mi vida para hacerme parecer una mala madre. Y, aunque no consiguieran nada en un principio, tienen suficiente dinero y tiempo para librar una larga batalla. No puedo permitir que mi vida tome ese rumbo. Cassia es lo único que me queda.

—Entonces ve a verla sin mí. Eso no tiene por qué molestarles. Diles que la echas de menos y que se te ha ocurrido ir a verla.

—Ni siquiera sé si estarán en casa.

—Llama antes.

–No puedo, porque entonces seguro que se irán.

Rod cambió de postura.

–¿Te estás oyendo?

–La situación es complicada.

Aunque añoraba ver a Cassia, no sabía si soportaría ser tratada como una visita inoportuna por los padres de Charlie. Además, tampoco estaba preparada para volver a San Francisco. Aquella ciudad había formado parte de la vida que había compartido con su marido.

–No tiene por qué ser esta noche –dijo Rod–. Pero piensa en ello. Puedes ir a verla si quieres. Yo me aseguraré de ello.

India sonrió mientras asentía. Sus palabras le daban fuerza, pero no podía permitir que Rod la hiciera sentirse segura de nada en lo relativo a sus suegros y a su hija.

–Esta noche ya tendré bastante con preocuparme por ti. A lo mejor mañana. O pasado mañana.

Rod la miró como si hubiera algo en su respuesta que le preocupara, como si se estuviera dando cuenta de que no siempre podrían estar recluidos como en aquel momento, de que el resto del mundo terminaría entrometiéndose en su relación.

–¿Qué te pasa? –preguntó ella.

–Nada –contestó.

India no presionó.

–Un paso cada día, ¿de acuerdo?

–Sí –Rod se levantó de la cama–. Supongo que debería irme.

India le siguió hasta la puerta.

–No estoy segura de que debamos hacer esto.

–Deja de preocuparte –le dio un beso en la frente–. Te pondré un mensaje. Si consigo ponerme en contacto con él, te lo diré.

Ella le agarró del brazo.

–No, no me mandes ningún mensaje. Si por casualidad Sebastian ve mi nombre o mi número de teléfono nos relacionará. Borra mi número antes de ir a su encuentro.

–Mi teléfono tiene una clave de entrada. Además, no voy a darle ningún motivo para cogerlo –respondió, y se marchó.

India se acercó a la barandilla y observó a Rod mientras este salía del aparcamiento.

Solids and Stripes eran un billar decente, no era en absoluto tan sórdido como Rod había imaginado. Llegó a las diez, pidió una cerveza y se sentó ante una enorme pantalla de televisión que estaba retransmitiendo las carreras de NASCAR. Después estuvo jugando a los dardos y se acercó a las mesas de billar con la esperanza de poder sumarse a alguna partida para ayudarse a pasar el tiempo. Ninguno de los hombres que había visto hasta entonces se parecía al de las fotografías que India le había enseñado de Sebastian; no, no estaba allí.

Participó en dos partidas y las dos las perdió porque no estaba concentrado. Estaba más interesado en vigilar la puerta para ver las entradas y salidas y vigilaba regularmente el flujo de gente. Después miró el teléfono para ver si Frank estaba teniendo más suerte que él en el bar.

A media noche, cuando estaba en medio de la tercera partida, por fin recibió noticias de India referentes a Frank.

Frank dice que ha estado en After Hours desde las nueve. No cree que Sebastian vaya a aparecer por allí. Se va ir ya a su casa.

Rod pensaba que era demasiado pronto para retirarse. Pero Frank tenía sesenta años. Rod entendía que decidiera poner fin a la noche.

–¿Te importa?

Rod se apartó para que su oponente, un tipo llamado Dave, pudiera golpear la bola desde donde quería y se sentó en uno de los taburetes de la barra mientras contestaba al mensaje a India.

Por aquí tampoco hay señales de él. Me quedaré hasta la una y media y me pasaré por el bar antes de ir al hotel. Quiero echar un último vistazo antes de que cierren.

De acuerdo. Tengo que admitir que me siento aliviada.

Pero Rod no se sentía en absoluto aliviado. Necesitaban que Sebastian apareciera para poder encontrarse con él. No podían dejar que aquello se eternizara.

Dile a Frank que llame a su esposa para ver si el coche de Sebastian está en su casa.

Rod presionó el botón para enviar el mensaje y cuando alzó la mirada vio a su compañero de partida esperándole.

–Lo siento. A mi mujer no le gusta que salga sin ella.

–Por eso yo no tengo esposa –respondió el tipo con una risa–. Para poder ir donde me apetezca.

Rod metió dos bolas, pero falló la tercera. Así que, mientras esperaba su turno, volvió de nuevo al taburete y miró el teléfono.

Frank dice que están los dos coches en casa.

–Mierda –musitó.

–Veo que, a pesar de todo, estás atento al juego.

Rod volvió a fijarse en la partida. Aquel tipo había limpiado prácticamente la mesa. Solo quedaba la bola ocho.

–Sí –dijo, pero no le importaba perder.

Estaba enfadado por haber malgastado la noche. Frank y él no deberían haber ido a lugares en los que Sebastian podía aparecer o no. Se suponía que el bar y el billar eran los locales favoritos de Sebastian, pero podía tener otros. Podían pasar días, semanas así.

Deberían haber ido a vigilar la casa de Sebastian hasta que este hubiera salido y entonces haberle seguido, decidió Rod. Habría tenido mucho más sentido.

—¡Eh! —Dave chasqueó los dedos delante de su cara—. He ganado, tío. Has perdido.

Rod ni siquiera se molestó en mirar la mesa. Aquel tipo no era un buen jugador. Podría haberle machacado sin el menor esfuerzo. Pero tenía otros asuntos de los que ocuparse.

—Es una pena —contestó, y salió.

Antes de llegar a la camioneta, le envió a India otro mensaje.

Dame la dirección de Frank.

Ella contestó al instante.

¿Para qué?

Para tener un lugar desde el que vigilar la casa de Sebastian.

Los Siddell han sido muy amables. Agradezco su ayuda y su apoyo, pero apenas les conocemos. Es más seguro que no te vean.

Rod montó en la camioneta y la llamó.

—Este plan no va a funcionar —dijo en cuanto ella contestó.

—¿Por qué no?

—Porque no es eficaz. Si tú confías en los Siddell, yo también tendré que confiar en ellos.

—Confío en ellos a la hora de que sepan que estoy buscando información, pero ahora mismo soy un objetivo para Sebastian. No podemos confiarles tu seguridad ni a ellos ni a nadie. ¿Y si...? ¿Y si hablan de ti con otro vecino en el que creen que pueden confiar y ese vecino nos delata?

–Es un riesgo que tendremos que correr.

–No, no tenemos por qué.

Rod puso el motor en marcha.

–India, me apuesto lo que quieras a que aparece su nombre en la guía o a que puedo localizar su casa por Internet, así que no compliques las cosas. No necesito que estés de acuerdo, y tampoco tu permiso.

Se hizo el silencio. Después, India dijo:

–No me hagas arrepentirme nunca de haberte metido en esto.

–Tanto si te arrepientes como si no, ahora estamos los dos juntos en esto. Dame la dirección. Veamos si podemos acabar con este asunto de una vez por todas.

Tras un poco más de insistencia, India terminó dándole la dirección.

Como el único coche que Rod vio al llegar fue el destartalado Camaro, dio por sentado que había perdido la oportunidad de cruzarse con Sebastian aquella noche. Comprendió que seguiría fuera, como poco, hasta la mañana siguiente. Pero imaginó que merecería la pena quedarse por allí algunas horas, por si acaso regresaba a casa y volvía a salir. El tiempo era lo bastante agradable como para que no le resultara incómodo esperar sentado en el porche mientras los Siddell dormían, y el estar tan cerca le proporcionaba una vista magnífica de la casa.

Los adictos como Sebastian podían pasar días fuera de su casa. Para un adicto al cristal, la noche era joven.

Capítulo 21

El aburrimiento llegó antes que el cansancio. Solo la determinación de poner punto final a la situación de India le mantuvo en el porche. Para las tres de la madrugada ya había empezado a refrescar y deseó haberse llevado una cazadora.

Estaba a punto de renunciar y volver al hotel cuando decidió cruzar la calle para intentar encontrar algo que pudiera ayudarles. Había estado apostando sobre seguro mientras averiguaba quién estaba participando en aquel juego, dónde estaban en aquel momento y qué podría estar haciendo. Pero no había visto actividad alguna en casa de Sebastian, ni en la calle en general, desde que había comenzado la vigilancia. Iba a tener que acercarse para que aquella noche sirviera de algo. La luz del porche todavía estaba encendida; tenía el presentimiento de que había alguien levantado y quería ver por lo menos quién era.

Muy lentamente y con mucho sigilo, rodeó el perímetro de la casa buscando la manera de ver el interior. La mayoría de las habitaciones estaban a oscuras, pero no podía arriesgarse a mirar en la parte delantera. ¿Y si pasaba alguien por allí en ese momento? ¿O si Sebastian y Eddie llegaban a casa?

En cualquier caso, las cortinas de la ventana más grande estaban corridas y solo se veía el resplandor de la luz por los bordes. No creía que pudiera ver nada aunque corriera el riesgo de acercarse. Los residentes de aquella casa tenían un gran interés en proteger su intimidad, pero, por suerte para él, también parecían preocupados por ahorrar dinero en electricidad.

La mayoría de las ventanas estaban abiertas para dejar que entrara el aire fresco de la noche, lo que le proporcionaba una oportunidad única si tenía el valor de aprovecharla.

¿Estaría la pistola con la que Sebastian había matado a Charlie debajo del colchón? ¿O en la mesilla de noche? ¿En el armario, quizá? La policía no había encontrado el arma del crimen cuando había registrado la casa, pero Sebastian podía habérsela entregado a alguien para que la mantuviera oculta y haberla reclamado al regresar a casa. A lo mejor sentía que tenía más oportunidades de esconder la pistola a la policía si la guardaba él mismo y no tenía que vivir siempre pendiente de que alguien pudiera encontrársela.

Por lo que decía India, Sebastian tenía una gran opinión sobre sí mismo, de modo que era posible que hubiera decidido correr el riesgo. Rod imaginó que merecía la pena echar un vistazo rápido ya que se le había presentado aquella oportunidad.

Sacó el teléfono del bolsillo y lo puso en modo reunión para que no vibrara en un mal momento. Después volvió a una ventana en particular que parecía más accesible que las otras.

La adrenalina corría por su cuerpo mientras permanecía inmóvil en la oscuridad, pendiente de cualquier sonido procedente del interior. No se percibía ningún movimiento, pero sí se oía el rumor de una televisión en alguna parte de la casa. Él habría dicho que en la habitación de atrás. Esperaba que fuera el dormitorio principal y no el de los niños. No quería asustar a los hijos de Sebastian entrando en su casa por la ventana en medio de la noche, pero si tenía que entrar, aquel era el mejor lugar.

Como el marco ya estaba inclinado, la pantalla no supuso ningún obstáculo. En cualquier caso, era tan fina que, si hubiera sido necesario, podría haberla roto. Pero entrar por aquella ventana con una sola mano no iba a ser fácil.

Y tampoco salir si alguien empezaba a gritar.

Se dijo a sí mismo que intentaría ser muy silencioso, pero terminó haciendo mucho ruido. Y aterrizó encima de algo. Gracias a Dios, no le pareció que fuera un niño durmiendo. Se agachó para ver lo que era y le alivió comprobar que eran unas prendas de ropa que alguien había tirado al suelo y unas zapatillas de deportes. Nadie se movió ni se acercó a ver qué demonios estaba pasando y aquello le animó. Si había podido hacer tanto ruido sin que ocurriera nada, era muy probable que pudiera conseguir lo que quería.

Distinguió las siluetas de varios muebles bajo la luz de la luna, entre otros, la de unas literas. Sí, aquella era la habitación de los niños.

Acababa de sortear varios juguetes de camino hacia el pasillo mientras de una de las habitaciones salía la música de *Battlestar Galactica* cuando oyó una vocecita diciendo:

—¿Sheila?

Mierda. Al final había despertado a uno de los niños.

—¿Sheila, eres tú?

Parecía un niño pequeño. Rod pensó que debía decir algo para que no entrara en pánico.

—No, pequeño. Soy yo, siento haberte despertado. Estaba buscando el cuarto de baño.

—¿Quién eres tú? —preguntó el niño.

No había más niños en aquella habitación y aquel no

parecía muy asustado. Seguramente había visto de todo en su corta vida, teniendo en cuenta el tipo de gente con la que la compartía. Rod se preguntó si estaría muy lejos la puerta de atrás y si podría llegar hasta allí sin que le viera ningún adulto. Porque, desde luego, no quería volver a salir por la ventana...

–Soy un amigo de tu tío –le dijo como si no fuera nada extraño que estuviera en el dormitorio de los niños a aquella hora de la noche.

–¿De Eddie?

–Sí.

–Eddie no es mi tío –gruñó.

Era evidente que al niño no le gustaba el hermano de Sebastian. ¿Qué pensaría de este último?

–No os lleváis muy bien, ¿verdad?

No hubo respuesta. Por lo que a Rod concernía, aquello era un no. En vez de salir del dormitorio, cruzó la desordenada habitación hasta alcanzar la cama.

–¿Cómo te llamas?

–Van.

–¿Y cuántos años tienes, Van?

–Ocho.

–¿Entonces eres el hermano mayor de esta familia?

–Yo no soy de la familia. Mi madre era hermana de Sheila. Ahora está muerta.

Vaya. ¿Y aquella era la única familia que le había quedado?

–¿Y cuándo fue eso?

–No lo sé. Cuando era pequeño.

–¿Qué le pasó?

–Se cayó de un puente.

Rod no quería ahondar en la muerte de la madre de Van, así que se concentró en la siguiente pregunta, que iba en otra dirección.

—¿Tienes hermanos?
—No, pero Sheila tiene dos hijas.
—¿Cuántos años tienen?
—Cinco y tres.
—¿Dónde están ahora?
—En su habitación, supongo.
—¿Y tú las cuidas?
—Lo intento —musitó, como si no se sintiera capaz de hacer bien aquel trabajo—. Cuando no me estoy metiendo en líos.
—¿Y tú cómo te metes en líos?
—De muchas formas. No recojo mis juguetes, o no me voy a la cama pronto. O me levanto antes de tiempo. A veces me como la comida de Sheila. Y no atiendo en clase.
—No me parece que sea lo peor del mundo. A mí me pareces un niño muy bueno.
—¿De verdad? —parecía dudarlo, como si no estuviera acostumbrado a los elogios.
—Claro que sí.
—¿Aunque se supone que ahora tendría que estar durmiendo?
—Has oído algo que te ha despertado. Pero no ha sido culpa tuya. He sido yo que me he equivocado al entrar.
—Sí, supongo —pensó un momento y después dijo—: Eh, no le vas a contar Eddie lo que he dicho de él, ¿verdad?
—¿Que no es tu tío? Claro que no. ¿Por qué iba a contárselo?
—¿Porque te cae bien?
—Te seré sincero. No le conozco muy bien. Solo hemos salido juntos esta noche. Es posible que no vuelva a verle nunca.
—¡Ah! Tiene muchos amigos así.
—¿Por qué? ¿Tan idiota es?

El niño se echó a reír.

–Siento que no sea más amable. Es un rollo crecer con gente así. ¿Y qué me dices de Sebastian? ¿Él es un tipo amable?

–A él le odio todavía más –susurró Van.

Rod le revolvió el pelo al niño.

–La buena noticia es que al final todo el mundo crece y deja de ser un niño.

–Yo estoy deseándolo.

Rod estaba pensando en cómo poner fin a aquella conversación y salir de la habitación cuando se le ocurrió algo. Aquel era un niño inteligente. Y no tenía ningún cariño a los adultos que formaban parte de su vida.

–¿Qué hace Sebastian que no te gusta? –le preguntó.

Van permaneció en silencio durante varios segundos y después dijo:

–Muchas cosas.

–¿Puedes poner un ejemplo?

–Se me han olvidado –parecía triste.

–Estuvo fuera un tiempo, ¿verdad?

–Sí, cuando estuvo en la cárcel.

Rod no preguntó por qué le habían metido en la cárcel. Ni siquiera estaba seguro de que el niño lo supiera. Pero, un segundo después, se lo dijo el propio Van.

–La policía dice que mató a alguien.

Era evidente que estaba preocupado por aquella acusación.

–Sí, ya lo he oído. Pero no creo que lo hiciera si le han dejado salir, ¿no?

Van no dijo nada.

–¿No crees? –presionó Rod.

–A lo mejor sí lo hizo.

Aquella declaración no podría servir de prueba en un juicio, pero Rod no pudo evitar sentir cierta emoción.

—¿Pero cómo iba a hacerlo? Tu mamá... eh, Sheila me contó que la noche que mataron a ese hombre ella estaba en casa.

Van musitó algo que Rod no pudo distinguir del todo. Le pareció oír algo así como «eso es lo que quiere que digamos», pero no lo había oído con claridad y necesitaba estar seguro.

—¿Qué has dicho?

—Nada.

—Vamos, ¿qué has dicho?

El niño se retorció bajo las sábanas.

—Será mejor que me duerma antes de que me meta en un lío.

Rod intentó que siguiera hablando. Le preguntó por los deportes que practicaba. Y por su videojuego favorito. Y por el colegio. Pero era evidente que el niño sentía que había estado a punto de admitir algo que no debía y se había asustado.

De modo que Rod dejó de insistir. A lo mejor, una vez hiciera amistad con Sebastian, encontraba otra oportunidad para ganarse la confianza de aquel niño y conseguía hacerle hablar. Aquello sacaría a Sebastian de la vida de India, y de la de Van, para siempre.

—De acuerdo, dejaré que vuelvas a dormir —le dijo, y la arregló las sábanas.

Pero en cuanto se levantó y comenzó a salir al pasillo, oyó voces. Eran dos hombres y una mujer.

—¡Ay! No le digas a Sebastian que estoy despierto —susurró Van aterrado.

India no podía dormir. Estaba demasiado preocupada. Había estado mirando el reloj desde que Rod había salido. No entendía qué podía haberle retenido, sobre todo porque había parado para hablar con ella. Había intentado enviarle un mensaje y le había llamado varias veces, pero no había obtenido respuesta.

¿Le habría ocurrido algo? Debería seguir llamándole o le estaría poniendo en una situación comprometida.

Al cabo de otros diez minutos sin tener noticias de Rod, se olvidó del programa de televisión que había puesto para distraerse y comenzó a caminar nerviosa por la habitación.

–¡Contesta al teléfono! –musitó mientras se arriesgaba a llamar otra vez.

No hubo respuesta. ¿Por qué no contestaba?

El sudor descendía por su espalda mientras los recuerdos de la noche en la que habían asesinado a Charlie presionaban con fuerzas renovadas. Permitir que Rod la ayudara no había sido una buena idea. ¿Matarían a otro hombre por su culpa?

–Por favor, no –susurró.

Tenía que averiguar lo que estaba pasando, averiguar si Rod necesitaba ayuda. No podía permitir que muriera nadie más. No sería capaz de soportarlo.

¿Pero cómo ayudar a Rod cuando ni siquiera sabía dónde estaba o qué necesitaba?

¿Debería salir en su busca?

No. Si Sebastian la veía, las cosas se pondrían todavía peor. ¿Pero qué podía hacer?

Comenzó a revisar sus números de teléfono. Había añadido a la libreta de direcciones el que Sebastian había utilizado para llamarla por si intentaba ponerse en contacto con ella otra vez.

Buscó el número, pero no presionó el icono para marcarlo. Permaneció inmovilizada, como en estado de trance, mirando su nombre. ¿Qué estaría haciendo en aquel momento? ¿Estaría con Rod?

Soltó un juramento y llamó a Frank Siddell. Odiaba tener que despertarle, pero necesitaba que saliera al porche y, si no encontraba a Rod allí, que buscara su camioneta. A lo mejor se había quedado dormido.

Cuando Frank le devolvió la llamada, las noticias no fueron buenas. Le dijo que la camioneta continuaba aparcada a solo unas manzanas de distancia. El motor estaba frío, parecía llevar tiempo parada, pero no se veía a Rod por ninguna parte.

–¿Quieres que cruce la calle? ¿Quieres que vaya a ver si está allí?

India se aferró al teléfono con más fuerza.

–No –¿qué razón podía dar para presentarse en casa de sus vecinos a las tres de la mañana?–. Llamaré a la policía –dijo.

Pero en cuanto colgó el teléfono cambió de opinión. Tuvo miedo de que lo que quiera que estuviera pasando hubiera terminado para cuando la policía respondiera. El detective Flores podría entender lo que estaba en juego, pero vivía en San Francisco y no sabía si podría o estaría dispuesto a salir de su jurisdicción.

De modo que respiró hondo, volvió a marcar el último número que tenía de Sebastian y, sin permitirse pensar en ello, presionó el botón. Si tenía retenido a Rod y sabía que tenía algún tipo de relación con ella diría algo. Le tembló la mano cuando se llevó el teléfono al oído. A lo mejor Rod había conseguido entablar algún tipo de relación con él y solo estaban hablando, haciéndose amigos, tal y como habían planeado.

Aun así, a aquella hora de la noche le parecía poco probable. Si la camioneta de Rod todavía estaba donde la había dejado cuando había ido a casa de Frank no podían haberse conocido en un bar. Y nadie iniciaba una amistad llamando a la puerta en medio de la noche.

Tenía que haber pasado algo malo.

—¡India!

Sebastian pareció emocionado, aliviado al tener noticias suyas, algo que le resultó nauseabundo.

—¿Qué estás haciendo? —le preguntó ella, arrastrando las palabras para que pensara que estaba borracha.

—¿Qué quieres decir? Nada. Ya está casi amaneciendo. Estoy a punto de meterme en la cama. ¿Qué estás haciendo tú?

—No puedo dormir.

Escuchó voces y ruido de fondo, pero no oyó nada extraño. Y Sebastian no parecía ni nervioso ni enfadado. Aquello tenía que ser una buena señal.

—Pensaba que estarías de fiesta. Ya no estás en la cárcel, ¿no? Ahora puedes ir a cualquier parte, puedes hacer lo que te apetezca.

La emoción que reflejaba su voz pareció detenerle.

—Acabo de volver a casa —le dijo.

—¿Dónde estabas? ¿En casa de otra pobre mujer?

No contestó a la pregunta.

—¿Has estado bebiendo?

—¿Tú qué crees? —empezó a sorber por la nariz.

Una vez había llamado, tenía que justificar la llamada. Lo último que quería era que pensara que tenía interés en que retomaran su relación. Había considerado brevemente la posibilidad de ganárselo así, de acercarse a él lo suficiente como para averiguar dónde escondía el arma. Pero no soportaría que la tocara. El miedo y el odio eran demasiado profundos. También era consciente de cómo podría interpretarse aquel acercamiento si llegaba a conocerse. Habría muchos, sus suegros entre ellos, que jamás creerían que había estado fingiendo.

—¿Por qué lo hiciste, Sebastian? —le preguntó—. ¿Por qué tuviste que matarle?

—Yo no maté a nadie.

El hecho de que fuera capaz de negarlo ante ella la encolerizó. Se mostraba completamente ajeno e indiferente al sufrimiento que había causado al llevarse aquella preciada vida.

El enfado se inflamó, se levantó como un inesperado huracán.

—¡Sí, sí le mataste! —casi gritó—. Me da igual lo que dijiste en el juicio y lo que puedas decir ahora. ¡Le disparaste! Tú y yo lo sabemos.

—Vamos, no seas así. No hablemos de eso esta noche. ¡Me siento tan mal como tú por lo que pasó! Me gustaría que no hubiera ocurrido.

¿Entonces lo estaba admitiendo? Sucio mentiroso...

—¿Qué se supone que significa eso? ¿Se supone que tengo que olvidarlo?

Él bajó la voz.

—Si no lo recuerdo mal, aquella noche hubo momentos en los que disfrutaste tanto como yo. Pero eso no lo conté en el juicio.

India se tapó la boca al sentir que la bilis le subía a la garganta.

—Solo porque no te conviene que se sepa —le espetó—. Y no disfruté nada en absoluto. Me moría de asco cada vez que me tocabas. Mataste a mi marido y me destrozaste la vida al quitársela a él.

—Mira, estoy preocupado por ti. Intenta calmarte.

—¡Haré exactamente lo que me plazca! ¡No tienes ningún control sobre mí! —gritó ella—. Jamás permitiré que vuelvas a controlarme.

—¿Dónde estás?

India fue deslizándose hasta el suelo, apoyándose contra la pared, incapaz de seguir en pie soportando la carga del dolor de todo el año anterior. Lo que había comenzado como una excusa para ponerse en contacto con Sebastian por miedo a que hubiera tenido algún conflicto con Rod se estaba convirtiendo en un sincero desahogo de todo su sufrimiento y su tristeza.

–¡Le mataste! –gimió–. Mataste al hombre al que amaba delante de mí.

–Lamento tu pérdida –le dijo–. Pero, como te he dicho antes, no quiero hablar de esto por teléfono. Dime dónde estás. Iré a verte, te consolaré para que te sientas mejor.

–Tú no puedes hacer que me sienta mejor. ¡Ni siquiera eres capaz de controlar tu propia vida!

–¿India, dónde estás?

–¿Dónde estás tú?

–En mi casa, que es donde tengo que estar.

–¿Solo?

Tras otro breve silencio, Sebastian dijo:

–No me digas que estás celosa.

–¡Solo quiero saber si estás solo!

–Estaré solo, si es eso lo que quieres para que vuelva conmigo. Haré todo lo que quieras.

Oh, Dios...

–No es en tu casa donde tienes que estar. Tendrías que estar en prisión.

–Y allí es donde intentaste meterme. Te hice daño y te vengaste. Pero estoy dispuesto a perdonarte y a olvidar si tú también lo estás.

–¡Como si tuvieras algo que perdonarme! ¡Lo único que hice fue intentar ayudarte!

–Por lo menos yo actué por amor. Eso tienes que comprenderlo.

Ella comenzó a reír.

–¡Por amor! ¡Dices que lo hiciste por amor! Estás tan loco como pensaba.

–Lo suficiente como para continuar queriéndote –dijo, como si eso debiera halagarla–. Quedemos y hablemos, dejemos todo lo demás en el pasado.

–¡Jamás! –contestó, y colgó el teléfono.

Estuvo a punto de llamar a la policía. La conversación con Sebastian no le había dicho nada que no supiera: él no era consciente del daño que les había hecho a ella y al resto del mundo. Pero se estaba secando las lágrimas cuando recibió por fin un mensaje de Rod.

Estoy bien. Llegaré pronto.

Con un gemido que no fue capaz de reprimir, dejó caer la cabeza contra las rodillas.

Todavía estaba llorando cuando Rod llegó a la puerta. Parecía incapaz de parar, pero no le dio oportunidad de decir nada al respecto. Se levantó nada más verle, le agarró por la camisa y le atrajo hacia ella. Después le dio un beso largo y profundo.

–¿Dónde estabas? –le preguntó.

Pero apenas acababan de salir aquellas palabras de su boca cuando ya estaba hundiendo las manos en su pelo y besándole otra vez.

Sentir su tacto, su sabor fue puro alivio. Y deseo. Y... no sabía cuántas cosas más. Eran demasiados los sentimientos que la atravesaban como para definirlos. Rod estaba vivo, estaba bien. Había vuelto a su lado.

–Me alegro de que estés a salvo –susurró contra sus labios–. Estaba muerta de miedo.

Rod le secó las lágrimas.

–Lo siento, pequeña. No pretendía asustarte. Pero no te mentiré. Me gusta que te alegres tanto de verme.

Cuando la levantó en brazos, ella le rodeó la cintura con las piernas y permitió que la llevara a la cama, donde Rod se tumbó encima de ella.

–No vuelvas a acercarte por allí otra vez –le pidió–.

Nunca. No me importa cuál fuera el plan. Quiero que lo olvidemos. Ese hombre es un auténtico psicópata.

–Hablaremos de eso en otro momento. Ahora necesito que veamos todo lo que tenemos hasta ahora.

Si no hubiera sido por la intensidad de sus sentimientos, India se habría echado a reír al comprobar la facilidad y la rapidez con la que Rod era capaz de separar el estrés y el peligro del deseo. La desesperación que había sentido al saberle lejos convertía cada segundo a su lado en un momento robado al tiempo.

–Has estado despierta toda la noche. ¿No estás cansada?

–Estoy agotada, pero para esto nunca estaré demasiado cansada.

Le quitó la camisa y lamió la piel cálida de su musculoso pecho.

–Sabes muy bien. Cada centímetro de tu piel sabe bien, y tocarte es todavía mejor.

Rod la agarró por la barbilla y bajó la mirada hacia ella. Y hubo algo significativo en aquella mirada. India estaba convencida de que estaban penetrando en un nivel de intimidad más profundo del que ella se podía permitir. Pero se negaba a pensar en ello, o en las posible consecuencias, fueran cuales fueran. Estaba muy alterada. La única manera de sentirse segura era abrazar a Rod con todas sus fuerzas. Sentir su corazón latiendo contra el suyo y oír su respiración haciéndose jadeante a medida que su encuentro se hacía más intenso. Perderse en sus caricias significaba no pensar en nada ni en nadie. Cuando Rod volvió a besarla, ella deslizó las manos hasta su trasero y presionó el bulto que asomaba en sus pantalones contra ella.

Ansiaba aquella pasión. Era el único sentimiento suficientemente intenso como para borrar todo lo demás.

Pero el beso resultó más dulce que hambriento y aquello estuvo a punto de hundirla. ¿Por qué tenía que sentir algo más que el simple placer de una caricia?

—Quiero que sea algo rápido e intenso —susurró.

—¿A qué viene tanta prisa? ¿Por qué no tomarnos el tiempo que queramos y disfrutarlo?

—Porque tengo la sensación de que se me va la vida si no estoy ahora mismo contigo —susurró.

Lo dijo sin pensar, sin filtrar sus palabras. Y aquella confesión no solo sonó exagerada, sino que implicaba un mayor grado de compromiso del que ella podía asumir en aquel momento tan complicado de su vida.

Todo era tan inestable…

Sin embargo, parecieron las palabras que Rod estaba deseando oír. Porque su rostro mostró una renovada determinación cuando la desnudó.

Capítulo 22

Rod era consciente de la presencia de la alianza de compromiso de India cada vez que hacían el amor. Intentaba evitar pensar en ello, pero cuando entrelazaba los dedos con los suyos o ella deslizaba la mano por su cuerpo se revelaba como un recuerdo constante.

La alianza nunca le había molestado demasiado. Imaginaba que se la quitaría cuando estuviera preparada. No había necesidad de presionarla; ya había sufrido demasiado. Pero India estaba empezando a importarle mucho más que cualquier otra mujer y no quería compartirla, ni siquiera con un fantasma. Cuando hicieron el amor, se volcó completamente en ello. Era consciente de que se comportaba como si tuviera que demostrar algo, como si estuviera intentando ganar una competición.

Necesitaba que India le quisiera hasta tal punto que no pudiera negar sus sentimientos. Necesitaba sentir que no le abandonaría al final. De alguna manera, India se las había arreglado para penetrar sus defensas, algo que nadie había hecho jamás, y, en aquel momento, se sentía más vulnerable que nunca.

Cuando terminaron, se tumbó a su lado, con el corazón palpitante y casi sin respiración. Y fue entonces cuando el azote del cansancio que había sentido de camino hacia allí volvió a golpearle.

—¿Qué ha pasado esta noche? —le preguntó India.

—En general, nada, hasta que he decidido acercarme a casa de Sebastian y echar un vistazo.

India se incorporó y se apoyó sobre un codo, la melena le ocultaba la mitad de la cara.

—¿Cómo se te ha ocurrido correr esa clase de riesgo? ¿No me crees cuando te digo que es peligroso?

—Creo que puede ser peligroso, y eso es distinto a ser siempre peligroso. He mantenido los ojos bien abiertos. Sentía que necesitaba conseguir algo esta noche, hacer algún progreso. No pienso permitir que ese imbécil hipoteque nuestras vidas indefinidamente. Si descubrimos que no hay ninguna pistola en la casa, podremos tachar eso de nuestra lista.

—La policía ya registró la casa cuando la estuvieron buscando, Rod.

—Es posible que la haya tenido escondida en cualquier otra parte y la haya vuelto a llevar. O que hasta tenga otra pistola. Eso también sería bueno saberlo, ¿verdad?

India volvió a tumbarse con un suspiro de preocupación.

—¿Qué pasa?

—Estoy enfadada contigo.

—¿Por estar intentando ayudarte?

—¡Porque podrían haberte herido!

—Ven aquí —la atrajo hacia él y le dio un beso en la sien—. Quería ver qué podía averiguar. Saber cómo es Sheila, acercarme a la casa... Eso lo entiendes, ¿verdad? Para conseguir llegar a algo necesitamos información.

—¡Pero yo estaba muy asustada!

Él se echó a reír.

—Yo no estoy asustado.

Lo había estado en algún momento, cuando había descubierto que Sebastian estaba en la casa. Si no hubiera sido por la llamada de teléfono que había recibido Sebastian y que le había mantenido distraído en el momento más oportuno, era posible que no hubiera podido salir de casa. E incluso entonces había tenido miedo de que Sebastian pudiera oír la puerta de atrás cerrándose tras él y terminara saliendo en su busca.

Gracias a Dios, había conseguido salir sin que se produjera ningún incidente.

—Pues deberías estarlo —respondió ella. No estaba dispuesta a ceder.

—¿Quieres que te cuente mi aventura o no?

India le miró malhumorada, pero le pudo la curiosidad.

—¡Claro que quiero!

—Genial. Para tu información, he conseguido entrar en la casa. Y creo que el esfuerzo ha merecido la pena.

India se sentó.

—¡No! ¿Has estado dentro?

—Estaba buscando algo que pudiera servirnos y creo que lo he encontrado.

Aquello contribuyó a disminuir su indignación.

—¿De verdad?

—De verdad.

Rod mantuvo el sueño a raya durante unos minutos más y le explicó cómo había entrado por la ventana de Van y había terminado hablando con el niño.

—¿El hijo de Sheila te ha visto?

Aquello estuvo a punto de enfurecerla otra vez. Rod comprendía los motivos por los que India no podía considerar que aquella fuera una buena noticia, pero él no creía que el encuentro con el niño pudiera suponer ningún obstáculo.

—Van es su sobrino, no su hijo, y estábamos a oscuras, de modo que no ha podido verme con claridad.

—Pero, aun así, ha oído tu voz. Conoce tu olor, sabe tu altura. Ha podido verte la escayola. Yo te reconocería al instante.

—Tú te has acostado conmigo.

—No es solo eso. Tienes cierta presencia. Destacas entre los demás. Cualquiera se acordaría de ti.

—Es un niño.

—Y eso significa que debe de haberse llevado un buen susto. ¿No crees que eso contribuirá a que le resulte más fácil acordarse de ti?

—Acababa de despertarse de un sueño profundo. Y no se ha asustado tanto como lo habría hecho cualquier otro niño. Yo diría que tiene más miedo de los adultos con los que vive que de mí.

India encogió las piernas.

—Qué lástima.

—Sí, yo tampoco he podido evitar compadecerle —dijo Rod.

Continuó contándole lo que había pasado y lo que le había parecido oír a Van sobre la noche de la muerte de Charlie.

India interrumpió su relato en aquel momento.

—¡Eh! Espera, un momento. ¿Te ha dicho que le obligaron a decir que Sebastian había pasado la noche en casa?

—Eso es lo que me ha parecido. Pero apenas lo ha susurrado y no ha querido repetirlo.

—¿Podríamos conseguir que lo repitiera delante del detective Flores? ¿Podríamos hacerle decir la verdad?

Rod consideró la situación desde el punto de vista de Van.

—¿Ahora mismo? Lo dudo. ¿Qué va a conseguir a

cambio, aparte de que le castiguen? Tiene un miedo atroz a Sebastian y a Sheila. Eddie tampoco le gusta. Tengo la impresión de que los adultos que forman parte de su vida no le tratan como deberían.

—Y lo siento muchísimo, pero si conseguimos encarcelar a Sebastian no podrá hacer ningún daño a Van... ni a nadie más.

—Todavía nos queda Sheila. Y, probablemente, también Eddie.

—Yo jamás pondría a un niño en una situación de riesgo. ¡Pero Van sabe la verdad! Y quiere contarla, en caso contrario no habría dicho lo que ha dicho. ¡Puede contarle a todo el mundo que Sebastian no estaba en su casa la noche que mataron a Charlie!

Rod tenía miedo de estar dando demasiadas alas a la esperanza de India. Incluso en el caso de que Van supiera algo que pudiera ayudar, conseguir aquella información iba a ser complicado, sobre todo, teniendo en cuenta que Rod también quería proteger al niño.

—Sí, a mí me ha dado también esa sensación.

—Entonces tiene que hablar. El hecho de que le obligaran a mentir debería convencer al jurado, ¿no?

—Su testimonio apoya tu versión de lo ocurrido. Pero el testimonio de un niño no basta para que el fiscal vuelva a procesar a Rod.

—Yo creía que estabas muy satisfecho de lo que habías descubierto.

—Y lo estoy, pero tenemos que ser realistas. Estoy empezando a cambiar de opinión en lo que a Van concierne.

—¿En qué sentido?

—Necesitamos pruebas materiales. Pruebas forenses. Algo que no pueda ser refutado.

—Sí...

Él le tiró de la mano para urgirla a tumbarse.

—¿Y si Van supiera lo que hizo Sebastian con la pistola?

India pensó en ello durante algunos segundos antes de preguntar:

—¿Por qué iba a confiarle Sebastian a un niño una información de ese calibre?

—No tiene por qué habérselo dicho él, pero Van tiene que haber oído muchas cosas viviendo en esa casa, sino de Sebastian, sí de Sheila, o incluso de Eddie. Es tan pequeño que dudo que presten ninguna atención a lo que dicen delante de él, sobre todo cuando están drogados.

—¿Le preguntaste a Van por la pistola?

—No. Todavía no. Si se lo pregunto demasiado pronto se pondrá a la defensiva y no me lo dirá nunca. Necesito pasar más tiempo con él, ganarme su confianza.

—¿Y cómo vas a conseguirlo?

Rod deslizó la mano por la larga y sedosa melena de India.

—Haciéndome amigo de Sebastian.

—Pero es a Van a quien quieres llegar a conocer.

—Claro. Creo que de momento intentaré aprender más cosas sobre él. Los niños tardan menos que los adultos en confiar en los demás y, como tú has dicho, Van tiene ganas de hablar.

India apoyó la mano en la mejilla y le miró en silencio.

—¿Entonces me vas a perdonar por haberte asustado? —le preguntó Rod.

Ella no contestó a la pregunta.

—Tengo algo que contarte —le confesó

Aquello fue una sorpresa para Rod.

—¿Qué es?

—He llamado a Sebastian esta noche.

Rod sintió que se le disparaba la adrenalina.

—¿Que tú qué?

—Pensaba que te tenía retenido. Sentía que necesitaba... pararle, ver si podía averiguar algo, interrumpir lo que pensaba que estaba ocurriendo.

—India, no quiero que tengas ningún contacto con él.

—¡Yo tampoco quería llamarle! Pero estaba aterrada. No sabía qué hacer.

—No le habrás preguntado por mí, ¿no?

—No, claro que no.

Rod recordó entonces que la había encontrado llorando en el suelo al entrar y comprendió el miedo que debía de haber pasado. Hacía falta mucho valor para hacer una llamada así y no le pasó por alto el hecho de que, sin aquella llamada, posiblemente no habría podido escapar de casa de Sebastian con la facilidad con la que lo había hecho. Tenía que haber sido aquella llamada la que le había distraído.

—Siento haberte hecho pasar por algo tan terrible. Sé lo duro que tiene que ser para ti oír su voz.

Ella se tapó con la sábana.

—Jamás en mi vida he sentido tanto odio. No quiero volver a sentir nada parecido. Eso solo me causa amargura. Pero... parece que no puedo superarlo.

—Con el tiempo lo harás —le prometió—. Ahora está todo demasiado reciente.

Ninguno de los dos dijo nada. Continuaron mirándose en silencio hasta que ella preguntó:

—¿Por qué me estás ayudando?

Rod consideró todas las posibles respuestas y al final decidió mantener sus sentimientos al margen.

—Porque necesitas mi ayuda.

—Te agradezco todo lo que estás haciendo. Espero que lo sepas. Pero... necesito que seas muy prudente, Rod. No podría soportar el sentirme... el sentirme responsable de que una persona más vuelva a sufrir o a morir por mi culpa.

—Tú no eres responsable de mí. No es la primera vez que te lo digo. Yo tomo mis propias decisiones, ¿de acuerdo?

Había pensado contarle que había estado a punto de encontrarse con Sebastian, pero al verla tan preocupada cambió de opinión. Saber que había estado en una situación peligrosa y que si no hubiera sido por su llamada quizá no habría podido salir de casa de Sebastian la asustaría.

—¿Y qué te ha dicho?

—No gran cosa. No le he dado oportunidad. He perdido el control por completo. Ya me has visto cuando has entrado. Me aterrorizaba que pudiera hacerte daño. Solo era capaz de pensar en eso. La rabia y el dolor del pasado han vuelto a resurgir y lo han invadido todo.

—¿Cómo ha reaccionado él?

—Diciendo que todavía me quería. Que deberíamos perdonarnos.

India era una mujer difícil de olvidar. Rod se preguntó si no sería él el que algún día la echaría de menos y desearía poder volver junto a ella.

—Es increíble.

—No parece importarle lo que hizo. Para él matar a Charlie significa menos que matar a una mosca.

—Haremos justicia por Charlie, y por ti —le prometió Rod—. Y entonces podrás seguir adelante sin mirar atrás.

—Eso espero —susurró.

Pero Rod sabía que le costaba creer en aquel sueño.

—Te lo prometo —le tomó la mano y, mientras la entrelazaba los dedos con los suyos, intentó ayudarla a pensar en algo que la ayudara a alejarse de sus preocupaciones—. ¿Vamos a ir mañana a ver a Cassia?

–Rod...

–Vale. ¿Vas a ir a ver a Cassia?

India vaciló. Era evidente que le tentaba.

–A los padres de Charlie no les gusta que aparezca sin avisar.

–¿Y a ti te importa que no les guste?

–A lo mejor es preferible que espere a que todo esto se aclare.

–¿Por qué? En ese caso, si alguna vez tuvierais que luchar por la custodia de Cassia, podrían decir que no has mostrado ningún interés por tu hija. Que no fuiste a verla ni una sola vez cuando estuvo en su casa.

–No serían capaces de hacer algo así.

Rod deslizó el dedo por su hombro y descendió hasta su seno.

–¿Estás segura?

–No –admitió.

–Entonces ve a ver a tu hija, tanto si les gusta como si no. Y llámala tan a menudo como quieras.

India se había mostrado tan distante después de hacer el amor que a Rod casi le sorprendió que se acurrucara contra él.

–No me dejes enamorarme de ti –le suplicó en un susurro.

Tal y como India había anticipado, regresar a San Francisco no fue fácil. Lo que le había ocurrido en aquella ciudad había sido, sencillamente, desgarrador.

Pero Rod tenía razón. Por vulnerable y devastada que estuviera, no podía permitir que sus suegros la intimidaran, que la hicieran sentir que no podía ver a su hija. El hecho de que hubiera tenido la generosidad de permitir que se llevaran a Cassia no significaba que tuviera que estar de acuerdo en que la mantuvieran alejada de ella. Del tema de las visitas ni siquiera habían hablado porque India jamás había imaginado que pudiera ser un problema. Pensaba que la situación mejoraría en cuanto Sebastian fuera juzgado y enviado a prisión.

Al final Rod la acompañó, aunque fueron en el coche de India y fue ella la que condujo, puesto que conocía el trayecto. Rod le había dicho que quería pasar el día con ella, ver dónde vivía, pero India sospechaba que solo estaba intentando hacerle más fácil cruzar el Bay Bridge y adentrarse en el que ella debía de considerar territorio hostil. Aunque todavía había una pequeña parte de sí misma que adoraba la ciudad y disfrutaría compartiéndola con él, su pasado reciente había convertido San Francisco en un lugar plagado de temores. No hacía tanto que India había abandonado su hogar. Los recuerdos continuaban frescos, amenazadores.

—¿Aquí vivías? —le preguntó cuando se detuvieron delante de la casa que había comprado con Charlie, la casa en la que le habían matado.

Ella asintió. Era una vivienda de estilo mediterráneo español. Había sido construida en 1931, con unos enormes ventanales en arco, suelos de madera y unos techos abovedados que adoraba. Aunque era pequeña, tenía unas vistas fabulosas y no estaba lejos de West Portal Park y de las tiendas y los restaurantes de aquel barrio.

Whiskey Creek no era San Francisco, pero tenía su propio encanto, y estaba muy cerca de la costa. Ella se aferraba a la esperanza de poder llegar a hacer la transición. Pero la posibilidad de establecerse allí dependía en gran parte de lo que sucediera durante los meses siguientes.

—El barrio parece muy caro —comentó Rod.

—Y lo es —admitió ella—. Pagamos un millón y medio

de dólares por la casa y solo tiene ciento setenta metros cuadrados.

—Vaya —parecía realmente impresionado—. Te habrá resultado difícil mudarte a Whiskey Creek después de haber vivido en un lugar como este. El ritmo de vida, todo es muy diferente.

India comprendía que aquellas diferencias le molestaban, le hacían sentirse en desventaja.

—Si soy capaz de sobrevivir a los siguientes meses y empezar a reconstruir mi vida me daré por más que satisfecha.

—Lo comprendo —dijo él.

Sin embargo, ella no estaba tan segura de que lo comprendiera. Parecía creer que estaba intentando prevenirle contra ella. Y suponía que, en cierto modo, así era. Pero todavía no habían tenido oportunidad de hablar. Vieron a una mujer vestida con ropa deportiva y empujando un carrito de bebé corriendo por la calle. India la reconoció al instante y deseó haberse ido unos segundos antes, porque ya era demasiado tarde para escapar sin ser vista. Ellie Cox, la amiga que le había dejado aquel mensaje en el contestador, había salido a correr.

—¡Oh, no! —exclamó.

—¿Qué pasa? —preguntó Rod.

Pero no hubo tiempo para explicaciones. Ellie ya se estaba acercando a la ventanilla, así que ella la bajó.

—¡India! —gritó—. ¡Qué alegría volver a verte!

—Yo también me alegro mucho de verte —contestó India, ocultando sus verdaderos sentimientos tras una sonrisa.

Ellie se llevó la mano al pecho y tardó unos segundos en recuperar la respiración.

—¿Y dónde estás viviendo últimamente? Intenté llamarte, pero no estaba segura de tener tu número.

India le había dejado su número en el buzón de voz, pero no lo señaló. Tampoco especificó dónde vivía, aunque Ellie ya estaba enterada de que vivía en Whiskey Creek.

–Recibí tu mensaje, pero, con todos estos cambios, mi vida está siendo una locura. No he tenido oportunidad de devolverte la llamada. Lo siento.

–No te preocupes. Era solo para asegurarme de que estabas bien.

India no la creyó ni por un instante. No había hecho nada para apoyarla durante el juicio. Se había distanciado de ella tanto como su marido. Pero, decidida a guardar las formas y evitar los enfrentamientos, le siguió la corriente.

–Estoy bien, gracias.

Ellie desvió la mirada hacia Rod.

–¿Y este es… un amigo?

–Es mi vecino, Rod Amos –contestó, y les presentó.

–Encantada de conocerte.

Las palabras de Ellie fueron educadas, pero por su tono parecía estar reprochándole que estuviera ya con otro hombre.

¿O sería su imaginación? India tenía que reconocer que se había vuelto muy sensible a las críticas.

Rod inclinó la cabeza.

–El placer es mío.

–Me alegro de que estés conociendo a otra gente –le dijo Ellie a India.

India se clavó las uñas en las palmas de las manos.

–Sí, tener un amigo está haciendo el cambio mucho más fácil.

Ellie se fijó en la alianza de matrimonio de India.

–Me alegro de oírlo.

India prestó entonces atención al bebé de Ellie, que se estaba mordisqueando el puño.

—Qué grande está Grant.

—Es un niño muy complicado, siempre está con cólicos.

Conociendo a Ellie, eso significaba que se despertaba alguna que otra vez por las noches. Ellie nunca había sido muy dada a sacrificarse.

—Está precioso.

—A nosotros nos lo parece.

Ver al hijo de su amiga le recordó a India que Charlie y ella estaban pensando en tener otro hijo.

En un principio, habían decidido tener solo uno, y aquella era la razón por la que habían esperado. Pero un año atrás, India había cambiado de opinión y, poco a poco, Charlie había ido haciéndose a la idea.

—¿Cómo está Mitchell? —preguntó India.

—Ocupado, como siempre. Ya le conoces. Está tan obsesionado por el trabajo como lo estaba Charlie.

La mención de Charlie provocó tal incomodidad que, por un momento, India no supo cómo reaccionar. Se sentía como una persona completamente diferente a la que había estado casada con él. Como si, de alguna manera, aquel asesinato hubiera servido para dejar al descubierto su verdadera identidad: escoria blanca viviendo un cuento de hadas al casarse con un cirujano cardiovascular. Como si ya no tuviera derecho a aquella casa, o a ser amiga de Ellie y de los otros residentes en la manzana.

Puso el coche en marcha.

—Siento tener que irme tan rápido, pero vamos a casa de los padres de Charlie y no quiero llegar tarde.

—¿Vas a llevar a Rod a casa de los padres de Charlie? —preguntó ella sorprendida.

Por supuesto que no. Rod había aceptado quedarse esperando en una cafetería con Internet en la que poder comer algo y buscar información mientras ella veía a

Cassia. Pero India había intentado restar importancia al hecho de ir acompañada por un hombre. Ellie tampoco podría darle ninguna importancia si Rod iba con ella a casa de sus suegros.

–Por supuesto –dijo India–. ¿Por qué no?

–Por nada en particular –contestó Ellie–. Salúdales de mi parte. Me alegro mucho de haberte visto.

–Yo también.

–Llámame. Podemos quedar para comer.

–Te llamaré –mintió India, se despidió de ella con la mano y avanzó calle abajo.

Habían recorrido ya tres manzanas cuando Rod habló.

–¿Es eso lo que quieres? –preguntó–. ¿Ser como Ellie? ¿Llevar el tipo de vida que lleva ella? ¿Tener todo lo que tiene ella?

India comprendía su pregunta. Quería saber si lo que soñaba y añoraba era algo que él nunca podría darle. Consideró lo que aquella pregunta implicaba. ¿Necesitaba San Francisco, con toda la gente y los contactos que le ofrecía? ¿Con aquella abundancia de arte y cultura? ¿Necesitaba el dinero y el prestigio que Charlie había puesto a su alcance?

No. Podía llevar una vida mucho más sencilla y ser feliz. Ese no era problema.

Alargó la mano para tomar la de Rod.

–No me importaría tener un bebé.

Capítulo 23

Claudia ni siquiera fue capaz de esbozar una sonrisa cuando abrió la puerta.

–¡India! ¿Qué estás haciendo aquí?

–He venido a hacer algunas compras para la casa y no podía marcharme sin venir a veros.

–¡Ah! –hubo una obvia vacilación, pero Claudia retrocedió–. ¿Quieres pasar?

–¡Mami!

Cassia salió corriendo en cuanto oyó la voz de su madre.

India la levantó en brazos y la estrechó con fuerza.

–Mamá te ha echado mucho de menos, chiquitita.

–Yo también te he echado de menos, mami –musitó Cassia, aferrándose a ella con fuerza y estrechando el rostro contra su cuello.

El padre de Charlie se levantó de su butaca. Los libros de colorear esparcidos por el suelo indicaban que Cassia había estado pintando mientras él veía las noticias y Claudia hacía la cena. India distinguió el olor a ajo y otros aromas que salían flotando desde la cocina.

–¿Por qué no nos has llamado para decirnos que venías? –preguntó.

–He pensado que sería divertido daros una sorpresa –contestó.

Claudia y él intercambiaron una mirada, pero India ignoró su evidente desagrado. Rod tenía razón. Necesitaba ver a su hija y se alegraba de haber ido.

–¿Qué estabas haciendo, Cass? –preguntó, apartando a su hija para verle la cara.

–Te estaba haciendo un dibujo –se retorció para poder llevar a su madre hasta el lugar en el que estaba pintando en el suelo.

–¡Hala! ¡Qué bonito! –exclamó India mientras examinaba una mariposa que todavía no había terminado de colorear–. Es precioso.

Cassia dejó el libro de colores y comenzó a tirar de India para que se acercara a la puerta de atrás.

–Papá y mimi me han comprado una cama elástica.

–¿Una cama elástica? –preguntó India–. ¿Pero ese no es un regalo muy grande?

–Se divierte mucho con ella. Y, por supuesto, es un buen ejercicio –contestó Claudia.

India no pudo evitar reparar en que ni Claudia ni Steve le habían dado la bienvenida. No la habían abrazado, no le habían preguntado cómo estaba, ni si le gustaba vivir en Whiskey Creek. No habían dicho ninguna de las cosas que habrían dicho cuando Charlie vivía, cuando acercarse a casa de sus suegros era siempre una experiencia agradable.

–¿No os importa tener una cama elástica en el jardín, aunque Claudia no vaya a estar aquí tan a menudo?

Claudia desvió la mirada mientras respondía:

–Así tendrá más ganas de venir a vernos.

La terrible sensación que había tenido India desde la muerte de Charlie, la sensación de que sus suegros pensaban que deberían quedarse con Cassia, le puso los pelos de punta. No podían estar considerando la posibilidad de hacer algo así... ¿o sí?

La cama elástica era enorme, ocupaba una enorme porción del jardín.

–Supongo que sabes que las plantas que están debajo morirán por falta de sol –le advirtió a Claudia, que las había seguido al jardín.

Cassia se subió a la cama elástica para demostrarle lo alto que podía saltar.

–No me importa.

Claudia miró por encima del hombro, como si esperara que su marido la respaldara, pero este se había quedado dentro de casa.

India intentó repetirse que eran sus propias inseguridades las responsables de su preocupación, pero Steve se comportaba como si no soportara estar cerca de ella.

–¡Salta conmigo, mamá! –gritó Cassia.

India se quitó los zapatos. Siempre le habían encantado las camas elásticas y aquella era una de las mejores del mercado.

Estuvieron saltando durante casi una hora, hasta que las dos estuvieron demasiado cansadas para continuar. Para entonces, Claudia ya se había metido en casa a preparar la cena.

–¿Ya nos vamos? –preguntó Cassia cuando entraron–. ¿Voy a por mi ropa?

India miró hacia la mesa. Claudia solo había puesto tres platos. Los Sommers no estaban pensando en invitarla a cenar.

–Esta noche no –le explicó a Cassia–. Pero pronto vendrás conmigo. Dentro de unos doce días.

A Cassia se le oscureció el semblante.

–¡No! Quiero irme ahora.

–Pero si te lo estás pasando muy bien con los abuelos.

Y acaban de comprarte una cama elástica. No querrás irte tan pronto, ¿verdad?

Cassia se aferró a sus piernas.

–Te echo de menos.

India se inclinó para darle un beso en la mejilla.

–Yo también te echo de menos. Pero ya no estaremos separadas durante mucho más tiempo. Te lo prometo.

–¿Por qué no puedo volver a casa?

–Porque todavía tenemos muchos planes pendientes –contestó Claudia desde la cocina–. Seguro que no quieres perdértelos. El abuelo ha prometido llevarte a ver el acuario para ver los pulpos, los tiburones y las anguilas.

–¿Por qué no puede llevarme mamá?

–Porque tu madre tiene que trabajar.

No era del todo cierto. India podía llevarla al acuario; trabajaba por su cuenta. Pero, por lo visto, no pretendían incluirla en ninguna de sus aventuras.

–Los abuelos estaban deseando quedarse contigo todo un mes. No puedo decepcionarles llevándote ahora a casa.

Acarició el pelo de color rojo fuego de su hija, intentando tranquilizarla, pero Cassia no iba a darse por vencida tan fácilmente.

–¿Te vas? –preguntó en cuanto India se enderezó.

–Tengo que irme –contestó ella.

–¡No! ¡Quiero irme contigo!

India sintió el ceño de Claudia como una puñalada en el pecho. Aquel ceño la hizo extremadamente consciente de la animadversión de su suegra.

–Estoy montando un taller de cerámica, ¿te acuerdas? –le explicó a Cassia–. Eso me está llevando mucho tiempo.

–Yo te ayudaré –le prometió su hija.

–Me ayudarás cuando vuelvas.

—¡No! —gritó. Y empezó a llorar—. ¡Quiero irme contigo!

Cassia apartó del fuego la sartén en la que estaba salteando unos espárragos y se acercó con expresión de cansancio para apartar a Cassia.

—Por eso habríamos preferido que llamaras —musitó—. Cassia estaba bien. ¿Por qué has tenido que alterarla?

—No era esa mi intención.

—¡No, mimi! —Cassia intentó apartarse de su abuela—. ¡Voy a ir con mamá!

Steve entró en aquel momento en la cocina, levantó a Cassia en brazos y la llevó hacia el pasillo, alejándola de India.

—No seas tan cabezota —le oyó decir India—. Todavía tenemos muchas cosas que hacer. Al final te alegrarás de haberte quedado.

—Preferiría no dejar a la niña llorando —dijo India, cuando estuvo segura de que Cassia no podía oírla—. Estaré encantada de llevármela a casa si eso hace las cosas más fáciles. Puedo traértela la semana que viene, seguro que para entonces le hace mucha ilusión volver a quedarse.

—No me lo puedo creer —se lamentó Claudia—. Eso era lo que pretendías, ¿verdad? Venir aquí, alterarla y llevártela antes de tiempo. No has sido capaz de mantenerte al margen y dejarnos un mes con nuestra nieta, a pesar de que acabamos de perder a su padre.

Eran tantas las respuestas que se le amontonaban a India en la punta de la lengua que casi no sabía cuál elegir.

—No me importa compartir a mi hija, no me importa que disfrutéis de ella. Esa es la razón por la que dejé que viniera aquí, Claudia. Es solo que... la echo de menos. Por eso he venido a verla.

—¿Y no podías haber esperado dos semanas para ahorrarnos este trago?

—¡Necesitaba ver a mi hija!

—Por supuesto. Y, como siempre, en lo primero que has pensado ha sido en tus propios sentimientos.

—¿Como siempre? —India se la quedó mirando boquiabierta—. Siento que hayáis perdido a vuestro hijo —mantenía la voz baja para evitar que Cassia la oyera, aunque no había muchas posibilidades de que lo hiciera, pues estaba llorando con más fuerza que antes—. Pero yo he perdido a alguien que lo era todo para mí. Si, por un solo instante, piensas que para ti ha sido más duro que para mí, podrías pararte a pensar en lo que yo he perdido. Sé que no me crees, pero yo no tuve nada que ver con la muerte de Charlie. Le quería. Todavía le quiero y siempre le querré. Así que soy tan víctima como tú. A lo mejor incluso un poco más. Porque, que yo sepa, no hay nadie que te esté culpando de su muerte.

Claudia retrocedió como si la hubiera abofeteado y la miró afligida. Estaba a punto de derrumbarse, a punto de abrazar a India. Esta pudo ver cómo iban oscilando sus sentimientos, al igual que fue capaz de discernir el momento en el que Claudia comprendió que jamás sería capaz de superar sus dudas. Lo que había oído en el juicio había quebrado el amor y la confianza que en otro tiempo había habido entre ellas.

—Me gustaría poder creerte —le dijo.

—No es esto lo que Charlie habría querido —susurró India—. Por favor. Estás permitiendo que Sebastian nos quite más de lo que ya nos arrebató.

A Claudia se le llenaron los ojos de lágrimas, revelando una vez más la vulnerabilidad que había estado a punto de aflorar segundos antes.

—Tienes razón —reconoció—. Lo siento mucho. A veces la tristeza es insoportable y le echo mucho de menos. Me... me enfado y necesito culpar a alguien.

—Yo no le hice nada —insistió India—. Dije la verdad en el juicio. Solo quería ayudar a Sebastian a llegar a Los Ángeles, donde estaba su madre, para que allí pudiera recibir el apoyo que necesita.

A los ojos de Claudia asomó la tormenta que se había desatado en su interior.

—¿Pero por qué tuviste que ayudarle? Ese hombre no se merecía que le dedicaras ni un solo minuto de tu tiempo.

—En otro tiempo le quise. Y estaba en una situación mucho mejor que la suya. Pensé que debía ayudar a un antiguo amigo. Eso es todo. Pero sentirme responsable por haber dejado que Sebastian regresara a mi vida solo hace que todo esto me esté resultando mucho más duro. ¿No eres capaz de comprenderlo?

Por las mejillas de Claudia comenzaron a deslizarse las lágrimas.

—Claro que lo comprendo —susurró—. Pero seguro que al final lo superaremos y aprenderemos a vivir sin él.

Como India llegó sonriendo hasta donde estaba Rod, este dedujo que la visita había ido bien.

—Pareces contenta —señaló cuando se metió en el coche.

—Lo estoy. Tenías razón. Aunque al principio la visita ha sido un poco complicada, también ha servido para liberar la tensión y darme la oportunidad de decirle a la madre de Charlie, una vez más, que no tuve nada que ver con la muerte de su hijo. Y ella necesitaba oírlo.

—¿Se ha mostrado receptiva?

India ensanchó la sonrisa.

—Sí. Hasta me ha dado un abrazo de despedida.

Rod le apretó el brazo.

—Eso está muy bien. ¿Y cómo está Cassia?

—Genial. Le están comprando todo tipo de juguetes, juguetes caros, y llevándola a todas partes. Básicamente, la están mimando todo lo que quieren. Pero supongo que para eso están los abuelos.

—Entonces no te ha importado dejarla.

India se incorporó al tráfico.

—¿Pensabas que iba a traerla conmigo?

—Sí, me lo esperaba.

—¿Por qué?

Porque de esa manera habría contestado a la pregunta de si alguna vez estaría dispuesta a incluirle en su familia. Mientras continuara manteniendo a Cassia al margen, también estaría manteniendo fuera de su relación una parte importante de sí misma. Pero no lo dijo.

—No me gusta cómo te hacen sentirte —le dijo, y eso también era cierto.

Se detuvieron en un semáforo.

—No me ha parecido sensato traerla teniendo en cuenta lo que estamos intentando hacer ahora.

—Podría haberse quedado en el hotel con nosotros. Podríamos haberla llevado a la piscina, al parque...

—Pero para ellos significa mucho tenerla a su lado. Me ha parecido que debía dejar que terminara el periodo de estancia con sus abuelos. Pero dejarla ha sido muy duro, sobre todo cuando ha empezado a llorar.

—Me lo imagino.

¿Habría influido algo más en aquella decisión? ¿Como, por ejemplo, el hecho de estar con él?

India le dirigió una mirada acusadora.

—Crees que no debería haberla dejado.

—Creo que está bien siempre y cuando la decisión la hayas tomado tú y no ellos.

El semáforo se puso en verde.

—Mi relación con los Sommers ha cambiado para mejor. Estoy más animada.

A pesar de sus palabras, Rod tenía la sensación de que se arrepentía de haber dejado a Cassia. Quizá, incluso, tenía miedo de que al final sus suegros fueran injustos con ella.

—Por lo menos las cosas están empezando a moverse en la buena dirección —Rod miró el reloj—. ¿Has cenado? Son casi las siete. Me gustaría volver al hotel, a no ser que tengas hambre.

—Puedo esperar.

—¿No has cenado?

—Claudia estaba haciendo la cena, pero no me ha invitado a quedarme.

—¿Por qué?

¿Qué dificultad podía representar invitar a una persona más? ¿Invitar a la madre de su nieta?

—Yo también me lo he preguntado. Tenían comida más que suficiente. Pero, para cuando hemos tenido esa... pequeña conversación, ya me había despedido de Cassia. Es probable que no quisiera hacerle pasar por otra dolorosa despedida.

Rod intentó conceder a los Sommers el beneficio de la duda, pero no le hizo ninguna gracia que no hubieran tratado a India mejor de lo que lo habían hecho durante los últimos meses.

—Podemos parar donde quieras. ¿Qué te apetece cenar?

—No tengo hambre. Todavía estoy borracha de alivio —dijo con una risa—. Me iré a comprar un sándwich a un sitio que conozco cuando vayas a casa de Frank.

—De acuerdo —dijo.

Estaban atravesando el Bay Bridge en medio del tráfico cuando sonó el teléfono de India. Esta miró la pantalla al mismo tiempo que Rod, así que los dos vieron el nombre de Sebastian.

–¿Qué hago? –preguntó ella.

–Ignórale.

–A lo mejor puedo averiguar dónde va a estar esta noche para que puedas coincidir con él.

–No. No quiero que vuelvas a tener ningún tipo de contacto con Sebastian.

India asintió y esperó. Cuando se activó el buzón de voz, escuchó el mensaje de Sebastian.

«–¿Qué te pasó anoche? Estabas muy mal, pequeña. Estoy preocupado por ti. ¿Estás bien? Yo ahora estoy mejor. Si necesitas algo, puedo ayudarte. Llámame. No podemos seguir así. Tú sabes que no soy una mala persona. Que no le haría daño a nadie».

India sacudió la cabeza.

–¿Te lo puedes creer? Se comporta como si fuéramos amigos. Como si no hubiera pasado nada. Como si no le hubiera disparado a mi marido a sangre fría.

El atrevimiento de Sebastian para hacer aquella llamada, sumado a todo lo demás, enfureció a Rod. Sebastian creía que podía librarse de ser culpado por asesinato. Pero no iba a continuar siendo un hombre libre. Él iba a asegurarse de apartarle para siempre de la vida de India.

–Me alegro de que se muestre tan confiado. La gente tan confiada no suele ser todo lo precavida que debería.

Mack supo casi inmediatamente que no debería haber ido. Sabía que Natasha iba a estar allí. Eran las ocho de la tarde de un viernes, aquel era su último fin de semana en el pueblo y el único sitio en el que podía encontrarse algo de diversión era el Sexy Sadie's.

Se sentó con Grady en una mesita situada en una esquina e intentó concentrarse en lo que estaba diciendo su hermano, pero no pudo resistir la tentación de seguir los movimientos de Natasha por el bar. Había ido con una chica llamada Meredith que tenía por lo menos veinticinco años. Sabía que Natasha no la conocía muy bien porque aquella mujer era de Jackson y se habían conocido un par de semanas atrás, cuando había pasado por el taller. No sabía por qué habían decidido salir juntas, pero eso significaba que Natasha no había ido con él. Y tampoco se iría con él. Era lo último lo que le preocupaba. Aunque en el Sexy Sadie's no servían alcohol a las personas que llevaban una equis en el dorso de la mano, como Natasha, sabía que podía conseguir alcohol en cualquier otra parte. Y en buenas cantidades. De hecho, estaba convencido de que estaba borracha y culpaba de ello a Meredith, que seguramente lo había comprado por ella. Cuando se había acercado a Natasha para saludarla, esta le había presentado a Meredith, pero después se había separado de él como si no tuviera ninguna intención de incorporarle a sus planes. Y la verdad era que Mack no había vuelto a formar parte de sus planes nocturnos desde lo que había pasado aquella noche en el dormitorio.

Él pensaba que era eso lo que quería, que Natasha renunciara. Pero la nueva situación era casi peor. El deseo que sentía no había desaparecido. Y se veía privado de la posibilidad de pasar tiempo con ella. En cuanto se fuera a la universidad su situación cambiaría. Y él ya estaba lamentando los cambios.

¿Por qué tendrían que haberse conocido como lo habían hecho? ¿Por qué tenía que estar su padre con Anya?

Si J.T. se divorciara, quizá con el tiempo…

Mack no se atrevía a esperarlo siquiera. Porque pensar que Natasha quizá dejara de ser tabú algún día debilitaba su resolución.

—¿Crees que alguna vez dejarás Whiskey Creek? —preguntó Grady.

Mack estaba observando bailar a Natasha. Normalmente, le gustaba ver cómo se movía al ritmo de la música, pero aquella noche estaba bailando con un tipo que estaba posando las manos en su trasero.

—¿Mack?

Mack volvió a prestar atención a su hermano.

—¿Qué?

—Estás muy callado, ¿estás bien?

—Sí, ¿por qué lo preguntas?

—Porque tengo que repetirte dos veces todo lo que digo.

—Lo siento. ¿Qué estabas diciendo? Algo sobre Whiskey Creek, ¿no?

—¿Crees que alguna vez dejarás Whiskey Creek?

Mack tuvo que dominar las ganas de volver a mirar a Natasha.

—No, ¿por qué iba a marcharme?

—¿No te has preguntado nunca si podría haber algo esperándote fuera?

—Pues la verdad es que no. Este es el lugar en el que está Dylan, donde están Aaron y Rod, el lugar en el que trabajo. Siento que este es mi hogar. ¿Por qué lo preguntas? ¿Estás pensando en marcharte?

—No necesariamente. A veces me pregunto si no estaré perdiéndome algo, eso es todo. Si nuestros padres no nos habrán condenado a una vida que no hemos elegido. A lo mejor deberíamos haber ido a la universidad, llegar a ser algo, mudarnos a una gran ciudad, a la Costa Este, quizá, ¿quién sabe?

—Natasha ahora tendrá oportunidad de hacer todo eso.

Y, en parte, aquella era la razón por la que Mack quería dejarla en paz. No iba a arrebatarle aquellas posibilidades antes de que hubiera tenido siquiera posibilidad de elegir.

–Así que estás satisfecho.

–Sí. Nuestras vidas podrían ser mucho peores.

Últimamente sus vidas iban bastante bien, pero Mack no estaba de humor para hablar sobre el tema. Apenas podía permanecer sentado en la silla. El tipo que estaba bailando con Natasha la tenía presionada contra la pared y la estaba besando…

Apretó los puños y se obligó a permanecer donde estaba.

–¿Te importaría conducir esta noche? –le preguntó a Grady.

Grady le miró un poco confundido.

–Dijiste que ibas a conducir tú.

A Mack se le cayó el corazón a los pies.

–¿Contabas con que condujera yo?

–Diablos, sí. Te toca a ti –contestó y sonrió cuando Sally Abernathy, que había estado coqueteando con él desde hacía varias semanas, se acercó para invitarle a bailar.

–De acuerdo –contestó Mack, para que Grady pudiera sentirse libre para disfrutar de la noche.

Pero cuando su hermano y Sally se acercaron a la pista de baile, en lo único en lo que podía pensar era en encontrar la manera de aliviar su dolor.

Volvió a obligarse a desviar la mirada de Natasha, que continuaba enrollándose con aquel tarado, un tipo con un principio de alopecia y barriga. Apretó la mandíbula y empezó a quitar la etiqueta de su botella de cerveza. Estaba dispuesto a hacer cualquier cosa para no acercarse, separar a aquel tipo de Natasha y darle una bofetada en pleno rostro. ¿Qué más daba que aquel tipo tuviera treinta y cinco años o más? Ella lo había decidido. Tenía diecinueve años, se dijo a sí mismo. Aun así, estaba contando los minutos, esperando que Grady regresara y evitara que perdiera el control.

Grady no tuvo oportunidad de volver. Antes de que la canción terminara, la mujer a la que Rod había llevado a casa la última vez, Bella, salió de entre la gente con un grupo de amigas pisándole los talones.

—La noche va de mal en peor —susurró Mack para sí.

Se habría marchado encantado, pero no podía. No solo había aceptado conducir de vuelta a casa, sino que estaba preocupado por Natasha. Tenía miedo de que el imprudente abandono al que se había lanzado la llevara a terminar con alguien a quien, en realidad, no deseaba. Quién sabía lo que podría llegar a hacer aquel tipo para aprovecharse de su situación y de sus ganas de demostrarle a Mack Amos que tenía edad suficiente como para hacer lo que le apeteciera.

—¡Vaya, mira quién está aquí!

Cuando Bella se dirigió a él, Mack consiguió esbozar una educada sonrisa e inclinó la cerveza hacia ella.

—Buenas noches.

—No esperaba verte por aquí —dijo Bella con la nariz bien alta.

Mack encontró extraño aquel comentario. Era él el que vivía en Whiskey Creek, no Bella. Y era allí donde le había visto por primera vez. Era allí donde se habían conocido. Pero lo dejó pasar y decidió no señalar que era ella la que quizá estuviera fuera de lugar.

—No tenías nada mejor que hacer, ¿eh? —preguntó Bella al no recibir respuesta.

—No, esta noche no —contestó, pero estaba empezando a pensar que cualquier cosa habría sido preferible a someterse a aquella tortura.

Natasha estaba hundiendo las manos en el pelo de aquel tipo como si de verdad estuviera disfrutando.

Le habría gustado ser él aquel hombre, volver a sentirla contra él, saborear sus labios…

–¿Te importa que me siente? –preguntó Bella.

La semana anterior se había ido furiosa de su casa. ¿Por qué querría estar con él en aquel momento?

No tenía la menor idea. Pero tampoco el menor interés en averiguarlo.

–En absoluto –dijo, mientras le cedía su propia silla a una de las amigas de Bella.

Advirtió la sorpresa en su rostro. Al parecer no esperaba que se marchara, pero ya no quería seguir sentado allí ni un minuto más. Por una parte, necesitaba moverse, hacer algo de ejercicio para liberar el exceso de energía. Por otra, Natasha y su pareja habían desaparecido. Le preocupaba que aquel cretino que estaba metiéndole mano la hubiera arrastrado por el pasillo para llevarla a los cuartos de baño de fuera, donde podía llegar a ocurrir algo más serio.

Capítulo 24

Natasha no podía sentir nada. Odiaba estar tan mareada, tan desorientada. Se recordaba a su propia madre, algo que le disgustaba. Se había jurado que jamás sería como Anya.

Pero por lo menos ya no le dolía el corazón. Había visto a Mack y había sido capaz de alejarse de él sin sentirse como si le estuvieran desgarrando las entrañas. Y, si cerraba los ojos, casi podía fingir que Mack era el hombre que la estaba besando y acariciando con tanta pasión.

–Dios mío, eres guapísima –dijo el tipo–. Siento que soy el hombre más afortunado de la tierra.

–No hables –le pidió. Su voz arruinaba la ilusión. Y también su olor. Bloquear aquel olor ya le estaba resultando bastante difícil–. ¿Y puedes besarme con menos... fuerza? –le preguntó.

–Yo te enseñaré lo que es la fuerza –susurró y la besó con tanta dureza que casi la marcó.

A lo mejor debería haberlo dicho con más determinación, que era como imaginaba que besaría Mack. Mack lo hacía todo con confianza y precisión, no era tan descuidado como aquel tipo. Aun así, había algo estimulante en abandonarse de aquella manera, en dejar de desear y de esperar. Dejar la precaución de lado la hizo sentirse poderosa. No iba a permitir que el deseo por Mack le arruinara la vida. Él no la deseaba, no le pondría ni un solo dedo encima, pero aquel tipo parecía más que dispuesto. ¿Por qué no dejar que se comportara como sustituto? Al fin y al cabo, no iba a volver a verle nunca más. Le había dicho que era de Angel's Camp.

–Déjame llevarte a casa –susurró él–, allí podré tratarte como mereces.

Estaban en un rincón en el que no resultaba fácil verles, pero ella sabía los motivos por los que aquel hombre estaba reclamando más intimidad. Esperaba acostarse con ella y, ¿por qué negarse? A lo mejor ya iba siendo hora de que perdiera la virginidad, de que se enterara de por qué se le daba tanto bombo al sexo. La mayoría de las chicas del instituto hacía años que se acostaban con chicos. Ella estaba comenzando a sentir que era rara por seguir siendo virgen, por querer que Mack fuera el primero. Y ya era suficientemente peculiar.

Así que quizá pudiera olvidarse de tanta espera y tantas dudas y dejar de desear que la primera vez fuera algo importante. Cuando era más joven, algunos de los amigos de su madre habían intentado molestarla. En una ocasión, Anya incluso había sugerido que se acostaran con ella a cambio de dinero. Su madre se negaba a reconocerlo, pero era algo que Natasha jamás olvidaría.

Afortunadamente, el tipo al que se lo había ofrecido se había largado, negándose a aceptar la oferta de Anya. Pero aquella experiencia y otras similares le habían enseñado muchas cosas; no vivía en la ignorancia. Había visto a su madre acostándose con muchos hombres, sabía cómo funcionaba aquello. Pero no sabía lo que se sentía. A pesar de que le habían repugnado los toqueteos que había soportado siendo más pequeña, sabía que el sexo podía ser algo agradable siempre que se compartiera con la persona adecuada.

Aquella era la razón por la que había decidido esperar. Pero en aquel momento se sentía como una estúpida por haberse aferrado a lo que le parecía un sueño infantil: el sueño de poder acabar junto al hombre al que siempre había querido. La vida nunca funcionaba así. Y ella debería saberlo mejor que nadie.

—Vamos. Te gustará —le prometió el tipo, haciéndola sentir su boca caliente y húmeda en el cuello—. Te haré correrte todas las veces que quieras... Haré todo lo que me pidas.

Tenía las manos sobre sus senos y estaba besando la piel desnuda que asomaba por encima de la camiseta brillante. Ella continuaba diciéndose a sí misma que aquellas eran las manos de Mack, que por fin estaba tocándola como había imaginado que lo haría desde el día que le había conocido. Pero su capacidad para fantasear no bastaba. A pesar del alcohol que corría por su torrente sanguíneo, y que le había permitido llevar la situación tan lejos, sintió asco y supo que no iba a poder soportarlo.

—¿Estás lista para marcharte? —preguntó él al ver que Natasha no respondía.

—No.

Aquello no estaba funcionando. No se sentía ni remotamente satisfecha. Aquel hombre no tenía nada que ver con Mack.

Intentó apartarse, dirigirse hacia la pista de baile, hacia la zona en la que estaba la chica con la que había ido, que en aquel momento estaba sentada con un grupo de vaqueros en la pared opuesta. Pero aquel tipo, Benny, había dicho que se llamaba, no renunció.

—¡Eh, espera! —la agarró por la muñeca para que no pudiera marcharse—. Estábamos empezando a pasárnoslo bien, ¿no? Vamos, tengo el corazón latiendo como un tambor y mira cómo me has puesto –le agarró la mano y se la llevó a los genitales para demostrárselo–. Tengo que acostarme contigo.

Ella entrecerró los ojos para poder verle con claridad.

–Ni siquiera te conozco.

Benny no le apartó la mano.

–¿Entonces no ibas en serio? ¿Solo estabas calentándome? ¿Estabas jugando conmigo?

El enfado que irradiaba su voz la sorprendió.

–Quería sentir algo –le explicó–. Pero... no siento nada.

Sin embargo, sus palabras no parecieron suponer ninguna diferencia. Benny inclinó la cabeza para besarla otra vez, como si no le hubiera dicho que no.

–Mira, ¿no ves lo bien que estamos juntos? Vamos a hacer el amor, pequeña.

–¡Basta! –ya no estaba disfrutando. Intentó apartar la mano de sus pantalones, pero él no se lo permitió–. No quiero seguir haciendo esto. Cada vez me siento peor.

–Ahí es donde te equivocas –susurró él–. Vas a sentirte mucho mejor. Te vas a sentir como una diosa del sexo.

Ella estuvo a punto de tener una arcada cuando le hundió la lengua hasta la garganta. Si hubiera podido, habría gritado pidiendo ayuda, pero aquel tipo la tenía presionada contra la pared con tanta fuerza que apenas podía respirar. Entonces comenzó a dar vueltas la habitación. ¿Iría a desmayarse? Podía sentir sus manos deslizándose bajo la camiseta, su boca moviéndose sobre sus senos.

Comprendió en aquel momento que sí podía respirar, podía gritar incluso, pero se sentía tan estúpida por haberse metido en aquel lío que no consideraba que mereciera ninguna ayuda. Y, desde luego, no quería poner en una situación embarazosa ni a Mack ni a Grady, no quería causarles más problemas, como había ocurrido la última vez que Rod había acudido en su rescate.

Ella pretendía hacerle daño a Mack, comprendió. Quería castigarle por haberla rechazado. Lo cual demostraba su inmadurez. Había cometido la estupidez de enamorarse del hombre que no debía y eso la había llevado a terminar con un desconocido metiéndole mano en un bar.

Quizá no fuera mejor que su madre. A lo mejor era verdad lo que la gente decía, «de tal palo, tal astilla». Y, de todas formas, ¿qué más daba? Al fin y al cabo, qué le importaba ella a nadie.

Echó la cabeza hacia atrás y miró hacia el techo. No tenía fuerzas para resistirse. Se sentía enferma, asqueada, rota. La lista podía continuar. Podía apuntar todos los sentimientos desagradables que conocía. Aquel ejercicio la distrajo durante unos segundos de su pesadilla. Pero lo siguiente que supo fue que Benny estaba volando contra la pared opuesta y Mack permanecía entre ellos, más furioso de lo que le había visto nunca.

–Está borracha. No ha podido dar su consentimiento –gruñó.

–¡Ella quería! –gritó Benny, cubriéndose la cabeza como si tuviera miedo de que Mack fuera a levantarle para darle otro puñetazo.

Mack le miró como si estuviera a punto de hacerlo, pero se volvió hacia ella.

–¿Estás bien?

Natasha se aferró a él para hacer que la habitación dejara de dar vueltas.

–No. Llévame a casa.

Mack se olvidó inmediatamente de Benny, la levantó en brazos y la sacó de allí.

–Lo siento –farfulló Natasha cuando Mack la dejó en la camioneta.

—No te disculpes.

—¿Dónde está Grady? —preguntó ella cuando Mack se sentó a su lado.

Mack y Grady habían ido juntos, pero no recordaba haber visto al último mientras Mack la sacaba.

—Voy a ponerle un mensaje para decirle que me llame si no consigue que le lleve nadie a casa.

Natasha no se puso el cinturón de seguridad. En cuanto Mack dejó el teléfono en el cenicero vacío en el que solía dejarlo mientras conducía, apoyó la cabeza en su regazo.

Él esperó antes de poner la furgoneta en marcha y le acarició el pelo.

—No te preocupes. Todo va a salir bien.

—Voy a echarte de menos —susurró Natasha.

—Yo también.

Rod estaba empezando a pensar que su plan no iba a funcionar. Iba a casa de los Siddell cada noche, esperaba y vigilaba, pero Sebastian nunca iba a ningún lugar interesante, a ningún lugar en el que Rod pudiera acercarse a él. Sebastian salía, bebía y compraba tabaco. O se llevaba a Sheila y a los niños a atiborrarse de pizza. O iba a la licorería a comprar cervezas cuando tenía amigos en casa. Aquello era todo.

Habría sido frustrante, si no hubiera sido por lo bien que le caían los Siddell. Y cada vez le gustaba más regresar al hotel y meterse en la cama con India. Generalmente, ella le esperaba despierta, como si, de alguna manera, aquella vigilia le ayudara a regresar sano y salvo. Se acostaban tarde, salían a cenar, se duchaban juntos, veían películas y hacían el amor más a menudo de lo que Rod lo había hecho con nadie. El estar juntos durante tanto tiempo le hacía sentirse como si estuvieran de luna de miel, excepto cuando tenía que dirigirse a casa de los Siddell por las noches.

Había momentos en los que deseaba que nada cambiara. Quería mucho a India. Pero había otros momentos en los que sentía la presión por poder resolver aquel problema para así poder regresar a casa. Le perseguía el sentimiento de culpa por estar obligando a sus hermanos a sustituirle durante tantos días, pero no podía regresar a Whiskey Creek hasta que la situación se resolviera. Sebastian continuaba llamando a India y dejándole mensajes, suplicándole que dejara el pasado tras ellos, aunque él siguiera con su esposa. India ni siquiera podía tener la garantía de que se ocupara de sus asuntos y se olvidara de ella.

—Tengo que resolver esto —le explicaba a Dylan una semana después, un domingo por la tarde.

Estaba hablando por teléfono con su hermano desde la piscina.

India no estaba con él. Se había ido a la habitación para cargar el teléfono, que se estaba quedando sin batería, y para sacar otro refresco de la máquina expendedora.

—Por supuesto. Tampoco nosotros queremos que hagas otra cosa —respondió Dylan.

Rod se levantó y movió la tumbona para que el sol no le diera en la cara.

—Pero ya han pasado diez días y todavía no he conseguido nada.

—Tienes un plan. Eso ya es algo. Hay muchas cosas en juego. No puedes esperar que vaya a ser tan fácil como aparecer en la vida de Sebastian y conseguir que confiese dónde ha puesto la pistola.

—No, podría tardar años en ganarme su confianza. Por eso espero que sea ese niño del que te hablé, Van, el que me lo diga.

—Yo también lo espero. Estamos deseando que vuelvas, pero nos sacrificaremos. ¿Quién va a ayudar a India si no?

Rod recordó una reunión familiar en la que había oído esa misma pregunta, pero referente a Natasha, y allí estaba ella años después, sacando buenas notas, graduándose con honores y a punto de ir a la universidad. Habían conseguido cambiarle la vida. Y esperaba que también pudieran ayudar a India. Apoyarla de aquella manera estaba suponiendo un gran esfuerzo, puesto que sus hermanos estaban asumiendo su carga de trabajo.

—Me gustaría poder ver a Natasha antes de que se vaya.

—Se irá mañana por la tarde. Podrías llevarla al aeropuerto y volver después al hotel. El avión sale de Oakland y tú estás libre durante el día, ¿no?

—Sí, la llevaré. ¿Qué tal está llevando Mack la marcha de Natasha?

—¿Qué quieres decir? —preguntó Dylan—. Pues igual que el resto de nosotros.

Rod comprendió entonces que Dylan no sabía lo que estaba pasando entre Natasha y Mack.

—Están más cerca en edad —dijo, evitando responder a la pregunta.

—No hace mucho tiempo estuvo con otra chica.

—¿Cómo te has enterado? —preguntó Rod.

—Papá comentó algo ayer, cuando esa chica se pasó por el taller para llevarle a Mack el almuerzo.

A lo mejor Dylan sabía lo de Mack y Natasha, pero no tenía más ganas que Rod de ahondar en el tema. En cualquier caso no pensaba preguntárselo directamente.

—Anda ocupado con muchas chicas.

—Exactamente. Hablando de mujeres, ¿cómo van las cosas entre India y tú?

Rod no estaba seguro de cómo contestar a aquella pregunta. Estaba sintiendo cosas que no había experimentando nunca, pero ella continuaba conservando la alianza y manteniéndole al margen de su hija.

–Me gusta.

–¿Cuánto? –preguntó Dylan.

–Mucho.

–¿La cosa va en serio?

Rod no podía decir hasta qué punto se estaba tomando India en serio su relación, y le daba miedo preguntarlo por si ella volvía a mencionar a su hija, o a Charlie, o a sus suegros, y se echaba a perder lo que habían conseguido.

–Perdió a su marido hace once meses.

Se produjo una ligera pausa.

–No te estarás enamorando, ¿verdad?

–Sí –admitió–. Creo que me estoy enamorando.

Se hizo de nuevo el silencio.

–¿No vas a darme ningún consejo? –preguntó Rod con una risa.

–Sabía que, cuando al final ocurriera, la caída sería de las duras.

También lo había sido la suya, pero, en su caso, todo había salido bien.

–¿Has sabido algo de Bennett?

–Sí, hablé el viernes con él.

–¿Y por qué no me lo has comentado?

–¿Para qué voy a arruinarte las vacaciones?

–¿Qué va a pasar?

–Liam ha puesto una denuncia. Dice que utilizaste un bate de béisbol.

Rod apoyó los codos en las rodillas mientras clavaba la mirada en el suelo de cemento.

–No te preocupes –añadió Dylan–. Ya he contratado un abogado.

—¿Que has contratado un abogado? Esto es cosa mía, Dylan.

—No, no es cosa tuya. ¿Quién sabe lo que puede llegar a costar? Podrías quedarte sin blanca. Y todo empezó porque querías proteger a Natasha. Entre todos reuniremos el dinero suficiente como para poder enfrentarnos a él.

—India oyó a Sharon diciéndole a su hermano que tenemos dinero. Lo que pretende es que nos hagamos cargo de los gastos médicos.

—Que se vaya al infierno. Fue él el que empezó la pelea. Podría haberte matado cuanto te sacó de la carretera. Has tenido que llevar una maldita escayola. Si por mí fuera, tendría que pagarte las facturas del hospital. Y eso es lo que piensa el abogado. Así que vamos a denunciarle. Si se da cuenta de que puede terminar arruinándose pagando las facturas de sus abogados, además de sus gastos médicos y posiblemente los tuyos, se lo pensará dos veces antes de arriesgarse.

—¿Estás seguro de que no deberíamos intentar llegar a un acuerdo? Por mucha rabia que me dé, seguro que al final nos sale más barato que contratar a un abogado.

—No me importa. Es una cuestión de principios. No vamos a permitir que mienta y se vaya de rositas.

Rod sentía la misma determinación que Dylan, pero no quería que sus hermanos sufrieran, ni económicamente ni de ninguna otra manera. Haría todo lo que estuviera en su mano para protegerles.

—En ese caso, correré yo con los gastos.

—No saques la chequera todavía, hermanito. Ya veremos cómo va todo. Con un poco de suerte, terminará pagándonos él.

Al oír el sonido metálico de la cerca que rodeaba la piscina, Rod alzó la mirada. India acababa de regresar con los refrescos.

—¿Va todo bien? —preguntó al verle preocupado.

La irritación de Rod debía de mostrarse en su rostro. Hizo un esfuerzo por ocultarla.

—Por supuesto, todo va bien —India no parecía muy convencida, así que Rod añadió—: No es nada que el dinero no pueda pagar —y le dijo a Dylan que ya hablarían más adelante.

—¿Dylan está enfadado porque no estás allí? ¿Necesita que vuelvas?

—No, él me apoya, así que no te preocupes, no voy a ir a ninguna parte.

India se sentó en una silla a su lado.

—No quiero causarte ningún problema.

Rod estuvo a punto de preguntarle si alguna vez sería capaz de competir con su marido, aquel hombre que parecía un santo. Comprendía lo poco que tenía que ver con Charlie. Él no iba a cambiar el mundo. No iba a salvarle la vida a nadie. No iba a llevarla a fiestas lujosas. Lo único que podía hacer era esperar que con su amor fuera suficiente, pero no iba a preguntárselo. No quería someterla a más presión con todo lo que estaba pasando.

—Te estás quemando —le advirtió ella posando un dedo en su brazo.

—Por eso me he apartado del sol.

—Cuando volvamos a Whiskey Creek, va a parecer que hemos estado en un crucero en el Caribe.

—No es verdad —bromeó él—. Estás tan pálida como siempre.

—Porque nunca me pongo morena —se lamentó—. Como mucho me quemo. Por eso siempre tengo que llevar maquillaje o protector solar.

Él acercó el brazo al suyo y se echó a reír al ver la diferencia de color, pero la risa no duró mucho tiempo. Se puso serio en cuanto aquellos maravillosos ojos azules atraparon su atención. India se inclinó entonces hacia él y le dio uno de aquellos besos dulces como la miel que tanto le gustaban.

Seguro que aquello significaba algo. ¿O cambiaría todo en cuanto regresaran a su vida de siempre?

Capítulo 25

Aquella noche, Rod tuvo su primer golpe de suerte mientras seguía a Sebastian y a su hermano al billar. Eddie iba en el asiento de pasajeros. Rod le había visto entrar y salir de casa durante los días anteriores y los Siddell le habían confirmado su identidad. En aquella ocasión, habían dejado en casa a los niños.

Cuando Rod entró en Solids and Stripes, se alegró de haber estado antes allí. Y de que también estuviera el hombre con el que había jugado la vez anterior. Dave se acordaba de Rod y le invitó a jugar, proporcionándole así un punto de observación privilegiado desde el que observar a Sebastian mientras esperaba el momento más oportuno para iniciar una conversación.

La oportunidad tardó en llegar. Estaba empezando a pensar que nunca lo haría, cuando, poco antes de la media noche, Eddie salió del cuarto de baño, dejando a Sebastian colocando las bolas después de su última partida.

Rod se acercó a él con una cerveza en una mano y un taco de billar en la otra.

–¿Estás buscando a alguien para empezar una partida?

Consciente de que había hablado con Sebastian en otra ocasión, el día que Sebastian había llamado a India y esta había dejado caer el teléfono, Rod contuvo la respiración. Estaba preparado para reaccionar rápidamente, pero Sebastian no pareció reconocer su voz. Se limitó a señalar hacia el cuarto de baño.

—Está ahí mi hermano.

—¿Y? —dijo Rod—. Puedo jugar después con el que gane.

Sebastian medía unos tres centímetros menos que él, tenía el pelo negro y largo y una piel oscura, con los brazos cubiertos casi por completo de tatuajes. Su piel también mostraba la huella dejada por el acné en una época más temprana de su vida. Pero era un hombre de un duro atractivo. Rod podía comprender que a India le hubiera gustado. También a las mujeres que había en el billar parecía gustarles. Le había visto besar a una tras otra sin que pareciera importarle el hecho de estar casado.

—¿Cómo te llamas? —preguntó Sebastian.

Rod ya había decidido responder a la pregunta con su verdadero nombre. Imaginaba que de esa manera sería menos probable cometer un error.

—Rod Cunningham, ¿y tú?

—Sebastian Young —quitó el triángulo que sujetaba las bolas, dejándolas con la forma de un triángulo perfecto—. Creo que no te había visto nunca por aquí.

—Soy nuevo en la ciudad, vengo de San José, pero he estado en el billar un par de veces.

—¿Ah, sí? ¿Y qué te trae por Hayward?

—Mi trabajo.

—¿A qué te dedicas?

—Soy mecánico de chapa y pintura. Mi primo tiene un taller por esta zona —inclinó la cerveza—. ¿Y tú?

—Ahora mismo estoy sin trabajo.

—Vaya. Y ahora que ya me conoces —señaló la mesa de billar con la cabeza—, ¿jugamos o qué?

Sebastian sonrió de oreja a oreja.

—¿Jugamos por dinero?

—¿Por qué no?

Rod no tenía la menor idea de hasta qué punto era bueno Sebastian. Había tenido cuidado de no vigilarle demasiado de cerca. Pero, en realidad, las habilidades de aquel tipo eran lo de menos. A Rod no le importaría gastarse cien dólares. En realidad, lo más inteligente sería perder, aunque tuviera que hacerlo a propósito. Estaba seguro de que a Sebastian le caería mejor, y aquel era el objetivo.

Por suerte, Sebastian demostró ser un jugador de talento, de modo que no le resultó difícil conseguir que su derrota pareciera auténtica.

Eddie salió del cuarto de baño poco después y comenzó a observar la partida. Sonrió cuando su hermano metió la octava bola y Rod dejó el dinero sobre la mesa. Pero este último no estaba dispuesto a dejar las cosas así. No disponía de semanas, ni siquiera de días, para cultivar aquella relación. Tenía que aprovechar la oportunidad, tenía que aproximarse rápidamente a Sebastian. En cuanto Sebastian alargó la mano hacia el dinero, Rod lo agarró.

—¿Doble o nada?

Sebastian intercambió una mirada con su hermano y después asintió.

—¿Por qué no? No tengo nada mejor que hacer.

Rod se empleó a fondo en la segunda partida y consiguió ganar. No quería aflojar doscientos dólares y que Sebastian pasara de él. Necesitaba que reclamara una tercera partida para desempatar, así tendrían más oportunidad de interactuar. Y funcionó. Al cabo de los veinte minutos que tardó en perder la última partida, Sebastian le estaba palmeando la espalda y prometiendo invitarle a una copa.

Se acercaron a la barra, donde estuvieron compartiendo anécdotas y bebiendo. Rod no podía comprender que Sebastian no encontrara su interés un poco extraño. Pero la mayoría de la gente era tan egocéntrica que jamás se cuestionaba la atención que recibía y el ego de Sebastian era más grande que el de la mayoría. Antes de que pasara mucho tiempo, monopolizó la conversación hasta tal punto que Eddie perdió el interés y se fue a jugar a los dardos.

–¿Qué piensas hacer después? –preguntó Rod.

Sebastian se echo hacia atrás.

–Y yo qué sé. ¿Por qué? ¿Tienes ganas de fiesta?

Rod sonrió.

–No me importaría divertirme un poco.

–¿Te queda dinero?

–Algo.

Sebastian se inclinó hacia él y bajó la voz.

–Es posible que mi hermano pueda conseguirte un poco de cristal.

Rod no podía decir que nunca hubiera consumido drogas. Había hecho alguna que otra incursión en ese mundo cuando era más joven, sobre todo con las drogas que vendían los camellos en el colegio, pero desde que Dylan le había pillado fumando un porro a los dieciocho años, no había vuelto a hacerlo. No había vuelto a consumir otra droga que el alcohol desde entonces, pero sabía que fingir interés en ponerse sería la manera más rápida de conseguir una invitación a casa de Sebastian.

–¿Entonces a qué demonios estamos esperando?

Sebastian soltó un aullido.

–Me caes bien, tío –le dijo.

Después llamó a su hermano y le susurró algo al oído.

Eddie, sin embargo, no se mostró tan entusiasta.

–Ni siquiera le conocemos –dijo, sin molestarse siquiera en bajar la voz. Rod sospechó que quería que le oyera, que quería observar su reacción–. Podría ser un policía.

Pero Sebastian ya estaba hasta arriba de alcohol.

–Rod no es policía –afirmó–. Soy capaz de oler a un policía a kilómetros.

–No soy policía –le confirmó Rod.

–La cosa es que no te habíamos visto nunca por aquí, así que, ¿cómo puedo saberlo?

–El hecho de que no me hayas visto no significa que no haya estado por aquí. Pregúntale a Dave. Estuve jugando al billar con él la otra noche.

Dio la casualidad de que Dave vio a Rod señalándole. Se mostró un tanto perplejo, pero después sonrió e inclinó la cabeza cuando Rod le saludó con la mano.

–¿Lo ves? –dijo Sebastian–. Conoce a Dave.

–Puedes acercarte a preguntárselo –insistió Rod.

Eddie pareció a punto de hacerlo, pero aclaró de pronto la expresión y se encogió de hombros.

–Supongo que con una recomendación de Dave me basta. Y de alguna manera tengo que conseguir el dinero. Larguémonos de aquí.

La noche parecía estar durando una eternidad. India echaba de menos el torno, deseaba contar con un remedio mejor para aliviar la ansiedad que ver la televisión. Pero sin Rod no había mucho que hacer en la habitación de un hotel. Rod siempre le decía que debería dormir, que no tenía por qué esperarle despierta, pero estaba demasiado preocupada como para acostarse. Quería estar alerta y cerca del teléfono por si acaso llamaba pidiendo ayuda.

Buscó entre sus fotografías y estuvo mirando las que se había hecho durante los últimos diez días. A Rod no le gustaba posar. Había conseguido algunas fotografías buenas de Rod en las que había conseguido atrapar su sonrisa o la personalidad que asomaba a sus ojos. Era un hombre divertido, maravilloso, fuerte… y dulce y tierno también. ¿Qué más daba que Charlie y él fueran diferentes? ¿Acaso tenían que ser iguales? ¿Le estaría haciendo algún daño a su marido eligiendo a alguien tan distinto a él?

—¿Qué estoy haciendo? —se preguntó en voz alta.

Le habría gustado poder hablar con Charlie, hablarle del terrible conflicto que la consumía y de lo culpable que se sentía en todo lo referente a Rod. También deseaba poder hablarle del miedo que con tanta frecuencia la asaltaba. No quería que volvieran a hacerle daño. Había sufrido mucho y el dolor era demasiado reciente. Charlie siempre le había ofrecido estabilidad. Podía confiar en él. Pero Charlie no estaba.

Siguió viendo fotografías. ¿De verdad habían pasado solo dos años desde la última vez que habían estado visitando castillos en Escocia? Ella había sugerido que fueran a México, tenía ganas de tumbarse en la playa. Pero a Charlie le preocupaban los posibles peligros, los cárteles de la droga y la corrupción policial. Le había dicho que no quería someter a su familia a ningún riesgo.

¿Quién iba a imaginar entonces que, pese a todas sus precauciones, solo viviría un año más?

Todo por culpa de Sebastian. Y allí estaba ella, convirtiendo a Sebastian en el centro de su vida hasta tal punto que en aquel momento estaba viviendo en la habitación de un hotel. ¿Estaría haciendo una estupidez? ¿Conseguiría algo más que el que Rod terminara sufriendo también?

Había intentado convencerle de que regresara a casa y dejara que fuera ella la que hiciera de detective. Él no había querido ni oír hablar del tema. Suponía que era lo único que Rod y Charlie tenían en común. Los dos eran muy decididos y cabezotas. Había comenzado a confiar en Rod, a depender de él. Pero por fin estaba empezando a recuperar la relación con sus suegros. ¿Qué dirían ellos si se enteraran de que estaba saliendo con otro hombre? ¿Se atrevería a contárselo? ¿Durante cuánto tiempo podría ocultarlo?

Estaba empezando a pensar en la mejor manera de darles la noticia cuando recibió un mensaje de Rod.

He coincidido con Sebastian en el billar. Le estoy siguiendo a su casa.

India sintió que el corazón se le subía a la garganta y se levantó de la cama. Estaba ocurriendo. Aquella noche. Estaban consiguiendo lo que buscaban. ¿Sería un error?

¿Estás seguro de lo que haces?

Pasaron dos horas.

Rod no contestó.

Rod no pretendía colocarse. Pero no tuvo otra opción. No tardó en encontrarse sentado en el cuarto de estar con Eddie, Sheila y Sebastian y supo al instante que se delataría si en el último momento ponía una excusa. Podía decir que acababa de recibir un mensaje de texto, que había surgido un problema en casa y que tenía que marcharse, pero si se echaba atrás, probablemente jamás conseguiría otra invitación.

De modo que, en vez de marcharse, hizo cuanto pudo para distraer a los otros y, en un determinado momento, fingió que le había parecido oír que alguien se acercaba a la puerta para así poder deshacerse de la mayor parte de su piedra. La sacó de la pipa y la aplastó contra el suelo. Pero había tenido que fumar un poco y tenía que admitir que jamás en su vida había sentido una subida como aquella. La marihuana no tenía el mismo efecto. Y habían pasado muchos años desde la última vez que la había fumado.

La euforia que le invadía tenía su sistema nervioso a tope, su corazón acelerado y sus sentidos afinados, muy receptivos. Le habría resultado muy fácil sucumbir a aquel placer, pero sabía que tenía que conservar la cordura, recordar los motivos por los que estaba allí. Sebastian estaba bajo los efectos del cristal cuando había matado a Charlie. Sería un estúpido si pensara que corría menos peligro por el mero hecho de estar disfrutando también él. Las drogas afectaban a la gente de diferentes maneras.

Y la verdad era que Sebastian podía llegar a ser muy peligroso. Además, estaba con su mujer y su hermano, que harían cualquier cosa para ocultar cualquier crimen que él cometiera. Si durante las horas siguientes algo salía mal, probablemente le ayudarían a enterrar su cadáver.

Rod contó un chiste que Dylan le había contado sobre dos frikis de los ordenadores y todos se echaron a reír. También él rio. Le resultaba fácil reír, mucho más que fingir cualquier otro tipo de sentimiento, así que contó algunos chistes más.

—Me caes bien, tío —le dijo Sebastian—. Eres un tipo genial.

Rod se levantó y comenzó a caminar. Se sentía a prueba de balas, como si hubiera conquistado el mundo, y supuso que aquello era bueno. A Sebastian le caía bien en aquel momento, pero si se ponía en su contra, necesitaba conservar las fuerzas y los sentidos alerta.

—¿Adónde vas? —preguntó Eddie.

Rod señaló hacia el pasillo.

—¿El cuarto de baño está por allí?

En realidad no tenía ganas de ir; sencillamente, necesitaba hacer algo para liberar toda aquella energía. También tenía que encontrar la manera de acercarse al sobrino de Sheila, de hablar con él. ¿Pero cómo? No quería que le pillaran en la habitación del niño, que le confundieran con un pedófilo. Además, ¿qué le diría a Van? «Eh, despierta, soy yo otra vez. ¿Hay alguna posibilidad de que me digas dónde escondió Sebastian su pistola?».

Podía ser un niño, pero no era un estúpido.

Decidiendo que era preferible tener paciencia y esperar un momento mejor, regresó al cuarto de estar, donde Sebastian y los demás continuaban fumando. Como probablemente no iba a ver a Van aquella noche, esperó tener al menos la oportunidad de hablar con Sheila. Dependiendo de lo confiada, insatisfecha o, sencillamente, de lo estúpida que fuera, podía convertirse en una buena fuente de información. Pero con todos y cada uno de los nervios en tensión, no podía estar quieto. Lo único que evitaba que se le fuera la cabeza era la televisión. Los colores parecían inusualmente brillantes, algo que le resultaba fascinante. Se convertía en un objeto en el que poder fijar la mirada, en un objeto que le ayudaba a soportar el efecto de las drogas.

Desgraciadamente, la bajada tardó mucho más en llegar de lo que había anticipado. La última vez que recordaba haber mirado el reloj eran casi las cinco y Sebastian y los otros continuaban consumiendo. Eran como ratas de laboratorio presionando la palanca para recibir su recompensa. Y no pensaban separarse de la palanca hasta que no quedara nada.

Por lo menos ya no le estaban prestando ninguna atención. Aquello aliviaba parte de la tensión, aunque no podía hacer nada mientras estuvieran juntos.

Intentó aislar a Sheila preguntándole si podía darle algo de comer. Quería llevarla a la cocina para poder hablar allí sin que les oyeran, pero ella le hizo un gesto con la mano y le dijo que agarrara lo primero que encontrara. Al parecer era tan adicta como el propio Sebastian y tenía miedo de que los demás se fumaran todo el cristal que quedaba si ella se tomaba un descanso.

Y entonces, justo cuando estaba empezando a pensar que debería marcharse y que India se preocuparía si prolongara la velada, se quedó dormido. Cuando se despertó, se descubrió solo, tumbado en el sofá, mientras el sol se filtraba entre las cortinas.

Oyó una llamada y comprendió que había sido eso lo que le había despertado. Había alguien en la puerta.

Vaciló un instante, preguntándose si iría a abrir alguno de los habitantes de la casa. Pero no fue nadie, así que se levantó y se encontró con un preocupado Frank Siddell en la puerta. En cuanto Frank vio a Rod, su expresión cambió, llenándose de alivio. Pero no dijo nada que pudiera revelar que se conocían.

—Hola, vivo enfrente de aquí —señaló hacia su casa, por si alguien podía verles—. Solo quería decirle que tienen un aspersor que salpica como un géiser todas las mañanas.

—No vivo aquí —contestó Rod—, pero se lo diré a la gente de la casa.

—Genial, gracias. Teniendo en cuenta lo que pagamos de agua, he pensado que les gustaría saberlo —dijo él, y se marchó como si de verdad se hubiera limitado a cumplir con su deber como vecino.

Rod exhaló un largo suspiro y permaneció en la entrada. Quería escribirle un mensaje a India, pero sabía que Frank la tranquilizaría y que había ido allí porque India se lo había pedido. Y no quería sacar el teléfono por si Sebastian salía del dormitorio para ver quién había llamado a la puerta.

Pero no debería haberse preocupado. Sebastian no apareció. Y tampoco Eddie, ni Sheila. El único ruido que se oía era el de los niños. Salieron dos niñas pequeñas de un dormitorio, una de ellas arrastrando una sábana y la otra chupándose el pulgar.

A Rod le sorprendió que apenas le miraran. No se

acercaron a él como habrían hecho otros niños. Tampoco le hablaron. Y no dieron ninguna muestra de interés o curiosidad. Se limitaron a buscar un canal de dibujos animados en la televisión y se sentaron a verlos.

Era evidente que encontrarse con un desconocido en su casa no les resultaba extraño. Rod pensó en ir a despertar a Van, pero no fue necesario. El niño apareció varios segundos después. Y aunque parecía medio dormido y todavía tenía el pelo revuelto y la marca dejada por las sábanas en la mejilla, miró a Rod, fijó la mirada en la escayola y se paró en seco.

−¡Eh! Tú eres el...

Rod le interrumpió antes de que pudiera terminar.

−Buenos días, ¿has dormido bien?

El niño asintió, pero se distrajo cuando sus primas empezaron a suplicarle comida.

Van fue a la cocina y les sirvió un cuenco de cereales a cada una de ellas. Después le ofreció cereales a Rod.

Este estaba impresionado. Vio que no quedaban muchos cereales. Y se temió que los niños no estuvieran recibiendo la alimentación que necesitaban. Los adictos al cristal pasaban largos periodos de tiempo sin comer, puesto que la droga suprimía el apetito. Rod no iba a quitarles lo poco que tenían.

−No, no tengo hambre, desayuna tú. Después podemos jugar al béisbol, ¿te apetece?

El niño abrió los ojos como platos.

−¿Te refieres... a ti y a mí?

−Claro, ¿por qué no? Es mejor que estar aquí sentado viendo esos dibujos tan aburridos, ¿no?

Van sonrió.

−¡Sí, claro!

−¿Tienes un guante?

La expresión del niño se apagó.

—No, nunca juego al béisbol.

—Entonces iremos a comprar uno. Seguro que hay alguna tienda cerca de aquí.

—¿Vas a comprarme un guante de béisbol?

—Si quieres...

El niño miró a su alrededor, como si sospechara que aquello era una trampa. Y Rod tuvo la terrible sensación de que, en cierto modo, lo era.

—Claro que quiero. Pero no soy muy bueno. No soy como los otros niños del colegio.

—Todo lleva su tiempo. ¿Por qué no hablas con Sheila para ver si puedes venir conmigo a comprarlo?

—No puedo.

—¿No puedes venir?

—No puedo preguntárselo. No se levantará hasta dentro de mucho tiempo. Y seguro que se enfadan conmigo si despierto a Sebastian.

—Entonces será mejor que te quedes en casa mientras yo voy a comprar el guante. Así no te buscarás ningún problema.

—Puedo ir contigo —respondió él—. Si no les despierto seguro que no les importa.

Rod sospechaba que era cierto, pero continuaba pensando que debía dejarle en casa. No estaba bien llevarse al hijo de otros sin pedir permiso. Pero era posible que Sebastian o Eddie estuvieran despiertos para cuando regresara e insistieran en que siguiera de fiesta con ellos o se sentara con ellos en el porche. Eso significaba que quizá no tuviera otra oportunidad de hablar con Van.

Había arriesgado mucho; era hora de ir a por todas.

—Muy bien. Vamos a la camioneta.

Capítulo 26

Eddie tenía que quedar con su camello. Eso significaba que tenía que levantarse de la cama y meterse en la ducha. «Yogi», como se hacía llamar el camello, no era ningún delincuente. Trabajaba en el centro de San Francisco, en el distrito financiero. Vendía cristal para ayudarse a mantener un estilo de vida envidiable que incluía lujos como un yate o viajes a París en un avión privado y se tomaba muy en serio todas sus fuentes de ingresos. Él no consumía drogas; estaba demasiado obsesionado por la salud. Aquel tipo tenía su vida bajo control. Pero no tenía ningún escrúpulo a la hora de ganar dinero con aquellos que no eran tan disciplinados.

–No entiendo qué le pasa a la gente –solía decir–. Es mentira que los traficantes de drogas estén destrozándole la vida a nadie. Nosotros no obligamos a consumir a nadie. ¿Cuándo va a responsabilizarse la gente de lo que hace? Si son tan estúpidos como para destrozarse el cerebro y el cuerpo fumando una porquería que saben que es dañina el problema es suyo. Nadie puede decir que no está advertido. Los peligros de las drogas aparecen en todo tipo de vallas publicitarias desde aquí a Nueva York. ¡Si hasta se lo enseñan a los niños en el colegio!

Aquella filosofía ayudaba a Eddie a dormir sin ningún resentimiento. Pero odiaba a Yogi. Aquel tipo tenía un corazón de hielo y jamás hacía la menor excepción o concesión. Cuando Eddie había llegado tarde a su última reunión, le había dicho que le tendría a prueba, y eso significaba que le despediría si volvía a retrasarse. ¡Por llegar tarde! Como si fuera tan importante.

Estuvo tentado de quedarse con el dinero que había ganado y desaparecer. Si perdía diez de los grandes, Yogi se lo pensaría dos veces a la hora de tratar con tipos de los barrios bajos. Pero, por muy civilizado que fingiera ser Yogi, no tenía la menor duda de que era capaz de recurrir a los más drásticos castigos, incluyendo el asesinato. Probablemente le diría que conocía las normas y había decidido quebrantarlas. Para Yogi una infracción significaba un castigo. Y punto.

Pero desde que Sebastian había vuelto a casa y con tanta policía por el barrio, vigilando la casa quizás, tenía miedo de que le siguieran. Yogi le había advertido de la posibilidad de que le siguieran para pillarle traficando con drogas y así poder hacer un trato con él: información sobre Sebastian a cambio de una menor condena. A Eddie le preocupaba llegar a ese punto. Terminaría yendo a prisión porque no iba a delatar a su hermano. Y si terminaba en la cárcel sería mucho más vulnerable que el resto de los internos. Yogi no toleraría que hubiera cometido un fallo de ese calibre tras haber sido advertido. Tendría miedo de que terminara delatándole.

Así que Eddie necesitaba moverse, alejarse de su hermano. En ningún momento había imaginado que Sebastian pudiera ser liberado. Aquello había sido como un milagro.

Se sintió mejor después de una ducha, pero empeoró su humor cuando descubrió que los niños se habían comido los pocos cereales que quedaban.

—¿Qué demonios? ¿No me habéis dejado nada? —preguntó, fulminando con la mirada a las dos niñas que estaban delante de la televisión.

Matilda y Peggy le miraron parpadeando y volvieron a clavar la mirada en la pantalla sin molestarse en contestar. Eddie odiaba que le ignoraran, que le miraran como si no estuviera allí. ¿Qué había pasado con el respeto? Se merecían una buena paliza y él se la daría más que encantado.

—Os he hecho una pregunta, ¿me habéis oído?

Matilda, la mayor, se encogió cuando Eddie levantó la mano y contestó:

—Nos los ha dado Van. No sabíamos que no podíamos comérnoslos.

—¿Van está despierto? ¿Dónde está ese pesado?

—Ha salido con un hombre —Peggy todavía tenía las manos en alto, como si estuviera defendiéndose de un posible golpe.

—¿Qué hombre?

—No lo sé.

Eddie se acercó a la ventana, abrió las cortinas y vio una enorme camioneta azul aparcada en la acera. Era de Rod Cunningham, el tipo con el que habían estado divirtiéndose la noche anterior. ¿No había vuelto a su casa? ¿Por qué demonios no se había largado? ¿Y qué estaba haciendo con Van?

Sintió un desagradable cosquilleo por la espalda. ¿Qué interés podía tener en los niños de Sheila? ¿Sería un pervertido sexual?

De ningún modo. Habían salido con él la noche anterior. Le había parecido un buen tipo. Un tipo como Rod podría conseguir a cualquier mujer que quisiera. ¿Cómo iban a gustarle los niños? Y no podía estar trabajando para la policía. Había conocido a Dave en el billar, ¿no?

Eddie recordó el saludo que habían intercambiado. No se había molestado en comprobar si de verdad se conocían. Imaginó al instante la desaprobación de Yogi. Debería haber tenido más cuidado. ¿Qué más daba que hubiera fumado cristal con ellos la noche anterior? Un policía secreta era capaz de llegar mucho más lejos, ¿no? Los secretas se veían obligados a hacer cualquier cosa para resultar creíbles y evitar que les descubrieran.

–Mierda.

Salió para ver qué estaba ocurriendo, pero no tuvo que ir muy lejos. Rod le estaba enseñando a Van a lanzar una pelota de béisbol en un rincón del patio. Eddie le oyó gritar:

–¡No! Adelanta el otro pie. Ya está. Así tendrás más fuerza. Ahora déjame verlo.

Ninguno de ellos pareció darse cuenta de que había salido de la casa, así que se acercó a la camioneta de Rod, que sirvió como pantalla para impedir que le vieran, y echó un vistazo al interior. Excepto por una taza de Starbucks, una bolsa y algunos paquetes de la tienda de deportes en la que aparentemente había comprado el equipo que estaban usando, parecía limpia. Las puertas estaban cerradas, pero quienquiera que hubiera salido por la de pasajeros no la había cerrado con la suficiente fuerza como para bloquearla.

Eddie la abrió y echó un vistazo al interior. Encontró unos documentos debajo del asiento. Eran pedidos de un taller llamado Amos Auto Body, de Whiskey Creek. ¿Sería el taller en el que trabajaba Rod? Porque había dicho que trabajaba en el taller de chapa y pintura de su primo, que estaba cerca de allí.

Tenían que ser documentos del trabajo, decidió Eddie. Porque no tenían ninguna relación con aquella camioneta. Eran de diferentes marcas y modelos. Así que a lo mejor eran de un trabajo anterior. ¿Pero entonces por qué los conservaba?

—¡Un momento! Has vuelto a equivocarte de pie —oyó que le gritaba Rod a Van.

Eddie abrió la guantera. En el interior encontró un paquete de chicles, un manual del coche, un medidor de presión, una caja de preservativos y la documentación de la camioneta. Esperaba que estuviera a nombre de Rod Cunningham, pero leyó que pertenecía a Rodney Amos, como los Amos de los documentos. La dirección también era Whiskey Creek.

¿Qué demonios era aquello? ¿Por qué no coincidían los nombres? ¿Y dónde estaba Whiskey Creek?

Miró el reloj.

Tenía que irse. Dobló la documentación de la camioneta y uno de los recibos y se los metió en el bolsillo. Después volvió a guardarlo todo en la guantera y corrió al interior de la casa para lavarse los dientes y buscar las llaves del coche.

Antes de marcharse despertó a Sebastian.

—Pasa algo raro con el tipo que trajiste anoche a casa —dijo.

Sebastian se rascó la cabeza y le miró con los ojos entrecerrados.

—¿De qué estás hablando? —farfulló, todavía medio dormido.

Sheila se estiró en la cama a su lado, pero no se despertó del todo. Gimió y dio media vuelta, como si le molestara el ruido. A Eddie no le importaba despertarla. Ya era hora de que se levantara y se hiciera cargo de sus hijas. Si se comportara como una verdadera madre, a lo mejor Van no estaría jugando al béisbol con un desconocido.

—¿Te acuerdas de ese tipo? ¿De ese tipo que se llamaba Rod Cunningham? —preguntó Eddie.

Sebastian bostezó.

—Sí, ¿qué pasa con él?

—No creo que Cunningham sea su verdadero nombre. En realidad se llama Rod Amos.

Cuando asimiló lo que le estaba diciendo su hermano, Sebastian se sentó en la cama, sin la menor sombra de sueño.

—¿Por qué dices eso?

Eddie sacó la documentación de la camioneta y el recibo.

—Mira esto.

—¿Qué es?

—La documentación de su camioneta y un recibo de un taller de chapa y pintura.

—¿Le has quitado la documentación?

—He estado revisándole la guantera —Eddie no tenía tiempo para explicaciones—. Volveré en cuanto pueda. Hasta entonces, será mejor que te asegures de que no es policía.

Sebastian miró la documentación.

—No es policía. Los policías no trabajan fuera de su jurisdicción. Y Charlie Sommers no tenía ninguna relación con Whiskey Creek.

—Entonces a lo mejor no es policía, pero puede ser detective privado. Los padres de Charlie Sommers tienen dinero como para contratar a todo un ejército y ya han contratado a unos cuantos. Ya te conté que cuando estabas en prisión estuvieron husmeando por aquí constantemente, intentando sonsacarnos cualquier cosa que pudiera servir para condenarte.

La sangre abandonó el rostro de Sebastian.

—¡Mierda!

—Exactamente. Así que tienes que levantarte inmediatamente y ocuparte de ese asunto —le ordenó Eddie—. Comprueba quién es ese tipo, porque, como me detengan, voy a contar a la policía todo lo que sé. No pienso ir a la cárcel porque tú hayas dejado que un indeseable se haya acercado a ti más de la cuenta.

–Vino a casa y fumó cristal con nosotros, tío. Hace falta tenerlos bien puestos –reconoció Sebastian sin salir de su asombro.

–No dejes que se convierta en un problema.

–¿Dónde está ahora?

–Afuera, jugando al béisbol con Van.

–¿Cómo dices?

–Ya me has oído –replicó Eddie.

Y salió corriendo.

Por frustrante que fuera, Rod no había sido capaz de sacarle ninguna información a Van.

El niño sabía algo y lo estaba ocultando. Rod lo sabía. Pero por muchas veces que sacara el tema de la noche del asesinato de Charlie, no hablaría. Rod imaginó que la vez que lo había dicho estaba nervioso y, en aquel momento, estando más tranquilo, tenía demasiado miedo como para hablar de los adultos que formaban parte de su vida.

Le llevaría tiempo conseguir que se abriera. Tenía que ganarse la confianza del chico y quizá le costara más de lo que en un primer momento había pensado. Pero continuaba creyendo que merecía la pena el esfuerzo. La indignación y la rabia de aquella criatura harían aflorar la verdad a la larga. Pero era probable que aquello ocurriera cuando Van fuera adolescente o adulto y se sintiera menos amenazado.

Rod no podía esperar tanto tiempo, no podía perder aquella oportunidad.

–¿Qué haces?

Van frunció el rostro con un ceño de preocupación

cuando Rod se interrumpió para enviarle un mensaje a India. Sabía que Frank le había dicho que estaba bien, pero no quería que se volviera loca de preocupación en la habitación del hotel, preguntándose por qué no había vuelto la noche anterior.

–Diciéndole a una persona a la que quiero dónde estoy.

–¡Ah! Pero todavía no tienes que irte, ¿verdad?

El pobre niño estaba tan carente de atención y tan agradecido por el hecho de que él le estuviera enseñando a jugar que no tuvo corazón para desilusionarle.

–No, todavía no.

–Qué bien.

Sonrió, algo que no hacía tan a menudo como otros niños. Pero después de varios lanzamientos, de los que falló casi la mitad, su sonrisa desapareció. Estaba comenzando a frustrarle su falta de destreza.

–¿Cuánto voy a tardar en aprender?

–Eso no se aprende de la noche a la mañana, Van –le explicó Rod–. Tienes que tener paciencia.

–¿Tardaré una semana?

Rod se echó a reír mientras le lanzaba otra pelota que, en aquella ocasión, Van consiguió atrapar con el guante.

–Probablemente varias. Pero puedes llegar a mejorar muy rápido.

Van gruñó al fallar una vez más.

–¿Pero cómo?

–Es cuestión de práctica. Cuanto más practiques, mejor jugarás.

Van vaciló un instante antes de devolverle la pelota.

–¿Vas a llevarte el guante cuando te vayas?

–No, claro que no. Es tuyo. Tendrás que entrenar con él para hacerlo más flexible. Y deberías escribir tu nombre en él.

–¿Pero quién me lanzará la pelota?

Probablemente Sebastian no tenía mucho interés en el sobrino de su esposa.

—¿No puede lanzártela tu tío?

Rod sabía que Sebastian solo se preocupaba de sí mismo. Pero así tenía otra oportunidad de sacar al exnovio de India en la conversación.

Van farfulló algo que Rod no pudo oír.

—¿Qué has dicho? —le preguntó.

—He dicho que no lo hará.

—¿Y Eddie?

Van negó con la cabeza, como si Eddie tampoco fuera a hacerlo.

—¿Y tu tía?

Van elevó los ojos al cielo de una forma con la que parecía querer expresar lo absurdo de aquella sugerencia.

—Seguro que en el colegio hay muchos niños a los que les gusta jugar al béisbol —aventuró Rod.

—Sí. Pero no querrán jugar conmigo. No soy bueno. Siempre me eligen el último en el recreo y en Educación Física.

Por suerte, Rod nunca había tenido que pasar por eso. Siempre había sido un gran deportista. Había tenido hermanos mayores aficionados también al deporte que le habían enseñado a jugar. Y, en cualquier caso, si a alguien se le hubiera ocurrido decirle alguna vez que no podía jugar, le habría dado un buen puñetazo. Al igual que Van, vivía enfadado con el mundo hasta tal punto que siempre estaba buscándose problemas. Pero a él no había sido fácil derrotarle. Era algo que tenía que agradecer a Dylan. Aquel niño no tenía a nadie.

—Jugaré contigo cuando ande por aquí —le aseguró Rod.

Van alzó la cabeza.

—¿Vas a volver?

Lo último que Rod pretendía era hacer daño a aquella

criatura en ningún sentido, de modo que le pareció importante no crearle falsas expectativas.

—Es probable. Por lo menos durante una temporada. Pero tendré que irme dentro de dos semanas, así que no estaré por aquí durante mucho tiempo.

Van dejó caer los hombros.

—Ah...

—Pero para entonces ya jugarás tan bien como cualquier otro niño y no me necesitarás —le prometió Rod, esperando animarle.

Van no respondió. Necesitaba a alguien, pero no solo para que le tirara la pelota.

Era un día muy caluroso de modo que, tras jugar durante unos veinte minutos más, Rod le hizo acercarse a la acera, donde había dejado los refrescos isotónicos que había comprado cuando habían ido a la tienda de deportes.

—¡Qué rico está! —exclamó Van tras vaciar media botella.

Rod disimuló una sonrisa. Van parecía encantado con todas las atenciones que estaba recibiendo.

—Quiero que me respondas a algo —le pidió.

El niño le miró con los ojos entrecerrados.

—¿A qué?

Rod bajó la voz.

—¿Te gustaría que Sebastian se fuera?

El niño desvió la mirada hacia la casa, como si quisiera asegurarse de que no le estaban mirando.

—A mí puedes decírmelo —le animó Rod—. Puedes contarme cualquier cosa. Sebastian nunca se enterará de que me lo has contado.

El niño le dio una patada a un pedazo de césped. Después asintió.

—¿Eso es un sí? —preguntó Rod—. ¿Preferirías que se fuera?

El niño volvió a asentir con renuencia.

−Y sabes que eso podría ocurrir, ¿verdad?

Van se lamió el refresco de naranja de los labios.

−¿Cómo?

−La policía quiere meterle en la cárcel. Les gustaría resolver el misterio del asesinato que cometió. No tienen pruebas suficientes para demostrar que fue Sebastian el que disparó a Charlie Sommers, pero tú y yo sabemos que fue él, ¿verdad?

−¿Tú lo sabes? −preguntó el niño sin levantar la mirada.

−Sí −le confirmó Rod.

Van mantuvo la cabeza gacha.

−¿Y cómo lo sabes?

−Tengo mis recursos. Así que, si sabes cualquier cosa que pueda ayudarme, si le has visto alguna vez con una pistola, si sabes dónde guardó la pistola que utilizó o te acuerdas de que aquella noche no estaba en casa, a pesar de que te dijo que sí, deberías decírmelo...

Van se mordió el labio inferior.

−¿Qué te pasa? −preguntó Rod.

−¿Y mi tía también irá a la cárcel?

¡Ah! Aquel era el problema. Ni siquiera en el caso de que pudiera deshacerse de Sebastian su vida mejoraría, por lo menos no mucho.

−Me temo que no. Ella está mintiendo por él, pero no creo que vayan a encarcelarla por eso. Sé que es descorazonador, pero tenemos que pensar en la mujer que perdió a su marido aquella noche y en ayudarlas a ella y a su hijita. Son víctimas inocentes. Y queremos mantenerlas a salvo, ¿verdad?

Al final, el niño alzó la mirada.

−¿Eres policía?

Rod había revelado su interés en Sebastian, pero no se arrepintió. No veía otra manera de hacerlo si quería averiguar qué información tenía Van antes de volver a Whiskey Creek. Era difícil tener paciencia cuando una o dos frases de aquel niño podrían resolver todos los problemas de la vida de India.

–No. Solo una persona a la que le importa.

El niño abrió la boca, la cerró y al final dijo:

–Yo nunca le he visto con una pistola.

Rod consiguió esbozar una sonrisa de comprensión. No era justo someter a aquel niño a tanta presión.

–De acuerdo, ya me lo dirás cuando estés preparado.

–¿Vas a marcharte? ¿Estás enfadado conmigo?

–Qué va. Olvídate de todo eso. Vamos a seguir practicando mientras podamos. Ya estás mejorando.

El niño comenzó a retroceder. Después, se volvió hacia él.

–¿Rod?

–¿Sí?

–Yo no vi la pistola, pero... –bajó la voz–, le oí decirle a Eddie algo de que la había escondido en una casa del barrio.

–¿De qué casa? ¿Lo sabes?

El niño negó con la cabeza.

–No pasa nada –le dijo Rod–. No te preocupes. Seguro que la encontraré, pero no le contaré a nadie lo que me has dicho, ¿de acuerdo?

–De acuerdo –se cubrió los ojos para protegerse del sol–. ¿Podemos jugar una hora más?

Rod imaginó que era lo menos que le debía. Para deleite de Van, se lo colocó en el hombro y comenzó a caminar de nuevo hasta su posición.

–¿Por qué no?

Capítulo 27

Sebastian había utilizado un buscador de Internet para conseguir información sobre Rod Amos. No había demasiada. Solo algunas entradas relacionadas con el Rod al que habían conocido. Su familia era propietaria de un taller de chapa y pintura en Whiskey Creek, un pueblo del País del Oro que estaba a unas dos horas de distancia de allí. Por lo que él sabía, era un pueblo parecido a otros algo más grandes y conocidos, como Grass Valley, Placerville y Jackson. Whiskey Creek era poco más que un punto en el mapa.

Así que, ¿qué andaría haciendo aquel hombre por ahí?

—¿Qué haces? —le preguntó Sheila tras un largo y profundo bostezo.

—Buscar algo —contestó.

—¿Por qué no vuelves a la cama? Te aseguro que merecerá la pena.

Sebastian reparó en su tono seductor, pero no le interesaba. Sheila ya no le gustaba. La verdad era que se la veía muy dejada, sobre todo comparada con India, que siempre había sido preciosa. Pero no siempre se mostraba con ella tan indiferente como aquel día. Al fin y al cabo, una mujer siempre era una mujer y aquella, además, le proporcionaba una casa en la que alojarse. Necesitaba quedarse allí hasta que consiguiera un trabajo y decidiera lo que quería hacer con su vida.

—¿Eso es un no? —preguntó ella haciendo un puchero.

—Deja de decir estupideces —le espetó él.

Y volvió a visitar la página de Amos Auto Body. El negocio parecía legal. No había nada que indujera a pensar que Rod Amos pudiera ser algo más que un mecánico. No era un detective privado. Eddie tenía que estar equivocado y él estaba deseando decírselo.

Pero continuaba preocupado. No encontraba ningún motivo para que Rod mintiera sobre su apellido o acerca del taller en el que trabajaba.

A lo mejor aquellas mentiras no tenían nada que ver con el asesinato de Charlie. A lo mejor Rod había decidido abandonar el negocio familiar y comenzar a trabajar en otro. Y a lo mejor no se llevaba bien con su padre y había decidido utilizar el apellido de su madre. La gente hacía cosas de aquel tipo continuamente.

Un zumbido del teléfono interrumpió su concentración. En cuanto vio el número de su hermano en la pantalla, contestó.

—¡Tú, idiota! —ladró—. Me has dado un susto de muerte por nada.

—Me gusta cómo suena eso —respondió Eddie—. ¿No pasa nada con Rod entonces? ¿No tenemos nada por lo que preocuparnos?

—No que yo sepa. Whiskey Creek es un pueblo perdido de Sierra Nevada. Y he estado buscando en Internet. No he encontrado un solo detective privado que se llame Rod Amos o Rod Cunningham.

—¿Entonces qué quiere de nosotros?

—Supongo que quería divertirse. Fumó un poco de cristal, ¿verdad?

—No le vi fumar mucho. Pero da igual. ¿Sabe que le estás investigando?

—No, está afuera, con Van.

—¿Todavía? ¿Y no te parece raro? ¿Qué interés puede tener en un niño de ocho años que no tiene ninguna relación con él?

—Parece que es un tipo al que le gustan los niños. Pero no parece que esté molestando a Van. Están jugando al béisbol, por el amor de Dios.

—A veces todo empieza así.

—Sí, bueno, y también va a terminar así. Porque como intente algo más le mato.

—De acuerdo —dijo Eddie con un suspiro de alivio—. En cualquier caso, las noticias sobre Rod son buenas. Estaba asustado.

—¡Y a mí también me has asustado!

—Tenemos que tener cuidado. No podemos permitir que ningún desconocido se nos acerque demasiado. Anoche corrimos un gran riesgo, un riesgo que no deberíamos haber asumido y que podría habernos causado muchos problemas.

—Tienes razón. ¿Y qué tal te ha ido con Yogi?

—Le odio. Pero estamos pagando la hipoteca gracias a él. Y no he llegado tarde, así que hoy no hemos tenido problemas.

—Muy bien. Te veré cuando vuelvas.

Hambriento, Sebastian cerró el ordenador para poder comer algo. Pero, en un impulso, decidió llamar antes a Amos Auto Body, aunque solo fuera para ver si conseguía averiguar algo más. No tenía que decir quién era, aunque dudaba de que nadie reconociera su nombre por lo que habían publicado los periódicos aunque lo dijera.

—¿Vas a fumar otra vez? —preguntó Sheila.

Ni siquiera se había levantado de la cama y ya estaba con ganas de fumar.

—No, y tú tampoco —gruñó mientras marcaba el teléfono.

—Te has levantado de muy mal humor —se quejó ella, y se levantó para ir al cuarto de baño.

En ese momento, alguien contestó al otro lado del teléfono.

—Soy Natasha, de Amos Auto Body. ¿Puedo ayudarle en algo?

—¿Está Rod? —preguntó Sebastian.

—Me temo que no.

—¿Puedo llamarle esta noche?

—No, va a estar unos días fuera. No estoy segura de cuándo volverá. ¿Quiere dejarle algún mensaje?

—Soy un amigo suyo. Jimmy... eh... Smith. Le conocí ayer en un bar. Estuvimos con un par de conocidas mías.

Estaba a punto de añadir que había pasado la noche en su casa y se había dejado la cartera, cuando ella le interrumpió.

—¿Con un par de chicas? —parecía sorprendida—. Pensaba que estaba de vacaciones con India...

A Sebastian se le heló la sangre en las venas. El nombre de India era lo bastante original como para que no pudiera haber confusión alguna. Rod no era un policía. Tampoco era un detective privado que estuviera trabajando para los Sommers. Pero estaba convencido de que quería lo mismo que ellos: verle en prisión durante el resto de sus días. ¿Por qué si no iba a acercarse un amigo de India por el billar y fingir un encuentro azaroso? Si Rod tenía alguna relación con ella aquello no tenía nada de azaroso

Y entonces comprendió por qué Rod estaba pasando tanto tiempo con Van.

Buscaba información.

Un portazo de una de las puertas del hotel despertó a India. Después de que Frank llamara asegurándole que Rod estaba bien, se había quedado dormida. Pero a juzgar por la luz que se filtraba por las cortinas, aquello tenía que haber sido hacía mucho tiempo.

Se volvió para mirar la hora en el despertador sintiendo que le ardía el estómago. Eran las doce del medio día y Rod todavía no había regresado. ¿Por qué? ¿Dónde podía estar?

Agarró el teléfono para ver si había recibido alguna llamada suya y al instante se dejó caer contra la almohada. ¡Sí! Tenía varios mensajes. Uno de ellos de unos minutos atrás. Estaba jugando con Van. Pronto volvería. No había por qué preocuparse.

Debilitada por el alivio, cerró los ojos y respiró hondo. En cuanto se tranquilizó, se permitió emocionarse por primera vez en mucho tiempo. Si Rod estaba con Van, a lo mejor estaba descubriendo algo importante... o llegaba a descubrirlo. En el caso de que así fuera, su vida entera cambiaría.

¿De verdad podría llegar a ganar la guerra que estaban librando? ¿Sería posible que Rod descubriera algún detalle que convenciera a la policía y le permitiera llevar a Sebastian a juicio? ¿Castigarían a Sebastian por sus crímenes?

India recordó la noche que había encontrado a un Rod caminando furioso por la carretera, con los puños apretados. Había llegado a pensar que era un hombre al que debía evitar, se había advertido a sí misma contra él. Y, aun así, había sido el único que había creído en ella cuando los demás no habían sido capaces de hacerlo, al menos, no sin cierta reserva. Era la única persona que se había puesto de su lado, que se había mostrado dispuesta a ayudarla a pesar del peligro. Todos los demás, personas que la conocían desde hacía mucho tiempo y que, supuestamente, la querían, se habían limitado a seguir con sus vidas, como si se mereciera lo que le estaba ocurriendo.

Las dos semanas anteriores habrían sido mucho más difíciles sin él. Estaba deseando verle, deseando oírle contar cómo había conseguido entablar amistad con Sebastian.

Pero los minutos fueron pasando y el cuarto de hora se convirtió en media hora, y pasó una hora más sin noticias de Rod, y la emoción comenzó a desvanecerse.

Algo había pasado. En caso contrario, estaría ya de regreso.

–No se propone nada bueno. A lo mejor hasta está buscando la pistola.

A Sebastian no le hizo ninguna gracia oír aquellas palabras, pero Eddie tenía que tener razón. ¿Qué otra cosa podía estar haciendo Rod? Había llevado a Van a casa y se había despedido de él con la vaga promesa de volver a encontrarse con ellos en el billar. Pero no había dejado la zona. Sebastian había dejado el iPhone que la madre de Sheila le había comprado a esta para poder estar en contacto con su hija y con los niños, ya que ella vivía postrada en la cama, en la guantera de la camioneta de Rod. Eso significaba que podía tenerle localizado gracias a la aplicación Find My del iPhone. Supo así que tras detenerse a varias manzanas de distancia, Rod no había vuelto a moverse. Sebastian le había pedido a Eddie que se acercara por allí de camino a casa para ver qué estaba haciendo.

Eddie le había devuelto la llamada unos minutos después y le había dicho que Rod había aparcado delante de un establecimiento de comida rápida, pero él no estaba ni en la camioneta ni en el establecimiento.

La conversación continuó cuando Eddie regresó a casa.

—Van me ha jurado que Rod no le ha preguntado nada ni sobre mí, ni sobre Charlie, India, el juicio o el asesinato —dijo Sebastian—, que solo han estado jugando al béisbol.

—¿Y tú le crees?

Sebastian se pasó la mano por el pelo. ¿Por qué no? Él no le había contado nada a Van sobre lo que había pasado aquella noche en casa de India. ¿Por qué iba a hacerlo?

Suponía que era posible que Van le hubiera oído hablar alguna vez con Eddie, en el caso de que aquel idiota se dedicara a escuchar cuando no debía. Aunque tampoco creía que tuviera que preocuparse por él.

—Tráele aquí —le propuso Eddie—. Le preguntaré yo y apuesto a que nos dirá algo más.

—No puedo. Sheila se ha llevado a Van y a las niñas a la residencia para ver a su madre. Si no se los lleva una vez a la semana, Vickie llamará al Servicio de Protección de Menores y si le quitan a los niños el subsidio de Sheila se reducirá a la mitad.

—¡Entonces ponle un mensaje, maldita sea! Dile que vuelva pronto. Tenemos qué averiguar qué se propone ese canalla de Rod.

—No puedo ponerle un mensaje. Le he quitado el teléfono.

Su hermano comenzó a caminar con movimientos rápidos, inquietos, aumentando la ansiedad de Sebastian. ¿Qué demonios podía hacer?

No iba a volver a la cárcel. De eso estaba seguro. Haría cuanto fuera para asegurarse de que eso no ocurriera.

–El niño le ha dicho algo –insistió Eddie–. Lo sé.

A lo mejor era cierto. Pero, a pesar de todas las veces que Sebastian se lo había preguntado, Van había seguido manteniendo la misma versión. Aunque Sebastian no le había forzado demasiado. No había querido hacerlo antes de que fuera a ver a su abuela. Él se beneficiaba del dinero que Sheila recibía. Además, ¿de qué iba a servirle que le denunciaran por maltrato? Aquello le daría a la policía otro motivo para volver a vigilarle de cerca.

–Van no ha podido contar nada –dijo, pero no estaba tan convencido como pretendía.

Solo estaba intentando tranquilizar a su hermano para poder pensar con claridad.

Pero su intento solo sirvió para hacer enfadar más a Eddie.

–¿Estás dispuesto a dejar que tu vida dependa de eso? ¿A arriesgarte a volver a la cárcel?

–Diablos, no. Pero presionar a Van no es la respuesta.

La última vez que había empezado a pegar al niño Sheila le había dicho que llamaría a Protección de Menores si no paraba.

–Conseguirás que nos lo quiten y perderemos cientos de dólares al mes –le había reprochado–. ¿Y cómo vamos a arreglárnoslas entonces?

–¿Entonces cuál es la respuesta? –preguntó su hermano en aquel momento.

–¡Si me das un segundo, a lo mejor se me ocurre algo! –gritó él.

Eddie ignoró aquel estallido.

–Creo que tenemos que asumir lo peor y eso significa que no hay tiempo que perder. Vamos a buscarle. Le seguiremos en el coche y le daremos una paliza de muerte.

—No pienso pelearme con ese tipo —replicó Sebastian.

—¡Vamos, no seas nenaza! Tiene una mano rota, por el amor de Dios. ¡Y seremos dos contra uno!

—No me importa. Parece estar en muy buena forma. Seguro que es capaz de arreglárselas solo. En caso contrario no habría venido a casa ayer por la noche. Además, ¿cómo vamos a seguirle? Ese tipo no es ningún estúpido. Si Van le ha dicho algo, estará receloso.

—Podemos invitarle a fumar otra vez.

—Si no es quien dice ser, no aceptará.

—En ese caso, le podemos acusar de haber robado el teléfono de Sheila —dijo Eddie, elaborando el plan mientras hablaba—. Cuando nos diga que no lo tiene, le preguntaremos si podemos registrarle la camioneta. Se quedará de piedra cuando lo encontremos. Esa será la oportunidad de acercarnos a él. Yo le agarraré mientras tú le das un buen navajazo. Asegúrate de meterle un par de navajazos que sean definitivos. Después le dejaremos en el asiento de atrás, nos meteremos en el coche y nos largaremos.

—¿A plena luz del día? —preguntó Sebastian.

—¿Qué otra opción tenemos? —preguntó Eddie, abriendo las manos—. Podemos ponernos al lado de su camioneta para ocultar lo que estamos haciendo. Nadie podrá ver nada.

—¿Y después qué?

—¿Tú qué crees? Le sacaremos del coche y le enterraremos en algún lugar en el que nadie pueda encontrarle.

Sebastian intentó imaginar que su plan tenía éxito, pero tenía demasiadas reservas.

—Pueden rastrear nuestros teléfonos móviles...

—Entonces los dejaremos aquí.

—¿Y si ya le ha contado a India lo que haya podido decirle Van? Es posible que mientras nosotros estemos ocupándonos de él, ella vaya a por la pistola.

—En ese caso, iremos nosotros antes a por la pistola.

Por tentador que pudiera ser recuperar el arma que había utilizado para disparar a Charlie Sommers para esconderla en un lugar más seguro, como el fondo de la bahía, hasta entonces había evitado acercarse a la pistola. Nadie la había encontrado. Por lo que a él concernía, le parecía mucho más seguro dejarla donde estaba. No había ninguna necesidad de arriesgarse.

Pero la aparición de Rod lo cambiaba todo.

—De acuerdo. Pero no le mataremos directamente – Sebastian se levantó y comenzó también él a caminar–. Le mantendremos vigilado y esperaremos a que nos conduzca hasta India. Y en cuanto sea de noche, resolveremos todo esto.

Eddie bajó la voz.

—Supongo que lo que quieres decir es que lo mejor será acabar con los dos.

Sebastian asintió.

—Debería haberlo hecho la otra vez para no dejar ningún testigo. Pero si jugamos bien nuestras cartas, tendremos otra oportunidad. Le seguiremos hasta encontrarla y acabaremos con esto de una vez por todas.

—¿Crees que puedes hacerlo? ¿Crees que esta vez serás capaz?

—No me queda más remedio. India ha ido demasiado lejos. Ha demostrado que no es mi amiga.

¿Cómo se atrevía a buscarle problemas otra vez? Como si lo que había contado en el juicio no fuera castigo suficiente. Ella le conocía, maldita fuera. Probablemente mejor que nadie, puesto que era la única mujer a la que había amado. Sabía que había tenido una vida difícil y que lo que había hecho aquella noche no era algo propio de él. Podía haber mostrado un mínimo de compasión.

Eddie pareció reflexionar sobre sus palabras y después dijo:

–Eso me gusta.

–Estupendo. Porque será mejor que nos pongamos en marcha. Tenemos que vigilarle sin que se fije en nosotros cuando vuelva a la camioneta. Si tiene la pistola, tendremos que utilizar una navaja, como tú has dicho.

–Podremos dominarle sin ningún problema –Eddie sacó las llaves–. No nos esperará, así que no tendrá oportunidad de utilizar la pistola aunque la lleve encima.

Sebastián miró a su hermano.

–Necesito un gramo. Tengo que estar puesto para hacer esto.

Eddie le miró con el ceño fruncido.

–Ahora no tenemos tiempo para eso.

–Es la única manera de que funcione. Vamos, tío. Necesito algo.

–¿Como tener la cabeza despejada por ejemplo?

–No, necesito estar a tope.

–No tienes dinero y el cristal no es gratis.

–Estoy seguro de que Rod lleva dinero encima. Nos lo quedaremos. De todas formas, cuando acabemos con él no va a necesitarlo para nada.

–De acuerdo –contestó Eddie, y sacó una bolsita de plástico del bolsillo.

–Si tenemos cuidado y conseguimos hacer desaparecer los cadáveres, es posible que acabemos con todo esto de una vez por todas –dijo Sebastian.

Necesitaba mentalizarse. Porque, por muy enfadado que estuviera con India, seguía deseando acostarse con ella, casarse con ella, vivir con ella... Él no quería matarla. Había decidido deshacerse de Charlie y dar un paso tan drástico para que pudieran estar juntos.

—¿Por fin crees que India es una perra? —preguntó Eddie cuando estuvieron ya colocados.

Sebastian sentía la droga recorriendo sus venas, llenándole de fuerza y energía, trasformándole en un superhombre. Podía acabar con Rod Amos; podía acabar con cualquiera.

—Siempre la amaré —admitió.

—No puedes pensar de esa manera.

—Claro que puedo. Porque eso no supondrá ninguna diferencia. O ella, o yo.

Rod no había contestado a sus mensajes. ¿Significaría eso que no podía? ¿O se habría quedado sin batería?

India rezó para que fuera lo último, pero sabía que tenía un cargador en la camioneta. Decidida a conseguir ayuda, por si acaso fuera necesaria, llamó a Frank, que salió a regar el jardín para así poder oír y ver cualquier cosa que estuviera ocurriendo en casa de Sebastian. Diez minutos después le dijo que parecía que no había nadie en casa. Habían desaparecido los dos coches y tampoco estaba en la acera la camioneta de Rod.

India consideró que era una buena noticia, puesto que sugería que no estaba en el mismo lugar que los hermanos Young. Pero si Rod no estaba en peligro, ¿dónde podía haber ido? ¿Y por qué no contestaba?

Le escribió de nuevo, aunque ya le había enviado cerca de una docena de mensajes durante la última hora.

¿Rod? Por favor, dime que estás bien.

Esperó otros quince minutos. Pero ya era más de la una y comenzaba a invadirla el pánico. Estaba convencida de que había ocurrido algo malo, así que terminó llamando a Flores.

El detective no contestó. Saltó el buzón de voz, pero

cuando India llamó a comisaría y dijo que era una emergencia, el policía se puso inmediatamente en contacto con ella.

En cuanto le contó lo ocurrido, le dijo que había sido un error involucrar a Rod. Era más o menos lo que ella esperaba que dijera. En realidad, ya lo sabía. Afortunadamente, el detective prometió llamar al fiscal del distrito de Hayward para que enviara una patrulla a la dirección de Sebastian, que era lo que ella quería desde el primer momento.

Tras hacer la llamada, India comenzó a caminar retorciéndose las manos delante del televisor, que estaba emitiendo un programa de lo más estúpido. El tiempo transcurría más lentamente que la deriva continental y ella comenzó a pensar que iba a enloquecer, sobre todo cuando los recuerdos de lo compartido con Rod comenzaron a poblar su mente. El recuerdo de sus caricias, de sus besos, de sus risas, de su forma de bromear con ella.

Perder a Charlie de una manera tan trágica había sido lo peor que le había ocurrido jamás. Eso era incuestionable. Pero tenía el terrible presentimiento de que le resultaría igualmente difícil perder a Rod. No había construido una vida a su lado, no tenía un hijo con él, no había compartido una casa con él. En realidad, apenas le conocía. Pero, aun así... se había enamorado. De alguna manera, había terminado entregándole su corazón, a pesar de que había estado tan profundamente enamorada de Charlie que pensaba que aquello no podría ocurrir.

Incapaz de aguantar ni un segundo de agonía más, llamó a Dylan. Odiaba preocupar a los hermanos de Rod, pero esperaba que hubieran tenido algún contacto con él a lo largo del día. A lo mejor había surgido una emergencia y había ido a ayudarles.

—¿Has tenido alguna noticia de Rod? —le preguntó a Dylan en cuanto contestó.

Se produjo una larga pausa. Era evidente que a Dylan le había sorprendido la pregunta.

—Esta mañana me ha mandado un mensaje diciéndome que no podía llevar a Natasha al aeropuerto. También me ha dicho que estaba en una tienda de deportes, pero que había pasado la mayor parte de la noche despierto y necesitaba dormir e ir a ver cómo estabas. Yo pensaba que a estas alturas ya estaría contigo, pero... ¿no ha vuelto?

Aunque hablaba con calma, India pudo sentir un profundo desasosiego tras sus palabras.

—No, no ha vuelto.

Le puso al tanto de todos los detalles, aunque no le resultaba fácil. Tenía que luchar contra las lágrimas que la atragantaban.

—No habría venido aquí sin avisarte —terminó diciéndole Dylan.

En lo más profundo, ella ya lo sabía. Rod siempre la cuidaba, jamás se iría sin avisar y dejándola preocupada. Y si hubiera ido a llevar a su hermanastra al aeropuerto, la habría invitado a acompañarle.

—Te llamaré en cuanto sepa algo —le dijo a Dylan.

Después, agarró las llaves del coche y fue a comprobar si la camioneta de Rod seguía en casa de Sebastian o en su barrio. Aquel era el último lugar en el que había estado, de manera que era el mejor lugar para empezar.

El detective Flores le había advertido que se mantuviera al margen. Le había dicho que no tenía ninguna necesidad de involucrarse en lo que estuviera pasando. Pero se negaba a seguir escondida. Se negaba a dejar solo a Rod. No estaba dispuesta a perderle.

Capítulo 28

No conseguía encontrar la pistola. Con una linterna en la mano que llevaba en la camioneta, Rod había estado inspeccionando debajo de todas las casas de la calle de Sebastian, por lo menos, debajo de aquellas en las que había podido meterse. Cuando alguien le preguntaba por lo que estaba haciendo, decía que trabajaba para el Ayuntamiento y estaba inspeccionando las casas en busca de un nuevo moho tóxico. Gracias a la lista de vecinos que los Siddell le habían entregado a India, conocía el nombre de los residentes. Les decía que a todos se les había enviado una carta y que, si no recordaban haberla recibido, podían preguntar por ella a Frank Siddell. Ninguna de las personas con las que habló recordaba haber recibido ninguna carta, por supuesto, pero de inmediato asumían que se les había pasado por alto y le dejaban pasar sin pedirle siquiera una identificación.

Desgraciadamente, el poder buscar con plena libertad no le sirvió de nada. No estaba teniendo suerte. Había demasiados lugares en los que esconder una pistola. El arma que había matado a Charlie podía estar dentro de una caja, de un archivador viejo, envuelta en una manta, enterrada entre el relleno de un sofá viejo o amontonada junto a otros trastos viejos. Podía estar escondida en cualquier rincón, en cualquier rendija o encima de una viga. Por lo que Rod sabía, Sebastian podía incluso haberla enterrado. ¿Y cómo demonios iba a encontrarla entonces? Si Sebastian la había enterrado más de once meses atrás, dudaba de que fuera posible siquiera identificar la tierra removida.

Saber que la pistola estaba en una de las casas del vecindario le había parecido alentador al principio, pero con una pista tan endeble no tenían suficiente. Y había dormido muy poco, así que estaba demasiado cansado como para seguir buscando.

Cuando regresó a su camioneta, se llevó la mano al bolsillo para sacar el teléfono. Recordó entonces que estaba sin batería. El cargador de la camioneta solo funcionaba cuando estaba en marcha y apenas había movido el vehículo.

Miró el reloj. Eran casi las dos. Había perdido la noción del tiempo. Llevaba demasiado tiempo allí, sobre todo teniendo en cuenta que no había podido ponerse en contacto con India. Debía de estar histérica. Pero se había visto obligado a buscar empujado por una cierta inquietud, por una ligera ansiedad... como si no fuera a tener otra oportunidad si no encontraba pronto la pistola.

Después de pasar más de una hora conduciendo e ir recorriendo las calles del vecindario en círculos cada vez más abiertos, encontró por fin la furgoneta de Rod. Cuando la vio, apenas se lo podía creer. Debería haberse sentido aliviada, pero no vio a Rod allí, y tampoco estaba en el McDonald's. Entró y les enseñó a los empleados una de las fotografías de Rod que tenía en el teléfono, pero ninguno le había visto. Llamó al detective Flores para ponerle al tanto y, estaba saliendo ya para acercarse de nuevo a la camioneta, en aquella ocasión para ver si había algún rastro de sangre, cuando vio a Rod cruzando la calle a grandes zancadas.

En el instante en el que le vio, corrió hacia él y permitió que la levantara en brazos como si fuera una niña.

–¿Por qué no me has llamado? –musitó, sintiendo la aspereza de la incipiente barba de Rod en la mejilla.

–¿Qué haces aquí? –preguntó Rod, en vez de contestar–. Se suponía que no tenías que acercarte por esta zona.

India no quería soltarle. No podía soltarle. Todavía no.

–He venido... a buscarte... Necesitaba localizarte.

–India, tienes que relajarte, tienes que confiar en que sé lo que estoy haciendo –parecía ligeramente exasperado, pero India sabía que no estaba enfadado.

–Eso ahora da igual, porque no pienso permitir que vuelvas aquí –replicó decidida.

–Claro que voy a volver. Escucha, Van me ha dicho que Sebastian escondió la pistola en una de las casas del barrio. Lo único que tenemos que hacer ahora es averiguar la manera de encontrarla.

Pero ni siquiera aquella información tan importante consiguió hacerla cambiar de parecer. Apretó los ojos con fuerza y respiró hondo, asimilando la tranquilizadora esencia de Rod.

–Pues tendrá que buscarla otro.

Rod retrocedió para mirarla a los ojos.

–¿Por qué? ¿Por qué no yo?

–Porque no quiero que vuelvas a arriesgarte –replicó–. No puedo permitirlo, Rod. No puedo pasar ni una noche más, ni una mañana, como estas últimas. Te quiero demasiado.

Rod le agarró la barbilla con la mano buena.

–¡Eh, un momento! ¿Qué acabas de decir?

—Que no vas a volver aquí. Es demasiado peligroso. No me puedo creer que te haya permitido...

—No, lo otro.

La intensidad de su mirada la hizo devanarse los sesos, preguntándose qué podía haber dicho que le hubiera sorprendido hasta el punto de querer oírlo dos veces. Y de pronto lo comprendió. En medio de su precipitación, había confesado su amor. Cuando cobró conciencia de lo que había hecho, también a ella la sorprendió. Le quería, sí, pero, desde luego, no tenía intención de decírselo tan pronto.

—Es cierto —admitió.

—¿Cómo lo sabes? —susurró Rod, apoyando la frente contra la suya—. ¿Cómo sabes que no estás confundiendo el amor con la gratitud... o con la sensación de estar en deuda conmigo porque estoy ayudándote? Ahora mismo tus sentimientos deben de ser muy confusos. Y es posible que el hecho de que nos estemos acostando te haga sentirte más conectada a mí de lo que lo estarías de cualquier otro modo.

—Esta mañana, cuando he empezado a temer que no volvieras, se me ha hecho evidente. Sé que es demasiado pronto como para que podamos tomarnos en serio esta relación. Pero eso no cambia nada. Si te ocurriera algo, me rompería el corazón. Necesito que estés a salvo. Así que, por favor, vuelve a Whiskey Creek con tus hermanos.

—No pienso ir a ninguna parte sin ti.

—Rod...

Estuvo a punto de decirle que había llamado a la policía. Que era posible que estuvieran ya en casa de Sebastian, preguntando por él. El momento de hacer las veces de detective había pasado. Pero él la interrumpió antes de que pudiera continuar.

—En cuanto consigamos resolver todo esto, volveremos a casa juntos.

Sebastian no era un asesino a sangre fría. No era como aquellos psicópatas que aparecían en las películas o en los programas de televisión. Él no disfrutaba haciendo daño a otros, así que no entendía de qué manera podría servir la cárcel para reformarle o hacer una maldita cosa por la sociedad. ¿Por qué India no era capaz de comprenderlo? Si fuera capaz de comprenderlo, perdonar y olvidar, él podría volver a ser el de antes, a ser como el hombre que la había amado. El verdadero Sebastian jamás le haría ningún daño a nadie. Él no habría matado a Charlie si no hubiera estado tan profundamente desesperado que no era capaz de pensar con frialdad.

India le odiaba por lo que había hecho. Pero una sola noche no debería definir toda una vida, ¿no? También había hecho cosas buenas. Les había perdonado la vida a India y a su hija, a ellas no les había hecho nada. Y, teniendo en cuenta la rabia que le había dominado aquella noche, era asombroso que hubiera conseguido controlarse hasta aquel punto.

India no era consciente de la suerte que había tenido. De lo bueno que había sido con ellas. Cuando se había presentado en su casa aquella noche, lo había hecho pensando en acabar con los tres en un acto de desesperación antes de suicidarse.

Era una lástima que no hubiera sido capaz de hacerlo. Tendría que haberlo hecho. Pero India había empezado a decirle que estaba dispuesta a volver con él, que deberían estar juntos. Cuando le había acariciado y había hecho el amor con él, había recordado lo maravilloso que era estar a su lado. India le había convencido de que tendría junto a él a una mujer a la que amaba y respetaba para ayudarle a que su vida fuera mucho más fácil.

Pero todo había sido una mentira, una manipulación.

Y ella pensaba que era él el malo…

—¿Lo ves? —dijo Eddie, como si desde el primer momento hubiera sabido que Rod era alguien en quien no se podía confiar.

Aquel «¿te lo dije?» que insinuaba su tono irritó a Sebastian, ¿pero qué podía decir? Su hermano había demostrado ser mucho más prudente que él.

—Sí, ya lo veo.

Sebastian no era capaz de desviar la mirada. India estaba besando a Rod en el aparcamiento del McDonald's como si el resto del mundo no existiera.

Verles abrazados de aquella manera le revolvió el estómago. Habían ido juntos a por él. India no le quería. Y no le querría por mucho que volviera a acercarse a ella e intentara disculparse, por mucho que intentara revivir su amistad.

Aquello era lo que había conseguido con su disposición a olvidar el pasado. India estaba decidida a hundirle. No importaba que fuera injusto que le arrebataran la dignidad y la libertad durante décadas por algo que solo había sido un error, una metedura de pata, más que ninguna otra cosa.

India no le estaba dejando otra opción, decidió. Tenía que terminar lo que había comenzado once meses atrás o pronto terminaría encerrado en una celda de dos metros cuadrados en la que se convertiría en la fulana de cualquier tipo más grande que él.

Aunque moriría antes de confesárselo a nadie, sobre todo a Eddie, sabía lo que era ser violado por otro hombre y no permitiría que nadie volviera a humillarle de aquella manera, por muchos a los que tuviera que matar para evitar aquel destino.

–¿Vamos a por ellos ahora que tenemos oportunidad? –preguntó Eddie.

Sebastian observó los vehículos que salían y entraban del aparcamiento. Había demasiada gente. Si de verdad iban a hacerlo, tenían que hacerlo bien.

–No, esperaremos hasta que sea de noche, como ya te dije.

Había llegado la hora de la partida para Natasha. Mack ya había metido el equipaje en la Chevy Tahoe de Grady, puesto que había sido este último el que se había ofrecido a llevarla al aeropuerto de Oakland para sustituir a Rod. Mack había inventado una excusa para no tener que ir él, había dicho que tenía planes para aquella noche. Sabía que le resultaría más fácil despedirse de ella en casa, donde podrían contar con cierta intimidad. Le había comprado una gargantilla y estaba esperando el momento para entregársela. Pero Grady estaba gritando ya por toda la casa que tenían que irse.

Estaba empezando a preocuparle que Natasha no fuera a despedirse de él cuando llamaron a la puerta del dormitorio.

Abrió al instante. Después, retrocedió para que ella pudiera entrar. Estaba preciosa. Iba a volver locos a todos aquellos universitarios, pensó con un sentimiento agridulce.

–¿Ya lo tienes todo preparado? –le preguntó.

–¿No pensabas despedirte de mí? ¿Pensabas dejar que me fuera sin más?

A él le habría gustado acompañarla, pero sabía lo que pasaría si le entregaba la gargantilla delante de Grady. Era solo un regalo de despedida, un regalo que podría haberle hecho junto a sus hermanos. Pero no le había comentado a nadie aquella compra y sabía que tanto a Dylan como a los demás les parecería un regalo revelador. Un colgante con forma de corazón y un diamante diminuto en la parte superior izquierda era la clase de regalo que un hombre le hacía a una esposa o a una novia, no a una hermanastra.

–Esperaba que vinieras a despedirte de mí.
–¿Y si no hubiera venido?
–Te habría enviado esto por correo.

Abrió un cajón de la cómoda y sacó el pequeño estuche de terciopelo que había guardado allí el día anterior.

Parte de la tristeza con la que Natasha había entrado se evaporó en cuanto la vio y brilló en sus ojos una frágil esperanza.

–¿Me has comprado un regalo? ¿Es solo tuyo o…?
–Es solo mío –la interrumpió.

Cuando le tendió la cajita, Natasha le deslumbró con su primera sonrisa desde hacía días. Una sonrisa que ensanchó en cuanto vio la gargantilla.

–¡Hala!
–Date la vuelta. Te la pondré.
–Me encanta.

Se levantó el pelo mientras él se la colgaba al cuello. Después, miró aquel corazón dorado como si Mack acabara de arrojarle un salvavidas, algo a lo que aferrarse mientras estuviera fuera.

–Gracias…
–De nada. Quiere decir que… –se le quebró la voz y se interrumpió para poder controlar sus sentimientos–, que significas mucho más para mí.
–Dios mío, Mack –susurró Natasha–. Dímelo, por favor. Me quieres.

Mack clavó la mirada en el colgante que reposaba en el valle de sus senos. Sabía que si no se concentraba en eso, terminaría concentrándose en sus labios, porque deseaba besarla como jamás lo había deseado.

—Aprovecha todas las oportunidades que te ofrezca la universidad. Intenta vivir al máximo. Aférrate a todas las oportunidades que aparezcan en tu camino. Es posible que seas insoportable, pero en cuanto alguien consigue atravesar tus defensas, eres todo corazón. Por eso te he comprado ese colgante. Porque me recuerda a ti.

—No eres mi padre, Mack —respondió ella—. Solo Dios sabe quién puede ser mi padre, pero ahora soy una adulta. Ya no estoy buscando una figura paterna y, desde luego, no quiero que seas tú el que asumas ese rol. Ya es bastante malo que te consideres a ti mismo mi hermano.

—Nuestros padres están casados.

—Nuestros padres son dos personas completamente disfuncionales que nos han jodido la vida.

—De verdad, Natasha, deberías cuidar esa lengua.

Natasha le ignoró, estaba demasiado decidida a decir lo que pensaba.

—Tenemos una oportunidad de ser felices juntos, ¿por qué no aprovecharla?

—Por muchas razones. Para empezar, porque eres demasiado joven. Y, de todas formas, la vida te va a ir bien.

—Gracias a ti y a tus hermanos. Si no me hubierais acogido, no sé dónde estaría en este momento. Y dudo mucho que hubiera ido a la universidad. Así que os estoy muy agradecida, a pesar de que todo lo que habéis hecho por mí es lo que se interpone entre nosotros.

—Lo que se interpone entre nosotros es la universidad. Ve y disfruta durante los próximos cuatro años. Y no dejes que lo que sientes por mí te reprima.

—¡Natasha! —la voz de Grady retumbó a los pies de la escalera—. ¿Qué demonios estás haciendo? ¡Vas a perder el avión!

—Me importa muy poco ese maldito avión —susurró Natasha, ignorando a Grady—. Preferiría quedarme aquí contigo.

—No hagas esto más duro de lo que es —respondió él—. Será mejor que vayas antes de que Grady venga a buscarte.

—¿Nadie sabe que me has comprado este colgante?

—Nadie sabe nada. Si Grady se fija en él, invéntate cualquier cosa.

—Lo haré —agarró el colgante como si lo significara todo para ella—. Si no sintieras nada, no te importaría que los demás lo vieran.

—¡Natasha! —volvió a llamar Grady—. ¿Es que no piensas bajar?

—¡Sí! Me estoy despidiendo de Mack —gritó en respuesta—. Ahora mismo bajo.

—Cuídate —le pidió Mack.

Ella deslizó los brazos por su cuello y presionó la mejilla contra la suya, pero Rod no respondió. No podía.

Con expresión dolida, Natasha terminó bajando los brazos y se volvió. Pero fue precisamente aquella expresión la que le venció. No podía permitir que se fuera tan triste.

Incapaz de detenerse, la agarró del codo, la hizo girar hacia él y la besó como siempre había soñado besarla: con la boca abierta y hundiendo la lengua en el interior de su boca. Con toda la pasión que había mantenido reprimida. En cuestión de segundos, la tuvo contra la pared y tuvo la seguridad de que a ella le gustaba porque le rodeó la cintura con las piernas y hundió las manos en su pelo como si estuviera deseando mucho que eso.

Sabía que Natasha no había besado a muchos hombres, pero se comportó de la manera más natural. A él le encantó la velocidad a la que se elevó su pasión hasta igualar la suya, y cómo entreabrió los labios dando la bienvenida a su lengua, y también su sabor.

No sabía hasta dónde podrían haber llegado si Grady no hubiera vuelto a llamar a Natasha.

—¡Baja ahora mismo! —gritó Grady.

Al mismo tiempo, dio un puñetazo a la pared, sobresaltándoles de tal manera que se separaron al instante.

Ambos respiraban con dificultad mientras se miraban el uno al otro fijamente.

—Te quiero —susurró Natasha.

—Yo también te quiero —admitió Mack por fin.

Con expresión de puro alivio, ella le dio un rápido abrazo.

—¡Lo sabía! Vendré para casarme contigo en cuanto me gradúe —le advirtió, y se fue corriendo escaleras abajo.

Rod no creía haber estado más cansado en toda su vida. Se había quedado dormido en cuanto había posado la cabeza en la almohada y no se había vuelto a despertar hasta horas después. Cuando recuperó la conciencia, no podía ver nada, excepto a la oscuridad, pero sentía a India acurrucada contra él.

La regularidad de su respiración le indicó que estaba dormida. Se dijo a sí mismo que no debería despertarla. Estaba agotada por la montaña rusa de emociones de las semanas anteriores, del año anterior. Pero él no podía evitar recordar aquellos minutos en el aparcamiento del McDonald's, cuando le había confesado lo que sentía por él. Quería oírselo decir otra vez, quería oírle decirle que le amaba. Quería hundir los dedos en su pelo sin que le rozara el anillo de Charlie.

Esperó durante lo que le pareció una eternidad, esperando que se despertara por sí misma. Pero como no lo hizo, no fue capaz de resistirse a la tentación de acariciarla. Deslizó la mano por su redondeada cadera y la besó en el cuello y ella se plegó a sus caricias, tumbándose de espaldas.

—No me puedo creer que estés despierto —musitó—. Estamos en medio de la noche y no has dormido más que yo.

Su voz sonaba ligeramente ronca, pero se amoldó a él como si no le importara que la hubiera despertado.

Él posó la mano sobre su seno izquierdo a través de la camiseta que se había puesto India después de quitarse el maquillaje.

—No me resulta fácil dormir cuando te tengo tumbada a mi lado.

—¿No has tenido bastante sexo? —preguntó ella entre risas.

—Contigo jamás tendría suficiente. Pero ahora no estoy buscando sexo. No, esta vez no —la besó detenidamente.

—¿Entonces qué quieres? —susurró ella.

A lo mejor quería hacer el amor. Quizá así pudiera decirle con su cuerpo lo que no estaba preparado para decirle con palabras. Que nunca se había sentido tan protector ni tan posesivo con nadie, pero que también era un poco supersticioso y no quería expresar aquellos sentimientos por miedo a gafar la cercanía y la intimidad que estaba creciendo entre ellos. Jamás había sido tan feliz. La última vez que había sentido una plenitud como aquella había sido antes de la muerte de su madre.

Pero necesitaba tiempo para atreverse a confiar en lo que estaba sintiendo, y también en los sentimientos de India. Quizá, una vez dejaran tras ellos los problemas a los que se estaban enfrentando, se permitiera bajar la guardia.

—Es todo muy extraño. Me haces desear entregarte

todo lo que tengo, pero, aun así, siento que me estoy conteniendo –le explicó.

–Supongo que pretendes asegurarte, prepararte para lo que pueda pasar –sugirió India.

–No estoy intentando prepararme para lo que pueda pasar.

–Sí. Pero no se puede estar enamorado y mantener el control al mismo tiempo. Son cosas opuestas.

–Sigues llevando la alianza de matrimonio, India.

India no dijo nada. Se le quedó mirando durante varios segundos. Después, se la quitó. La dejó en la mesilla de noche y le acarició la cara con extrema delicadeza.

–¿Así está mejor? ¿Era eso lo que estabas esperando?

Rod sonrió.

–Desde luego, eso ayuda.

–Entonces deja de reprimirte.

–No me estoy reprimiendo.

–Sí, te estás reprimiendo. No tienes por qué asumir ningún compromiso, pero, por lo menos, date permiso para dejarte llevar, para aceptar lo que estás sintiendo, para dejar que te arrastre, si es que es lo bastante intenso.

Era muy intenso, sí. Pero dejarse llevar, permitirse amarla tanto como temía poder amarla, le aterraba. ¿Y si, al final, no era suficiente para ella?

–Solo soy un mecánico de un pueblo pequeño.

India se apoyó sobre un codo y dibujó un corazón en su pecho.

–Sé quién eres y lo que eres, Rod.

Su melena le hacía cosquillas en los hombros desnudos. Rod se había quitado la camiseta, pero no se había molestado en quitarse los calzoncillos. Estaba demasiado cansado.

–¿Eso es bastante para ti? –le preguntó a ella.

India le miró durante varios segundos.

–¿No lo sabes?

Rod entrelazó los dedos de su mano izquierda con los de India.

–Esa no es una respuesta.

–Mis sentimientos no tienen nada que ver con tu profesión o con el lugar en el que vives, Rod.

Rod podría haber confesado su amor en aquel momento. Y tenía las palabras en la punta de la lengua. Y abrió la boca para hacerlo cuando oyó un fuerte golpe en la puerta y el sonido de un cristal al romperse.

Capítulo 29

Al principio, India pensó que había sido un accidente. Algún borracho que había chocado de camino a su habitación y se había estampado contra la ventana. O un ladrón que estaba intentando entrar. Hasta que no oyó maldecir a Sebastian no fue consciente de lo que estaba pasando. Todo su cuerpo se quedó rígido. ¡Aquello era, exactamente, lo que había pasado once meses atrás! Sebastian había salido de la nada y había violado la intimidad de su dormitorio.

Decidida a oponer resistencia antes de que Sebastian pudiera aprovechar su ventaja, consiguió sobreponerse al terror que la paralizaba y recuperar el control sobre su cuerpo. Pero incluso entonces tuvo la sensación de estar moviéndose a cámara lenta. Intentó lanzarse sobre Rod para detener la bala que estaba destinada a él, pero Rod no estaba dispuesto a permitir que hiciera de escudo humano. Y era lo bastante fuerte como para detenerla. Cuando Sebastian se tropezó y cayó, Rod la empujó de la cama.

—¡Enciérrate en el baño y no salgas!

La adrenalina que le había permitido sobreponerse a la primera oleada de terror operó en su contra en aquel momento. Le temblaban las manos mientras palpaba la mesilla de noche buscando su teléfono móvil; lo primero que encontró fue la alianza de matrimonio. Ayuda. Tenía que conseguir ayuda, no encerrarse en el cuarto de baño. Pero no estaba segura de dónde tenía el teléfono móvil.

¡Maldita fuera! ¿Dónde estaba? A lo mejor se le había caído al suelo…

Se puso de rodillas para buscarlo en la alfombra y le encontró. 911, farfulló desesperada, como si bastara con decir el número para marcarlo.

Alguien la agarró del brazo y la lanzó al otro extremo de la habitación. Era Rod. Estaba intentando meterla en el cuarto de baño. No tenía ni idea de lo que pretendía hacer él, pero no parecía estar dispuesto a seguirla. Y ella no tenía la menor duda de que los dos terminarían muertos si no conseguía ayuda. Eran completamente vulnerables. Y Rod solo podía utilizar una mano. No estaban preparados para un ataque porque jamás se les había ocurrido pensar que Sebastian podría seguirlos hasta allí.

Aquella habitación le había parecido hasta entonces el lugar más seguro del planeta.

Los recuerdos de la muerte de Charlie se agolpaban en su mente, aterradores, inconexos. No podía pasar por todo aquello otra vez…

Estaba cerrando la puerta del cuarto de baño cuando oyó un ruido tras ella que le indicó que Sebastian no había ido solo. Un rápido vistazo se lo confirmó. Un segundo hombre estaba entrando por la ventana. Era Eddie. Sabía que era el hermano de Sebastian, aunque apenas podía verle en la oscuridad.

–¡Dispara! –gritó Eddie–. ¿A qué demonios estás esperando?

No había tiempo para llamar a la policía. Rod estaría muerto en cuestión de segundos.

–¡Asesino! –gritó, y le lanzó el secador.

No demostró ser un arma muy poderosa. Después de pasar por encima del hombro de Sebastian, aterrizó en el suelo hecho pedazos. Pero al sentir que le lanzaban un objeto salido de en medio de la nada, Sebastian se sobresaltó. Giró y disparó.

A India le retumbaron los oídos por la explosión del disparo. Pero no sintió dolor y Sebastian no fue capaz de volver a disparar antes de que Rod le golpeara la cabeza con la mano derecha, con escayola incluida.

La pistola cayó al suelo con un ruido sordo mientras Sebastian se derrumbaba.

—¡Métete en el cuarto de baño! —volvió a gritar Rod.

Pero India sabía que si no hacía nada, Sebastian recuperaría la pistola; de hecho, ya estaba intentando sobreponerse a los efectos del golpe. Y Rod no podía hacer nada para impedirlo. Estaba peleando con Eddie.

Mientras Rod y Eddie tiraban la lámpara de la mesilla de noche y chocaban contra la pared, India se abalanzó sobre Sebastian. Había oído la pistola caer al suelo, pero no podía localizarla en aquella oscuridad. Esperaba que no pudiera verla tampoco él y poder darle una patada para alejarla de su alcance.

Pero también tenía miedo de que la golpeara antes de que pudiera hacer nada. La imagen de Cassia se elevó ante sus ojos y experimentó una profunda sensación de pérdida. En realidad, los Sommers podrían criarla. Pero el pensar en ello solo sirvió para reavivar su furia. No permitiría que Sebastian ganara, aunque tuviera que morir en el intento para impedirlo. Se negaba a tener que enfrentarse de nuevo a los agonizantes «¿y si?» a los que había estado enfrentándose desde la muerte de Charlie.

—¡No! ¡Maldita sea! ¡Otra vez no! —gritó mientras pateaba, pegaba y arañaba con todas sus fuerzas.

Sebastian la apartó con tal violencia que terminó cayéndose y golpeándose la cabeza contra la mesilla de noche. El golpe la dejó tan aturdida que le resultaba difícil pensar. Pero oía voces y estaba segura de que no eran en el interior de su cabeza. Había gente junto a la ventana rota, alertada por aquella conmoción.

¿Por qué no hacían nada?

—¿Qué está pasando ahí? No... No lo sé... Han entrado por la ventana... Hay que llamar al director... ¡Hay una pelea! ¡Llama a la policía!

—¡Socorro! —gritó India.

Y entonces, gracias al resplandor de la luna, descubrió la pistola. Pensó que podría ir gateando hasta ella, pero Sebastian también la había visto, y la tenía más cerca. Además, dudaba de que pudiera conservarla en sus manos en el caso de que pudiera alcanzarla. Sebastian se la arrebataría y le pegaría un tiro. Y dispararía a Rod antes de que ninguno de aquellos desconcertados testigos pudiera hacer nada.

Así que hizo lo único que se le ocurrió. En el momento en el que Sebastian le dio la espalda, se levantó y le rodeó el cuello con el cable del secador. Después, apretó los dientes y tiró con todas sus fuerzas.

Él se resistió mientras intentaba tomar aire y manoteaba intentando agarrarla. Pero ella continuó apretando como una mujer poseída. Lo hacía por Charlie. Por Cassia. Por Rod.

Afortunadamente, Sebastian no consiguió alcanzarla. Cambió de postura, intentando apartar el cable de su cuello, lo que habría podido funcionar si lo hubiera hecho al principio. Pero ella llevaba la ventaja en aquella batalla y ya había vuelto a tensar el cable.

Aun así, tuvo que pelear para aguantar y estuvo a punto de soltarle cuando Sebastian consiguió agarrarle un mechón de pelo. Tiró con tanta fuerza que pensó que iba a arrancárselo. Pero Charlie parecía haberse apoderado de su corazón y de su cabeza y la animó y la ayudó a seguir presionando en medio del dolor.

Jamás habría imaginado que unos segundos pudieran durar tanto. Justo cuando pensaba que había conseguido frenar a Sebastian, comenzaron a flaquearle las fuerzas. Al final, no iba a poder aguantar. Sebastian iba a escapar...

Pero de pronto fue consciente de todas las personas que había en la habitación. Rod con la boca y el abdomen ensangrentados, intentando retirarle las manos del cable. Dos policías uniformados sujetaron a Sebastian. Alguien retiró la pistola.

Todo había terminado.

—¿Estás bien? —musitó Rod mientras la estrechaba contra él.

Rod necesitó media docena de puntos en la parte izquierda del abdomen. Eddie había sacado una navaja y le había clavado un buen navajazo antes de que Rod hubiera conseguido desarmarlo. Sin embargo, aquel corte era su única herida, aparte del golpe en el labio que se había dado cuando había salido corriendo hacia Eddie y sus cabezas habían colisionado en medio de la oscuridad. Al darle un puñetazo a Sebastian se había roto la escayola, que habían tenido que reemplazarle, pero no había sufrido ningún otro daño en la mano.

En realidad, todo podría haber terminado mucho peor. Los únicos daños que había sufrido India habían sido una cabeza dolorida, algún chichón y algún moratón. La bala que había disparado Sebastian había impactado en la pared. Ella todavía estaba temblando después de todo lo ocurrido, cualquiera lo estaría, pero Rod estaba impresionado por la rapidez con la que se había recuperado. Cuando los médicos de urgencias habían terminado con él, la había oído hablar por teléfono fuera de la habitación, tan serena como siempre. Y cuando había regresado, estaba sonriendo.

–¿Qué ha pasado?

Sabía que acababa de hablar con el policía que había arrestado a Sebastian y a Eddie. También había notificado lo ocurrido al detective que había estado trabajando en el caso de Sebastian.

–Sebastian y su hermano van a pasar una larga temporada en la cárcel. Han acumulado toda una lista de delitos: agresión con arma mortal, allanamiento de morada, posesión de drogas… Ni siquiera me acuerdo de todos. Pero creo que también han organizado un buen lío en comisaría.

Rod echó la cabeza hacia atrás. Aquella explosión de adrenalina le había dejado exhausto.

–Una larga temporada, sí. Eso era lo que estaba deseando oír.

India le hizo un gesto con la cabeza al médico, que acababa de sacar la libreta de las recetas.

–¿Se pondrá bien, doctor?

–Claro que se pondrá bien.

–Estupendo –respondió ella, y se frotó las manos con una temblorosa exhalación.

–¿Y eso es todo? –presionó Rod–. ¿Eso es lo único que ha dicho la policía?

India se acercó a él y le tomó la mano.

–No. También tienen la pistola. Todavía no pueden confirmar si es la misma que mató a Charlie. Para eso habrá que hacer una prueba de balística. Pero espero que puedan demostrarlo. El calibre es el mismo, así que…eso es lo que tenemos.

Rod apreció la esencia de su perfume cuando India se inclinó para darle un beso en los labios.

–Me alegro de que no te haya hecho nada peor –dijo ella.

–Tenemos muchas cosas que agradecer –Rod le tomó la mano–. Supongo que te tranquiliza el saber que Cassia estará a salvo cuando regrese a casa.

–Por supuesto –le apartó el pelo de la frente–. Y todo gracias a ti.

Antes de que él hubiera decidido reunirse con ella en el hotel, había sido India la que había decidido ir a Bay Area. No creía, por tanto, que fuera todo el mérito suyo, pero el doctor habló antes de que Rod hubiera podido responder.

–Ya está todo, señor Amos. Aquí tiene la receta –le tendió a Rod la receta que había estado escribiendo–. Esto es el antibiótico. Tómese todo el frasco, como le he dejado indicado. Quién sabe cuántos gérmenes podría tener esa navaja.

–Lo haré, gracias.

–Más le vale. Ahora puede recoger sus cosas y marcharse.

El médico le apretó el hombro con un gesto amistoso antes de salir. Rod estaba tan agotado que se había quedado dormido varias veces mientras le atendían. No estaba seguro de que tuviera la energía que necesitaba para salir caminando, sobre todo después de los fuertes analgésicos que le habían suministrado. India tuvo que ayudarle a ponerse la camisa y dejó que se apoyara en ella mientras se levantaba.

–¿Hay alguna posibilidad de que sepas cocinar un pastel de carne?

Ella le miró con extrañeza.

–¿Un pastel de carne?

La enfermera les dijo adiós y ellos se despidieron con un gesto de mano antes de salir al resplandeciente sol de la tarde.

–¿Y pollo rebozado?

–¿Quieres que me ponga a prepararte la comida?

–No me refería a hoy. Solo quería saber si sabes cocinar.

India le agarró con más fuerza cuando trastabilló.

–¿Esa es una condición para estar contigo?

Él le guiñó el ojo.

–Digamos que sería un punto más a tu favor.

–Así que te gustaron mis galletas.

–¿Tienes algo más que ofrecerme?

–Afortunadamente, sí, puesto que la cocina parece ser tan importante para ti.

Rod asociaba las habilidades culinarias con una etapa diferente de su vida, aquella en la que había vivido con su madre. La echaba de menos, echaba menos el hogar en el que vivían y los cuidados que habían recibido. En realidad, lo había echado de menos durante mucho tiempo.

India condujo a Rod hasta el asiento de pasajeros de la furgoneta.

–Estoy segura de que podré cocinarte de vez en cuando. Te has ganado unos cuantos menús caseros –le dirigió una mirada irónica–. Pero, solo para que lo sepas, la plancha está totalmente descartada.

Rod sonrió de oreja a oreja.

–Yo me ocuparé de la plancha.

–Eso me gustaría verlo.

–Me has pillado. Me temo que no vas a verme planchar –reconoció con una risa.

India esperó a que se montara en la camioneta, cerró la puerta tras él y rodeó el vehículo para sentarse tras el asiento del conductor. Sin embargo, antes de que hubiera podido ponerse el cinturón de seguridad y arrancar el coche, llamó Dylan.

—¿En qué habitación estás? —preguntó en cuanto Rod contestó.

—¿En qué habitación?

—Del hospital.

—Acaban de soltarme.

—¿Así que he venido hasta aquí para nada?

—¿Estás aquí?

—Claro que estoy aquí. En cuanto nos hemos enterado de lo que ha pasado hemos dejado lo que estábamos haciendo.

Rod se volvió para ver si podía distinguir el Jeep de Dylan, pero el aparcamiento era demasiado grande.

—¿A quién te refieres?

—A Cheyenne, a Aaron, a Presley y a mí. Y Grady y Mack han venido en el todoterreno de Grady. Hemos llamado a una cuidadora para los niños porque no sabíamos cuánto tiempo íbamos a estar fuera.

—¿Papá y Anya también han venido?

—Digamos que hemos olvidado decirles que te habían herido, ¿estás bien?

Rod se levantó la camisa para echar un vistazo a la venda que cubría sus puntos.

—Sí, no tengo nada que unos cuantos puntos no puedan arreglar. Pero, ya que estáis aquí, ¿no puede alguien llevar el coche de India hasta Whiskey Creek? Estoy demasiado drogado como para conducir.

—Podemos llevarnos los dos vehículos si quieres. Así podréis descansar.

Rod le dio un codazo a aquella mujer que había llegado a su vida de forma tan inesperada.

—¿Prefieres que conduzca otro?

—No, estoy encantada de ir así —contestó.

Y Rod comprendió que prefería estar a solas con él para poder procesar lo que había pasado y asegurarse de que de verdad había terminado todo. No estaba preparada para socializar con personas a las que apenas conocía.

–Conducirá ella –le dijo a Dylan–. Pero espera un momento para que pueda darte las llaves.

Después de que le hubieran entregado las llaves del Prius y su familia se hubiera ido, Rod le acarició la mejilla a India.

–Vamos a casa, ¿de acuerdo?

Capítulo 30

Los días siguientes fueron como un sueño. Rod se quedó en casa de India porque allí disfrutaban de una mayor intimidad y ella se mantenía ocupada con la cerámica cuando él estaba en el trabajo. Las tardes las había dedicado a investigar en diferentes libros de cocina y a preparar las mejores comidas que podía, algo que hacía encantada porque Rod reaccionaba como si cocinar comida casera fuera lo mejor que podían hacer por él. Siempre atacaba la comida con gusto y se recostaba después con un suspiro de satisfacción. Cenar con Rod en su casa pronto se convirtió en uno de los momentos favoritos del día para India.

Pero también las veladas eran muy agradables. Después de cenar, daban un paseo por la ribera del río, iban a visitar a sus hermanos o al pueblo a tomar un helado.

Rod se equivocaba cuando se preguntaba si ella necesitaría a un hombre más sofisticado o más cultivado para ser feliz. Si en alguna ocasión se lo preguntaba India a sí misma, la felicidad que sentía al estar a su lado le demostraba todo lo contrario. Rod la hacía sentirse completa, plena, a pesar del sufrimiento del pasado, y eso no tenía nada que ver ni con su profesión ni con el hecho de que tuviera o no una carrera. Estaba orgullosa de él por ser quién era, orgullosa de estar con él.

Rod no le había dicho que la amaba. Jamás había mencionado sus sentimientos, pero la trataba como si fuera algo importante y ella se conformaba con permitir que su relación fuera creciendo a partir de ahí. No tenía ninguna prisa por reclamar un compromiso. Y tampoco por ofrecerlo. Le quería, pero su relación era muy reciente. Rod ni siquiera conocía a Cassia. Y aunque estaba impaciente por propiciar aquel encuentro, era algo que también la inquietaba. No esperaba con ilusión la llegada de sus suegros, en gran parte, porque tendría que hablarles de Rod. En casi todos los medios de comunicación más importantes había aparecido un vídeo en el que Rod salía del hotel a su lado, rodeándola del brazo para protegerla de cámaras y mirones.

La confianza y la determinación con las que la había protegido frente a la creciente multitud y el ímpetu con el que ella había subido en la ambulancia que iba a llevarle al hospital la habrían delatado si varios conductores de informativos no hubieran informado ya de que la viuda del doctor Charlie Sommers y su novio, Rod Amos, de Whiskey Creek, habían sido atacados mientras dormían en la habitación de un hotel.

El hecho de que Sebastian estuviera en la cárcel a la espera de juicio y la policía tuviera la pistola que probablemente había utilizado para matar a Charlie había sido una alegría para los Sommers. Pero India sabía que les había decepcionado.

Después de la breve conversación de corazón a corazón que había mantenido con Claudia en la cocina, debía de parecerle una manipuladora y una mentirosa. El hecho de que ya estuviera con otro hombre en aquel momento y no se hubiera molestado en mencionarlo la hacía parecer deshonesta.

De pronto, India se dio cuenta de que había estado presionando el pedal del torno con más fuerza de la que precisaba. Obligándose a abandonar sus pensamientos, bajó la mirada y descubrió que, en consecuencia, la pieza en la que estaba trabajando se había descentrado.

–¡Maldita sea! –disgustada por la falta de concentración, apartó la pieza, apagó el torno y se levantó para lavarse las manos.

En aquel momento no podía concentrarse. Siempre y cuando no pensara en sus suegros, estaba contenta. Pero tendría que enfrentarse pronto a ellos y, hasta que no lo hiciera, sabía que tendría una nube negra cerniéndose sobre ella.

Sintió vibrar su teléfono en el bolsillo de sus pantalones cortos, eran la prenda más cómoda que tenía y le gustaba ponérselos para trabajar, sobre todo cuando afuera hacía tanto calor.

Después de lavarse las manos, sacó el teléfono y vio la fotografía de Rod en la pantalla. Saber que era él alejó parte de sus preocupaciones hasta la zona de sombra en las que las había aparcado desde la última noche en el hotel.

–Hola, Rod.

–Hola, guapa, ¿qué haces?

India miró el montoncito de arcilla que pretendía haber convertido en una tetera.

–No gran cosa, ¿y tú?

–Acabo de salir a almorzar. ¿Quieres comer algo?

–Claro. ¿Piensas venir a casa?

–He pensado que podríamos quedar en el pueblo.

A Rod no le gustaba que le viera con la ropa de trabajo. Ella suponía que era porque no se sentía cómodo mostrando de manera tan evidente que era mecánico. De hecho, se duchaba en su propia casa antes de ir a verla cada noche. De modo que India consideró aquella propuesta alentadora, sintió que, a lo mejor, estaba comenzando a confiar en sus sentimientos hacia él.

—¿Dónde quedamos? —le preguntó.

—¿Te apetece que quedemos en el Just Like Mom's? La tarta de manzana está riquísima.

—De acuerdo. Deja que me cambie y voy para allí.

Rod ya la estaba esperando cuando llegó. Tenía manchas de pintura en el pelo y llevaba un par de vaqueros desteñidos, una camiseta blanca y las botas de trabajo, también con manchas y salpicaduras. Desde luego, no podía decirse que se hubiera arreglado, pero a India le encantó verle así. Le saludó con la mano mientras se acercaba a él en la entrada del restaurante.

—¿Qué pasa? —le preguntó Rod frunciendo el ceño al ver su expresión.

—Estás... muy tentador.

Rod bajó la mirada hacia su propio atuendo.

—Ni siquiera me he lavado.

—Cuando uno es tan atractivo, eso no importa.

Rod sacudió la cabeza entre risas y la besó. Después, le pasó el brazo con un gesto juguetón por el cuello, la guió al interior del restaurante y fueron a sentarse.

Como siempre, el restaurante estaba muy lleno.

—Siempre me llamas un par de veces al día, pero esta es la primera vez que quedamos a comer —señaló India—. ¿A qué debo el placer de compartir con usted este momento del día, señor?

Rod se inclinó hacia delante.

—Tengo algo que decirte.

India entrelazó los dedos en el regazo.

—Espero que sea algo bueno.

—Lo es —esperó a que la camarera les llevara el agua y los menús y dijo entonces—: Liam ha retirado la denuncia.

—¿De verdad? ¿Y por qué?

—Supongo que no ha querido arriesgarse a una denuncia cruzada. Se habrá dado cuenta de que podría llegar a perder mucho más dinero de esa forma.

India le apretó la mano.

—¡Eso es maravilloso, Rod! Me alegro mucho por ti.

Rod levantó el vaso de agua y lo inclinó hacia ella, como si estuviera brindando.

—Desde que llegaste al pueblo, mi vida se ha convertido en toda una aventura.

—¡Yo no tuve nada que ver con esa pelea!

La camarera se acercó de nuevo a su mesa. India pidió una ensalada Cobb y Rod un sándwich de salami.

—Cassia viene mañana a casa –dijo Rod–. ¿No estás emocionada?

—Por supuesto –contestó ella.

Pero su expresión debió de advertir a Rod de que no le parecía tan emocionante como decía. Esbozó una mueca.

—Estás preocupada, ¿verdad?

—Necesito poner distancia con el pasado. Necesito una oportunidad para volver a sentirme segura y empezar de nuevo. Pero me temo que mis suegros seguirán presionando, seguirán pidiendo que Cassia se quede con ellos. Están muy involucrados en su vida, de una forma exagerada, de hecho. Es casi como si estuvieran intentando reemplazar a Charlie con su hija, y no tengo ni idea de hasta dónde estarán dispuestos a presionar.

—Ellos saben que eres una buena madre.

—Pero piensan que pueden ser mejores padres que yo.

—Aun así, no pueden acusarte de maltratarla o de descuidarla. No podrían utilizar eso contra ti en ningún tribunal, por mucho que piensen que podrían hacerlo mejor. Les llamas cada día para saber cómo está Cassia.

Eso era cierto, pero muchas de aquellas llamadas las hacía gracias a él. Era Rod el que la animaba a enfrentarse a las energías negativas que soplaban a través del teléfono con la fuerza de un huracán. Como siempre le daban largas cuando quería hablar con Cassia, India habría preferido esperar a que acabara el mes. Una vez estuviera Cassia a su lado, podría dejar el pasado tras ella, no solo la pérdida de su marido, sino también la pérdida de la familia de su marido, puesto que eran ellos los que la estaban marginando. Pero, en cualquier caso, India se sentía fatal después de cada llamada. Permanecía sentada, con la mirada clavada en el teléfono después de que Claudia colgara. Pero entonces Rod la abrazaba y la besaba. No decía nada. No hacía falta. Sabía lo que la estaba haciendo sufrir y odiaba ser él gran parte de la razón. Pero no podía hacer nada para arreglarlo.

–Solo podré estar contenta cuando me la hayan traído y ellos se hayan ido –dijo.

–Espero que la cosa acabe ahí.

–Yo también. Creo que podrían pasar semanas sin volver a hablar con ellos.

Reconoció entonces a Theresa sentada en el otro extremo del restaurante, hablando con un pequeño grupo de amigos. Miraba a Rod con tanta tristeza que a India estuvo a punto de romperle el corazón.

–Ahora no mires, pero está aquí Theresa –musitó–. Acaba de verte y parece estar pasándolo mal.

Rod se rascó el cuello.

–A lo mejor voy a verla esta noche. Creo que ya es hora de que le devuelva la cesta y le dé la noticia.

–¿Qué noticia? –preguntó India con fingida inocencia.

Rod la miró con los ojos entrecerrados.

–¿Necesitas que te lo diga?

–No estaría mal. Yo me quité la alianza de matrimonio

por ti. No he vuelto a ponérmela desde aquel día, pero tú no has dicho nada.

–He estado haciendo el amor contigo todas las noches desde entonces. Y despertándome a tu lado cada mañana.

India le miró arqueando una ceja.

–Nada de eso explica cómo piensas relacionarte con otras mujeres.

–No me estoy relacionando con ninguna otra mujer –contestó él con ironía–. No estoy disponible.

Ella sonrió entonces de oreja a oreja.

–Eso era lo que quería escuchar.

Rod se sirvió una buena porción de la ensalada de India.

–Me alegro. Porque tú también estás fuera del mercado.

Aquella noche, estaban viendo las noticias cuando un reportaje sobre tres hermanos huérfanos que vivían en un orfanato hizo que Rod se levantara y apagara la televisión. No soportaba las imágenes que estaban mostrando, no podía oír hablar de niños que necesitaban un hogar. Ya le estaba costando demasiado no pensar en Van y en su situación.

Aquel niño le recordaba mucho a él. Rod se había sentido herido y perdido después del suicidio de su madre y del encarcelamiento de su padre. Por suerte para él, había contado con un hermano mayor para llenar aquel vacío. Dylan había hecho un trabajo notable, teniendo en cuenta que en aquel entonces solo tenía dieciocho años. Pero ni siquiera con la ayuda de Dylan había sido fácil. Y Van no tenía a Dylan. Van no tenía a nadie, salvo a una tía drogadicta que ni siquiera parecía quererle mucho.

–¿Estás cansado? –le preguntó India con un bostezo.

Habían pasado la velada en el sofá, viendo una película, antes de que hubieran empezado las noticias.

–Sí. Supongo que todavía me estoy recuperando de las noches sin dormir de la semana pasada.

India le miró con atención.

–¿Eso es todo?

–¿Qué quieres decir?

–Esta noche estás muy callado. ¿Sabes algo de Natasha? ¿Estás preocupado por ella? ¿Por no haber podido despedirte de ella antes de que se marchara?

–No, no estoy preocupado por Natasha. Hablo con ella de vez en cuando y nos enviamos mensajes. Llegó sin problemas y ya está instalada.

En la última conversación que había mantenido con su hermanastra la había encontrado más contenta de lo que esperaba. Pero también estaba planeando ya el viaje de Acción de Gracias y, por supuesto, de lo único que hablaba era de Mack.

Rod estaba más preocupado por cómo estaba llevando Mack su ausencia. Los días anteriores apenas había hablado en el trabajo. Era casi como si estuviera de luto.

–Es una chica dura.

–Sí.

Se acercó a la mesa en la que India tenía las fotografías de Cassia, desde su nacimiento hasta entonces.

–¿Estás nervioso porque mañana vas a conocer a mi hija?

–La verdad es que no.

Le preocupaba más la reacción de los Sommers al conocerle, tenía miedo de que amenazaran a India con una demanda de custodia. Sabía que Cassia lo significaba todo para India y tenía miedo de que su relación no pudiera soportar la presión a la que podrían llegar a someterla los Sommers.

India y él vivían maravillosamente en su pequeño mundo. Rod nunca había sido tan feliz. Pero aquello podría cambiar en el momento en el que India asumiera el papel de madre y su hija se convirtiera en su prioridad.

–Nunca he sacado este tema, pero creo que debería preguntarte algo –dijo India.

La tristeza que reflejaba su voz le hizo volverse.

–¿Te molesta que tenga una hija de otro hombre, Rod?

–¿Qué si me molesta? –repitió él–. ¡Dios mío, no! ¡Claro que no!

India frunció el ceño.

–¿Entonces qué te pasa esta noche? No quiero seguir especulando. Por la forma en la que te has levantado a apagar la televisión, como si no fueras capaz de soportar ni un segundo más, es evidente que te pasa algo…

–No puedo dejar de pensar en Van –reconoció Rod con un suspiro.

El rostro de India reflejó que por fin lo comprendía todo.

–¡Ah! Ahora lo entiendo. Esa historia sobre el orfanato te ha calado hondo.

–Hay muchos niños que no tienen lo que necesitan.

–Y no hay suficiente gente dispuesta a ayudarlos.

Rod enderezó una de las fotografías.

–Es terrible.

Ella curvó los labios en una sonrisa, que Rod vio cuando volvió a mirarla.

–¿Qué se esconde detrás de esa sonrisa?

–Eres mucho más sensible que lo que todos esos músculos y tatuajes podrían hacer pensar.

–Siento que necesito hacer algo.

India subió las piernas al sofá, sentándose encima de ellas, y se colocó un cojín en el regazo.

–¿Como qué? Sheila jamás renunciará a la custodia.

Estoy segura de que necesita el dinero que recibe por hacerse cargo de Van.

—Eso es lo que más me repugna. Sinceramente, creo que el dinero es la única razón por la que tiene a Van con ella.

India se mordió el labio inferior mientras observaba a Rod caminar por el cuarto de estar, examinando los diferentes objetos con los que lo había decorado.

—Muy bien, si pudieras ayudarle, ¿qué harías? —le preguntó.

Rod pensó en Natasha y en lo mucho que había llegado a quererla. Había sido una decisión difícil, teniendo en cuenta lo triste que estaba Natasha al principio. Pero se alegraba de lo que habían hecho. Tenía la sensación de que habían podido darle todo lo que se merecía.

—Me gustaría ser como un hermano mayor para él. Jugar con él al béisbol, enseñarle a montar en bicicleta. Llevarle a comprar ropa para el colegio y ayudarle a hacer los deberes. Ya sabes, convertirme en una persona en la que pueda apoyarse y confiar.

—¿Y las hijas de Sheila? Me dijiste que tenía dos.

—Sí, pero por lo menos son suyas y ese vínculo marca una gran diferencia. No tienen que sentirse como si fueran unos huéspedes indeseables hasta que cumplan dieciocho años.

—Además, no podemos hacernos cargo de todas las madres que no son capaces de hacer las cosas bien —reflexionó ella—, no tardaríamos en sentirnos desbordados.

—Exactamente. Así que me daría por satisfecho con poder ayudar a Van.

—¿Entonces por qué no hablas con Sheila? Dile que te gustaría ayudarla.

—No creo que le haga mucha ilusión hablar conmigo. Su marido está en la cárcel por mi culpa.

—Está en la cárcel por su propia culpa. Nosotros no hemos hecho nada malo. Y estoy segura de que no te lo va a recriminar eternamente. No creo que Sebastian le hiciera la vida muy fácil. Antes o después, terminará olvidándole y enganchándose a cualquier otro hombre. Posiblemente alguien a quien no le apetezca tener a Van de por medio. Es probable que entonces te agradezca que estés dispuesto a ayudarla.

—No puedo esperar tanto. Ese niño me necesita ahora.

—Entonces puedes pagarle para que te deje quedarte con el niño de vez en cuando.

—Se gastará todo el dinero en drogas.

—No podemos controlar lo que hace con su dinero. Y por lo menos así podrás verle a solas de vez en cuando.

Rod imaginó a Van mirándole con los ojos entrecerrados para protegerse del sol, como el día que habían estado jugando al béisbol.

—Estaría bien que pudiera venir aquí cada dos fines de semana.

—Ese es un gran compromiso.

—Estoy deseando asumirlo, si lo estás tú también.

—¿Quieres que forme parte de ese proyecto?

Cuando se miraron a los ojos, Rod sintió una intensa emoción.

—Quiero que formes parte de todo.

Ella se levantó y se acercó a él.

—Ya lo estoy haciendo.

Le agarró la mano y le condujo al dormitorio, pero Rod tiró de ella para que se detuviera, le enmarcó el rostro con las manos y la besó.

—Te quiero tanto que me da miedo —le dijo.

Ella se puso de puntillas para besarle otra vez.

—¿Por qué?

—No me parece que pueda ser algo real. Todo ha sucedido muy rápido y yo llevaba mucho tiempo solo. No me atrevo a depender de algo así.

India le acarició el labio inferior con una tierna caricia.

–Es real –susurró–. No tienes nada que temer.

–¿Y eso no va a cambiar cuando mañana vengan los Sommers y te hagan sentirte despreciable por estar conmigo? ¿O cuando te amenacen por quitarte la custodia?

La preocupación asomó al rostro de India.

–Espero que eso no ocurra nunca…

Capítulo 31

Rod no había podido dormir bien. Había estado dando vueltas en la cama y después se había levantado temprano, esperando la aparición de Steve, Claudia y Cassia. India había dormido hasta tarde, pero Rod no creía que hubiera descansado de verdad. Imaginaba que necesitaba estar a solas. Si él hubiera ido a trabajar, como hacía siempre, ella habría podido disfrutar de toda la soledad que hubiera necesitado. Pero Rod no podía permitir que se enfrentara sola a sus suegros, sentía que también él debía tener la oportunidad de defender su derecho a estar con ella. Sabía que India se sentía vulnerable. No quería que sus suegros la convencieran de que esperara a que Cassia creciera para iniciar una relación estable con nadie, con la esperanza de que cortara con él y más tarde conociera a alguien más «recomendable». Al final, se había enamorado y estaba dispuesto a luchar por aquella relación. La pregunta era: ¿estaría ella dispuesta a luchar para estar con él?

Ni siquiera era capaz de imaginar hasta dónde estaban dispuestos a presionarla. Sabía que tenían un as en la manga; podían conseguir que India hiciera prácticamente cualquier cosa para mantener la paz, para poder criar a su hija sin preocupaciones ni intromisiones no deseadas.

Desvió la mirada hacia el reloj mientras llevaba la taza del café al fregadero. Faltaban solo unos minutos para las doce. Los suegros de India habían puesto un mensaje anunciando su salida dos horas atrás, de manera que llegarían en cualquier momento.

¿Le querría India tanto como decía?

Estaba a punto de averiguarlo.

—¿Estás seguro de que quieres quedarte?

Al oír la voz de India, Rod miró por encima del hombro y la descubrió en la puerta de la cocina.

—Sí.

Él estaba seguro. Era ella la que parecía tener dudas. Habían decidido que lo mejor era que conociera cuanto antes a los Sommers, que se enfrentaran a su rechazo antes de que este arraigara. ¿Por qué dejar que los padres de Charlie asumieran que él solo era una aventura, una pasión pasajera que no se merecía convertirse en el padre de Cassia?

—Tenemos que tener cuidado —le advirtió India—. No podemos restregarles nuestra relación en pleno rostro.

—Soy consciente de ello. Pero también es el momento de demostrar fuerza y solidaridad entre nosotros. Tienen que ser conscientes de que, si al final deciden pelear por la custodia de Cassia, será una batalla dura e inútil.

—Espero que no te traten mal.

—No te preocupes por mí. Seré capaz de soportarlo.

Lo que no soportaría sería ver que la maltrataban a ella, o ver que India se sometía a su voluntad. Necesitaba que se mostrara fuerte y decidida, que exigiera que le aceptaran como parte de su vida.

Pero aquello podría costarle la custodia de su hija...

Sonó el timbre. India se agarró al marco de la puerta y miró a Rod como si acabara de llamar el lobo feroz.

—¿Qué aspecto tengo? —le preguntó.

–Para mí, el de una extraña.

Ella parpadeó como si no le comprendiera, pero la verdad era que había vuelto a convertirse en la mujer del médico que Rod había conocido el día que se había mudado a Whiskey Creek.

El timbre volvió a sonar antes de que India hubiera tenido tiempo de preguntar por aquel comentario.

–Vamos a ello –dijo, y cuadró los hombros mientras cruzaban.

Reuniendo fuerzas para lo que quiera que fuera a pasar e intentando moldear su expresión de manera que no pareciera desafiante, Rod terminó de enjuagar su taza antes de seguirla.

La niñita que había visto en las fotografías, con un deslumbrante pelo pelirrojo, entró en tromba en la casa y estuvo a punto de derribar a su madre en cuanto se abrió la puerta.

–¡Mamá! –gritó, y se aferró a sus piernas.

Cassia iba vestida con unos vaqueros, unas playeras, un jersey de los Giants y una gorra de béisbol, todo muy austero. Desde lejos, se la podría haber confundido con un niño.

India le apartó los brazos para agacharse a su lado y darle un abrazo como era debido.

–Estás en casa –le dijo.

–Mamá, estoy muy contenta. Te he echado muchísimo de menos.

La inquietud que Rod había estado sintiendo alcanzó nuevas cotas. Pasara lo que pasara, India y Cassia no podían separarse.

–¿Aquí es donde vivimos ahora? –preguntó Cassia.

–Sí, ¿no te acordabas? Te traje aquí cuando compré la casa.

–Está distinta.

—Porque ya no está vacía.

—Y había un río.

—Sí. Tendrás que tener mucho cuidado de no acercarte cuando no esté contigo.

—Tendré cuidado, ¡ya no soy un bebé!

Rod alzó la mirada y vio a una mujer de pelo oscuro con algunas hebras grises y líneas firmes de expresión alrededor de su boca. Le estaba fulminando con la mirada. Aunque era verano, aquel día Rod se había puesto una camisa de manga larga porque pensaba que, ocultando los tatuajes, podría mejorar la opinión que tenían de él. Sabía lo que pensaban algunas personas de los tatuajes.

Pero la expresión de aquella mujer le indicó que, para ella, seguiría siendo basura hiciera lo que hiciera.

Sobreponiéndose a la tentación de reaccionar de una forma negativa, dio un paso adelante y le tendió la mano.

—Soy Rod Amos. Vivo en la casa de al lado. Tú debes de ser Claudia.

Claudia desvió inmediatamente la atención hacia India y Rod sintió la mirada de esta última, observándoles alternativamente mientras se enderezaba.

—Este es el hombre con el que estoy saliendo. Rod, permíteme presentarte a Claudia y Steve Sommers, los padres de Charlie.

Tampoco Steve aceptó su mano, así que Rod la dejó caer.

—¿Os apetece sentaros?

Claudia no respondió. Tenía la mirada fija en India. Y ni ella ni su marido avanzaron hacia el sofá.

—No me puedo creer que le hayas permitido estar aquí —dijo Claudia.

—¿Quién es, mamá? —Cassia le miró con curiosidad.

—Un buen amigo mío —contestó India—. Me ha ayudado mucho mientras tú estabas fuera y le aprecio mucho.

—¡Le aprecias! —se burló Claudia—. ¿Y se supone que eso justifica el que te hayas metido en su cama? ¡No creo que le conozcas desde hace más de un mes!

—Hemos pasado mucho tiempo juntos —replicó India—. Cuando pasas mucho tiempo con alguien puedes llegar a conocerle muy rápido.

Steve emitió un sonido de disgusto.

—Y dices que estabas enamorada de nuestro hijo. No ha pasado ni un año...

Rod se enervó al distinguir la amargura de la voz de Steve, pero se contuvo. Lo que quiera que fuera a pasar era cosa de India. Él tenía que confiar en que protegiera lo que habían encontrado el uno en el otro. Nada de lo que él hiciera podría compensar la falta de compromiso por su parte.

Pero India tenía su corazón en sus manos.

Manteniendo la sonrisa por el bien de su hija, India le dio a esta última un suave codazo.

—Cariño, ya tengo tu habitación preparada. ¿Por qué no vas a verla?

—¿Dónde está?

—Justo al final del pasillo.

—¡Ah, ya me acuerdo! —se dio una palmada en la frente, como si pensara que tendría que haberse acordado, y después la miró con los ojos entrecerrados—. No será rosa, ¿verdad?

—No, es azul. Seguro que te va a gustar.

La expresión de Cassia se iluminó.

—¡Sí!

En cuanto salió corriendo, India se volvió hacia sus suegros y bajó la voz.

—Como os he dicho muchas veces, siempre querré a Charlie. Pero eso no significa que no pueda querer a nadie más.

—¿Querer? —repitió Claudia—. ¿Querías a nuestro hijo, pero fuiste capaz de desnudarte para que te viera su asesino?

La sangre abandonó el semblante de India y Rod dio un paso adelante. India siempre había temido que Sebastian contara lo que había ocurrido. Y aquello confirmaba que lo había hecho. Estaba intentando atacar, hundirla con él.

—Eso no es cierto —dijo Rod.

—Pues Sebastian dice lo contrario.

—Sebastian es un asesino. No cuesta mucho pensar que es posible que esté mintiendo.

—¿Es mentira? —exigió saber Claudia, mirando a India.

La voz de India fue tan débil que Rod apenas pudo oírla.

—No, es verdad.

A aquella admisión le siguió un silencio cargado de estupor. Rod estaba tan sorprendido como los demás.

—No tienes por qué contar nada —le dijo—. No te han tratado bien desde que Charlie murió. No les debes nada.

—Pero estoy cansada de mentir. Quiero contar la verdad, ser completamente sincera. Sí, me acosté con Sebastian. Pero fue lo más duro que he hecho en toda mi vida, lo peor por lo que he pasado después de ver cómo mataban a Charlie. Solo mi amor por Cassia me ayudó a superarlo.

Claudia cerró los ojos.

—Es repugnante.

—¡No sé cómo te atreves a juzgarme! No tienes la menor idea de lo que fue esa noche.

—Lo que sé es que llevamos un año sin Charlie. Y, durante estos doce meses, has estado intentando convencernos de que has estado hundida desde que Charlie murió.

Tan hundida y tan traumatizada que has estado acostándote con este hombre. Un hombre que parece estar en sintonía con Sebastian.

Rod sintió que se tensaban los músculos de su mandíbula, pero no dijo nada.

—¡Rod es uno de los mejores hombres que he conocido en mi vida! —respondió India indignada.

—Desde luego —se burló Claudia—. Es evidente que sabes elegirlos.

La rabia iluminó la mirada de India.

—Elegí a Charlie, ¿no?

Claudia curvó los labios.

—No, no elegiste a Charlie. Fue él el que te eligió a ti. Aunque no consigo entender por qué.

India se llevó la mano al pecho, como si acabara de recibir un disparo.

—Ya basta —les pidió Rod con voz queda—. No permitiré que faltéis a India al respeto. Si no sois capaces de mantener una actitud decente, será mejor que os vayáis.

—¡Como si tú tuvieras derecho a decirnos nada! —respondió Steve.

India sacudió la cabeza.

—¿No os dais cuenta de que me estáis obligando a elegir entre vosotros y el hombre al que amo?

—A lo mejor ya va siendo hora de que nos demuestres lo que Charlie vio en ti —le espetó Claudia—. A lo mejor ha llegado el momento de que te levantes y te hagas cargo de tu vida en vez de ir apoyándote en un fracasado tras otro. No sé lo que pasó aquella noche, ni si de verdad te viste obligada a hacer lo que hiciste. Pero no voy a permitir que Cassia esté contigo mientras se va sucediendo un hombre tras otro en tu vida. Si me veo obligada a ello, lucharé para conseguir su custodia.

India rio sin humor.

—Claro que lucharás. Has estado buscando una excusa para hacerlo desde el primer momento, ¿verdad?

Claudia pareció sobresaltada.

—¿A qué te refieres?

—Tú hijo habría esperado mucho más de ti —le reprochó—. Pero ahora que sé lo que te propones, creo que es importante que sepas lo que pienso yo. Si no eres capaz de aceptar a Rod, serás tú la que tenga que desaparecer de la vida de Cassia y de la mía.

—¡Me encanta, mamá! —gritó Cassia desde el final del pasillo.

Regresó después corriendo para demostrar su entusiasmo y todos se volvieron hacia ella.

India consiguió sonreír por el bien de su hija, aunque Rod sabía que estaba luchando para contener las lágrimas.

—Me alegro mucho, cariño, estoy muy contenta.

—Estamos dispuestos a luchar —le susurró Steve a India—. Y no estoy seguro de que te vaya a gustar pasar por todo lo que te espera. Si yo estuviera en tu lugar, no me gustaría que un historial como el tuyo, en el que incluyo lo que ocurrió la noche que asesinaron a tu marido, fuera sometido a investigación.

—He cometido errores, eso lo admito —le dijo India—. Pero, pienses lo que pienses, esta vez he elegido bien y no voy a sacrificar por vosotros mi felicidad.

La presión que Rod sentía en el pecho cedió mientras rodeaba a India con el brazo, intentando ofrecerle apoyo y algo de consuelo.

—Además de malgastar el dinero, creo que decepcionarías a vuestro hijo si decidierais enfrentaros a la mujer a la que amó —les advirtió Rod—. Seremos buenos padres para Cassia, nos aseguraremos de que reciba tanto amor que ni siquiera sabrá lo que hacer con él. Así que tened esto en cuenta, porque si estáis dispuestos a luchar, también lo estaremos nosotros. ¡Y ganaremos!

—¡No me puedo creer que estés dispuesta a enfrentarte a nosotros! —gritó Claudia.

—Mimi, ¿por qué estás enfadada?

India levantó en brazos a su hija.

—Sois vosotros los que os estáis enfrentándoos a mí —señaló India mientras Rod les acompañaba hasta la puerta.

Cuando se fueron, India abrazó a Rod y a su hija.

—Mamá, ¿qué pasa? —preguntó Cassia—. ¿Por qué lloras?

India apoyó la cabeza en su hombro.

—Porque me alegro mucho de que hayas vuelto.

—¿Estás enfadada con mimi y con el abuelo?

—Un poco —admitió.

—¿Por qué?

—Tienen buenas intenciones, pero... ahora mismo están un poco confundidos.

—¡Ah!

Rod le tiró de la gorra de béisbol para que le mirara.

—Te gusta el béisbol, ¿eh?

Cassia asintió.

—Genial, porque a mí también.

Epílogo

Tres meses después

India permanecía en la ventana, mirando a Rod, que estaba practicando lanzamientos de pelota con Van y con Cassia. Cassia era demasiado pequeña para ser buena, pero suplía su falta de destreza con entusiasmo. Estaba siempre en medio de todo lo que Rod hacía y a él le encantaba. La mimaba tanto que India estaba empezando a tener miedo de que fuera a ser él el que la malcriara en vez de sus abuelos. No habían vuelto a saber nada de ellos desde que habían ido a dejar a Cassia, pero tampoco habían vuelto a amenazar con pedir su custodia y esperaba que, por el bien de su hija, recapacitaran con el tiempo.

Cuando Van consiguió alcanzar un tiro particularmente difícil, ensanchó la sonrisa de oreja a oreja, haciendo sonreír también a India. De modo que se sorprendió al sentir las lágrimas rodando por su rostro. Habían cambiado muchas cosas durante los últimos cuatro meses. Había reconstruido su vida por completo. Lo único que tenía antes era a Cassia, el dinero que Charlie le había dejado en herencia y unas cuantas obras de arte de las que no había sido capaz de separarse. El resto las había vendido. No le había parecido bien ponerlas en su casa nueva. No quería aferrarse al pasado en exceso. De todas formas, tampoco las necesitaba para sentirse cerca de Charlie. A pesar de todo lo ocurrido, a veces podía sentir su presencia, era como si estuviera a su lado, dándole su aprobación.

Aquel era uno de aquellos momentos, probablemente porque acababa de tener noticias del detective Flores. Por fin habían terminado las pruebas de balística que habían realizado a la pistola que Sebastian había llevado al hotel. Tenían el arma que había matado a Charlie.

Dios, echaba de menos a su marido. Todavía. Si no hubiera sido por Sebastian, habría continuado siendo feliz con Charlie y con la vida que habían construido juntos. Recordaba haberse sentido realizada con su arte, con sus aficiones, con el trabajo de su marido y con la hija que tenían en común.

Pero en aquel momento se sentía plena de una forma muy diferente, mucho más personal. El trabajo de Rod no era tan demandante, de modo que podía pasar mucho más tiempo con ella y con Cassia. India jamás se había sentido tan importante para alguien.

Se pasó la mano por la cara para secarse las mejillas y se sonó la nariz. Después, salió de la casa con una jarra de limonada y unos vasos de papel.

–¿Preparados para disfrutar de una bebida fría? –gritó.

Los niños corrieron hacia ella, así que les sirvió sendos vasos antes de llevarle uno a Rod.

–Cuidado, estoy sudando –le advirtió él cuando India se inclinó para darle un beso.

–No me importa –le dijo–. Estoy encantada de que formes parte de mi vida.

–¡Mira, se están besando! –le susurró Cassia a Van.

India rio para sí ante la reacción de su hija y comenzó a apartarse, pero Rod le agarró la mano.

—Eso me ha gustado —bromeó—. Debo de estar haciendo las cosas bien.

—Me haces muy feliz —dijo ella.

—¿No te importa vivir en Whiskey Creek?

—Contigo viviría en cualquier parte.

—Quieres que esto sea algo duradero, ¿verdad?

A veces, Rod la sorprendía con aquel tipo de preguntas.

—Por supuesto.

India sabía que Rod tenía profundamente arraigado el miedo al abandono por culpa del suicidio de su madre. Aun así, nunca se comportaba como una persona vulnerable. Si tenía miedo a ser herido, intentaba no demostrarlo. Pero ella sabía que le gustaba que le dijera que no iba a cambiar de opinión, que no iba a dejar de quererle de un día para otro.

Los niños terminaron la limonada y comenzaron a llamarle para que volviera a tirarles la pelota. India pensó que se alejaría entonces para continuar con el juego. Sin embargo, Rod volvió a besarla y le confesó:

—Nunca he querido a nadie como te quiero a ti.

ÚLTIMOS TÍTULOS PUBLICADOS EN HQN

Vacaciones al amor de Isabel Keats

No puedo evitar enamorarme de ti de Anabel Botella

Dulce como la miel de Susan Wiggs

Un lugar donde olvidarte de J. de la Rosa

Una boda en invierno de Brenda Novak

El hechizo de un beso de Jill Shalvis

La tentación vive arriba de M.C. Sark

Ardiendo de Mimmi Kass

Deletréame te quiero de Olga Salar

Las hijas de la novia de Susan Mallery

Los hombres de verdad no… mienten de Victoria Dahl

Lazos de familia de Susan Wiggs

La promesa más oscura de Gena Showalter

Nosotros y el destino de Claudia Velasco

Las reglas del juego de Anna Casanovas

www.ingramcontent.com/pod-product-compliance
Lightning Source LLC
LaVergne TN
LVHW091613070526
838199LV00044B/787